VIJF KWARTEN VAN DE SINAASAPPEL

Van Joanne Harris verschenen eveneens:

Chocolat
Bramenwijn
Stranddieven
Gods dwazen

Samen met Fran Warde schreef zij het kookboek:

De Franse keuken

JOANNE HARRIS

DE AUTEUR VAN CHOCOLAT

# VIJF KWARTEN VAN DE SINAASAPPEL

Eerste druk in paperback, april 2004
Tevens verschenen als gebonden editie

Oorspronkelijke titel: *Five Quarters of the Orange*
Oorspronkelijke uitgever: Transworld Publishers, a division of the Random House Group Ltd

Uitgeverij De Kern, De Fontein bv, Postbus 1, 3740 AA Baarn
Vertaling: Monique de Vré
Omslagontwerp: Teo van Gerwen Design
Omslagillustratie: Stuart Haygarth
Zetwerk: Scriptura, Westbroek
ISBN 90 325 0967 5
NUR 302

*Voor mijn grootvader, Georges Payen (P'tit Père),*
*die erbij was*

# *Dankwoord*

Mijn welgemeende dank gaat uit naar diegenen die een rol hebben gespeeld in de reeks gewapende conflicten die tot het ontstaan van dit boek hebben geleid. Verder naar Kevin en Anouchka voor het bemannen van het geschut, naar mijn ouders en mijn broer voor hun steun en bevoorrading, naar Serafina, mijn krijgshaftige bondgenoot, voor het verdedigen van mijn zaak, naar Jennifer Luithlen voor haar buitenlandse beleid, naar Howard Morhaim voor het verslaan van de Noormannen, naar mijn trouwe redacteur Francesca Liversidge, naar Jo Goldsworthy en de zware artillerie bij Transworld, naar mijn vaandeldrager Louise Page en naar Christopher omdat hij mij gesteund heeft.

# Deel een

# De erfenis

# 1

Toen mijn moeder stierf, liet ze de boerderij na aan mijn broer, Cassis, het fortuin in de wijnkelder aan mijn zus, Reine-Claude, en aan mij, de jongste, haar album en een tweeliterfles met daarin één enkele zwarte Périgordtruffel, zo groot als een tennisbal, zwevend in zonnebloemolie, waaruit wanneer je hem openmaakt, nog steeds het volle, vochtige aroma van de bosbodem opstijgt. Een tamelijk ongelijke verdeling van rijkdommen, maar moeder was nu eenmaal een natuurkracht, die haar gunsten verleende zoals het haar behaagde en geen inzicht bood in haar eigenaardige logica.

En zoals Cassis altijd zei: ik was haar lieveling.

Niet dat ze dat ooit liet merken toen ze nog leefde. Mijn moeder had nooit veel tijd voor zachtheid, zelfs als ze daar wel het type voor was geweest. Haar man was in de oorlog omgekomen en ze moest in haar eentje de boerderij runnen. We waren niet zozeer een troost voor haar in haar weduwenbestaan, als wel een last, met onze rumoerige spelletjes, onze ruzies en ons gekibbel. Als we ziek werden, zorgde ze voor ons met een zuinige tederheid, alsof ze berekende wat ons overleven haar kostte, en de liefde die ze ons toonde, werd in de meest elementaire vorm gegoten: we mochten schalen schoonlikken, jampannen leegschrapen of kregen een handvol wilde aardbeien, afkomstig van de rommelige border achter het groenteveldje, die ze, zonder een glimlach op haar gezicht, ons in een zakdoek geknoopt overhandigde. Cassis was de man in huis. Voor hem was ze zo mogelijk nog minder hartelijk dan voor ons.

Reinette kreeg al aandacht van het andere geslacht voordat ze een tiener was en mijn moeder was ijdel genoeg om daar trots op te zijn. Maar ik was de extra mond: geen tweede zoon om de boerderij uit te breiden en zeker geen schoonheid.

Ik was altijd de lastpak, degene die uit de toon viel, en na mijn vaders dood werd ik stuurs en opstandig. Met mijn magere lijf en donkere haar – net als mijn moeder, met haar lange, onelegante handen, platte voeten en brede mond – moet ik haar te veel aan haarzelf herinnerd hebben, want wanneer ze naar me keek, had ze vaak een toegeknepen mond, een soort stoïcijnse, taxerende blik, ietwat fatalistisch. Alsof ze voorzag dat ik, en niet Cassis of Reine-Claude, de herinnering aan haar levend zou houden. Alsof ze daarvoor de voorkeur zou hebben gegeven aan een geschikter voertuig.

Misschien gaf ze me daarom het album, dat toen nog geen waarde had, op de gedachten en inzichten na die in de kantlijn waren gezet naast de recepten en krantenartikelen en kruidenmiddeltjes. Niet echt een dagboek; er staan geen data in het album, er is geen precieze volgorde. Er zijn in willekeurige volgorde bladzijden ingedaan en de losse vellen zijn later met kleine, obsessieve steken samengebonden. Sommige bladzijden zijn zo dun als een uienvelletje, andere bestaan uit stukken dun karton die op maat zijn geknipt zodat ze in de gehavende leren omslag passen. Mijn moeder markeerde de gebeurtenissen in haar leven met recepten, gerechten die ze zelf had bedacht of interpretaties van oude favorieten. Voedsel was haar nostalgie, haar manier om iets te vieren, en de verzorging en bereiding ervan waren de enige uitlaatklep voor haar creativiteit. De eerste pagina is aan mijn vaders dood gewijd – het lint van zijn Légion d'Honneur is met veel lijm op het papier geplakt, onder een wazige foto en een keurig recept voor boekweitpannenkoeken – en straalt een soort zwartgallige humor uit. Onder de foto heeft mijn moeder met rood potlood geschreven: 'Niet vergeten de aardpeertjes uit te graven. Ha! Ha! Ha!'

Op andere plaatsen is ze mededeelzamer, maar met veel afkortingen en cryptische verwijzingen. Ik herken een aantal van de voorvallen waarop ze zinspeelt. Sommige zijn verdraaid, omdat haar dat op dat moment beter uitkomt. Andere lijken totaal verzonnen te zijn, gelogen, onmogelijk. Op veel plaatsen staan blokken kleingeschreven tekst in een taal die ik niet kan begrijpen: 'Iki ikanini eri teini meerini inegeti'. Soms een los woord, gekrabbeld boven aan de bladzijde of aan de zijkant, schijnbaar willekeurig. Op één bladzijde staat met blauwe inkt 'wip' geschreven, op een andere met oranje potlood 'wintergroen, schavuit, versiering'. Op een andere staat iets wat op een gedicht lijkt, hoewel ik haar nooit andere boeken heb zien openslaan dan kookboeken. Het luidt:

deze zoetheid
geschept
als een glanzende vrucht
pruim perzik abrikoos
watermeloen wellicht
uit mijzelf
deze zoetheid

Het valt zodanig uit de toon dat het me verbaast en verontrust. Dat deze hardvochtige en prozaïsche vrouw op haar geheime momenten zulke gedachten kon hebben. Want ze sloot zich voor ons, en voor ieder ander, zo totaal af, en ze deed dat zo fanatiek dat ik altijd gedacht heb dat ze zich nooit zou kunnen geven.

Ik heb haar nooit zien huilen. Ze glimlachte zelden en dan alleen nog maar in de keuken, haar smaakpalet binnen handbereik, in zichzelf pratend – althans, dat dacht ik –

op steeds dezelfde toonloze mompeltoon de namen van kruiden en specerijen opnoemend – 'Kaneel, tijm, munt, koriander, saffraan, basilicum, lavas' – als een voortdurend monotoon commentaar. 'Op de plaat letten. Moet de juiste temperatuur hebben. Te laag: de pannenkoek wordt te week. Te hoog: de boter verbrandt, gaat roken en de pannenkoek wordt te hard.' Ik begreep later dat ze probeerde me te onderwijzen. Ik luisterde omdat ik onze keukenlessen als de enige manier zag waarop ik enigszins haar goedkeuring kon winnen en omdat iedere oorlog nu en dan amnestie nodig heeft. Haar favoriete recepten waren de plattelandsrecepten uit haar geboortestreek, Bretagne – de boekweitpannenkoeken die we overal bij aten, de *far breton* en *kouign amann* en *galette bretonne*, die we verkochten in Angers, verderop aan de rivier, evenals onze geitenkaas, onze worst en ons fruit.

Het was altijd haar bedoeling geweest dat Cassis de boerderij zou overnemen. Maar Cassis was de eerste die, nonchalant uitdagend, naar Parijs vertrok, en alle contact verbrak, op een kaart met zijn handtekening na met de kerst, en toen ze zesendertig jaar later stierf, had hij alle belangstelling voor de halfvervallen boerderij aan de Loire verloren. Van mijn spaargeld nam ik hem van hem over, en voor een goede prijs ook, maar het was een eerlijke koop, en hij was er toen dik tevreden mee. Hij begreep dat ik de boerderij in de familie wilde houden.

Nu is dat uiteraard allemaal veranderd. Cassis heeft nu zelf een zoon. De jongen is getrouwd met Laure Dessanges, de culinaire journaliste, en ze bezitten een restaurant in Angers, Aux Délices Dessanges. Voordat Cassis stierf heb ik zijn zoon een paar maal ontmoet. Ik mocht hem niet. Hij had een donker, opzichtig uiterlijk en begon al een beetje gezet te worden, net als zijn vader, maar hij was toch knap, en dat wist hij ook. In zijn haast het iedereen naar de zin te maken, leek hij overal tegelijk te zijn – hij noemde me 'Mamie', haalde een stoel, stond erop dat ik de comfortabelste stoel nam, zette koffie, deed er suiker en room in, vroeg hoe het met mijn gezondheid was en vleide me aan alle kanten totdat het me duizelde. Cassis, die toen over de zestig was en opgezwollen door een beginnende hartziekte die hem later zou vellen, keek met nauwverholen trots toe. *Mijn zoon. Is het niet een prachtvent? Wat een geweldige, attente neef heb je.*

Cassis had hem Yannick genoemd, naar onze vader, maar mijn neef werd me er niet dierbaarder om. Dat heb ik van mijn moeder, de afkeer van conventies, van valse intimiteit. Ik houd niet van aanrakingen en overdreven aandacht. Ik zie niet in waarom onze familieband of ons zo lang bewaarde geheim van al dat vergoten bloed, zou moeten leiden tot een band van genegenheid.

O, denk niet dat ik die affaire vergeten ben. Geen moment, beslist niet, maar de anderen hebben het uit alle macht geprobeerd. Cassis, die de pisbakken voor zijn bar in Parijs schoonboende. Reinette, die als ouvreuse in een seksbioscoop op Pigalle werkte, en als een verdwaalde hond aan vele mannen snuffelde. Verder kwam ze niet met haar lippenstift en haar zijden kousen. Thuis was ze de oogstkoningin geweest, de lieveling, de onbetwiste dorpsschoonheid. Op Montmartre zien alle vrouwen er hetzelfde uit. Arme Reinette.

Ik weet wat je denkt. Je wilt dat ik doorvertel. Het is het enige verhaal over vroeger dat je nu nog interesseert, de enige draad in deze vergane vlag van mij die nog licht vangt. Je wilt meer weten over Tomas Leibniz. Je wilt een duidelijk, overzichtelijk, afgerond verhaal. Tja, zo gemakkelijk is dat niet. Net als in het album van mijn moeder zijn er geen bladzijnummers. Er is geen begin, en het eind is even onafgewerkt als de ongezoomde rand van een rok. Maar ik ben een oude vrouw – alles schijnt hier gauw oud te worden, dat zal de lucht wel zijn – en ik heb zo mijn eigen manier om de dingen te doen. Bovendien zijn er heel veel dingen die je moet begrijpen. Waarom mijn moeder deed wat ze deed. Waarom we de waarheid zo lang verborgen hebben gehouden. En waarom ik mijn verhaal nu wil vertellen, aan vreemden, aan mensen die denken dat een leven gevangen kan worden in twee pagina's van een zaterdagbijvoegsel. Een paar foto's, een alinea, een citaat van Dostojevski; wanneer je de bladzij omslaat, heb je het weer gehad. Maar zo zal het deze keer niet gaan. Ze zullen ieder woord in zich op moeten nemen. Ik kan hen natuurlijk niet dwingen het af te drukken, maar luisteren zullen ze. Daar zal ik wel voor zorgen.

# 2

Ik heet Framboise Dartigen. Ik ben op deze plek geboren, in het dorp Les Laveuses, nog geen vijftien kilometer van Angers, aan de Loire. Ik word in juli vijfenzestig, en ben verweerd en vergeeld door de zon als een gedroogde abrikoos. Ik heb twee dochters – Pistache, die getrouwd is met een bankier in Rennes, en Noisette, die in '89 naar Canada is verhuisd en me ieder halfjaar schrijft – en twee kleinkinderen, die iedere zomer op de boerderij komen logeren. Ik ga in het zwart gekleed voor een echtgenoot die twintig jaar geleden stierf en onder wiens naam ik heimelijk naar mijn geboortedorp ben teruggekeerd om de boerderij van mijn moeder terug te kopen, die reeds lang verlaten was en er door de brand en de elementen onttakeld bij stond. Hier ben ik Françoise Simon, *la veuve Simon*, en niemand zou me in verband hebben gebracht met de familie Dartigen, die na die verschrikkelijke affaire vertrokken is. Ik weet niet waarom het juist deze boerderij, dit dorp moest zijn. Misschien ben ik gewoon koppig. Zo is het nu eenmaal gegaan. Hier hoor ik thuis. De jaren met Hervé lijken nu bijna op de vreemde, kalme stukken water die je soms hebt in een stormachtige zee: een moment van wachten, van vergetelheid. Maar ik ben Les Laveuses nooit echt vergeten. Geen moment. Een deel van mij is altijd hier gebleven.

Ik heb er bijna een jaar over gedaan om de boerderij bewoonbaar te maken. In die periode woonde ik in de vleugel die op het zuiden ligt, waar het dak in ieder geval nog heel was. Terwijl de werklui een heel nieuwe pannendak aanbrachten, werkte ik in de boomgaard – of wat daarvan over was – en snoeide en modelleerde, en haalde grote slingers verstikkende maretak uit de bomen. Mijn moeder had een passie voor alle vruchten, behalve voor sinaasappels, die mochten van haar het huis niet in. Ze noemde ons allemaal, naar het schijnt impulsief, naar een vrucht en een recept: Cassis naar haar zware bosbessencake, mij, Framboise, naar haar frambozenlikeur, en Reinette naar haar reine-claudetaart, gemaakt van de groene reine-claudepruimen die, welig als druiven, tegen de zuidelijke muur van het huis groeiden, 's zomers een en al sap en wespen. Ooit hadden we ruim honderd bomen – appels, peren, blauwe pruimen, groene pruimen, kersen, kweeën – om nog maar te zwijgen van de frambozenstruiken en de velden met aardbeien, klapbessen en rode bessen. Ze droogde de vruchten, die ze daarna opsloeg, tot jam en likeur verwerkte en in prachtige open taarten, zo groot als een wagenwiel, gebruikte, op een ondergrond van bladerdeeg, banketbakkersroom en amandelspijs. Mijn herinneringen zijn doortrokken van de geuren, de kleuren en de namen. Mijn moeder vertroetelde ze alsof het haar lievelingskinderen waren. Rookpotten tegen de vorst, die we vulden met onze eigen winterbrandstof. Kruiwagens vol mest, waarmee ieder voorjaar de aarde rondom de bomen bewerkt werd. Om 's zomers de vogels weg te houden bonden we uit zilverpapier geknipte vormen aan de uiteinden van de takken, die dan trilden en heen en weer klapten op de wind. Ook spanden we een touw strak over lege blikjes, waardoor spookachtige geluiden werden geproduceerd waar de vogels van schrokken, en maakten we molentjes van gekleurd papier die wild ronddraaiden. Door dit alles was de boomgaard één bont feest van prullen, glanzende linten en gillende draden, als een zomers carnaval.

De bomen hadden allemaal een naam. *'Belle Yvonne,'* zei mijn moeder wanneer ze langs een knoestige perenboom liep. *'Rose d'Aquitane. Beurre du roi Henry.'* Haar stem was dan zacht, bijna monotoon. Ik kon niet horen of ze tegen mij of in zichzelf sprak. *'Conférence. Williams. Ghislaine de Penthièvre.'*

*Deze zoetheid.*

Er staan tegenwoordig nog geen twintig bomen meer in de boomgaard, maar dat is ruime voldoende voor mij. Vooral mijn zure-kersenlikeur is populair, maar ik voel me een beetje schuldig omdat ik me de naam van de kers niet kan herinneren. De clou is dat je de pitten erin moet laten. Je moet in een pot met brede opening om en om een laag kersen en een laag suiker leggen en elke laag met kleurloze alcohol overgieten – kirsch is het beste, maar je kunt ook wodka of zelfs armagnac gebruiken – tot de pot halfvol is. Dan de pot volgieten met alcohol en wachten. Elke maand moet je de pot voorzichtig omkeren om de opgehoopte suiker te laten oplossen. Na drie jaar zijn de kersen wit door de alcohol, die dan zelf dieprood is en ook tot de pit en de piepkleine amandel daarin is doorgedrongen, waardoor een scherpe, krachtige smaak ontstaat en een aroma dat aan voorbije herfsten doet denken. Schenk hem in kleine likeurglaasjes en geef er een lepeltje bij om de kers eruit te scheppen; deze houd je in de mond totdat de zacht geworden vrucht onder de tong oplost. Bijt de pit met een scherpe hoektand stuk om de likeur die erbinnen zit, vrij te laten komen en houd hem lange tijd in de mond. Speel ermee met de punt van de tong, rol hem eronderdoor en eroverheen, als een kraal van een rozenkrans. Denk aan de tijd waarin hij rijpte, aan de zomer en het warme najaar waarin de put droog kwam te staan en er wespennesten waren, aan voorbije tijden, teruggevonden in de harde kern van de vrucht.

Ik weet het, ik weet het. Je wilt dat ik terzake kom. Maar dit is minstens even belangrijk als de rest: de maníér waarop je iets vertelt, en de tijd die je ervoor neemt. Ik heb er vijfenvijftig jaar over gedaan om hieraan te beginnen, dus laat het me dan in ieder geval op mijn eigen manier doen.

Toen ik teruggekeerd was in Les Laveuses wist ik bijna zeker dat niemand me zou herkennen. Desondanks liet ik me nadrukkelijk, bijna brutaal, overal in het dorp zien. Als iemand me zou kennen, als ze in mijn gelaatstrekken die van mijn moeder wisten te herkennen, dan wilde ik dat meteen weten. Ik wilde weten waar ik aan toe was.

Ik liep iedere dag naar de Loire. Daar ging ik op de platte stenen zitten waarop Cassis en ik op zeelt hadden zitten vissen. Ik ging op de Uitkijkpost staan. Een paar Menhirs zijn nu verdwenen, maar je kunt nog steeds de staken zien waaraan we onze trofeeën hingen, de slingers en linten en de kop van Ouwe Moer toen we haar eindelijk gevangen hadden.

Ik ging naar de tabakswinkel van Brassaud – zijn zaak is nu in handen van zijn zoon, maar de oude man leeft nog, zijn ogen zijn nog steeds zwart en somber en oplettend –, naar het café van Raphaël en naar het postkantoor, dat nu beheerd wordt door Ginette Hourias. Ik ging zelfs naar het oorlogsmonument. Aan de ene kant stonden de achttien namen van onze soldaten die in de oorlog gesneuveld waren, onder het ingebeitelde motto *'Morts pour la patrie'*. Ik merkte dat mijn vaders naam weggehakt was, waardoor er een ruw plekje te zien was tussen Darius G. en Fenouil J-P. Aan de andere kant was een geelkoperen plaat met tien namen in grotere letters. Ik hoefde ze niet te lezen; ik kende ze uit mijn hoofd. Maar ik veinsde belangstelling, wetende dat iemand me onherroepelijk een keer het verhaal zou vertellen, misschien de plek zou laten zien bij de westelijke muur van de Saint-Bénédictkerk, me zou vertellen dat er ieder jaar een speciale mis was om hen te gedenken, dat hun namen hardop voorgelezen werden op de treden van het gedenkteken en dat er bloemen werden gelegd. Ik vroeg me af of ik het zou kunnen verdragen. Ik vroeg me af of ze het aan mijn gezicht zouden kunnen zien.

Martin Dupré, Jean-Marie Dupré, Colette Gaudin, Philippe Hourias, Henri Lemaître, Julien Lanicen, Arthur Lecoz, Agnès Petit, François Ramondin, Auguste Truriand. Zoveel mensen weten het nog. Zoveel mensen met dezelfde namen, dezelfde gezichten. De families zijn hier gebleven: de families Hourias, Lanicen, Ramondin, Dupré. Nu, zestig jaar later, weten ze het nog steeds – de ouderen hebben hun haat overgedragen op de jongeren.

Aanvankelijk was er wat belangstelling voor mij, wat nieuwsgierigheid. Dat huis, dat leegstond sinds zij het verlaten had, dat mens van Dartigen: 'Ik weet de details niet precies meer, madame, maar mijn vader... mijn oom...' Waarom had ik het huis gekocht? Het ontsierde de omgeving, het was een donkere vlek. De bomen die er nog stonden, waren half verrot door maretak, ze waren ziek. De put was opgevuld met puin en stenen en afgedicht met beton. Maar ik herinnerde me een welvarende boerderij waar het netjes en bedrijvig was, met paarden, geiten, kippen en konijnen. Ik bedacht met genoegen dat de wilde konijnen die over het noordveld renden misschien hun nazaten waren, en af en toe zag ik vlekjes wit tussen het bruin. Om de nieuwsgierigen tevreden te stellen verzon ik een jeugd op een Bretonse boerderij. Het land was er goedkoop, legde ik uit. Ik stelde me nederig op, verontschuldigend. Een paar ouderen keken me wantrouwend aan; misschien dachten ze dat de boerderij voor altijd een aandenken had moeten blijven. Ik was in het zwart gekleed en verborg mijn haar onder een aantal sjaals. Ik ben altijd al oud geweest.

Desondanks duurde het een tijdje voordat ik geaccepteerd was. De mensen waren beleefd, maar stug, en omdat ik van nature niet sociaal ben aangelegd – nors, noemde mijn moeder het – bleven ze dat. Ik ging niet naar de kerk. Ik weet welke indruk dat gegeven moet hebben, maar ik kon me er niet toe zetten. Arrogantie, misschien, of het soort uitdagende gedrag dat mijn moeder ertoe bracht ons naar vruchten te noemen in plaats van naar kerkelijke heiligen. Pas met de winkel werd ik opgenomen in de gemeenschap.

Het begon als een winkel, hoewel ik al van het begin af van plan was later uit te breiden. Twee jaar na mijn aankomst was Hervés geld bijna op. Het huis was nu bewoonbaar, maar het land was nog steeds vrijwel onbruikbaar: een tiental bomen, een moestuin, twee dwerggeiten en een paar kippen en eenden. Het zou duidelijk nog wel even duren voordat ik van de opbrengst van het land zou kunnen leven. Ik begon gebak te maken en te verkopen: de brioche en *pain d'épices* van de streek, en ook een paar van mijn moeders Bretonse specialiteiten, pakjes *crêpes dentelle*, vruchtenvlaaitjes en zakjes *sablés*, koekjes, notenbrood en knapperige kaneelkoekjes. Eerst verkocht ik ze via de lokale bakker, vervolgens deed ik het zelf vanuit de boerderij, waarna er geleidelijk andere producten bij kwamen: eieren, geitenkaas, vruchtenlikeur en wijn. Van de winst kocht ik varkens, konijnen en nog wat geiten. Ik gebruikte mijn moeders oude recepten, meestal uit het hoofd, maar af en toe raadpleegde ik ook het album.

Het geheugen is zo soms bedrieglijk. Niemand in Les Laveuses scheen zich mijn moeders kookkunst te herinneren. Sommige ouderen zeiden zelfs dat mijn aanwezigheid zoveel verschil maakte, dat de vrouw die er voorheen had gewoond een sloof was geweest met een hard gezicht. Haar huis had gestonken, haar kinderen hadden op blote voeten gelopen. Maar ze was, gelukkig voor haar en voor hen, weg. Vanbinnen kromp ik ineen, maar ik zei niets. Wat had ik kunnen zeggen? Dat ze de houten vloer iedere dag in de was had gezet, dat ze ons in huis vilten overschoenen had laten dragen zodat onze schoenen de vloer niet zouden beschadigen? Dat haar bloembakken altijd vol bloemen waren? Dat ze ons met dezelfde fanatieke onpartijdigheid boende als de stoep, dat ze ons gezicht zo met de washand bewerkte dat het gloeide en dat we soms bang waren dat het zou gaan bloeden?

Zij is hier een boze legende. Er is ooit zelfs een boek geweest. Eigenlijk niet meer dan een pamflet: vijftig bladzijden en een paar foto's: een van het gedenkteken, een van de Saint-Bénédictkerk, en een close-up van de fatale westelijke muur. Slechts terloops een opmerking over ons drieën, niet eens onze namen. Daar was ik dankbaar voor. Een wazige, sterk vergrote foto van mijn moeder, haar haar zo strak naar achteren getrokken dat haar ogen wel Chinese spleetogen lijken, haar mond samengeknepen tot een strak afkeurend streepje. De officiële foto van mijn vader, die uit het album, in uniform, waarop hij er absurd jong uitziet. Het geweer hangt losjes over zijn schouder en op zijn gezicht ligt een grijns. Dan, bijna achter in het boek, de foto die mijn adem deed stokken, als een vis met een haak in zijn keel. Vier jonge mannen met een Duits uniform aan, de armen in elkaar gehaakt, behalve de vierde, die een beetje terzijde staat, zelfbewust, met een saxofoon in de hand. De anderen hebben ook een muziekinstrument bij zich – een trompet, een kleine trom, een klarinet – en hoewel hun namen er niet bij staan, ken ik hen allemaal. Het militaire muziekgezelschap van Les Laveuses uit circa 1942. Helemaal rechts: Tomas Leibniz.

Het duurde even voor ik begreep hoe ze zoveel details hadden kunnen achterhalen. Waar hadden ze de foto van mijn moeder ontdekt? Voorzover ik wist waren er helemaal geen foto's van haar. Zelfs ik had er ooit maar één gezien, een oude trouwfoto onder in de la in de slaapkamer – twee mensen in winterjas op de stoep van de Saint-Bénédictkerk: hij met een breedgerande hoed en zij met losse haren, met een bloem achter één oor. Een andere vrouw toen, stijfjes en verlegen naar de camera lachend. De man naast haar heeft zijn arm beschermend om haar schouder geslagen. Ik realiseerde mij dat mijn moeder kwaad zou zijn als ze wist dat ik de foto gezien had, en ik legde hem met trillende handen terug, zonder precies te weten waarom.

De foto in het boek lijkt meer op haar, op de vrouw die ik meende te kennen maar nooit echt gekend heb, met een hard gezicht, die ieder moment een woedeaanval kon krijgen. Toen ik naar de foto van de auteur op de flap van het boek keek, begreep ik eindelijk waar de informatie vandaan kwam: Laure Dessanges, journaliste en schrijfster van culinaire stukjes, met haar korte rode haar en gekunstelde glimlach. Yannicks vrouw, Cassis' schoondochter. Arme, domme Cassis. Arme, blinde Cassis, verblind door het succes van zijn zoon. Hij riskeerde onze ondergang omwille van... ja, van wat? Of was hij echt in zijn eigen verzinsels gaan geloven?

# 3

Je moet begrijpen dat de bezetting voor ons iets heel anders was dan voor de mensen die in de stad woonden. Les Laveuses is sinds de oorlog nauwelijks veranderd. Kijk maar naar het handjevol straten, waarvan sommige nog steeds niet meer zijn dan brede paden en die op een centraal kruispunt uitkomen. Achteraan bevindt zich de kerk, het monument op de Place des Martyrs, met het perkje eromheen en de oude fontein erachter. Aan de Rue Martin et Jean-Marie Dupré heb je het postkantoor, de slagerij van Petit, het café La Mauvaise Réputation, de *bar-tabac*, met zijn rek kaarten waarop afbeeldingen van het oorlogsmonument, en de oude Brassaud, die op zijn schommelstoel op de stoep zit. Daartegenover is de bloemenwinkel annex begrafenisondernemer – voedsel en dood hebben het in Les Laveuses altijd goed gedaan – en de bazaar, die nog steeds in handen is van de familie Truriand, maar dan gelukkig wel in de persoon van een jonge kleinzoon die pas onlangs is teruggekomen, en ten slotte de oude, geel geverfde brievenbus.

Voorbij de hoofdstraat loopt de Loire, glad en bruin als een zonnebadende slang en zo breed als een tarweveld, het kalme oppervlak hier en daar onderbroken door eilandjes en zandbanken, die op de toeristen die erlangs rijden op weg naar Angers even solide over zullen komen als de weg onder hun wielen. Wij weten uiteraard beter. De eilandjes zijn de hele tijd in beweging, ze hebben geen wortels. Ze worden verraderlijk voortgedreven door de bewegingen van het bruine water eronder; ze zinken en komen boven als langzame gele walvissen, kleine wervelingen in hun zog achterlatend. Wanneer je ze vanuit een boot ziet, lijken ze heel onschuldig, maar voor een nietsvermoedende zwemmer zijn ze dodelijk: de onderstroom trekt hem genadeloos onder het gladde oppervlak, waar hij onopvallend en onzichtbaar verdrinkt. Er zijn in de oude Loire nog steeds vissen – zeelt, snoek en paling – die tot monstrueuze proporties uitgroeien op hun dieet van geloosd afval en rottende troep die door de rivier worden meegevoerd. Op de meeste dagen zie je er boten, maar de vissers gooien de helft van wat ze vangen terug.

Bij de oude steiger heeft Paul Hourias een keet waar hij aas en visgerei verkoopt, niet ver bij de plek vandaan waar wij – Cassis, hij en ik – altijd visten en waar Jeannette Gaudin door de waterslang gebeten werd. Pauls oude hond, die griezelig veel lijkt op het bruine hondje dat vroeger constant zijn metgezel was, ligt aan zijn voeten, en hij staart naar de rivier, naar de lijn die in het water hangt, alsof hij hoopt iets te vangen.

Ik vraag me af of hij het nog weet. Soms zie ik hem naar me kijken – hij is een van mijn vaste klanten – en dan denk ik haast dat hij het weet. Hij is natuurlijk wel ouder geworden. Dat zijn we allemaal. Zijn maanronde gezicht is donkerder geworden, uitgezakt en treurig. Zijn afhangende snor heeft de kleur van pruimtabak, tussen zijn tanden een sigarettenpeuk. Hij praat zelden – hij was nooit zo'n prater – maar hij kijkt nu met van die droevige hondenogen. Op zijn hoofd zit een donkerblauwe alpinopet geklemd. Hij houdt van mijn pannenkoeken en mijn cider. Misschien heeft hij daarom nooit iets gezegd. Hij was nooit zo'n type dat voor moeilijkheden zorgt.

## 4

Na bijna vier jaar opende ik de crêperie. Ik had inmiddels wat geld opzij gelegd, had een klantenkring opgebouwd en was geaccepteerd. Ik had op de boerderij een jongen in dienst – een jongen uit Courlé, niet van een van de families – en ik nam een meisje, Lise, aan om me te helpen bij de bediening. Ik begon met slechts vijf tafels – je moet klein beginnen, de mensen niet laten schrikken – maar uiteindelijk had ik het dubbele aantal, plus wat ik op mooie dagen op het terras aan de voorkant kwijt kon. Ik hield het eenvoudig. Mijn menu beperkte zich tot boekweitpannenkoeken met een aantal verschillende vullingen, plus elke dag een hoofdgerecht en een keuze aan desserts. Op die manier kon ik het koken zelf doen en Lise de bestellingen laten opnemen. Ik noemde mijn zaak Crêpe Framboise, naar de specialiteit van het huis: een zoete pannenkoek met frambozencoulis en zelfgemaakte likeur, en ik lachte stilletjes wanneer ik dacht aan hun reactie als ze het zouden hebben geweten... Een aantal van mijn vaste klanten ging mijn restaurantje zelfs Chez Framboise noemen, wat me nog meer heimelijk plezier bezorgde.

De mannen begonnen nu weer aandacht aan me te besteden. Je begrijpt dat ik naar dorpse maatstaven een tamelijk welgestelde vrouw was geworden. Ik was immers nog geen vijftig. Bovendien kon ik koken en huishoudelijk werk doen. Er waren mannen die me zo'n beetje het hof maakten: eerlijke, goede mannen, zoals Gilbert Dupré en Jean-Louis Lelassiant, maar ook luie mannen, zoals Rambert Lecoz, die voor de rest van zijn leven gratis lekker wilde eten. Zelfs Paul, die lieve Paul Hourias met zijn nicotinebruine hangsnor en zijn zwijgzaamheid. Natuurlijk kon er van iets dergelijks geen sprake zijn. Dat was een van die dwaze dingen waar ik niet aan toe kon geven. Niet dat ik er al te veel spijt van had. Ik had de zaak; ik had mijn moeders boerderij; ik had mijn herinneringen. Als ik een man had, raakte ik dat allemaal kwijt. Ik kon mijn aangenomen identiteit niet voor eeuwig verbergen, en hoewel de dorpelingen me aanvankelijk mijn afkomst zouden kunnen vergeven, zouden ze vijf jaar bedrog niet vergeten. Dus sloeg ik ieder aanzoek af, zowel van de verlegen als van de vrijmoedige types, totdat ik door iedereen eerst als ontroostbaar, vervolgens als onneembaar, en ten slotte, jaren later, als te oud werd beschouwd.

Ik was inmiddels bijna tien jaar in Les Laveuses. Gedurende de laatste vijf jaar was ik Pistache en haar gezin bij me gaan uitnodigen voor de zomervakantie. Ik zag de kinderen van nieuwsgierige, grootogige bundeltjes opgroeien tot vrolijk gekleurde vogels die op onzichtbare vleugels over mijn weiland en door mijn boomgaard vlogen. Ik heb aan Pistache een goede dochter. Noisette, heimelijk mijn lieveling, lijkt meer op mij: sluw en opstandig, met zwarte ogen als de mijne en een onstuimig hart, vol wrok. Ik had haar kunnen tegenhouden toen ze wegging: één woord, één glimlach was misschien al voldoende geweest, maar ik deed het niet; misschien uit angst dat ik daardoor in mijn moeder zou veranderen. Haar brieven zijn nietszeggend en plichtmatig. Haar huwelijk is op een fiasco uitgelopen. Ze werkt als serveerster in een nachtcafé in Montreal. Ze weigert geld van me aan te nemen. Pistache is de vrouw die Reinette had kunnen worden: mollig en vol vertrouwen, zachtaardig in de omgang met haar kinderen en fel wanneer ze hen verdedigt, met zacht bruin haar en ogen zo groen als de noot waaraan ze haar naam dankt. Door haar, en door haar kinderen, heb ik geleerd de goede delen van mijn jeugd opnieuw te beleven.

Voor hen leerde ik weer een moeder te zijn: ik bakte pannenkoeken en dikke worstjes met kruiden en appel. Ik maakte jam voor hen van vijgen en groene tomaten en zure kersen en kweeën. Ik liet hen spelen met de kleine ondeugende bruine geitjes en aan de dieren broodkorsten en stukjes wortel geven. We voerden de kippen, aaiden de zachte neuzen van de pony's en verzamelden zuring voor de konijnen. Ik nam hen mee naar de rivier en liet hun zien hoe je bij de zonnige zandbanken kon komen. Ik waarschuwde hen, terwijl mijn hart even oversloeg, voor de gevaren: slangen, wortels, draaikolken, drijfzand. Ik liet hen beloven dat ze er nooit, maar dan ook nóóit zouden zwemmen. Ik nam hen mee naar de bossen verderop, naar de beste plekjes om paddestoelen te vinden. Ik liet hun zien hoe je de valse hanenkam van de echte kunt onderscheiden en waar je de zure wilde bosbessen kunt vinden die onder het groen op de bodem groeien. Dit was de jeugd die mijn dochters hadden moeten hebben. Zij hadden de wilde kust van de Côte d'Armor gekend, waar Hervé en ik een poosje gewoond hadden, de winderige stranden, de dennenbossen en de stenen huizen met leien daken. Ik had geprobeerd een goede moeder voor hen te zijn, echt waar, maar ik heb altijd het gevoel gehad dat er iets ontbrak. Ik besef nu dat het dit huis, deze boerderij, deze velden, de slaperige, onaangenaam geurende Loire van Les Laveuses was. Dit was wat ik voor hen gewild had. Ik begon opnieuw met mijn kleinkinderen. Ik verwende hen, en daarmee mezelf.

Ik vind het een prettige gedachte dat mijn moeder misschien hetzelfde zou hebben gedaan, als ze de kans had gehad. Ik stel me haar voor als een rustige grootmoeder, die mijn bestraffende 'Echt moeder, u verwent die kinderen tot in de naad' met berouwloos twinkelende ogen over zich heen laat komen; dat lijkt nu niet meer zo onmogelijk als het ooit leek. Of misschien maak ik in mijn fantasie een ander mens van haar. Misschien was ze écht zoals ik me haar herinner: een ongevoelige vrouw die nooit lachte, en die me met haar vlakke, onbegrijpelijk hongerige blik bekeek.

Ze heeft haar kleindochters nooit gezien, nooit geweten dat ze bestonden. Ik had tegen Hervé gezegd dat mijn ouders dood waren, en hij heeft aan die mededeling nooit getwijfeld. Zijn vader was visser, zijn moeder een kleine, ronde vrouw die de vis op de markt verkocht. Ik trok hen om me heen als een geleende deken, wetende dat ik op een dag weer zonder hen de kou in zou moeten. Een goede man, Hervé, een kalme man, zonder scherpe kanten waaraan ik me zou kunnen stoten. Ik hield van hem, niet op de verzengende, wanhopige manier waarop ik van Tomas had gehouden, maar voldoende.

Toen hij in 1975 stierf – getroffen door de bliksem toen hij met zijn vader op paling aan het vissen was – was mijn verdriet vermengd met een gevoel van onvermijdelijkheid, bijna van opluchting. Het was goed geweest voor een poos, zeker, maar de zaken gaan door. Het léven gaat door. Ik ging anderhalf jaar later terug naar Les Laveuses met het gevoel uit een lange, duistere slaap te zijn ontwaakt.

Het mag je vreemd in de oren klinken dat ik zo lang gewacht heb met het lezen van mijn moeders album. Het was het enige wat mij was nagelaten, op de Périgordtruffel na, en vijf jaar lang had ik er nauwelijks ingekeken. Natuurlijk kende ik al zoveel recepten uit mijn hoofd dat ik ze nauwelijks hoefde te lezen, maar toch. Ik was niet eens aanwezig geweest bij het voorlezen van het testament. Ik kan je niet vertellen op welke dag ze is gestorven, maar wel waar: in een tehuis voor ouden van dagen in Vitré dat La Gautraye heet, aan maagkanker. Ze is er ook begraven, op het plaatselijke kerkhof, maar ik ben er maar één keer geweest. Haar graf is vlak bij de muur aan het eind, bij de afvalbakken.

'Mirabelle DARTIGEN', staat erop, met een paar data. Tot mijn verbazing zie ik dat mijn moeder tegen ons gelogen heeft over haar leeftijd.

Ik weet eigenlijk niet wat me aanvankelijk heeft aangezet tot het bestuderen van haar album. Het was mijn eerste zomer in Les Laveuses na Hervés dood. Er was een periode van droogte geweest en de Loire stond misschien een paar meter lager dan normaal, waardoor de lelijke, gekrompen randen eruitzagen als de stompjes van een rot gebit. De rommelige wortels, geelwit gebleekt door de zon, hingen af in het water. De kinderen speelden ertussen op de zandbanken; ze waadden blootsvoets door de vaalbruine poelen en roerden met stokken in de rommel die de rivier had meegevoerd. Tot dan had ik het album gemeden, had ik me absurd schuldig gevoeld, alsof ik een voyeur was, alsof mijn moeder zó binnen zou kunnen komen wandelen en me haar vreemde geheimen zou kunnen zien lezen. Maar in werkelijkheid wílde ik haar geheimen niet weten. Net als wanneer je 's nachts een kamer binnenloopt en je je ouders hoort vrijen, zei een stem in mijn binnenste dat het verkeerd was, en het duurde tien jaar voor ik doorhad dat de stem die ik hoorde niet van mijn moeder was, maar van mezelf.

Zoals ik al zei, was veel van wat ze schreef onbegrijpelijk. De taal waarin een groot deel van het album geschreven was – die Italiaans klonk en niet uit te spreken was – was vreemd voor me, en na een paar vergeefse pogingen om die te ontcijferen, gaf ik het maar op. De recepten, met blauwe of paarse inkt geschreven, waren wel duidelijk, maar de rare krabbels, de gedichten, de tekeningen en de verslagen tussendoor waren schijnbaar zonder logica geschreven: ik kon er geen systeem in ontdekken.

Vandaag Guilherm Ramondin gesproken. Met zijn nieuwe houten been. Hij lachte R-C uit toen ze hem aanstaarde. Toen ze vroeg of het zeer deed, zei hij dat hij geluk had. Zijn vader maakt klompen. Half zoveel werk als een paar, ha ha, en half zoveel kans dat er tijdens het walsen iemand op je tenen gaat staan, prinsesje. Ik denk er steeds aan hoe het er in de opgebonden broekspijp uitziet. Als een ongekookte witte pudding, dichtgebonden met een stukje touw. Moest me verbijten om niet in lachen uit te barsten.

Deze tekst was met heel kleine letters geschreven boven een recept voor witte pudding. Ik vond deze korte verhaaltjes met hun vreugdeloze humor verontrustend.

Op andere plaatsen spreekt mijn moeder over haar bomen alsof het levende mensen zijn: 'De hele nacht gewaakt bij Belle Yvonne; ze was ziek van de kou.' En terwijl ze naar haar kinderen meestal met initialen lijkt te verwijzen – R-C, C en F of B – wordt mijn vader nooit genoemd. Nooit. Jarenlang vroeg ik me af waarom. Ik had er natuurlijk geen idee van wat er in de andere, geheime, gedeelten stond. Mijn vader, van wie ik toch al zo weinig wist, had net zo goed niet bestaan kunnen hebben.

# 5

Toen kwam dat gedoe met het artikel. Je moet weten dat ik het niet zelf gelezen heb; het stond in het soort blad dat eten slechts als een modeverschijnsel schijnt te beschouwen – 'Dit jaar eten we allemaal couscous, *darling*, dat is helemaal ín – terwijl eten voor mij gewoon eten is, een genot voor de zintuigen, een zorgvuldig samengesteld geheel van vluchtige zaken, net als vuurwerk; soms is het zwaar werk, maar het is niet iets wat je ernstig moet opvatten. En alsjeblieft geen kúnst; gewoon erin aan de ene kant en er weer uit aan de andere. Maar goed, op een dag stond het dus in een van die modieuze tijdschriften. *Reizen langs de Loire*, of zoiets, een beroemde chef-kok die op weg naar de kust steekproeven in restaurants hield. Ik herinner me hem nog wel: een magere, kleine man met zijn eigen peper- en zoutstel in een servet gewikkeld en een aantekenboekje op schoot. Hij at mijn *paella antillaise* en de warme artisjokkensalade en een stukje van mijn moeders boterkoek toe. Daarbij dronk hij mijn zelfgemaakte *cidre bouché* en hij eindigde de maaltijd met een glaasje *liqueur framboise*. Hij stelde me een heleboel vragen over mijn recepten, wilde mijn keuken en tuin zien, en was verbaasd toen ik hem mijn kelder liet zien met de planken vol terrines, conserven en aromatische oliën – walnootolie, rozemarijnolie, truffelolie – en azijnsoorten – frambozenazijn, lavendelazijn, zure-appelazijn. Hij vroeg waar ik was opgeleid en leek bijna boos toen ik om die vraag moest lachen.

Misschien heb ik te veel verteld. Ik was namelijk gevleid. Ik nodigde hem uit het een en ander te proeven. Een plak rillettes, een plak van mijn *saucisson sec*. Een slokje perenlikeur, de *poiré* die mijn moeder in oktober altijd maakte van op de grond gevallen peren, die op de warme grond al lagen te gisten en overdekt waren met bruine wespen, zodat we de houten tang moesten gebruiken om ze op te rapen. Ik liet hem de truffel zien die mijn moeder me had nagelaten, goed geconserveerd in de olie als een vlieg in de amber, en glimlachte toen zijn ogen groot werden van verbazing.

'Heeft u enig idee wat zo'n ding waard is?' vroeg hij.

Ja, in al mijn ijdelheid, ik was gevleid. Een beetje eenzaam misschien ook. Ik was blij te kunnen praten met deze man die mijn taal sprak, die de kruiden in een terrine die hij proefde, kon noemen, en die me vertelde dat ik te goed was voor dit eethuis, dat het doodzonde was. Misschien was ik een beetje aan het dromen. Ik had beter moeten weten.

Het artikel kwam een paar maanden daarna. Iemand nam het voor me mee, had het uit het tijdschrift gescheurd. Een foto van de crêperie, een paar alinea's.

'Wie in Angers op zoek gaat naar de authentieke verfijnde keuken kan zich naar het prestigieuze Aux Délices Dessanges begeven. Maar dan mist hij wel een van de opwindenste ontdekkingen die ik tijdens mijn reizen langs de Loire gedaan heb (...)' Koortsachtig probeerde ik te bedenken of ik hem iets had verteld over Yannick. 'Achter de pretentieloze voorgevel van een boerderij gaat een culinair wonder schuil (...)' Dan een hoop onzin over 'landelijke tradities die door het creatieve genie van deze dame nieuw leven zijn ingeblazen'. Ongeduldig, met een toenemend paniekerig gevoel, las ik de bladzijde over om te zien of het onvermijdelijke was gebeurd. Als de naam Dartigen ook maar éénmaal werd genoemd, zou het hele kaartenhuis kunnen instorten.

Het lijkt misschien of ik overdrijf, maar dat is niet zo.

De herinnering aan de oorlog is in Les Laveuses nog steeds heel actueel. Er zijn hier mensen die nog steeds niet met elkaar praten. Denise Mouriac en Lucile Dupré, Jean-Marie Bonet en Colin Brassaud. Was er een paar jaar geleden in Angers niet een hoop heisa om een oude vrouw die opgesloten in een zolderkamer werd gevonden? Haar ouders hadden haar er in 1945 in opgesloten, toen ze erachter waren gekomen dat ze met de Duitsers had geheuld. Ze was zestien. Vijftig jaar later, toen haar vader eindelijk gestorven was, haalde men haar eruit; ze was een oude, gekke vrouw geworden.

En dan heb je nog van die oude mannen die soms wel tachtig of negentig jaar oud zijn en voor oorlogsmisdaden gevangenzitten. Blinde oude mannen, zieke oude mannen. Hun last verlicht door dementie, hun gezicht slap en niet-begrijpend. Je kunt niet geloven dat ze ooit jong zijn geweest. Je kunt je niet voorstellen dat in die broze, vergeetachtige schedels bloederige dromen hebben gezeten. Als je het vat kapotslaat, ontglipt je de essentie. De misdaad gaat een eigen leven leiden, krijgt een eigen rechtvaardiging.

'Door een wonderlijk toeval blijkt de eigenaresse van Crêpe Framboise, madame Françoise Simon, toevallig verwant te zijn aan de eigenaresse van Aux Délices Dessanges (...)' Mijn adem stokte in mijn keel. Het was of er een stukje vuur in mijn luchtpijp zat en plotseling was ik onder water, trok de bruine rivier me naar beneden, reikten lange vlammen naar mijn keel, mijn longen. '(...) de welbekende Laure Dessanges! Vreemd dat zij haar oudtante niet een aantal van haar geheimen heeft weten te ontfutselen. Ik persoonlijk geef verre de voorkeur aan de onopgesmukte charme van Crêpe Framboise boven Laures elegante, maar wel wat karige gerechten.'

Ik kon weer ademhalen. Niet de neef, maar de nicht. Ik was aan de ontdekking ontsnapt.

Op dat moment zwoer ik dat er geen plaats meer zou zijn voor dwaasheden, er werd niet meer met vriendelijke culinaire journalisten gepraat. Een week later kwam een fotograaf van een ander Parijs tijdschrift om me interviewen, maar ik weigerde hem te woord te staan. Er kwamen verzoeken voor interviews per post, maar ik liet ze onbeantwoord. Een uitgever kwam met een schriftelijk aanbod om een kookboek te schrijven. Voor het eerst werd Crêpe Framboise overspoeld door mensen uit Angers, door toeristen, door elegante mensen met opzichtige nieuwe auto's. Ik stuurde hen met tientallen tegelijk weg. Ik had mijn vaste klanten en mijn tien tot vijftien tafels, en voor zoveel mensen had ik geen plaats.

Ik probeerde me zo normaal mogelijk te gedragen. Ik weigerde tafels te reserveren. De mensen stonden op de stoep in de rij. Ik moest er nog een serveerster bij nemen, maar verder negeerde ik de onwelkome aandacht. Zelfs toen de kleine culinaire journalist terugkwam om met me te discussiëren en op me in te praten, luisterde ik niet naar hem. Nee, hij mocht mijn recepten niet in zijn column gebruiken. Nee, er kwam geen boek. Geen foto's. Crêpe Framboise bleef wat het was: een provinciale crêperie.

Ik wist dat ze me met rust zouden laten als ik hun maar lang genoeg nul op het rekest gaf. Maar toen het zover was, was het onheil al geschied. Nu wisten Laure en Yannick waar ze me konden vinden.

Cassis moest het hun verteld hebben. Hij woonde in een appartement vlak bij het stadscentrum, en hoewel hij nooit goed heeft kunnen schrijven, deed hij het af en toe wel. Zijn brieven stonden vol verhalen over zijn beroemde schoondochter en zijn geweldige zoon. Enfin, na het artikel en de beroering die het teweegbracht, deden Yannick en Laure hun best me te vinden. Ze namen Cassis bij wijze van cadeautje mee. Ze schenen te denken dat we op de een of andere manier geroerd zouden zijn wanneer we elkaar na zoveel jaar weer zagen, maar hoewel zijn ogen op een sentimentele manier traanden, bleven de mijne resoluut droog. Er was nauwelijks iets over van de oudere broer met wie ik zoveel gedeeld had: hij was nu dik – zijn gelaatstrekken waren verdwenen in een vormloze deegmassa –, zijn neus was rood, zijn wangen waren dooraderd. Hij lachte aarzelend. Wat ik ooit voor hem gevoeld had, die heldenverering voor de grote broer die in mijn ogen alles kon – in de hoogste boom klimmen, wilde bijen trotseren om hun honing te stelen, de Loire overzwemmen waar hij het breedst was –, was verworden tot een zwakke nostalgie, onder invloed van een gevoel van minachting. Dat alles was per slot van rekening al zo lang geleden. De dikke man voor mijn deur was een vreemde.

Eerst waren ze slim. Ze vroegen niets. Ze waren bezorgd omdat ik alleen woonde, gaven me cadeautjes: een keukenmachine – geschokt als ze waren dat ik die nog niet had –, een winterjas, een radio, en ze boden aan me mee uit te nemen. Ze nodigden me zelfs een keer uit bij hen in hun restaurant te komen eten. Het was een soort schuur met namaakmarmeren tafels met een ruitjespatroon en neonlicht en visnetten aan de muur met gedroogde zeesterren en vrolijk gekleurde plastic krabben erin. Ik zei tamelijk onzeker iets over de aankleding.

'Tja, Mamie, dat is nou kitsch,' legde Laure vriendelijk uit, terwijl ze me een klopje op mijn hand gaf. 'Dat soort dingen zal u wel niet interesseren, maar echt, in Parijs is dit heel erg in.' Ze richtte haar gebit op me. Ze heeft heel witte, heel grote tanden, en haar haar heeft de kleur van verse paprika. Yannick en zij raakten elkaar vaak aan en kusten in het openbaar. Ik moet zeggen dat het me allemaal behoorlijk in verlegenheid bracht. De maaltijd was... modern, neem ik aan. Ik kan niet over dat soort dingen oordelen. Een soort sla met een smakeloze dressing, heel veel groenten, gesneden in de vorm van bloemen. Er kan wat andijvie bij gezeten hebben, maar het waren voor het merendeel gewone slabladeren en radijsjes en worteltjes, maar dan in fantasievorm. Vervolgens een stuk heek – lekker, moet ik zeggen, maar een beetje weinig – met een witte-wijnsaus met sjalotten en een takje munt erbovenop. Vraag me niet waarom. Dan een stukje perentaart, aangekleed met chocoladesaus, poedersuiker en chocoladekrullen. Toen ik stiekem in het menu keek, zag ik een heleboel op-de-borst-klopperige taal, in de trant van 'een nougatine met een selectie van zoetigheid op een verrukkelijke bodem van wafeldun deeg, omgeven door dikke pure chocola en geserveerd met een frisse abrikozencoulis'. Klonk mij in de oren als de bekende, ouderwetse florentine, en toen ik hem zag leek hij niet groter dan een vijffrankstuk. Als je hun beschrijving las leek het wel of Mozes het zelf had meegenomen toen hij de berg afdaalde. En de prijs! Vijfmaal de prijs van mijn duurste menu, en dan nog zonder de wijn. Ik hoefde er natuurlijk niets voor te betalen. Maar de gedachte begon bij me op te komen dat er aan al die plotselinge belangstelling wel eens een prijskaartje zou kunnen hangen.

Dat was ook zo.

Twee maanden later kwam het eerste voorstel. Duizend frank als ik hun mijn recept van *paella antillaise* gaf en het op hun menu liet zetten. Mamie Framboises *paella antillaise*, zoals in de *Hôte & Cuisine* van juli 1991 door Jules Lemarchand vermeld. Eerst dacht ik dat het een grap was. 'Een delicaat samenspel van vers zeebanket, een subtiel geheel vormend met groene bananen, ananas, muskaatdruiven en saffraanrijst.' Ik lachte. Hadden ze zelf niet genoeg recepten?

'Niet lachen, Mamie.' Yannick was bijna bruusk, zijn vrolijke zwarte ogen waren dicht bij de mijne. 'Weet u, Laure en ik zouden u reuze dankbaar zijn.' Hij schonk me een brede, open glimlach.

'Niet bescheiden zijn, Mamie.' Ik wou dat ze me niet zo noemden. Laure legde haar koele, blote arm om me heen. 'Ik zou ervoor zorgen dat iedereen wist dat het úw recept is.'

Ik haalde de hand over mijn hart. Ik vind het eigenlijk niet erg om recepten weg te geven. Ik heb er aan mensen in Les Laveuses tenslotte al heel wat gegeven. Ik zou hun de *paella antillaise* voor niets willen geven, en verder alles wat ze maar lekker vonden, op één voorwaarde: ze mochten de naam Mamie Framboise niet op het menu vermelden. Ik was één keer ternauwernood ontsnapt. Ik wilde niet nog meer aandacht.

Ze gingen meteen akkoord met mijn eisen en brachten er weinig tegenin, en drie weken later verscheen het recept van Mamie Framboises *paella antillaise* in *Hôte & Cuisine*, geflankeerd door een overdreven artikel van Laure Dessanges. 'Ik hoop u binnenkort meer recepten uit de keuken van Mamie Framboise te kunnen brengen,' beloofde ze. 'Tot het zover is, kunt u ze zelf komen proeven in Aux Délices Dessanges in de Rue des Romarins in Angers.'

Ik neem aan dat ze dachten dat ik het artikel toch nooit zelf zou lezen. Misschien dachten ze dat ik niet had gemeend wat ik gezegd had. Toen ik hen erop aansprak, verontschuldigden ze zich als kinderen die betrapt worden op een vertederende grap. Het gerecht bleek al uiterst succesvol, en er waren plannen om een gedeelte van het menu geheel aan Mamie Framboise te wijden, inclusief mijn *couscous à la provençale*, mijn *cassoulet trois haricots* en Mamies beroemde pannenkoeken.

'Weet u, Mamie,' legde Yannick flemend uit. 'Het mooie is dat van u verder helemaal niets verwacht wordt. U hoeft alleen maar uzelf te zijn. Gewóón te doen.'

'Ik zou een column in een tijdschrift kunnen schrijven,' voegde Laure eraan toe. "Mamie Framboise geeft raad" of zo. Die hoeft u natuurlijk niet te schrijven. Dat zou ik allemaal doen.' Ze keek me stralend aan, alsof ik een kind was dat gerustgesteld moest worden.

Ze hadden Cassis weer meegenomen, en ook hij keek stralend, hoewel ook een beetje verward, alsof het hem allemaal een beetje boven de pet ging.

'Maar ik had het jullie toch gezegd,' zei ik, met een vlakke, harde stem, om ervoor te zorgen dat hij niet ging trillen. 'Ik had het jullie gezegd. Ik wil dat allemaal niet. Ik doe er niet aan mee.'

Cassis keek me verbluft aan. 'Maar het is zo'n mooie kans voor mijn zoon,' pleitte hij. 'Denk je eens in wat al die publiciteit voor hem zou kunnen doen.'

Yannick kuchte. 'Wat mijn vader bedoelt,' stuurde hij snel bij, 'is dat we er allemáál beter van kunnen worden. De mogelijkheden zijn onuitputtelijk, als het aanslaat. We zouden jam van Mamie Framboise en koekjes van Mamie Framboise op de markt kunnen brengen. U zou natuurlijk een behoorlijk aandeel krijgen, Mamie.'

Ik schudde mijn hoofd. 'Jullie luisteren niet,' zei ik, luider nu. 'Ik wíl geen publiciteit. Ik wíl geen aandeel. Ik ben niet geïnteresseerd.'

Yannick en Laure wisselden een blik.

'En als jullie denken wat ik denk dat jullie denken,' zei ik scherp, 'dat jullie het net zo goed zónder mijn toestemming kunnen doen – tenslotte heb je niet meer nodig dan een naam en een foto – dan zal ik je eens wat vertellen. Als ik nog één zogenaamd Mamie-Framboiserecept in dat tijdschrift zie – en in welk tijdschrift dan ook – bel ik dezelfde dag nog de redactie op. En dan verkoop ik hun de rechten van ieder recept dat ik heb. Of nee, ik geef ze gewoon aan hen weg.'

Ik was buiten adem; mijn hart hamerde van woede en angst. Maar Mirabelle Dartigens dochter laat niet over zich heen lopen. Ze wisten dat ik ook meende wat ik zei. Ik zag het aan hun gezicht.

Hulpeloos protesteerden ze: 'Maar Mamie –'
'En hou op met dat ge-Mamie!'
'Ik zal wel met haar praten.' Cassis kwam met moeite uit zijn stoel overeind. Ik merkte dat hij met de jaren kleiner was geworden, zachtjes in elkaar gezakt was, als een mislukte soufflé. Zelfs door die kleine inspanning ging zijn ademhaling al moeilijker. 'In de tuin.'
Zittend op een omgevallen boom, naast de put die niet meer gebruikt werd, had ik een vreemd dubbel gevoel, alsof de oude Cassis het dikkemannenmasker van zijn gezicht zou trekken, waardoor hij er weer als vroeger uit zou zien: intens, roekeloos en wild.
'Waarom doe je dit, Boise?' wilde hij weten. 'Komt het door mij?'
Ik schudde langzaam mijn hoofd. 'Dit heeft niets met jou te maken,' zei ik tegen hem, 'of met Yannick.' Ik knikte met mijn hoofd naar de boerderij. 'Je hebt zeker wel gemerkt dat ik de oude boerderij heb weten op te knappen.'
Hij haalde zijn schouders op. 'Ik heb nooit goed begrepen waarom je dat wilde,' zei hij. 'Ik wilde er niets meer mee te maken hebben. Ik krijg al de koude rillingen als ik bedenk dat jij hier woont.' Toen keek hij me met een vreemde, bijna scherpe uitdrukking in zijn ogen aan: hij wist het. 'Maar dat is echt iets voor jou.' Hij glimlachte. 'Jij was altijd haar lieveling, Boise. Je lijkt tegenwoordig zelfs op haar.'
Ik haalde mijn schouders op. 'Je kunt me toch niet ompraten,' zei ik toonloos.
'En nu begin je ook al als haar te klinken.' In zijn stem klonk van alles door: liefde, schuldgevoel, haat. 'Boise –'
Ik keek hem aan. 'Iémand moest de herinnering aan haar levend houden,' zei ik tegen hem. 'En ik wist dat jij dat niet zou zijn.'
Hij maakte een hulpeloos gebaar. 'Maar híér, in Les Laveuses –'

'Niemand weet wie ik ben,' zei ik. 'Niemand legt het verband.' Plotseling grijnsde ik. 'Weet je, Cassis, voor de meeste mensen lijken alle oude vrouwen op elkaar.'

Hij knikte. 'En jij denkt dat Mamie Framboise daar verandering in zou brengen.'

'Daar ben ik van overtuigd.'

Stilte.

'Je bent altijd al goed in liegen geweest,' merkte hij luchtigjes op. 'Ook dat heb je van haar. Een talent voor het verbergen van dingen. Maar ik ben een open boek.' Hij spreidde zijn armen om zijn opmerking kracht bij te zetten.

'Dat is fijn voor je,' zei ik onverschillig. Hij geloofde het zelf ook nog.

'Je bent een goede kokkin, dat moet ik toegeven.' Hij staarde over mijn schouder naar de bomen, zwaarbeladen met rijpend fruit. 'Dat had ze leuk gevonden. Weten dat je de boel draaiend had gehouden. Goh, wat lijk je toch op haar,' herhaalde hij langzaam, niet als compliment, maar als vaststelling van een feit, met enige afkeer, met enig ontzag.

Ze heeft me haar boek nagelaten,' zei ik tegen hem. 'Dat met de recepten erin. Het album.'

Zijn ogen werden groot. 'Echt? Ach, je was altijd al haar lieveling.'

'Ik weet niet waarom je dat steeds zegt,' zei ik ongeduldig. 'Als moeder al een lieveling had, was dat Reinette, niet ik. Weet je nog –'

'Ze heeft het zelf tegen mij gezegd,' verklaarde hij. 'Ze zei dat van ons drieën jij de enige was met een beetje verstand en lef. "Dat sluwe krengetje heeft meer van mij in zich dan jullie tien keer bij elkaar." Dat zei ze.'

Zo zou ze dat gezegd kunnen hebben. Haar stem in de zijne, zo helder en scherp als glas. Ze moet boos op hem geweest zijn, een van haar woedeaanvallen hebben gehad. Ze sloeg ons zelden, maar, lieveheer, die tong van haar!

Cassis trok een gezicht. 'En de maníér waarop ze dat zei,' zei hij zachtjes. 'Zo koud en droog, met die eigenaardige blik in haar ogen, alsof het een soort test was. Alsof ze wilde weten wat ik vervolgens zou doen.'

'En, wat deed je?'

Hij haalde zijn schouders op. 'Huilen, natuurlijk. Ik was pas negen.'

Dat had ik kunnen weten, dacht ik. Dat was altijd zo met hem gegaan. Ondanks al die wildheid was hij veel te gevoelig. Hij liep regelmatig van huis weg. Dan sliep hij buiten in het bos of in de boomhut, ervan overtuigd dat moeder hem er niet voor zou slaan. Heimelijk stimuleerde ze zijn wangedrag, omdat het iets uitdagends had, iets van kracht suggereerde. Ik zou haar in het gezicht gespuugd hebben.

'Vertel me eens, Cassis' – het idee kwam zomaar in me op en ik was plotseling bijna buiten adem van opwinding – 'heeft moeder... Weet jij misschien of ze een vreemde taal sprak? Fins of zo? Een buitenlandse taal?'

Cassis keek verbaasd op en schudde zijn hoofd.

'Weet je dat zeker? In haar album...' Ik vertelde over de bladzijden die vol stonden met een vreemde taal, de geheime pagina's die ik nooit had kunnen ontcijferen.

'Laat eens zien.'

Samen keken we ernaar. Cassis bevoelde de stijve, gele bladen met een beschroomde fascinatie. Ik merkte dat hij het geschrevene niet wilde aanraken, maar hij streek wel vaak met zijn vingers over de andere dingen: foto's, gedroogde bloemen, vleugels van vlinders, opgeplakte stukjes stof.

'Tjee,' zei hij met zachte stem. 'Ik heb nooit kunnen denken dat ze tot zoiets in staat zou zijn.' Hij keek me aan. 'En jij maar zeggen dat je niet haar lieveling was.'

Eerst leek hij meer geïnteresseerd in de recepten dan in alle andere dingen. Hij bladerde het album snel door; zijn vingers schenen toch nog wat van hun lenigheid te hebben behouden.

*'Tarte mirabelle aux amandes,'* fluisterde hij. *'Tourteau fromage. Clafoutis aux cerises rouges.* Die herinner ik me nog!' Zijn enthousiasme was plotseling heel jeugdig, deed erg aan de oude Cassis denken. 'Alles staat erin,' zei hij zachtjes. 'Alles.'

Ik wees naar een van de onbegrijpelijke passages.

Cassis bestudeerde hem even en begon toen te lachen. 'Dat is geen vreemde taal,' zei hij tegen me. 'Weet je niet meer wat dit is?' Hij leek het allemaal erg grappig te vinden, hij bewoog naar voren en naar achteren en haalde piepend adem. Zelfs zijn oren schudden, grote oudemannenoren, als oesterzwammen. 'Dit is de taal die pa heeft uitgevonden. Bilini-enverlini, noemde hij dat. Weet je het niet meer? Hij sprak steeds zo.'

Ik probeerde het me te herinneren. Er moesten nog sporen van zijn, bedacht ik. Maar er was zo weinig. Alles was opgeslokt door die grote, hongerige duisternis. Ik kan me mijn vader nog wel herinneren, maar alleen fragmentarisch. Een geur van motten en tabak van zijn grote, oude jas. De aardpeertjes die hij alleen lekker vond, en die we allemaal eenmaal per week moesten eten. Ik herinner me dat ik op een keer per ongeluk een vishaak in het vlees tussen mijn duim en wijsvinger had gekregen en dat hij zijn armen om me heen had geslagen en tegen me had gezegd dat ik dapper moest zijn. Ik herinner me zijn gezicht door de foto's, allemaal in sepia. En ergens in mijn achterhoofd is iets, heel ver weg, wat door de duisternis wordt prijsgegeven. Vader die tegen ons brabbelt in een verzonnen taal; hij grijnst, Cassis lacht, ik lach, zonder de grap echt te begrijpen, en moeder is voor de verandering ver weg, buiten gehoorsafstand, misschien heeft ze een van haar hoofdpijnaanvallen, een onverwachte vrije dag.

'Ik herinner me wel iets,' zei ik eindelijk.

Hij legde het geduldig uit. Een taal met omgekeerde lettergrepen, omgekeerde woorden, niet-bestaande voorvoegsel en achtervoegsels. *Nikin iwili inheti tiuleggeni*: ik wil het uitleggen. *Raamini ikni iweeti teinni ani iwieni*: maar ik weet niet aan wie.

Vreemd genoeg leek Cassis niet geïnteresseerd in het geheimschrift van mijn moeder. Zijn blik bleef over de recepten dwalen. De rest was dood. De recepten waren iets wat hij kon begrijpen, aanraken, proeven. Ik voelde dat hij slecht op zijn gemak was zo dicht bij mij, alsof het feit dat ik zo op haar leek op hem zou kunnen overspringen.

'Als mijn zoon al die recepten eens kon zien,' zei hij zacht.

'Vertel het hem maar niet,' zei ik scherp. Ik begon Yannick te kennen. Hoe minder hij over ons wist, hoe beter.

Cassis haalde zijn schouders op. 'Natuurlijk niet. Dat beloof ik.'

En ik geloofde hem. Zo zie je maar dat ik toch niet zo erg op mijn moeder leek als hij dacht. Ik vertrouwde hem, god-betere-het, even leek het erop dat hij zich aan zijn belofte had gehouden. Yannick en Laure bleven uit de buurt, Mamie Framboise verdween uit het zicht, en de zomer ging over in de herfst en liet een zacht spoor van dode bladeren achter.

# 6

'Yannick zegt dat hij vandaag Ouwe Moer heeft gezien,' schrijft ze.

> Hij kwam vanmorgen halfwild van opwinding en aan één stuk door pratend van de rivier teruggerend. Hij had in zijn haast zijn vis op de oever laten liggen, en ik verweet hem dat hij zijn tijd verspilde. Hij keek me aan met die trieste, hulpeloze blik en ik dacht dat hij iets ging zeggen, maar hij deed het niet. Ik vermoed dat hij zich schaamt. Ik voel me hard vanbinnen, bevroren. Ik wil iets zeggen, maar ik weet niet precies wat. Ouwe Moer zien betekent ongeluk, zegt iedereen, maar dat hebben we al genoeg gehad. Daarom ben ik misschien zoals ik ben.

Ik nam de tijd voor moeders album. Deels uit angst – voor wat ik zou kunnen ontdekken, voor wat ik me misschien zou moeten herinneren – en deels omdat het verhaal rommelig was: de volgorde van gebeurtenissen was opzettelijk en doeltreffend veranderd, als bij een slimme kaarttruc. Ik kon me nauwelijks de dag herinneren waarover ze het had, hoewel ik er later over droomde. Het handschrift was wel netjes, maar obsessief klein, wat me vreselijke hoofdpijn bezorgde als ik er te lang op tuurde. Ook hierin lijk ik op haar. Ik herinner me haar hoofdpijnen nog heel goed. Ze werden vaak voorafgegaan door wat Cassis haar 'buien' placht te noemen. Nadat ik geboren was, werd het erger, had ze me verteld. Hij was de enige van ons die oud genoeg was om zich haar van voor die tijd te herinneren.

Onder een recept voor warme, gekruide cider schrijft ze:

> Ik weet nog hoe het was om in het licht te leven. Om heel te zijn. Zo was het een tijd voordat C. werd geboren. Ik probeer me te herinneren hoe het was om zo jong te zijn. Waren we maar weggebleven, denk ik telkens. Nooit teruggegaan naar Les Laveuses. Y. probeert te helpen. Maar er zit geen liefde meer in. Hij is nu bang voor me, bang voor wat ik zou kunnen doen. Met hem. Met de kinderen. Lijden heeft niets zoets, wat de mensen ook mogen denken. Het verteert uiteindelijk alles. Y. blijft omwille van de kinderen. Ik moet dankbaar zijn. Als hij me verliet zou niemand slecht over hem denken. Hij is hier immers geboren.

Omdat ze nooit aan haar kwalen wilde toegeven, verdroeg ze de pijn zo lang ze kon en trok zich dan terug in haar verduisterde kamer, terwijl wij stilletjes buiten rondslopen, als behoedzame katten. Ongeveer eenmaal per halfjaar had ze een echt zware aanval, die haar dagen aan bed kluisterde. Een keer, toen ik nog erg jong was, stortte ze in toen ze terugkwam van de put. Ze zakte over haar emmer heen in elkaar, waarbij een guts water op het droge pad voor haar terechtkwam. Haar strooien hoed zakte scheef en haar mond stond open. Haar ogen staarden. Ik was in de moestuin in mijn eentje kruiden aan het plukken. Mijn eerste gedachte was: ze is dood. Haar zwijgen, de zwarte opening van haar mond tegen de strakgetrokken gele huid van haar gezicht, haar ogen als ronde knikkers. Ik zette heel langzaam mijn mand neer en liep op haar af.

Het pad leek vreemd scheef onder mijn voeten, alsof ik een rare bril op had, en ik struikelde een beetje. Mijn moeder lag op haar zij. Eén been was naar buiten gedraaid, haar donkere rok was een beetje opgetrokken, zodat er een laars en kous vrijkwam. Haar mond gaapte hongerig. Ik was heel kalm.

Ze is dood, dacht ik. De gevoelens die deze gedachte losmaakte, waren zo intens dat ik ze even niet kon thuisbrengen. Een heldere komeetstaart van gewaarwordingen die in mijn oksels prikten en mijn maag als een pannenkoek omkeerden. Angst, verdriet, verwarring. Ik zocht ze in mijn binnenste en kon er geen spoor van ontdekken. Nee, een uitbarsting van giftig vuurwerk vulde mijn hoofd met licht. Ik keek onaangedaan naar het lijk van mijn moeder en voelde opluchting, hoop en een lelijke, primitieve vreugde.

*Deze zoetheid...*

Ik voel me hard vanbinnen, bevroren.

Ik weet het, ik weet het. Ik kan niet van je verwachten dat je begrijpt hoe ik me voelde. Het klinkt mij ook belachelijk in de oren, nu ik eraan denk hoe het was, en ik vraag me af of het niet een van die valse herinneringen is. Natuurlijk kan het door de schok zijn gekomen. Mensen voelen vreemde dingen wanneer ze in shocktoestand zijn. Ook kinderen. Met náme kinderen. Wij kinderen, keurig, maar heimelijk wild, opgesloten in onze vreemde wereld tussen de Uitkijkpost en de rivier, waar de Menhirs waakten over onze stiekeme rituelen. Maar toch voelde ik vreugde.

Ik stond naast haar. De dode ogen staarden me aan, zonder te knipperen. Ik vroeg me af of ik ze moest sluiten. Die ronde vissenogen hadden iets verontrustends. Ze leken op de ogen van Ouwe Moer op de dag waarop ik haar eindelijk vastnagelde. Een speekseldraad glinsterde op haar lippen. Ik kwam wat dichterbij.

Haar hand schoot naar voren en greep me bij de enkel. Niet dood dus, maar afwachtend, haar ogen waren helder, met een sluwe blik. Haar mond bewoog moeizaam en bracht ieder woord met glasachtige precisie uit. Ik sloot mijn ogen om niet te gaan schreeuwen.

'Luister. Haal mijn stok.' Haar stem was raspend, metaalachtig. 'Haal hem. Keuken. Snel.'

Ik staarde haar aan. Haar hand hield mijn blote enkel nog omklemd.

'Voelde het aankomen vanmorgen,' zei ze toonloos. 'Wist dat het een grote zou worden. Zag de klok maar half. Rook sinaasappels. Haal de stok. Help me.'

'Ik dacht dat u doodging.' Mijn stem leek griezelig veel op de hare, net als de hare, helder en hard. 'Ik dacht dat u dood was.'

Eén mondhoek trilde en ze maakt een laag blaffend geluid, dat ik uiteindelijk herkende: ze lachte. Ik rende naar de keuken met dat geluid in mijn oren, vond de stok – een zware kronkelige meidoorntak waarmee ze bij de hogere takken van de fruitbomen kon komen – en bracht hem naar haar toe. Ze lag al op haar knieën en zette zich met haar handen af. Van tijd tot tijd schudde ze haar hoofd met een heftig, ongeduldig gebaar, alsof ze door wespen geplaagd werd.

'Mooi.' Ze klonk onduidelijk, alsof ze haar mond vol modder had. 'Ga nu maar weg. Zeg het tegen je vader. Ik ga... naar... mijn kamer.' Met een ruk stond ze op, met behulp van de stok, zwaaide heen en weer, maar bleef overeind op pure wilskracht. 'Ik zei: ga wég!'

Met één klauwende hand sloeg ze onhandig naar me, waardoor ze bijna haar evenwicht verloor, terwijl ze met haar stok in het pad priemde. Ik zette het op een lopen en toen ik ver buiten haar bereik was, draaide ik me pas om. Ik dook achter een bosje aalbessenstruiken om te kijken hoe ze wankelend naar huis liep, haar voeten met grote lussen in het stof achter zich aan slepend.

Het was de eerste keer dat ik me echt bewust werd van mijn moeders kwaal. Mijn vader legde later aan ons uit hoe dat zat met de klok en de sinaasappels, terwijl ze in het donker lag. We begrepen weinig van wat hij zei. Onze moeder had nare aanvallen, zei hij geduldig, hoofdpijn die zo erg was dat ze soms niet eens wist wat ze deed. Hadden we wel eens een zonnesteek gehad? Alsof je watten in je hoofd hebt, alsof alles niet echt is? Dat je denkt dat alles dichterbij is dan het is, dat alles harder klinkt? We keken hem niet-begrijpend aan. Alleen Cassis, negen toen, terwijl ik nog maar vier was, leek het te begrijpen.

'Ze doet dingen,' zei mijn vader, 'dingen die ze zich naderhand niet echt herinnert. Dat komt door die aanvallen.'

We keken hem plechtig aan. *Aanvallen.*

Ik zag mijn moeder op bed liggen in het donker. Haar ogen waren open en vreemde woorden gleden als palingen tussen haar lippen door. Ik zag haar door de muren heen naar me kijken, in mijn binnenste, en heen en weer wiegen terwijl ze die afschuwelijke blaffende lach liet horen. Soms sliep vader in de keukenstoel wanneer moeder een aanval had. Toen we op een ochtend opstonden stond hij boven de gootsteen zijn voorhoofd te wassen en het water was vol bloed. Een ongelukje, zei hij tegen ons. Een stom ongeluk. Maar ik herinner me nog het bloed dat glansde op de schone terracotta tegels. Er lag een stuk brandhout op tafel. Ook daar zat bloed aan.

'Ze doet ons toch geen pijn, hè, papa?'

Hij keek me even aan. Een korte aarzeling. In zijn ogen een berekenende blik, alsof hij besloot hoeveel hij zou vertellen. Toen glimlachte hij. 'Natuurlijk niet, kindje.' Wat een vraag, zei die glimlach. 'Jóú zou ze nooit iets doen.' En hij sloot me in zijn armen. Ik rook tabak en motten en de koekjesachtige geur van oud zweet. Maar ik zal nooit die aarzeling vergeten, die taxerende blik. Even moest hij erover nadenken. Bekeek hij het van alle kanten, vroeg hij zich af hoeveel hij ons zou vertellen. Misschien dacht hij dat hij tijd had, tijd genoeg om ons alles uit te leggen wanneer we ouder waren.

Later die avond hoorde ik geluiden uit de kamer van mijn ouders komen: geschreeuw en brekend glas. Ik stond vroeg op en kwam tot de ontdekking dat mijn vader de hele nacht in de keuken had geslapen. Mijn moeder stond laat maar opgewekt op, zo opgewekt als ze maar kon, en zong voor zich heen met een zachte, vlakke stem, terwijl ze in de groene tomaten in haar ronde koperen jampan roerde en mij een handvol gele pruimen uit de zak van haar schort toestopte. Verlegen vroeg ik haar of ze zich beter voelde. Ze keek me niet-begrijpend aan; haar gezicht was zo wit en nietszeggend als een schoon bord. Later glipte ik haar kamer binnen, waar mijn vader waspapier over een kapotte ruit aan het plakken was. Er lag glas op de grond van het raam en van de pendule, die nu voorover op de houten vloer lag. Op het behang zat een opgedroogde roodachtige vlek, vlak boven het ledikant, en mijn ogen werden er telkens gefascineerd naartoe getrokken. Ik zag de vijf komma's van haar vingertoppen waar ze tegen het behang waren gekomen, en de afdruk van haar handpalm. Toen ik een paar uur later keek, was de muur schoongeboend en de kamer weer op orde. Mijn ouders kwamen er geen van tweeën op terug en deden allebei alsof er niets vervelends was gebeurd. Maar daarna hield mijn vader 's nachts onze slaapkamerdeur op slot en onze ramen vergrendeld, bijna alsof hij bang was dat er iemand in zou breken.

# 7

Toen mijn vader stierf, voelde ik weinig echt verdriet. Wanneer ik naar verdriet zocht, vond ik alleen een hard plekje in mezelf, als een pit in een vrucht. Ik hield mezelf steeds voor dat ik zijn gezicht nooit meer zou zien maar, hoe dan ook, ik was het inmiddels al bijna vergeten. Hij was een soort icoon geworden, met grote, naar de hemel opgeslagen ogen, als een gipsen heiligenbeeld, en met uniformknopen die goudgeel glansden. Ik probeerde me voor te stellen hoe hij dood op het slagveld lag, in een massagraf; hij was opgeblazen door een mijn die zijn gezicht had verbrijzeld. Ik stelde me gruwelen voor, maar ze waren even onwerkelijk voor me als nachtmerries. Cassis vond het het ergst. Nadat we het nieuws hadden ontvangen, liep hij van huis weg, bleef twee dagen weg en keerde ten slotte uitgeput, hongerig en overdekt met muggenbulten terug. Hij had aan de overkant van de Loire geslapen, waar de bossen geleidelijk overgaan in moeras. Ik denk dat hij het wilde plan had opgevat om bij het leger te gaan, maar verdwaald was en urenlang in kringetjes had gelopen totdat hij weer bij de Loire was uitgekomen. Hij probeerde zich eruit te bluffen, te doen alsof hij avonturen had beleefd, maar deze ene keer geloofde ik hem niet.

Daarna begon hij met andere jongens te vechten, en vaak kwam hij thuis met gescheurde kleren en bloed onder zijn nagels. Hij was urenlang alleen in de bossen. Hij huilde nooit om vader en was daar trots op. Hij vloekte zelfs tegen Philippe Hourias toen die hem een keer probeerde te troosten. Reinette daarentegen leek van de aandacht die vaders dood met zich bracht, te genieten. De mensen kwamen langs met geschenken of gaven haar een aai over haar hoofd als ze haar in het dorp tegenkwamen. In het café werd onze toekomst en die van onze moeder met zachte, ernstige stem besproken. Mijn zus leerde op commando tranen in haar ogen te krijgen, en cultiveerde een dappere weesjesglimlach, die haar cadeautjes in de vorm van snoep opleverden en de reputatie de gevoeligste van het gezin te zijn.

Mijn moeder sprak na zijn dood nooit meer over hem. Het leek wel of vader nooit bij ons gewoond had. Zonder hem ging alles op de boerderij gewoon door, misschien zelfs met nog grotere efficiency dan voorheen. We groeven de rijen aardperen op, die alleen hij lekker had gevonden, en vervingen ze door asperges en paarse broccoli, die deinden en fluisterden op de wind. Ik begon akelige dromen te krijgen waarin ik onder de grond lag te rotten, overweldigd door de stank van mijn eigen bederf. Ik verdronk in de Loire en voelde de slijmerige laag op de rivierbodem over mijn dode vlees heen kruipen, en wanneer ik mijn hand uitstak en om hulp riep, voelde ik honderden andere lichamen, schouder aan schouder, om me heen zachtjes op de onderstroom in de rivier deinen. Sommige waren heel, sommige waren onvolledig; ze hadden geen gezicht of grijnsden bizar met ontzette kaken, en rolden met hun dode ogen ter uitbundige verwelkoming. Ik werd zwetend en gillend uit deze dromen wakker, maar moeder kwam nooit. Cassis en Reinette kwamen wel, de ene keer ongeduldig, de andere keer vriendelijk. Soms knepen ze me en dreigden op zachte, geërgerde toon; dan weer namen ze me in hun armen en wiegden me weer in slaap. En soms vertelde Cassis verhalen en zaten Reine-Claude en ik met wijdopen ogen in het maanlicht te luisteren. Verhalen over reuzen en heksen en mensetende rozen en bergen en draken die zich voordeden als mensen. O, Cassis kon in die tijd heel goed verhalen vertellen, en al was hij dan soms onaardig en stak hij vaak de draak met mijn nachtmerries, de verhalen herinner ik me nu nog het best, en ook zijn glanzende ogen.

# 8

Na de dood van vader kwamen wij bijna net zoveel te weten over moeders aanvallen als hij. Wanneer er een begon, sprak ze een beetje vaag en had ze last van spanning rond haar slapen die zich verried door de ongeduldige bewegingen van haar hoofd, als een kip die graantjes pikt. Wanneer ze iets wilde pakken, een lepel of een mes, greep ze er soms naast en ze sloeg herhaaldelijk met haar hand tegen de tafel of de aanrecht, alsof ze moest voelen waar het voorwerp was. Soms vroeg ze hoe laat het was, hoewel de grote ronde keukenklok vlak voor haar hing. En altijd stelde ze op die momenten dezelfde scherpe, achterdochtige vraag: 'Heeft een van jullie sinaasappels mee naar huis genomen?'

We schudden zwijgend ons hoofd. Sinaasappels waren zeldzaam; we aten er maar heel af en toe een. Op de markt in Angers zagen we ze wel eens: grote Spaanse sinaasappels met een dikke schil vol kuiltjes, bloedsinaasappels uit het zuiden met een fijnere schil, opengesneden, zodat het bloedende paarse vruchtvlees zichtbaar was. Onze moeder bleef altijd uit de buurt van deze stalletjes, alsof de aanblik haar al ziek maakte. Toen een vriendelijke vrouw op de markt ons drieën een keer een sinaasappel gaf, mochten we van onze moeder pas het huis in toen we ons hadden gewassen, onder onze nagels hadden geboend en met citroenmelisse en lavendel over onze handen hadden gewreven. Ook toen nog beweerde ze dat ze de sinaasappelgeur op ons kon ruiken, en ze liet het raam twee dagen openstaan totdat de geur helemaal verdwenen was. Natuurlijk waren de sinaasappels van haar aanvallen alleen maar verbeelding. De geur luidde haar migraineaanvallen in, en een paar uur later lag ze in het donker met een in lavendelwater gedoopte zakdoek over haar hoofd en haar pillen binnen handbereik. Morfine, zo ontdekte ik later.

Ze gaf nooit een verklaring. De informatie die we wisten te verzamelen, was gebaseerd op langdurige observatie. Wanneer ze de migraine voelde opkomen, trok ze zich gewoon in haar kamer terug, zonder opgaaf van redenen, en liet ze ons aan ons lot over. Daardoor begonnen we deze aanvallen als een soort vakantie te zien, die duurde van een paar uur tot een hele dag, en soms zelfs twee dagen. Vrije tijd, waarin we verwilderden. Het waren voor ons heerlijke dagen, dagen die van mij eeuwig hadden mogen duren. We zwommen in de Loire of vingen rivierkreeft in de ondiepe gedeelten, we verkenden de bossen, we aten ons misselijk aan kersen of pruimen of groene klapbessen, we vochten, beslopen elkaar met aardappelschieters en versierden de Menhirs met de buit van onze avonturen.

De Menhirs waren de overblijfselen van een oude steiger, die reeds lang door de stroming was weggevaagd. Vijf stenen pilaren, waarvan er één korter was dan de rest, staken uit het water. Uit alle vijf stak aan de zijkant een metalen kram waaraan ooit planken bevestigd waren geweest en daar liepen nu roesttranen de verrotte steen in. Op deze metalen uitsteeksels hingen we onze trofeeën: barbaarse guirlandes van vissenkoppen en bloemen, symbolen die in geheimtaal waren geschreven, toverstenen en kunstwerken van drijfhout. De laatste pilaar stond helemaal in diep water, op een punt waar de stroming erg sterk was, en hier verborgen we onze schatkist. Dat was een in wasdoek gewikkelde blikken trommel die verzwaard was met een stuk ketting. De ketting was aan een touw vastgemaakt, dat weer vastzat aan de pilaar die we allemaal de Schatsteen noemden. Om de schat op te vissen, moest je eerst naar de laatste steen zwemmen, wat geen geringe prestatie was, en dan, je met één arm vastklemmend aan de steen, de trommel ophijsen, hem losmaken en ermee terugzwemmen naar de kant. Het was een uitgemaakte zaak dat alleen Cassis dit kon. De 'schat' bestond hoofdzakelijk uit dingen die voor geen enkele volwassene waardevol zouden zijn. Aardappelschieters, kauwgom die in vetvrij papier was verpakt om hem goed te houden, een gerstesuikerstaaf, drie sigaretten, een paar munten in een versleten beurs, foto's van actrices – deze waren, evenals de sigaretten, van Cassis – en een paar exemplaren van een geïllustreerd tijdschrift dat gespecialiseerd was in sensatieverhalen.

Wanneer we, zoals Cassis dat noemde, op 'jacht' gingen, ging Paul Hourias soms met ons mee, maar hij werd nooit helemaal ingewijd in onze geheimen. Ik mocht Paul graag. Zijn vader verkocht aas aan de weg naar Angers en zijn moeder deed verstelwerk voor anderen om rond te kunnen komen. Hij was het enige kind van ouders die oud genoeg waren om zijn grootouders te kunnen zijn, en hij bleef zo veel mogelijk bij hen uit de buurt. Hij leefde zoals ik graag wou leven. 's Zomers bracht hij hele nachten in de bossen door zonder dat zijn familie zich daar ongerust over maakte. Hij wist waar je paddestoelen kon vinden en hoe je fluitjes van wilgentenen moest snijden. Zijn handen waren snel en zeker, maar hij was vaak onhandig en langzaam in zijn spraak, en wanneer er volwassenen in de buurt waren, stotterde hij. Hoewel hij niet veel in leeftijd verschilt van Cassis, ging hij niet naar school. Hij hielp op de boerderij van zijn oom, waar hij de koeien molk en ze van en naar de wei bracht. Hij had ook veel geduld met mij, veel meer dan Cassis; hij lachte me nooit uit als ik iets niet wist en keek nooit op me neer omdat ik klein was. Hij is nu natuurlijk oud, maar soms denk ik wel eens dat hij van ons vieren het jongst gebleven is.

# Deel twee

# Verboden vruchten

# *1*

Het was begin juni en het beloofde een hete zomer te worden. De Loire stond laag en het drijfzand en de aardverschuivingen zorgden voor problemen. Er waren ook slangen, meer dan anders, bruine adders met platte koppen, die in de koele modder in de ondiepe gedeelten op de loer lagen. Toen Jeannette Gaudin op een middag ging pootjebaden, werd ze door een van deze slangen gebeten; ze werd een week later op het kerkhof van de Saint-Bénédictkerk begraven, onder een klein kruis en een engel. 'Hier rust onze teerbeminde dochter – 1934-1942.' Ik was drie maanden ouder dan zij.

Plotseling was het alsof er een gapende afgrond onder me was opengegaan, een heet, diep gat, als een reusachtige mond. Als Jeannette dood kon gaan, kon ik dat ook. Dan kon iedereen dat. Cassis keek vanuit de hoogte van zijn dertien jaar met enige minachting op me neer. 'In de oorlog gaan er vaak mensen dood, suffie. Ook kinderen. Er gaan de hele tijd mensen dood.'

Ik probeerde het uit te leggen en merkte dat ik dat niet kon. Dat er soldaten doodgingen, onder wie mijn eigen vader, was tot daaraan toe. Zelfs dat burgers bij bombardementen omkwamen, hoewel daar in Les Laveuses niet veel sprake van was. Maar dit was anders. Mijn nachtmerries werden erger. Ik zat met mijn visnet bij de rivier in de ondiepten urenlang kwaadaardige bruine slangen te vangen. Ik sloeg hun platte, sluwe kop met een steen stuk en spijkerde de lijken aan de blootliggende wortels langs de rivieroever. Na een week hingen er zo'n twintig slap naar beneden, en de stank – visachtig en vreemd zoet, als iets slechts wat gefermenteerd was – was overweldigend. Cassis en Reinette waren nog op school – ze gingen allebei naar het *collège* in Angers – en het was Paul die me aantrof met een knijper op mijn neus tegen de stank, terwijl ik met mijn net halsstarrig in de modderige brij aan de oever bleef roeren.

Hij droeg een korte broek en sandalen en had zijn hond Malabar aan een stuk touw.

Ik wierp hem een onverschillige blik toe en keerde me weer naar het water. Paul ging naast me zitten en Malabar liet zich hijgend op het pad vallen. Ik schonk geen aandacht aan hen. Eindelijk zei Paul iets. 'W-wat is er aan de hand?'

Ik haalde mijn schouders op. 'Niks. Ik ben gewoon aan het vissen, dat is alles.'

Weer stilte. 'Op s-slangen.' Hij deed zijn best geen emotie in zijn stem te laten doorklinken.

Ik knikte tamelijk uitdagend. 'Ja, en?'

'O, niks.' Hij klopte op Malabars kop. 'Je mag doen wat je wilt.'

Een stilte die als een hardlopende slak tussen ons in kroop.

'Ik vraag me af of het pijn doet,' zei ik na een tijdje.

Hij dacht even na, alsof hij wist wat ik bedoelde, en schudde toen zijn hoofd. 'Kweenie.'

'Ze zeggen dat het gif in je bloed gaat zitten en je verdooft. Alsof je in slaap valt.'

Hij keek me neutraal aan, niet instemmend maar ook niet afwijzend. 'C-Cassis zegt dat Jeannette Gaudin Ouwe Moer gezien moet hebben,' zei hij na een poos. 'Je weet wel. Daarom heeft de slang haar ge-b-beten. De vloek van Ouwe Moer.'

Ik schudde mijn hoofd. Cassis, die graag verhalen vertelde en lugubere avonturen las in tijdschriften, met titels als De vloek van de mummie of De barbaarse zwerm, zei dat soort dingen ook altijd.

'Volgens mij bestaat Ouwe Moer niet eens,' zei ik uitdagend. 'Ik heb haar in ieder geval nog nooit gezien. Trouwens, vervloekingen bestaan niet. Dat weet iedereen.'

Paul keek me met droevige, verontwaardigde ogen aan. 'Tuurlijk wel,' zei hij. 'Ze zit daar beneden. M-mijn vader heeft haar een keer gezien, heel lang voordat ik geboren werd. De g-grootste snoek die je ooit gezien hebt. Een week later brak hij zijn been toen hij van zijn f-fiets viel. 'Zelfs jouw váder heeft–' Hij zweeg en sloeg plotseling verward zijn ogen neer.

'Mijn vader niet,' zei ik scherp. 'Mijn vader kwam om op het slagveld.' Ik zag hem plotseling levendig voor me, zoals hij als een enkele schakel in een eindeloze rij onvermoeibaar doormarcheerde naar een gapende horizon.

Paul schudde zijn hoofd. 'Ze zit daar,' zei hij koppig. 'In het diepste gedeelte van de Loire. Ze is misschien veertig of vijftig jaar oud. Snoeken leven lang, de oude. Ze is even zwart als de modder waar ze in leeft. En ze is slím! Achterlijk slim. Ze pakt even gemakkelijk een vogeltje van het water als ze een stukje brood inslikt. Mijn vader zegt dat ze helemaal geen snoek is, maar een spook, een moordenares, die gedoemd is de levenden eeuwig in de gaten te houden. Daarom haat ze ons.'

Paul sprak zelden zoveel en ik luisterde onwillekeurig aandachtig naar wat hij zei. Er deden over de rivier vele verhalen de ronde waaronder ook veel kletspraatjes, maar het verhaal over Ouwe Moer hield het langst stand. De reuzensnoek, met haar doorboorde lippen, vol haakjes van vissers die hadden geprobeerd haar te vangen. Haar ogen blonken van een kwaadaardige scherpzinnigheid. In haar buik zaten spullen van onbekende herkomst, die een onschatbare waarde hadden.

'Mijn vader zegt dat zij, als je haar vangt, een wens van

je moet vervullen' zei Paul. 'Hij zegt dat hij wel een miljoen frank wil en ook wel even het ondergoed van Greta Garbo wil zien.' Hij grijnsde schaapachtig. Echt iets voor volwassenen, leek zijn glimlach te willen zeggen.

Ik dacht hierover na. Ik realiseerde me dat ik niet in vloeken of wensen geloofde die zomaar uit de lucht kwamen vallen, maar het beeld van de oude snoek wilde me niet loslaten.

'Als ze er is, zouden we haar kunnen vangen,' zei ik abrupt tegen hem. 'Het is onze rivier. Dat zouden we kunnen doen.' Het was plotseling duidelijk voor me; het was niet alleen mogelijk, het was zelfs een plicht. Ik dacht aan de dromen die me hadden geplaagd sinds mijn vader stierf: dromen over verdrinking, over blind in de donkere golven van de gezwollen Loire deinen met het klamme gevoel van dood vlees overal om me heen, over schreeuwen en mijn schreeuw teruggeduwd voelen worden in mijn keel, over in mezelf verdrinken. Op de een of andere manier was de snoek de personificatie van dit alles, en hoewel ik zeker niet zo analytisch dacht, wist iets in mij plotseling stellig dat als ik Ouwe Moer ving, er íéts zou kunnen gebeuren. Wat dat iets zou kunnen zijn, wilde ik niet onder woorden brengen, zelfs niet voor mijzelf. Maar iets, dacht ik met stijgende, onbegrijpelijke opwinding. Iéts.

Paul keek me niet-begrijpend aan. 'Haar vangen?' herhaalde hij. 'Waarvoor?'

'Het is ónze rivier,' zei ik koppig. 'Ze mag niet in onze rivier zijn.' Wat ik bedoelde was dat de snoek me heimelijk ergens diep vanbinnen belédigde, veel meer dan de slangen hadden gedaan; ze was sluw en oud en bezat een boosaardige zelfgenoegzaamheid. Maar ik kon dat niet formuleren. Het was een monster.

'Ach, dat lukt je toch nooit,' vervolgde Paul. 'Er zijn al zoveel mensen geweest die het geprobeerd hebben. Grote mensen. Met lijnen en netten en zo. Ze bijt de netten stuk.

En de lijnen... die breekt ze zó doormidden. Ze is namelijk heel sterk. Sterker dan wij.'

'Dat hoeft niet,' hield ik vol. 'We zouden haar in de val kunnen lokken.'

'Je moet wel heel slim zijn om Ouwe Moer in de val te laten lopen,' zei Paul onverstoorbaar.

'Nou en?' Ik begon nu boos te worden, en ik keerde me naar hem toe met gebalde vuisten en verbeten gezicht. 'Dan zíjn we toch slim! Cassis en ik en Reinette en jij. Met zijn vieren. Of ben je bang?'

'Ik ben niet b-bang, maar het k-k-kan niet.' Hij begon weer te stotteren, zoals altijd wanneer hij onder druk gezet werd.

Ik keek hem aan. 'Nou, ik doe het zelf wel als je niet wilt helpen. En ik zal die ouwe snoek vangen ook. Wacht maar af.' Om de een of andere reden prikten mijn ogen. Ik veegde ze steels met de onderkant van mijn hand droog. Ik zag dat Paul me nieuwsgierig bekeek, maar hij zei niets. Boos porde ik met mijn net in het warme ondiepe water. 'Het is maar een ouwe vís,' zei ik. Por. 'Ik vang hem en hang hem aan de Menhirs.' Por. 'Dáár.' Ik wees met mijn druipende net naar de Schatsteen. 'Dáár,' zei ik zacht, en ik spuugde op de grond om te bewijzen dat ik de waarheid sprak.

## 2

Mijn moeder rook die warme maand de hele tijd sinaasappels. Wel eenmaal per week, hoewel dat niet iedere keer tot een aanval leidde. Terwijl Cassis en Reinette op school waren, rende ik naar de rivier, meestal alleen, maar soms in het gezelschap van Paul, wanneer hij onder zijn klusjes op de boerderij uit kon komen.

Ik had een lastige leeftijd bereikt en aangezien ik die lange dagen meestal niet in het gezelschap van mijn broer en zus was, werd ik brutaal en opstandig; ik rende weg wanneer mijn moeder me opdroeg iets te doen, sloeg maaltijden over en kwam laat en vies thuis. Mijn kleren zaten vol gele vegen van het stof van de rivieroever, mijn haar hing los en was tegen mijn hoofd geplakt van het zweet. Ik moet met confrontatieneigingen geboren zijn, maar in de zomer van mijn negende jaar had ik ze meer dan ooit. Mijn moeder en ik slopen om elkaar heen als katten die hun territorium afbakenen. Iedere aanraking was een vonk die siste van de statische elektriciteit. Ieder woord was een mogelijke belediging, ieder gesprek een mijnenveld. Tijdens het eten zaten we met boze gezichten recht tegenover elkaar boven onze soep en pannenkoeken. Cassis en Reine zaten als bange hovelingen naast ons, zwijgend en met grote ogen.

Ik weet niet waarom we onze krachten zo met elkaar maten; misschien kwam het gewoon doordat ik groter werd. De vrouw voor wie ik tijdens mijn kinderjaren doodsbang was geweest, begon ik in een ander licht te zien nu ik in de puberteit begon te komen. Ik zag het grijs in haar haar en de lijnen om haar mond. In een flits zag ik met minachting dat ze niet meer dan een ouder wordende vrouw was wier aanvallen haar weerloos naar haar kamer stuurden.

En ze provoceerde me. Opzettelijk. Althans, dat dacht ik. Nu denk ik dat ze er misschien niets aan kon doen, dat het evenzeer in haar ongelukkige aard lag dat ze mij provoceerde als het in de mijne lag dat ik haar tartte. Het leek wel of ze die zomer alleen maar haar mond opendeed om me te bekritiseren. Mijn manieren, mijn kleding, mijn uiterlijk, mijn meningen. In haar ogen was op alles iets aan te merken. Ik was slonzig; ik liet mijn kleren op een hoop op het voeteneind van mijn bed liggen wanneer ik ging slapen. Ik liep niet rechtop; ik kreeg nog eens een bochel als ik niet oppaste. Ik was gulzig; ik propte me vol met fruit uit de boomgaard. Ik had verder geen grote eetlust; ik werd mager en schriel. Waarom leek ik niet meer op Reine-Claude? Mijn zus was met haar twaalf jaren al een vrouw. Zacht en zoet als donkere honing, met amberkleurige ogen en herfstkleurig haar. Ze vertegenwoordigde alle heldinnen uit de verhalen die ik ooit had willen zijn, en alle godinnen van het filmdoek die ik bewonderd had. Toen we nog klein waren, mocht ik haar haar vlechten. Ik weefde bloemen en bessen door de dikke slierten haar en zette een krans van akkerwinde op haar hoofd, zodat ze eruitzag als een bosnimf. Maar tegenwoordig had ze bijna iets volwassens, met haar kalmte, haar passieve liefheid. Naast haar leek ik wel een kikker, zei mijn moeder tegen me, een lelijk, mager kikkertje, met mijn brede, norse mond en mijn grote handen en voeten.

Eén van die conflicten tijdens de maaltijd staat me nog helder bij. We aten *paupiettes*, van die kleine pakketjes gehakt met kalfsvlees eromheen, dichtgebonden met een touwtje en gaar gestoofd in witte wijn met wortelen, sjalotten en tomaten. Ik keek met norse desinteresse naar mijn bord. Reinette en Cassis hielden zich zorgvuldig afzijdig en keken nergens naar.

Mijn moeder balde haar handen tot vuisten, woedend omdat ik niets zei. Na mijn vaders dood was er niemand die haar woede temperde, en die was nooit ver weg, borrelde altijd onder de oppervlakte. Ze sloeg ons zelden – voor die tijd heel ongewoon, bijna een rariteit – maar dat kwam niet, vermoed ik, door een sterk gevoel van genegenheid. Ze was eerder bang dat ze misschien niet meer kon ophouden als ze eenmaal begon.

'Verdorie, hang toch niet zo.' Haar stem was zo zuur als een onrijpe klapbes. 'Je weet dat als je met een kromme rug zit, je ooit zo zal eindigen.'

Ik wierp haar een snelle, brutale blik toe en zette mijn ellebogen op tafel.

'Ellebogen van tafel,' zei ze bijna kreunend. 'Kijk naar je zus. Kijk dan. Zit zij in elkaar gezakt? Gedraagt zij zich als een stugge boerenknecht?'

Het kwam niet bij me op om Reinette iets kwalijk te nemen. Het was mijn moeder tegen wie ik wrok koesterde, en ik liet dat met iedere beweging van mijn gladde jonge lichaam zien. Ik gaf haar ieder mogelijk excuus om me niet met rust te laten. Ze wilde dat de kleren aan de waslijn aan de zoom werden opgehangen: ik hing ze aan de kraag op. De potten in de voorraadkelder moesten met de etiketten naar voren staan: ik draaide ze naar achteren. Ik vergat mijn handen te wassen voor het eten. Ik veranderde de volgorde van de pannen die aan de keukenmuur hingen van groot naar klein. Ik liet het keukenraam openstaan, zodat het door de tocht dichtsloeg als ze de deur opendeed. Ik overtrad wel duizend persoonlijke regels van haar en zij reageerde op iedere overtreding met dezelfde verbijsterde woede. Voor haar waren al die regeltjes belangrijk, omdat ze anders haar greep op onze wereld zou verliezen. Als je die haar ontnam, was ze net als wij: verweesd en verloren.

Natuurlijk wist ik dat toen niet.

'Je bent een hard krengetje, weet je dat?' zei ze ten slotte, terwijl ze haar bord wegschoof. 'Spijkerhard.' Haar stem verried vijandigheid noch genegenheid, alleen maar een soort koele desinteresse. 'Zo was ik vroeger ook,' zei ze. Het was de eerste keer dat ik haar ooit over haar eigen jeugd hoorde praten. 'Toen ik zo oud was als jij.' Ze glimlachte strak en vreugdeloos. Ik kon me niet voorstellen dat ze ooit jong was geweest. Ik prikte in mijn *paupiette* in de opstijvende saus.

'Ik wilde ook altijd met iedereen ruziemaken,' zei mijn moeder. 'Ik had alles willen opofferen, iedereen willen kwetsen, om te bewijzen dat ik gelijk had. Om te winnen.' Ze keek me aandachtig en nieuwsgierig aan; haar zwarte ogen waren als speldenprikken in teer. 'Tegendraads, dat ben je. Zodra je geboren was, wist ik dat je zo zou worden. Met jou begon het allemaal opnieuw, maar dan nog erger. Zoals jij 's nachts schreeuwde en weigerde te drinken! En ik maar wakker liggen met de deuren dicht en een barstende koppijn.'

Ik gaf geen antwoord.

Even later lachte mijn moeder tamelijk smalend en ze begon de tafel af te ruimen. Het was de laatste keer dat ze over de oorlog tussen ons sprak, hoewel die nog lang niet voorbij was.

# 3

De uitkijkpost was een grote iep aan onze kant van de Loire, die half over het water hing en een stel dikke wortels had die vanaf de droge oever neerhingen. Het was gemakkelijk om erin te klimmen, zelfs voor mij, en vanaf de hogere takken kon ik heel Les Laveuses overzien. Cassis en Paul hadden er een primitieve boomhut in gebouwd – een platform en een paar gebogen takken eroverheen als dak – maar ik bracht de meeste tijd erin door toen het af was. Reinette zag ertegen op naar boven te klimmen, hoewel dat werd vergemakkelijkt door een touw met knopen erin, en Cassis ging er nog maar zelden naartoe, dus had ik de hut vaak voor mij alleen. Ik ging erheen om na te denken en de weg in de gaten te houden, waar ik soms Duitsers in hun jeeps, of vaker nog op hun motorfietsen, kon zien langskomen.

Natuurlijk had Les Laveuses de Duitsers weinig interessants te bieden. Er was geen barak en geen school en er waren geen openbare gebouwen die ze konden bezetten. Ze vestigden zich dus in Angers en patrouilleerden slechts af en toe in de naburige dorpen. Het enige wat ik op de voertuigen op de weg na van hen zag, waren de groepen soldaten die iedere week naar de boerderij van Hourias werden gestuurd om er producten te vorderen. Onze boerderij werd minder vaak bezocht, omdat wij geen koeien hadden, en alleen maar een paar varkens en geiten. Onze voornaamste bron van inkomsten was fruit en dat seizoen was nog maar net begonnen. Eenmaal per maand kwamen er – niet erg enthousiast – een paar soldaten, maar het beste van onze voorraden was goed verstopt, en moeder stuurde me altijd de boomgaard in wanneer de soldaten kwamen. Maar hun grijze uniformen maakten me toch nieuwsgierig en soms ging ik in de Uitkijkpost zitten om denkbeeldige projectielen naar de jeeps af te vuren wanneer ze voorbijstoven. Ik had niet echt vijandige gevoelens, geen van de kinderen had die. We waren alleen maar nieuwsgierig en zeiden de beledigingen na die we van onze ouders overnamen, zoals 'vuile mof' of 'nazizwijn', omdat kinderen grote mensen nu eenmaal graag nabootsen. Ik had geen idee wat er zich in het bezette Frankrijk afspeelde en wist zelfs nauwelijks waar Berlijn lag.

Een keer kwamen ze een viool vorderen van Denis Gaudin, Jeannettes opa. Jeannette had me er een dag later over verteld. Het was donker aan het worden en de verduisteringsluiken waren al aangebracht. Er werd op de deur geklopt. Haar opa deed open en zag een Duitse officier staan. In beleefd maar omslachtig Frans sprak hij hem aan.

'Monsieur, ik... begrijp... dat u... een viool hebt. Ik... heb hem nodig.'

Een paar officieren hadden naar het scheen besloten een militaire band op te richten. Zelfs de Duitsers zullen behoefte hebben gehad aan een manier om de tijd door te komen.

De oude Denis Gaudin keek hem aan. 'Een viool, *mein Herr*, is als een vrouw,' antwoordde hij op vriendelijke toon. 'Die leen je niet uit.' En zachtjes sloot hij de deur. Het was even stil; de officier liet dit even op zich inwerken. Jeannette keek haar opa met grote ogen aan. Toen hoorden ze buiten de officier lachen en herhalen: '*Wie eine Frau! Wie eine Frau!*'

De officier kwam nooit meer terug en Denis hield nog heel lang zijn viool, tot bijna het eind van de oorlog.

# 4

Voor het eerst die zomer ging mijn belangstelling echter niet naar de Duitsers uit. Ik was een groot deel van de dag, maar ook van de nacht, bezig met het bedenken van een plan om Ouwe Moer te pakken te krijgen. Ik bestudeerde de verschillende vistechnieken. Lijnen voor paling, fuiken voor kreeft, sleepnetten, staande netten, levend aas en kunstaas. Ik ging naar Hourias en zeurde hem net zo lang aan zijn kop tot hij me alles over aas vertelde. Ik groef bloedwormen op aan de zijkant van de oever en leerde ze in mijn mond te nemen om ze warm te houden. Ik ving aasvliegen en reeg ze aan lijnen die volhingen met vishaken, als een vreemdsoortige kerstslinger. Ik maakte vallen van kooien van wilgenteen en draad, en legde er als aas etensrestjes in. Als één van de draden in de kooi werd aangeraakt, klapte de val dicht en vloog het hele zaakje omhoog, het water uit, omdat de gebogen tak eronder losschoot. Ik spande stukken net in de smallere geulen tussen de zandbanken. Ik bracht aan de andere oever vaste lijnen aan met balletjes rottend vlees als aas. Op die manier ving ik altijd wel wat baarzen, kleine alvers, riviergrondels, witvissen en palingen. Ik nam een deel mee naar huis voor het eten en keek hoe mijn moeder de vis bereidde. De keuken was nu de enige neutrale plek in huis, de enige plek waar we onze privé-oorlog even opschortten. Ik stond altijd naast haar en luisterde naar haar zachte, monotone gepraat en samen maakten we haar *bouillabaisse angevine* – een visstoofpot met rode uien en tijm – en in de oven gebraden baars met dragon en wilde paddestoelen. Een deel van mijn buit liet ik in bonte, stinkende slingers bij de Menhirs achter bij wijze van waarschuwing en test.

Maar Ouwe Moer bleef weg. 's Zondags, wanneer Reine en Cassis niet op school waren, probeerde ik mijn passie voor de jacht op hen over te brengen. Maar sinds Reine-Claude eerder dat jaar tot het *collège* was toegelaten, waren ze tot een andere wereld gaan behoren. Vijf jaar scheelde ik met Cassis, drie jaar met Reine. En toch leken ze een hechtere band te hebben dan hun leeftijdsverschil billijkte; ze hadden een aureool van volwassenheid om zich heen en leken zoveel op elkaar met hun mooie gezicht en hoge jukbeenderen dat ze wel een tweeling hadden kunnen zijn. Ze zaten vaak heimelijk met elkaar te fluisteren en te lachen, hadden het over vrienden van wie ik nog nooit gehoord had en lachten om gezamenlijke grappen. Hun gesprekken waren doorspekt met vreemde namen. *Monsieur Toupet*, *madame Froussine*, *mademoiselle Culourd*. Cassis had voor al zijn leraren bijnamen en kon hun gewoonten en stemmen nadoen, wat Reine aan het lachen maakte. Andere namen, zachtjes in het donker gefluisterd als ze dachten dat ik sliep, leken namen van hun vrienden te zijn. Heinemann, Leibniz, Schwartz. Gelach wanneer deze namen werden gefluisterd, vreemd, hatelijk gelach, met een vrolijke noot van schuldgevoel en hysterie. Het waren namen die ik niet herkende, buitenlandse namen, en wanneer ik Cassis en Reine ernaar vroeg, giechelden ze alleen maar en renden ze gearmd weg naar de boomgaard.

Dit ontwijkende gedrag stoorde me meer dan ik ooit had gedacht. Ze waren samenzweerders geworden, terwijl ze voorheen mijn gelijken waren geweest. Plotseling vonden ze al onze gezamenlijke activiteiten kinderachtig. De Uitkijkpost en de Menhirs waren nu voor mij alleen. Reine-Claude beweerde dat ze niet durfde te vissen uit angst voor slangen. Ze bleef in haar kamer, waar ze haar haar in ingewikkelde kapsels borstelde en zuchtend naar foto's van filmactrices keek. Cassis luisterde met beleefde onoplettendheid naar mijn opgewonden plannen en bedacht vervolgens smoezen om me aan mijn lot over te kunnen laten; hij moest een les overschrijven of Latijnse werkwoorden leren voor monsieur Toubon. Ik zou het later, toen ik ouder was, begrijpen. Ze deden hun uiterste best mij bij hen vandaan te houden. Ze maakten afspraken met me die ze niet nakwamen, stuurden me het hele dorp door voor een denkbeeldige boodschap en beloofden me bij de rivier te ontmoeten, maar gingen vervolgens zonder mij het bos in, terwijl ik stond te wachten met tranen van boosheid in mijn ogen. Ze keken onschuldig als ik hen erop aansprak en sloegen quasi-verschrikt hun hand voor hun mond: 'Hebben we echt bij de grote iep gezegd? Laat ik nou toch denken dat we bij de tweede eik hadden afgesproken!' En wanneer ik dan wegsloop, begonnen ze te giechelen.

Ze gingen maar af en toe zwemmen in de rivier. Reine-Claude liep behoedzaam het water in en dan alleen nog maar in de diepe, heldere gedeelten, waar slangen zich niet zo gauw zouden wagen. Ik bedelde om aandacht, door op buitenissige manieren van de oever te duiken en zo lang onder water te zwemmen dat Reine-Claude begon te schreeuwen dat ik verdronken was. Maar toch voelde ik dat ze me langzaam ontglipten, en ik werd overweldigd door een gevoel van eenzaamheid.

Alleen Paul bleef me gedurende die tijd trouw. Hoewel hij ouder was dan Reine-Claude en bijna even oud als Cassis, leek hij jonger, minder wereldwijs. Hij kon in hun bijzijn geen woord uitbrengen en lachte pijnlijk verlegen wanneer ze over school praatten. Paul kon nauwelijks lezen en hij schreef in de moeizame hanenpoten van een veel jonger kind. Hij hield wel van verhalen en ik las hem voor uit de tijdschriften van Cassis wanneer hij naar de Uitkijkpost kwam. We zaten dan samen op het platform. Hij zat met een mesje een stuk hout in model te snijden, terwijl ik Het graf van de mummie of De invasie van Mars voorlas. Tussen ons in lag een half brood en af en toe sneden we er een boterham af. Soms nam hij wat rillettes in een stukje vetvrij papier mee, of een halve camembert. Ik vulde het feestmaal aan met een handvol aardbeien of een van de in as gerolde geitenkaasjes die mijn moeder *petits cendrés* noemde. Vanuit de Uitkijkpost kon ik al mijn netten en vallen zien, die ik ieder uur naliep. Ik stelde ze zonodig opnieuw af en haalde de kleine visjes eruit.

'Wat ga je wensen wanneer je haar vangt?' Inmiddels nam hij stilzwijgend aan dat ik de oude snoek zou vangen en sprak onwillekeurig met ontzag.

Ik dacht na. 'Kweenie.' Ik nam een hap brood met rillettes. 'Het heeft geen zin plannen te maken zolang ik haar niet gevangen heb. Dat kan nog wel even duren.'

Ik was bereid er de tijd voor te nemen. Het was al de derde week in juni en mijn enthousiasme was nog onverminderd. Of eigenlijk nog groter geworden. Zelfs de onverschilligheid van Cassis en Reine-Claude vergrootte mijn halsstarrigheid alleen maar. Ouwe Moer was voor mij een talisman, een onzichtbare, zwarte talisman die, als ik hem te pakken kon krijgen, alles wat krom was recht zou kunnen buigen.

Ik zou hun eens wat laten zien. De dag waarop ik Ouwe Moer ving, zouden ze allemaal versteld staan. Cassis, Reine, mijn moeder... de blik op haar gezícht! Ik zou ervoor zorgen dat ze me zág, misschien zou ze woedend haar vuisten ballen... of bijzonder lief naar me lachen en me omarmen.

Maar hier hield mijn fantasie op. Ik durfde niet door te denken.

'Eigenlijk,' zei ik met bestudeerde loomheid, 'geloof ik niet in wensen. Dat heb ik je al verteld.'

Paul keek cynisch. 'Als je daar niet in gelooft,' bracht hij naar voren, 'waarom doe je dit dan?'

Ik schudde mijn hoofd. 'Dat weet ik niet,' zei ik ten slotte. 'Om iets te doen te hebben, denk ik.'

Hij lachte. 'Echt iets voor jou, Boise,' zei hij tussen de lachbuien door. 'Echt weer iets voor jou! Ouwe Moer vangen om iets te doen te hebben!' En daar begon hij weer. Door zijn onbegrijpelijke hilarische gelach kwam hij schrikbarend dicht bij de rand van het platform, en toen begon Malabar, die met touw aan de voet van de boom was vastgebonden, fel te blaffen en onmiddellijk hielden we ons stil om niet ontdekt te worden.

# 5

Vlak daarna ontdekte ik de lippenstift onder Reine-Claudes matras. Een stomme plek om hem te verstoppen eigenlijk – iedereen had hem kunnen vinden, zelfs moeder – maar Reinette had nooit veel fantasie. Ik was aan de beurt om de bedden op te maken en het ding moet zich onder het onderlaken gewerkt hebben, want daar vond ik hem, tussen de rand van de matras en het hoofdeind in. Eerst wist ik niet wat het was. Moeder had nooit make-up gebruikt. Een kleine goudkleurige staaf, als een stompe pen. Ik draaide aan de dop, voelde weerstand en kreeg hem open. Ik was er uiterst voorzichtig mee aan het experimenteren op mijn arm. Toen hoorde ik achter me iemand naar adem snakken en draaide Reinette me met een ruk om. Haar gezicht was bleek en verwrongen.

‘Geef hier!’ siste ze. ‘Die is van mij!’ Ze griste de lippenstift uit mijn hand en hij viel op de grond, waarna hij onder het bed rolde. Snel viste ze hem met een rood hoofd eronder vandaan.

‘Hoe kom je daaraan?’ vroeg ik nieuwsgierig. ‘Weet moeder dat je hem hebt?’

‘Dat gaat je niks aan,’ zei Reinette, naar adem happend, terwijl ze onder het bed vandaan kwam. ‘Je hebt niet het recht in mijn privé-spullen te snuffelen. En als je het aan iemand durft te vertellen–’

Ik grijnsde. ‘Misschien vertel ik het,’ zei ik tegen haar, ‘en misschien ook niet. Dat hangt ervan af.’ Ze zette een stap naar voren, maar ik was bijna even groot als zij, en hoewel haar woede haar roekeloos maakte, wist ze dat ze beter niet de strijd met me kon aanbinden.

'Vertel je het niet?' vroeg ze op poeslieve toon. 'Ik zal vanmiddag met je gaan vissen, als je dat leuk vindt. We kunnen naar de Uitkijkpost gaan en tijdschriften lezen.'

Ik haalde mijn schouders op. 'Misschien. Waar heb je hem vandaan?'

Reinette keek me aan. 'Beloof dat je het niet zult verklappen.'

'Ik beloof het.' Ik spuugde in mijn hand. Ze aarzelde even en deed toen hetzelfde. We bezegelden de overeenkomst met het schudden van elkaars vochtige handen.

'Goed.' Ze ging op de rand van het bed zitten met haar benen onder zich opgetrokken. 'Op school, in het voorjaar, hadden we een leraar Latijn, monsieur Toubon. Cassis noemt hem monsieur Toupet omdat hij eruitziet alsof hij een pruik draagt. Hij had het altijd op ons gemunt. Hij was degene die de hele klas toen liet nablijven. Iedereen had een hekel aan hem.'

'Heeft een léraar hem aan je gegeven?' Ik kon het niet geloven.

'Nee, suffie. Luister. Je weet dat de moffen de gangen en klaslokalen om de binnenplaats beneden en op de middenverdieping hebben gevorderd. Je weet wel, om zich in te kwartieren. En voor hun exercities.'

Dat had ik al eens gehoord. De oude school, die vlak bij het centrum van Angers stond, met haar grote lokalen en omsloten schoolplein, was voor hun doeleinden ideaal. Cassis had ons over de Duitsers verteld, hoe ze manoeuvres uitvoerden met hun grijze koeienkopmaskers op, dat niemand dan mocht kijken en dat de luiken om de binnenplaats gesloten moesten worden.

'Sommigen van ons slopen naar binnen en bekeken hen door een kier onder een van de luiken,' zei Reinette. 'Eigenlijk was het saai. Een heleboel heen-en-weergeloop en geschreeuw in het Duits. Ik snap niet waarom ze daar zo geheimzinnig over doen.' Ze trok een pruilmondje van ontevredenheid.

'Maar... die ouwe Toupet betrapte ons op een dag,' vervolgde ze, 'en toen hield hij een lange preek tegen ons allemaal, tegen Cassis en mij en... nou ja... allemaal mensen die je toch niet kent. Dat kostte ons onze vrije donderdagmiddag. Hij gaf ons een heleboel extra Latijn op.' Haar mond vertrok vol wrok. 'Alsof híj zo heilig is. Hij kwam zelf ook naar de moffen kijken.' Reinette haalde haar schouders op. 'Enfin,' ging ze op luchtiger toon verder. 'We wisten het hem ten slotte betaald te zetten. Die ouwe Toupet woont in het *collège* – hij heeft kamers naast de slaapzaal van de jongens – en Cassis keek op een dag naar binnen toen Toupet er niet was, en wat denk je?'

Ik haalde mijn schouders op.

'Hij had daar een grote radio staan, onder zijn bed. Zo'n langegolfding.' Reinette was even stil en leek plotseling niet op haar gemak.

'En toen?' Ik keek naar de kleine goudkleurige staaf in haar hand en probeerde het verband te zien.

Er kwam een onplezierig volwassen lachje op haar gezicht. 'Ik weet dat we niets met de moffen te maken mogen hebben, maar je kunt niet iedereen de hele tijd ontlopen,' zei ze op een superieur toontje. 'Je ziet hen per slot van rekening bij de poort of wanneer je in Angers naar de film gaat.' Dit was een voorrecht waar ik Reine-Claude en Cassis hevig om benijdde, dat ze op donderdag naar het stadscentrum mochten, naar de bioscoop of het café; ik trok een gezicht.

'Schiet eens een beetje op,' zei ik.

'Dat dóé ik,' klaagde Reinette. 'Tjee, Boise, wat bén je toch ongeduldig.' Ze verschikte haar haar. 'Zoals ik al zei, kom je hoe dan ook wel eens wat Duitsers tegen. En ze zijn niet allemaal slecht.' Weer dat lachje. 'Sommigen zijn zelfs heel aardig. In ieder geval aardiger dan die ouwe Toupet.'

Ik haalde onverschillig mijn schouders op. 'Dus je hebt die lippenstift van een van hén,' zei ik minachtend. Wat een drukte over zoiets kleins, dacht ik. Echt iets voor Reinette om zich over niets op te winden.

'We hebben hun verteld, of eigenlijk hebben we het alleen maar verméld, dat die ouwe Toupet een radio had,' zei ze. Om de een of andere reden kreeg ze een rode kleur; haar wangen waren pioenrood. 'Hij gaf ons de lippenstift, en voor Cassis een paar sigaretten... en... van alles en nog wat.' Ze sprak nu snel, onstuitbaar, haar ogen schitterden.

'En later zei Yvonne Cressonnet dat zij hen naar de kamer van Toupet zag gaan en de radio weghalen, en dat hij met hen meeging, en nu hebben we in plaats van Latijn een extra aardrijkskundeles van madame Lambert, en niemand weet wat er met hem gebeurd is.'

Haar ogen zochten de mijne. Ik weet nog dat haar ogen bijna goudkleurig waren, de kleur van kokende suikersiroop die dik begint te worden.

Ik haalde mijn schouders op. 'Er zal wel niets met hem gebeurd zijn,' zei ik rationeel. 'Ze sturen zo'n oude man toch niet naar het front alleen maar voor een radio?'

'Nee, natuurlijk niet.' Haar antwoord kwam te snel. 'Trouwens, hij mocht hem toch niet hebben?'

Ik was het met haar eens. Het was tegen de regels. Een leraar moest dat weten. Reine keek naar de lippenstift en draaide hem voorzichtig en koesterend rond in haar hand.

'Dus je zegt niks?' Ze aaide zachtjes over mijn arm. 'Je vertelt het niet, hè, Boise?'

Ik trok mijn arm weg en wreef automatisch over de plek die ze had aangeraakt. Ik hield niet van liefkozingen. 'Spreken jij en Cassis die Duitsers vaak?' vroeg ik haar.

Ze haalde haar schouders op. 'Soms.'

'Vertel je hun nog meer?'

'Nee.' Ze sprak te snel. 'We praten gewoon wat. Luister, Boise, je zegt het toch tegen niemand, hè?'

Ik glimlachte. 'Nou, ik dénk het niet. Niet als je iets voor me doet.'

Ze keek me met toegeknepen ogen aan. 'Wat bedoel je?'

'Ik wil graag een keer met Cassis en jou naar Angers,' zei ik sluw. 'Naar de film, en het café en zo.' Ik liet het even op haar inwerken en ze keek me dreigend aan met ogen die fonkelden als boze messen. 'Anders,' vervolgde ik op schijnheilige toon, 'vertel ik misschien aan moeder dat je met de mensen hebt gepraat die onze vader hebben vermoord. Dat je met hen praat en voor hen spioneert. Vijanden van Frankrijk. Kijken wat ze dan zegt.'

Reinette werd onrustig. 'Boise, je hebt het belóófd!'

Ik schudde plechtig mijn hoofd. 'Dat telt niet, het is mijn patriottische plicht.'

Ik moet overtuigend hebben geklonken. Reinette werd bleek. En toch waren het holle frasen voor mij. Ik voelde geen echte vijandschap jegens de Duitsers. Ook niet wanneer ik eraan dacht dat ze mijn vader hadden gedood, dat de man die het gedaan had er misschien bij was, bij die Duitsers in Angers, een uur fietsen bij ons vandaan, en dat hij misschien in een café een *Gros-Plant* zat te drinken en een Gauloise zat te roken. Ik zag het duidelijk voor me, maar toch deed het me niet veel. Misschien omdat mijn vaders gezicht al in mijn geheugen begon te vervagen. Misschien net als kinderen zelden bij de ruzies van volwassenen betrokken raken en volwassenen zelden de plotselinge vijandigheden begrijpen die zomaar tussen kinderen kunnen ontstaan. Ik klonk streng en afkeurend, maar wat ik werkelijk wilde had niets met onze vader, Frankrijk of de oorlog te maken. Ik wilde er weer bij horen, behandeld worden als een volwassene, als iemand die geheimen weet. En ik wilde naar de bioscoop, Laurel en Hardy zien, Bela Lugosi of Humphrey Bogart, in het flikkerende duister met Cassis aan de ene kant en Reine-Claude aan de andere, misschien met een zakje snoep in mijn hand, of een dropveter.

Reinette schudde haar hoofd. 'Je bent gek,' zei ze eindelijk. 'Je weet dat moeder je nooit alleen naar de stad laat gaan. Je bent nog te jong. Trouwens–'

'Maar ik ga ook niet alleen. Jij of Cassis zou me achter op de fiets kunnen meenemen,' vervolgde ik koppig. Zij reed op de fiets van mijn moeder en Cassis nam vaders fiets mee naar school, een lompe, zwarte, zware fiets. Het was te ver om te lopen, en als ze geen fiets zouden hebben gehad, hadden ze op het *collège* moeten blijven, zoals zoveel plattelandskinderen. 'Het is bijna vakantie. We zouden samen naar Angers kunnen gaan, een film zien, wat rondkijken.'

Mijn zuster maakte een onverzettelijke indruk. 'Dan zal ze willen dat we thuisblijven en op de boerderij werken,' zei ze. 'Je zult het zien. Ze gunt anderen nooit een beetje lol.'

'Als je nagaat hoe vaak ze de laatste tijd sinaasappels heeft geroken,' zei ik praktisch, 'zal dat wel niks uitmaken. We zouden weg kunnen glippen. In haar toestand merkt ze het toch niet.'

Het was gemakkelijk. Reinette was altijd gemakkelijk over te halen. Haar passiviteit had iets volwassens; achter haar geniepige, schattige aard ging een soort luiheid, bijna onverschilligheid schuil. Ze keek me aan en vuurde nog één zwak excuus op me af, als een handvol zand.

'Je bent gek!' In die tijd was alles wat ik deed in de ogen van Reine gek. Gek wanneer ik onder water zwom, gek wanneer ik op één been op de Uitkijkpost balanceerde, gek wanneer ik brutaal was, gek wanneer ik groene vijgen of zure appels at.

Ik schudde mijn hoofd. 'Het wordt een makkie,' zei ik vol overtuiging. 'Je kunt op me rekenen.'

Je ziet hoe onschuldig het begon. Geen van ons had de bedoeling iemand kwaad te doen, en toch zit er in mijn binnenste een kern die zich alles genadeloos en met een volmaakte precisie herinnert. Mijn moeder kende de gevaren voordat wij ze kenden. Ik was zo broeierig en instabiel als dynamiet. Zij wist het en op haar eigenaardige manier probeerde ze me te beschermen door me dicht bij zich te houden, zelfs als ze dat liever niet had gewild. Ze begreep meer dan ik dacht.

Niet dat het me iets kon schelen. Ik had mijn eigen plan, een plan dat even ingewikkeld en zorgvuldig uitgewerkt was als mijn snoekenvallen in de rivier. Ik heb wel eens gedacht dat Paul het misschien doorhad, maar als dat zo was, repte hij er nooit over. Een onbeduidend begin, dat leidde tot leugens, bedrog en erger.

Het begon met een fruitstalletje op de zaterdagmarkt. Vijf juli was het, twee dagen na mijn negende verjaardag.

Het begon met een sinaasappel.

# 6

Tot dat moment was ik altijd te jong bevonden om op marktdagen de stad in te gaan. Mijn moeder was altijd voor negenen in Angers en zette haar stalletje op bij de kerk. Heel vaak ging Cassis of Reinette met haar mee. Ik bleef achter op de boerderij, zogenaamd om klusjes te doen, maar meestal zat ik bij de rivier te vissen of was ik met Paul in de bossen.

Maar dat jaar was anders. Ik was nu oud genoeg om me nuttig te maken, zei ze op haar bruuske manier tegen me. Ik kon niet eeuwig een klein kind blijven. Ze keek me een keer onderzoekend aan. Haar ogen hadden de kleur van oude brandnetels. Bovendien, zo zei ze terloops, zonder de indruk te geven dat er een gunst werd verleend, zou ik later die zomer misschien wel eens naar Angers willen, misschien naar de bioscoop, met mijn broer en zus...

Ik vermoedde dat Reinette aan het werk was geweest. Geen ander had haar kunnen overhalen. Alleen Reinette wist hoe ze haar moeder moest vleien. Ze mocht dan hard zijn, maar ik had de indruk dat haar ogen zachter stonden wanneer ze met Reinette sprak, alsof er onder dat barse uiterlijk een snaar geraakt was. Ik mompelde iets lomps als antwoord.

'Trouwens,' vervolgde mijn moeder, 'misschien doet een beetje verantwoordelijkheid je goed. Word je niet zo wild. Leer je een beetje wat er in het leven toe doet.'

Ik knikte, in een poging iets van Reinettes volgzaamheid te tonen.

Ik geloof dat mijn moeder zich niet liet misleiden. Ze

trok satirisch een wenkbrauw op. 'Je kunt me helpen in de kraam,' zei ze.

En zo ging ik voor het eerst met haar mee naar de stad. We reden samen in het open wagentje met onze koopwaar, overdekt met zeildoek, in kisten naast ons. In één kist zaten cakes en koekjes, in een andere kaas en eieren en in de rest fruit. Het was nog vroeg in het seizoen en hoewel de aardbeien goed waren geweest, was er verder nog weinig rijp. Voordat het seizoen echt begon, vulden we ons inkomen aan door jam te verkopen die gezoet was met de herfstbieten van vorig jaar.

Het was druk in Angers op marktdag. Karren wiel aan wiel in de hoofdstraat, fietsen met rieten manden, een kleine open wagen volgeladen met melkbussen, een vrouw die een plaat met broden op haar hoofd droeg, stalletjes met stapels kastomaten, aubergines, courgettes, uien en aardappels. Het ene stalletje verkocht wol of aardewerk, het andere wijn, melk, conserven, bestek, fruit, tweedehands boeken, brood, vis of bloemen. We installeerden ons vroeg. Er was een fontein naast de kerk waar de paarden konden drinken en waar schaduw was. Het was mijn taak de etenswaar in te pakken en aan de klanten te geven terwijl mijn moeder het geld aannam. Haar geheugen en de snelheid waarmee ze rekende waren fenomenaal. Ze kon een rij prijzen in haar hoofd optellen zonder ooit iets op te hoeven schrijven en ze aarzelde nooit met het teruggeven van geld. Briefjes zaten aan de ene, munten aan de andere kant van haar jasschort en het overschot ging in een oud koekblik dat ze onder het zeil bewaarde. Ik herinner het me nog: roze, met een rozenpatroon op de rand. Ik weet nog hoe de munten en briefjes tegen de zijkant gleden. Mijn moeder geloofde niet in banken. Ze bewaarde ons spaargeld in een trommel onder de keldervloer, samen met de meer waardevolle flessen die ze bezat.

Die eerste marktdag verkochten we alle eieren en alle

kaas binnen een uur. De mensen waren zich bewust van de soldaten die bij de kruising stonden, het geweer losjes rustend op de gekromde elleboog, de gezichten verveeld en onverschillig. Mijn moeder zag me naar de grijze uniformen staren en snauwde naar me.

'Sta hen niet zo aan te gapen, meisje.'

Ook toen ze door de menigte aan kwamen lopen, moesten we hen negeren, hoewel ik mijn moeders hand waarschuwend op mijn arm voelde. Er ging een trilling door haar heen toen hij voor onze stal bleef staan, maar haar gezicht bleef onbewogen. Een gezette man met een rond, rood gezicht, een man die in een ander leven slager zou kunnen zijn geweest, of wijnkoper. Zijn blauwe ogen glansden vrolijk.

'*Ach, was für schöne Erdbeeren.*' Zijn stem klonk joviaal, een beetje alsof hij bier op had, de stem van een man die lekker op vakantie is. Hij nam een aardbei tussen zijn plompe vingers en stopte hem in zijn mond. '*Schmeckt gut, ja?*' Hij lachte niet onvriendelijk. Zijn wangen werden bol. '*Sehr gut!*' Zijn gezicht drukte verrukking uit en hij rolde grappig met zijn ogen naar me. Ik moest glimlachen, of ik wilde of niet.

Mijn moeder kneep waarschuwend in mijn arm. Ik voelde haar vingers nerveus branden. Ik keek nog eens naar de Duitser en probeerde de bron van haar nervositeit te begrijpen. Hij kwam niet dreigender over dan de mannen die soms in het dorp kwamen, misschien zelfs minder dreigend, met zijn pet en alleen maar een pistool in een holster aan zijn zij. Ik lachte weer, maar meer om tegen mijn moeder in te gaan dan om een andere reden.

'*Gut, ja,*' herhaalde ik en ik knikte. De Duitser lachte weer, nam nog een aardbei en liep terug door de menigte, waarbij zijn zwarte uniform vreemd begrafenisachtig afstak tegen de vrolijke kleuren van de markt.

Later probeerde mijn moeder het aan me uit te leggen.

Alle uniformen waren gevaarlijk, vertelde ze, maar de zwarte het meest. De zwarten waren niet gewoon van het leger, maar van de politie van het leger. Zelfs de andere Duitsers waren bang voor hen. Ze waren tot alles in staat. Het maakte niet uit dat ik pas negen was. Als ik ook maar iets verkeerd deed, kon ik doodgeschoten worden. Dóódgeschoten, begreep ik dat? Haar gezicht was onbewogen, maar haar stem trilde en ze bracht steeds een hand naar haar slaap met een vreemd, hulpeloos gebaar, alsof een van haar hoofdpijnen op komst was. Ik luisterde nauwelijks naar haar waarschuwing. Het was mijn eerste rechtstreekse confrontatie met de vijand. Toen ik er later boven in de Uitkijkpost over nadacht, kwam de man die ik had gezien, me wonderlijk onschuldig, nogal teleurstellend voor. Ik had iets indrukwekkenders verwacht.

De markt was om twaalf uur voorbij. We waren daarvoor al uitverkocht, maar we bleven om zelf inkopen te doen en koopwaar te verzamelen waar iets mee was en die ons soms gegeven werd door de andere stalhouders: overrijp fruit, restjes vlees, beschadigde groenten die nog dezelfde dag gebruikt moesten worden. Mijn moeder stuurde me naar de stal met kruidenierswaren terwijl zijzelf bij madame Petits naaiwinkel onder de toonbank een stuk parachutezijde kocht, waarna ze het zorgvuldig in haar schortzak stopte. Het was heel moeilijk om aan stof te komen en we droegen allemaal afdankertjes. Mijn eigen jurk was gemaakt uit twee andere, met een grijs lijfje en een blauwe linnen rok. De parachute, zei moeder tegen me, was gevonden in een veld even buiten Courlé, en er zou voor Reinette een nieuwe blouse uit kunnen worden gemaakt.

'Heeft me een fortuin gekost,' mopperde mijn moeder, half knorrig, half opgewonden. 'Dat soort mensen slaat zich er wel door, zelfs in tijden van oorlog. Die komen altijd op hun pootjes terecht.'

Ik vroeg wat ze bedoelde.

'Joden,' zei mijn moeder. 'Die hebben een neus voor geld. Ze liet me een fortuin voor dat stuk zijde betalen, terwijl zijzelf er geen sou voor betaald heeft.' Haar toon was niet haatdragend, eerder bewonderend. Toen ik haar vroeg wat joden deden, haalde ze haar schouders op. Ik dacht dat ze het niet echt wist.

'Hetzelfde als wij, neem ik aan,' zei ze. 'Zich erdoorheen slaan.' Ze ging met haar hand liefkozend over het pakje zijde in haar schortzak. 'Maar toch,' zei ze zacht, 'is het niet juist. Ergens is het afzetterij.'

Ik haalde vanbinnen mijn schouders op. Wat een opwinding voor een stuk oude zijde! Maar wanneer Reinette ergens haar zinnen op had gezet, moest ze het hebben ook. Restjes fluweelband waarvoor in de rij was gestaan en onderhandeld, de beste oude kleren van mijn moeder, witte sokjes om iedere dag naar school te dragen, en toen wij allemaal al lang op schoenen met houten zolen liepen, droeg Reinette nog zwarte lakleren schoenen met een gesp. Ik vond het niet erg. Ik was gewend aan de rare inconsequenties van mijn moeder.

Ondertussen liep ik met mijn lege mand tussen de andere stalletjes door. De mensen zagen me en omdat ze de geschiedenis van ons gezin kenden, gaven ze me wat ze niet konden verkopen: een paar meloenen, wat aubergines, andijvie, spinazie, een stronk broccoli, een handvol abrikozen met plekken. Ik kocht brood bij de kraam van de bakker en hij deed er een paar croissants bij, terwijl hij met zijn grote hand die wit was van het meel, over mijn haar streek. Ik wisselde visverhalen uit met de visman en hij gaf me een paar goede restjes, verpakt in krantenpapier. Ik bleef bij een fruit- en groentestalletje rondhangen toen de eigenaar zich bukte om een kist rode uien te verplaatsen, terwijl ik mijn best deed niets met mijn ogen te verraden.

Toen zag ik hem, op de grond, vlak bij de stal, naast een

kist lof. Sinaasappels waren toen schaars; ze werden apart verpakt in paars vloeipapier en op een karton uit de zon gelegd. Ik had niet durven hopen dat ik ze op mijn eerste bezoek aan Angers al zou zien, maar daar lagen ze, glad en verstopt in hun papieren hoesjes, vijf sinaasappels zorgvuldig naast elkaar liggend om weer ingeladen te worden. Plotseling wilde ik er een; ik moest en zou er een hebben. Het was zo'n sterke drang dat ik nauwelijks de tijd nam om na te denken. Een betere kans zou ik niet krijgen, nu moeder niet in de buurt was.

De dichtstbijzijnde sinaasappel was naar de rand van het karton gerold en raakte bijna mijn voet aan. De marktkoopman stond nog met zijn rug naar me toe. Zijn hulpje, een jongen die ongeveer even oud was als Cassis, was de kisten achter in zijn busje aan het inladen. Behalve bussen waren er maar weinig voertuigen. De groente- en fruithandelaar was dus een rijk man, bedacht ik. Dat rechtvaardigde de uitvoering van mijn plan.

Ik deed alsof ik naar een paar zakken aardappels keek en wiebelde de houten klomp van mijn voet. Toen stak ik behoedzaam mijn blote voet uit en met tenen die door jaren klimervaring lenig waren geworden, wipte ik de sinaasappel uit het karton. Hij rolde, precies zoals ik had voorzien, een eindje weg, en kwam half achter het groene doek dat over een schraagtafel in de buurt lag, tot stilstand.

Onmiddellijk zette ik de boodschappenmand erbovenop en ik bukte me alsof ik een steentje uit mijn klomp moest halen. Tussen mijn benen door hield ik de handelaar in de gaten terwijl hij de overige kratten met handelswaar oppakte en in het busje hees. Hij zag me niet de gestolen sinaasappel in mijn mand manoeuvreren.

Het was heel gemakkelijk geweest. Echt doodgemakkelijk. Mijn hart ging tekeer. Mijn gezicht werd zo vuurrood dat ik zeker wist dat iemand het zou merken. De sinaasappel in mijn mand voelde als een niet-ontplofte granaat. Ik stond heel nonchalant op en keerde naar de plek terug waar mijn moeders kraam stond.

Ik verstijfde. Aan de overkant van het plein stond een van de Duitsers naar me te kijken. Hij stond bij de fontein, een beetje in elkaar gezakt, met een sigaret in de holte van zijn hand. De marktgangers liepen met een boog om hem heen en hij stond daar midden in zijn kringetje van rust, en sloeg me gade. Hij moest me de sinaasappel hebben zien stelen. Hij kon het niet gemist hebben.

Even staarde ik hem aan, niet in staat me te bewegen. Mijn gezicht stond strak. Te laat herinnerde ik me de verhalen van Cassis over de wreedheid van de Duitsers. Hij keek nog steeds naar me; ik vroeg me af wat de Duitsers met dieven deden. Toen knipoogde hij naar me.

Ik staarde hem even aan en wendde me toen abrupt af, met gloeiend gezicht, de sinaasappel bijna vergeten onder in mijn mand. Ik durfde niet meer naar hem te kijken, ook al was de standplaats van mijn moeder heel dicht bij de plek waar hij stond. Ik trilde zo hevig dat ik zeker wist dat mijn moeder het zou merken, maar ze had het te druk met andere dingen. Ik voelde de ogen van de Duitser in mijn rug prikken, voelde de druk van die plagerige knipoog vol humor, als een spijker in mijn voorhoofd. Ik wachtte wat een eeuwigheid leek op een klap die niet kwam.

Toen vertrokken we, na het kraampje onttakeld en het zeildoek en de schraag weer op de wagen geladen te hebben. Ik haalde de zak van de snuit van het paard en leidde het zachtjes tussen de bomen, terwijl ik de blik van de Duitser de hele tijd in mijn nek voelde. Ik had de sinaasappel in mijn schortzak gestopt, verpakt in een stuk van het vochtige krantenpapier van de visman, zodat mijn moeder het niet kon ruiken. Ik hield mijn handen in mijn zakken zodat haar aandacht niet getrokken zou worden door de onverwachte bolling, en de hele terugweg zei ik geen woord.

# 7

Ik vertelde niemand iets over de sinaasappel behalve Paul, en dat kwam doordat hij onverwacht naar de Uitkijkpost kwam en daar mij, glimmend van voorpret, ermee aantrof. Hij had nog nooit een sinaasappel gezien. Eerst dacht hij dat het een bal was. Hij hield de vrucht tussen zijn handen, bijna eerbiedig, alsof hij tovervleugels zou kunnen uitslaan en wegvliegen.

We sneden de vrucht doormidden en hielden de helften boven een paar brede bladeren, zodat er geen sap verloren zou gaan. Het was een lekkere, met dunne schil en een zoetzure smaak. Ik herinner me dat we iedere druppel sap opzogen, dat we met onze tanden het vruchtvlees van de schil schraapten en daarna oplikten wat er over was, totdat onze mond bitter en ruw was geworden. Paul maakte aanstalten om de schil over de rand van de Uitkijkpost te gooien, maar ik hield hem bijtijds tegen.

'Geef maar aan mij,' zei ik.

'Waarom?'

'Ik heb hem ergens voor nodig.'

Toen hij weg was, voerde ik het laatste deel van mijn plan uit. Met mijn zakmes sneed ik de twee halve sinaasappelschillen in kleine stukjes. De geur, bitter en indringend, vulde mijn neusgaten terwijl ik bezig was. Ik sneed de twee bladeren die we als bord hadden gebruikt ook klein; de geur was zwak, maar ze zouden helpen het geheel een poosje vochtig te houden. Toen bond ik het geheel in een stukje mousseline – gestolen uit de ruimte waarin mijn moeder jam maakte – en bond het stevig dicht. Daarna stopte ik het mousselinen zakje met de geurige inhoud in een tabaksblikje, dat ik in mijn zak deed.

Ik was zover.

Ik zou een goede moordenares zijn geweest. Alles was nauwgezet gepland, de paar kleine sporen van de misdaad waren snel met mijn voet uitgewist. Ik waste mijn mond, gezicht en handen in de Loire om alle sporen van de geur te laten verdwijnen. Ik wreef met de grove grond van de oever over mijn handpalmen totdat ze rozerood en rauw waren, en ragde met een puntig stokje onder mijn nagels. Toen ik door de velden naar huis liep, plukte ik bosjes wilde munt, waarmee ik over mijn oksels, handen, knieën en nek wreef, zodat eventuele geurresten zouden worden overstemd door het warme drab van het verse blad. Hoe dan ook, moeder merkte niets toen ik binnenkwam. Ze was een visstoofpot aan het maken met de restjes van de markt, en ik rook het heerlijke aroma van rozemarijn en knoflook en tomaten en olie dat uit de keuken kwam.

Mooi. Ik raakte het tabaksblik in mijn zak aan. Goed zo.

Ik had natuurlijk liever gewild dat het een donderdag was geweest, de dag waarop ze hun zakgeld kregen. Dan gingen Cassis en Reinette meestal naar Angers. Ik werd nog te jong geacht voor zakgeld – waar moest ik het aan besteden? – maar ik wist zeker dat ik iets zou kunnen verzinnen. Trouwens, zo hield ik mezelf voor, ik had geen garantie dat mijn plan zou werken. Ik moest het eerst proberen.

Ik verborg het nu geopende blikje onder de kachel in de huiskamer. Die was natuurlijk koud, maar de buizen waarmee hij met de warme keuken verbonden was waren warm genoeg voor mijn doel. Na een paar minuten begon de inhoud van het mousselinen zakje al een scherpe geur af te geven.

We gingen eten.

De stoofschotel was lekker: rode ui en tomaat, gestoofd met knoflook en kruiden en een beker witte wijn; de stukken vis mals gestoofd tussen gebakken aardappels en hele sjalotten. Vers vlees was in die tijd zeldzaam, maar de groenten teelden we zelf en mijn moeder had drie dozijn flessen olijfolie verstopt onder de keldervloer, samen met de beste wijn. Ik at gretig.

'Boise, doe je ellebogen van tafel!'

Haar stem klonk scherp, maar ik zag haar vingers onwillekeurig met het bekende gebaar naar haar slapen gaan, en ik glimlachte een beetje. Het werkte.

Mijn moeder zat het dichtst bij de pijp. We aten stilzwijgend, maar haar vingers gingen nog twee keer steels naar haar hoofd, wang en ogen, alsof ze de dichtheid van haar vlees controleerde. Cassis en Reine zeiden niets. Hun hoofd lag bijna op hun bord. Het was drukkend, en toen de hitte van de dag loodzwaar werd, kreeg ik zelf bijna ook hoofdpijn.

Plotseling werd het haar te veel. 'Ik ruik sinaasappels. Heeft een van jullie sinaasappels mee naar huis genomen?' Haar stem klonk schril, beschuldigend. 'Nou? Nóú?'

We schudden zwijgend van nee.

Weer dat gebaar. Nu voorzichtiger, met masserende, onderzoekende vingers.

'Ik ben er zeker van dat ik sinaasappels ruik. Weten jullie zéker dat jullie geen sinaasappel mee naar huis hebben genomen?'

Cassis en Reine zaten het verst bij het tabaksblik vandaan en de pot met stoofvis met zijn heerlijke geuren van wijn, vis en olie, stond tussen hen en het blik in. Bovendien waren we gewend aan moeders aanvallen; het zou nooit bij hen opgekomen zijn dat de sinaasappelgeur waarover mijn moeder sprak, allesbehalve verbeelding was. Ik glimlachte weer, maar hield mijn hand voor mijn mond.

'Boise, het brood alsjeblieft.'

Ik gaf het ronde mandje aan, maar het stuk dat ze nam, bleef het hele maal onaangeroerd. Ze draaide het peinzend rond op het rode wasdoeken tafelkleed en drukte haar vingers in het zachte midden, waardoor kruimels zich over haar bord verspreiden. Als ík dat had gedaan, zou ze meteen iets scherps hebben gezegd.

'Boise, wil je even het dessert halen?'

Ik stond met nauwverholen opluchting op. Ik was bijna misselijk van de opwinding en angst en trok een opgetogen gezicht naar mezelf in de glanzend koperen steelpannen. Het dessert bestond uit wat fruit en zelfgemaakte koekjes, kapotte natuurlijk; ze verkocht de goede en hield alleen de misbaksels voor onszelf. Ik merkte dat mijn moeder de abrikozen die we van de markt hadden meegenomen, achterdochtig bekeek en ze stuk voor stuk in haar hand ronddraaide, er zelfs aan rook, alsof een ervan misschien een vermomde sinaasappel was. Haar hand bleef nu bij haar slaap, alsof hij haar ogen tegen verblindend zonlicht moest beschermen. Ze nam een half koekje, verkruimelde het, en legde het op haar bord.

'Reine, doe de afwas. Ik ga even in mijn kamer liggen, ik voel weer hoofdpijn opkomen.' Mijn moeders stem was uitdrukkingsloos. Alleen haar tic – de kleine, herhaalde beweging van haar vingers over haar gezicht en slaap – verried dat het niet goed met haar ging. 'Reine, denk erom dat je de gordijnen dichtdoet. En de luiken. Boise, zet de borden goed weg. Niet vergeten.' Zelfs nu was ze nog bang dat wij ons niet aan haar strikte voorschriften zouden houden. De borden, naar grootte en kleur opgestapeld, werden stuk voor stuk met een natte doek afgeveegd en gedroogd met een schone, gesteven theedoek. Ze liet niets slonzig op de aanrecht uitdruipen: dat zou te gemakkelijk zijn geweest. De theedoeken werden in een nette rij te drogen gehangen. 'Heet water voor mijn goede borden, heb je het gehoord?' Ze klonk nu nerveus, bezorgd om haar goede borden. 'En denk erom dat je ze goed droogt, aan beide kanten. Er worden geen borden weggezet die nog nat zijn, gehoord?'

Ik knikte.

Met een vertrokken gezicht keerde ze zich om. 'Reine, let erop dat ze het doet.' Haar ogen schitterden bijna koortsachtig. Ze keek met een eigenaardige beweging van haar hoofd naar de klok. 'En sluit de deuren. En de luiken.' Eindelijk leek ze klaar om te gaan; ze keerde zich om en stond even stil, onwillig om ons alleen te laten, zodat we ons aan onze heimelijke geneugten over konden geven. Ze sprak tegen me op de scherpe, stijve manier die verried dat ze gespannen was. 'Denk goed om die borden, Boise, meer hoef je niet te doen.'

Toen was ze weg. Ik hoorde haar water in de wasbak van de badkamer gieten. Ik sloot de verduisteringsgordijnen in de huiskamer en bukte me ondertussen om het tabaksblik op te pakken. Daarna, terwijl ik de gang in liep, zei ik zo hard dat ze het kon horen: 'Ik doe de slaapkamers wel.'

Eerst mijn moeders kamer. Ik sloot het luik, deed het gordijn dicht en zette het vast. Daarna keek ik snel rond. In de badkamer spetterde nog water en ik hoorde dat mijn moeder haar tanden poetste. Ik bewoog snel en geruisloos. Ik haalde haar kussen uit de gestreepte hoes en maakte toen met de punt van mijn zakmes een kleine opening in de naad en stopte het mousselinen zakje erin. Ik duwde het zo ver mogelijk naar binnen met het heft van mijn mes, zodat geen bobbel verried dat het er zat. Toen deed ik de hoes er weer om. Mijn hart bonsde wild. Ik streek zorgvuldig de kreukels uit de deken glad. Moeder merkte dat soort dingen altijd.

Ik was maar net op tijd. Ik kwam haar in de gang tegen, maar hoewel ze me achterdochtig bekeek, zei ze niets. Haar blik was vaag en afwezig, met toegeknepen ogen, en haar grijsbruine haar hing los. Ze rook naar zeep en in het duister van de gang leek ze wel Lady Macbeth, een verhaal dat ik kort daarvoor in een van Cassis' boeken had gelezen, want ze wreef haar handen tegen elkaar en bracht ze naar haar gezicht, het strelend, koesterend, en dan wreef ze weer, alsof het sporen van bloed waren, en niet van sinaasappels, die ze niet weg kon wassen.

Even aarzelde ik. Ze leek zo oud, zo moe. Mijn eigen hoofd was zo hevig gaan bonzen dat ik me afvroeg wat ze zou doen als ik naar haar toe liep en het tegen haar schouder drukte. Mijn ogen prikten even. Waarom deed ik dit toch? Toen zag ik Ouwe Moer weer voor me, die in het troebele water lag te wachten, haar felle en dreigende blik, de buit in haar buik.

'Wat is er?' Mijn moeder klonk hard en onbewogen. 'Sta me niet zo aan te staren, idioot.'

'Niets.' Mijn ogen waren weer droog. Zelfs mijn hoofdpijn was even plotseling verdwenen als hij opgekomen was. 'Helemaal niets.'

Ik hoorde de deur achter haar dichtklikken en liep terug naar de huiskamer, waar mijn broer en zus op me zaten te wachten. Vanbinnen grijnsde ik.

# 8

'Je bent gek.' Dat was Reinette weer. Het was haar gebruikelijke hulpeloze kreet wanneer ze geen andere argumenten meer had. Niet dat het lang duurde voordat dat gebeurde: behalve op het gebied van lippenstift en filmsterren was haar argumenteervermogen altijd al beperkt geweest.

'Het kan net zo goed nu,' zei ik zonder omwegen tegen haar. 'Ze slaapt tot laat in de ochtend. Als we de klusjes maar af hebben, kunnen we verder gaan en staan waar we willen.' Ik keek haar indringend aan. Die zaak van de lippenstift was nog niet afgehandeld, waarschuwden mijn ogen haar. Twee weken terug. Ik was het niet vergeten. Cassis keek ons nieuwsgierig aan. Ik wist dat ze het hem niet verteld had.

'Ze zal woest zijn als ze erachter komt,' zei hij langzaam.

Ik haalde mijn schouders op. 'Waarom zou ze erachter komen? We zeggen gewoon dat we in het bos naar paddestoelen zijn gaan zoeken. Het zit er zelfs dik in dat ze tegen de tijd dat we terugkomen, nog niet eens haar bed uit is.'

Cassis dacht even over het idee na. Reinette wierp hem een blik toe die zowel smekend als ongerust was.

'Toe maar, Cassis,' zei ze. Toen, zachter: 'Ze weet het. Ze is erachter gekomen dat...' Haar stem stierf weg. 'Ik moest haar er iets over vertellen,' eindigde ze ongelukkig.

'O.' Hij keek me even aan en ik voelde iets tussen ons gebeuren, iets veránderen; hij keek bijna bewonderend. Hij haalde zijn schouders op – *ach, wat maakt het ook uit?* – maar zijn blik bleef waakzaam, behoedzaam.

'Ik kon er niets aan doen,' zei Reinette.

'Nee, ze is nu eenmaal slim, hè,' zei Cassis luchtig. 'Ze was er ooit toch wel achter gekomen.' Dat was veel lof en een paar maanden eerder zou ik week van trots zijn geworden, maar ik keek hem nu alleen maar strak aan. 'Trouwens,' vervolgde Cassis op dezelfde luchtige toon, 'als ze meedoet, kan ze ook niet meer naar mammie rennen om de boel te verraden.' Ik was nog maar negen, weliswaar wijs voor mijn leeftijd, maar toch nog kinderlijk genoeg om me gekrenkt te voelen door de nonchalante minachting in zijn woorden.

'Ik loop niet naar mámmie!'

Hij haalde zijn schouders op. 'Ik vind het best als je meegaat, als je alles maar zelf betaalt,' vervolgde hij effen. 'Ik zie niet in waarom wij voor jou zouden moeten betalen. Je mag bij mij achterop. Dat is alles. Zoek de rest zelf maar uit. Goed?'

Het was een test. Ik zag de uitdaging in zijn ogen. Zijn lach was spottend. Het was de niet zo aardige lach van de oudere broer die soms zijn laatste stukje chocola met me deelde en soms zo hard prikkeldraad met mijn arm deed dat het bloed zich in donkere vlekken onder mijn huid ophoopte.

'Maar ze krijgt geen zakgeld,' zei Reinette klaaglijk. 'Wat heeft het voor zin haar mee–'

Cassis haalde zijn schouders op. Het was een definitief gebaar, een mannengebaar: *ik heb gesproken*. Hij wachtte met de armen over elkaar op mijn reactie. Om zijn lippen speelde dat lachje.

'Mij best,' zei ik, terwijl ik kalm probeerde te klinken. 'Ik vind het best.'

'Goed dan,' besloot hij. 'Morgen gaan we.'

## 9

Dit was het moment waarop de dagelijkse klussen begonnen. Er werden emmers water uit de put gehaald en de keuken binnengebracht om te koken en te wassen. We hadden geen warm water, zelfs geen stromend water, op de handpomp bij de put na, een paar meter bij de keukendeur vandaan. Elektriciteit deed heel langzaam zijn intrede in Les Laveuses, en toen het flessengas te schaars werd, kookten we op een houtgestookte kachel in de keuken. De oven was buiten, een grote, ouderwetse houtskooloven in de vorm van een suikerbrood, en daarnaast was de put. Wanneer we water nodig hadden, haalden we het daar. De een pompte, terwijl de ander de emmer vasthield. Er lag een houten deksel op de put, dat, voorzien van een hangslot, al sinds ver voor mijn geboorte de put afsloot om ongelukken te voorkomen. Wanneer moeder niet keek, wasten we ons onder de pomp door koud water over ons heen te kletsen. Wanneer ze in de buurt was, moesten we een kom gebruiken en werd het water in koperen pannen op de kachel verwarmd. We gebruikten ruwe koolteerzeep die onze huid schuurde als puimsteen en een vieze grijze schuimlaag op het water achterliet.

Die zondag wisten we dat moeder pas laat tevoorschijn zou komen. We hadden haar allemaal 's nachts zachtjes horen kreunen en woelen en rollen op het oude bed dat ze met mijn vader had gedeeld. Soms stond ze op en liep ze heen en weer in de kamer; ze deed de ramen open om frisse lucht binnen te laten, zodat de luiken tegen de zijkant van het huis sloegen en de vloer trilde. Ik lag lang wakker en luisterde naar haar bewegingen; ik hoorde haar ijsberen, zuchten en op haar staccato-manier fluisterend tegen zichzelf redeneren. Om ongeveer middernacht viel ik in slaap, maar ik werd ongeveer een uur later weer wakker. Zij was nog steeds wakker.

Het klinkt nu harteloos, maar het enige wat ik voelde was triomf. Ik voelde me niet schuldig aan wat ik gedaan had, vond het niet erg dat ze leed. Ik begreep het toen niet, ik had er geen idee van wat een kwelling slapeloosheid kan zijn. Dat het zakje sinaasappelschillen in haar kussen zo'n reactie teweeg kon brengen, leek bijna onmogelijk. Hoe meer ze haar hoofd heen en weer gooide en kreunde op haar kussen, hoe sterker de geur geworden zal zijn, verwarmd door de koortsachtige warmte van haar nek. Hoe sterker de geur, hoe groter haar onrust. De hoofdpijn zal nu wel gauw losbarsten, moet ze gedacht hebben. Op de een of andere manier kan de verwachting van pijn nog vervelender, nog ellendiger zijn dan de pijn zelf. De angstige spanning, die een permanente rimpel op haar voorhoofd vormde, knabbelde aan haar geest als een rat in een kist, en doodde de slaap. Haar neus vertelde haar dat er sinaasappels waren, maar haar verstand zei haar dat dat niet kón – er konden godsonmogelijk sinaasappels zijn – en toch was ieder onzichtbaar stofje in die kamer doordrongen van een sinaasappelgeur, bitter en geel als de ouderdom.

Ze stond om drie uur op en stak een lamp aan om in haar album te schrijven. Ik kan er niet zeker van zijn dat het toen was – want ze schreef nooit de datum op –, maar toch weet ik het.

'Erger dan het ooit geweest is,' schrijft ze. De letters zijn heel klein, een kolonne mieren die in paarse inkt over het papier kriebelen. 'Ik lig in bed en vraag me af of ik ooit nog zal slapen. Wat er ooit ook moge gebeuren, erger dan dit kan het niet zijn. Zelfs krankzinnig worden zou een opluchting kunnen zijn.' En iets verder, onder een recept van aardappeltaart met vanille, schrijft ze: 'Ik ben gespleten, net als de klok. Om drie uur 's morgens lijkt alles mogelijk.'

Daarna stond ze op om haar morfinepillen in te nemen. Ze bewaarde ze in het kastje in de badkamer, naast de scheerspullen van mijn overleden vader. Ik hoorde het deurtje opengaan en het vermoeide piepen van haar zwetende voeten op de gladde vloerplanken. Het flesje rammelde en ik hoorde het tikken van een kopje dat ze met water uit de kan vulde. Ik vermoed dat zes uur slapeloosheid ten slotte tot een van haar hoofdpijnaanvallen had geleid. In ieder geval was ze totaal weg van de wereld toen ik een poosje later opstond.

Reinette en Cassis sliepen nog en het licht dat onder de dikke verduisteringsgordijnen door kierde was groenig en bleek. Het kan vijf uur geweest zijn; er stond geen klok in onze slaapkamer. Ik ging rechtop in bed zitten, tastte in het donker naar mijn kleren en kleedde me snel aan. Ik kende iedere hoek van het kamertje. Ik hoorde Cassis en Reine ademen – hij oppervlakkig, bijna piepend – en heel stilletjes liep ik langs hun bed. Er was nog heel wat te doen voordat ik hen wakker maakte.

Eerst luisterde ik aan de deur van mijn moeders kamer. Stilte. Ik wist dat ze haar pillen had genomen en het zat er dik in dat ze nu heel vast sliep, maar ik kon het risico niet lopen gesnapt te worden. Heel zachtjes draaide ik de deurknop om. Een plank onder mijn blote voet knapte met een vuurwerkachtige knal. Ik verroerde me niet en luisterde naar haar ademhaling om te horen of die van ritme veranderde. Dat gebeurde niet. Ik duwde tegen de deur. Eén luik was een beetje opengebleven en het was licht in de kamer. Mijn moeder lag dwars op bed. Ze had het dek 's nachts weggeschopt en er was een kussen op de grond gevallen. Het andere lag half onder haar zijwaarts uitgestrekte arm en haar hoofd hing ongemakkelijk scheef, waardoor haar haar de vloer raakte. Ik was niet verbaasd toen ik merkte dat het kussen waarop ze lag, het kussen was waarin ik het mousselinen zakje had verstopt. Ik knielde naast haar op de grond. Ze ademde zwaar en langzaam. Onder haar blauwe oogleden bewogen de pupillen onrustig. Langzaam wurmden mijn vingers zich in de kussensloop.

Het was gemakkelijk. Mijn vingers voelden de bobbel in het midden van het kussen en werkten hem voorzichtig naar de scheur in de voering. Ik raakte het zakje aan, trok het met mijn nagels naar me toe en haalde het ten slotte tevoorschijn. Nu lag het veilig in mijn hand. Mijn moeder bewoog niet. Alleen haar ogen maakten snelle bewegingen onder de donkere oogleden, alsof ze voortdurend iets lichts en ongrijpbaars volgden. Haar mond hing halfopen en een draad speeksel was van haar wang op de matras gelopen. In een opwelling hield ik het zakje onder haar neusgaten, de schillen fijndrukkend om de geur vrij te laten komen, en ze jammerde in haar slaap, wendde haar hoofd van de geur af en fronste haar voorhoofd. Ik stopte het sinaasappelzakje weer in mijn zak.

Toen toog ik aan het werk, na een laatste blik op mijn moeder geworpen te hebben, alsof ze een gevaarlijk dier was dat deed alsof het sliep. Ik liep naar de schoorsteen. Er stond een klok, een zware klok met een ronde wijzerplaat, en een stolp eroverheen van verguldsel en glas. Hij maakte een vreemde indruk boven de kale kleine zwarte haard, was te sierlijk voor mijn moeders kamer, maar ze had hem van haar moeder geërfd en hij was een van haar dierbaarste bezittingen. Ik tilde de stolp op en draaide de wijzers voorzichtig terug. Vijf uur, zes. Daarna zette ik de stolp er weer overheen.

Ik herschikte de voorwerpen op de schoorsteen: een ingelijste foto van mijn vader, nog een van een vrouw van wie ik wist dat het mijn grootmoeder was, een aardewerken vaas met droogbloemen, een schaaltje met drie haarspelden en een suikeramandel van het doopfeest van Cassis. Ik keerde de foto's naar de muur, zette de vaas op de grond, pakte de haarspelden uit het schaaltje en stopte ze in de zak van mijn moeders schort. Toen pakte ik haar kleren en legde ze artistiek her en der in de kamer neer. Eén klompschoen legde ik op de lampenkap, de andere op de vensterbank. Haar jurk liet ik keurig aan zijn hanger achter de deur hangen, maar haar schort spreidde ik als een picknickkleed op de houten vloer uit. Ten slotte opende ik haar kledingkast: ik zette de deur zo ver open dat de spiegel aan de binnenkant het bed met haar erin weerspiegelde. Het eerste wat ze zou zien wanneer ze wakker werd, was zichzelf.

Niets van dit alles deed ik met boos opzet. Ik wilde haar niet iets aandoen, maar in de war brengen, haar laten denken dat haar fantasieaanval echt was geweest en dat zij zelf zonder het te weten de voorwerpen had verplaatst, de kleren had verspreid en de klok had verzet. Ik wist van mijn vader dat ze soms dingen deed waar ze later niets meer van wist, en dat ze niet goed zag als ze pijn had en verward was. De klok op de keukenmuur kon ineens in tweeën gedeeld lijken, waarbij de ene helft goed zichtbaar en de andere plotseling verdwenen was, zodat zij alleen maar de kale muur erachter zag. Of een wijnglas kon zomaar van plaats veranderen, ongemerkt van de ene kant van het bord naar de andere verhuizen. Of bij een gezicht, dat van mij of mijn vader of Raphaël in het café, kon de helft van de gelaatstrekken ineens wegvallen, alsof er een vreselijke operatie had plaatsgevonden, of de helft van de bladzijde van een kookboek verdween zomaar onder het lezen, en de rest van de tekst danste onbegrijpelijk voor haar ogen.

Natuurlijk wist ik dat toen allemaal niet. Dat soort dingen leerde ik bijna allemaal uit het album, uit haar krabbels, waarvan sommige bezeten, bijna wanhopig lijken

– 'Om drie uur 's morgens lijkt alles mogelijk' – en andere bijna klinisch afstandelijk overkomen: het noteren van symptomen met koele, wetenschappelijke nieuwsgierigheid. 'Ik ben gespleten, net als de klok.'

## *10*

Toen ik wegging, lagen Reine en Cassis nog te slapen, en ik gokte erop dat ik ongeveer een half uur had om mijn zaakjes te regelen voordat ze wakker zouden worden. Ik keek naar de lucht, die helder en groenig was, met een lichtgele streep aan de horizon. Misschien nog een minuut of tien voordat het dag werd. Ik zou moeten opschieten.

Ik haalde een emmer uit de keuken, deed mijn klompschoenen, die op de deurmat klaarstonden, aan en rende zo hard ik kon naar de rivier. Ik nam de kortste weg door het achterveld van Hourias, waar de zomerzonnebloemen hun harige, nog groene bloemen naar de bleke lucht hieven. Ik liep gebukt, onzichtbaar onder de brede bladeren, en mijn emmer botste bij iedere stap tegen mijn benen. In nog geen vijf minuten was ik bij de Menhirs.

Om vijf uur 's morgens is de Loire rustig en gehuld in dikke mist. Het water is prachtig op die tijd van de dag, koel en toverachtig bleek, en de zandbanken liggen er als verloren continenten bij. Het water geurt naar de nacht en hier en daar maakt het jonge zonlicht mica-achtige schaduwen op het oppervlak. Ik trok mijn klompen en jurk uit en bekeek het water kritisch. Het zag er bedrieglijk roerloos uit.

De laatste Menhir, de Schatsteen, stond misschien negen meter van de oever af en het water eromheen leek vreemd zijdeachtig aan de oppervlakte, een teken dat daar een sterke stroming stond. Ik zou er kunnen verdrinken, bedacht ik plotseling, en dan zou geen mens weten waar er naar me gezocht moest worden.

Maar ik had geen keus. Cassis had me uitgedaagd. Ik moest alles zelf betalen. Hoe kon ik, die geen zakgeld had, dat doen als ik geen gebruik maakte van de beurs die in de Schatkist lag? Je had natuurlijk kans dat hij hem weggehaald had. Als hij dat gedaan had, zou ik het erop wagen geld uit mijn moeders portemonnee te pakken. Maar daar had ik niet veel zin in. Niet omdat stelen nou zo verkeerd was, maar omdat mijn moeder zo'n goed geheugen voor getallen had. Ze wist tot op de laatste *centime* hoeveel ze had, en ze zou onmiddellijk weten wat ik gedaan had.

Nee. Het moest de Schatkist worden.

Sinds Cassis en Reinette van de lagere school waren, hadden ze nog maar weinig expedities naar de rivier gemaakt. Ze hadden hun eigen schatten – volwássen schatten – om zich over te verkneukelen. De paar munten in de beurs waren bij elkaar niet meer dan een paar frank. Ik rekende op Cassis' luiheid, op zijn overtuiging dat niemand behalve hij bij het blik zou kunnen komen dat aan de steen was vastgebonden. Ik was ervan overtuigd dat het geld er nog was.

Voorzichtig liet ik me van de oever af het water in glijden. Het was koud en riviermodder perste zich tussen mijn tenen door. Ik waadde door het water totdat het tot mijn middel kwam. Ik kon de stroming nu voelen, als een hond die ongeduldig aan de riem trekt. Wat was hij al sterk! Ik legde mijn hand tegen de eerste stenen paal; ik zette me ertegen af, de stroming in, en zette nog een stap. Ik wist dat de bodem vlak voor me sterk daalde, het punt waarop de nog ondiepe oever van de Loire wegzakte in het niets. Wanneer Cassis aan zo'n tochtje begon, deed hij op dit punt altijd alsof hij verdronk: hij keerde zijn buik omhoog in het ondoorzichtige water, worstelde en schreeuwde, en spoot een mondvol bruin Loirewater de lucht in. Reine liep er altijd in, hoe vaak hij het ook deed, en ze begon altijd vol afgrijzen te gillen wanneer hij onder het oppervlak zonk.

Ik had geen tijd voor dat soort vertoningen. Ik voelde met mijn tenen waar de diepte was. Daar. Ik zette me af tegen de bodem en stuwde me met mijn eerste trap zo ver mogelijk voort, de meer stroomafwaarts staande Menhirs rechts van me houdend. Het water was aan de oppervlakte warmer en de stroming trok er niet zo hard. Ik zwom rustig in een mooie boog van de eerste Menhir naar de tweede. De stenen stonden op het breedste stuk zo'n drieënhalve meter uit elkaar, vanaf de oever ongelijk verspreid. Ik kon anderhalve meter afleggen met een flinke trap tegen elke steen, waarbij ik een beetje stroomopwaarts mikte zodat de stroming me bijtijds naar de volgende steen terug zou brengen om opnieuw te beginnen. Als een kleine boot die tegen een sterke wind in laveert, werkte ik me naar de Schatsteen, terwijl ik de stroming elke keer sterker voelde worden. De kou benam me de adem. Eindelijk was ik bij de vierde steen, waar ik de laatste uitval deed naar mijn doel. Toen de stroming me meesleurde naar de Schatsteen, schoot ik de steen voorbij en even voelde ik een plotselinge, tintelende doodsangst toen ik stroomafwaarts begon te bewegen naar de hoofdstroming van de rivier terwijl mijn armen en benen door het water maaiden. Hijgend, bijna huilend van paniek, wist ik weer, door een paar flinke trapbewegingen, binnen het bereik van de steen te komen, en ik greep de ketting waarmee de schatkist aan de pilaar vastzat. Hij voelde onaangenaam aan, slijmerig van het bruine drab van de rivier, maar ik gebruikte hem om me om de steen heen te manoeuvreren.

Ik hing daar even en liet mijn bonzende hart tot rust komen. Toen hees ik, met mijn rug stevig tegen de steen aan geduwd, de schatkist op uit zijn modderige bed. Het was een lastig karwei. De trommel was niet zo zwaar, maar aangezien hij verzwaard was met een ketting en een stuk zeildoek leek hij een dood gewicht. Ik rilde nu van de kou en mijn tanden klapperden. Ik worstelde met de ketting en voelde ineens iets meegeven. Wild met mijn benen trappend om tegen de steen te kunnen blijven hangen, trok ik aan de trommel. Er kwam nog een moment van bijna-paniek toen het glibberige zeildoek aan mijn voeten bleef hangen, maar even later wurmden mijn vingers aan het touw waarmee het blik vastzat. Heel even was ik bang dat mijn verstijfde vingers het blik niet open zouden kunnen krijgen, maar toen ging de sluiting open. Het water stroomde de Schatkist in. Ik vloekte. Maar daar lag de beurs, een oud bruin leren ding. Moeder had hem weggedaan omdat de sluiting stuk was. Ik pakte hem en stopte hem voor de zekerheid tussen mijn tanden. Met mijn laatste krachten sloeg ik de trommel met een klap dicht en ik liet hem, verzwaard met de ketting, weer naar de bodem zakken. Het zeildoek was natuurlijk verloren gegaan en de overige schatten waren doorweekt, maar daar was niets aan te doen. Cassis zou een drogere plek moeten zoeken om zijn sigaretten te verstoppen. Ik had het geld, en dat was het enige wat telde.

Ik zwom terug naar de oever. Ik miste de laatste twee stenen en dreef zo'n tweehonderd meter af in de richting van de weg naar Angers, voordat ik mezelf uit de stroming wist te bevrijden. Deze leek nu meer dan ooit op een hond, een dolle bruine hond die zijn riem helemaal om mijn bevroren benen gewikkeld had. Het hele gebeuren had, zo schatte ik, misschien tien minuten in beslag genomen.

Ik dwong mezelf even te rusten. Ik voelde de zwakke warmte van de eerste zonnestralen op mijn gezicht die de modder van de Loire op mijn huid opdroogde. Ik rilde van de kou en de opwinding. Ik telde het geld in de beurs; er zat zeker genoeg in voor een bioscoopkaartje en een glas limonade. Mooi zo. Toen liep ik stroomopwaarts naar de plaats waar ik mijn kleren had achtergelaten. Ik trok mijn oude rok en mouwloze mannenhemd dat als schortjurk diende, aan, en daarna mijn klompen. Ik controleerde werktuiglijk mijn visvallen; de kleine visjes kieperde ik terug of liet ik zitten om als aas te dienen. In een kreeftenfuik bij de Uitkijkpost zat een onverwachte bonus in de vorm van een snoek – niet Ouwe Moer natuurlijk – en deze liet ik in de emmer glijden die ik van huis had meegenomen. De andere vangsten – een kluwen palingen van de modderbanken naast de grote zandbank en een flinke alver uit een van mijn netten voor algemene doeleinden – deed ik ook in de emmer. Ze zouden mijn alibi vormen voor het geval Cassis en Reine wakker waren wanneer ik terugkwam. Toen keerde ik even onopvallend als ik gekomen was door de velden naar huis terug.

Het was maar goed dat ik de vis had meegenomen. Cassis stond zich onder de pomp te wassen en Reinette had een bak water verwarmd en depte voorzichtig haar gezicht met een washand met zeep. Ze keken me even nieuwsgierig aan, maar toen ontspande het gezicht van Cassis zich tot een uitdrukking van vrolijke minachting.

'Jij geeft het ook nooit op, hè?' zei hij, met zijn druipende hoofd naar de visemmer wijzend. 'Wat zit er trouwens in?'

Ik haalde mijn schouders op. 'O, van alles,' zei ik nonchalant. De beurs zat in de zak van mijn schortjurk en ik lachte heimelijk om de troostgevende zwaarte. 'Snoek. Een kleintje maar,' zei ik.

Cassis lachte. 'Je mag dan kleintjes vangen, maar Ouwe Moer zul je nooit te pakken krijgen,' zei hij. 'Wat zou je er trouwens mee moeten als je haar ving? Een snoek die zo oud is kun je niet eten. Zo bitter als alsem en een en al graat.'

'Ooit vang ik haar,' zei ik koppig.

'O?' Hij klonk achteloos, ongelovig. 'En dan? Dan doe je zeker een wens. Dan wens je dat je een miljoen frank krijgt en een woning op de Rive Gauche?'

Ik schudde zwijgend mijn hoofd.

‘Ik zou wensen dat ik een filmster werd,’ zei Reine, haar gezicht afdrogend. ‘Ik zou Hollywood willen zien en de lichten en Sunset Boulevard, en in een limousine willen rijden en ik weet niet hoeveel jurken willen hebben.’

Cassis keek haar even smalend aan, wat me enorm opvrolijkte. Toen keerde hij zich naar mij. ‘Nou, wat wordt het, Boise?’ Zijn grijns was brutaal en onweerstaanbaar. ‘Wat ga je wensen? Bontjassen? Auto’s? Een villa in Juan-les-Pins?’

Ik schudde weer mijn hoofd. ‘Dat weet ik pas wanneer ik haar vang,’ zei ik op vlakke toon. ‘En vangen zal ik haar, wacht maar af.’

Cassis keek me even aandachtig aan. De grijns gleed van zijn gezicht. Toen maakte hij een afkeurend geluidje en ging hij weer door met wassen. ‘Je bent me er een, Boise,’ zei hij. ‘Je bent me er echt een, hoor.’

Toen renden we weg om de klusjes van de dag te doen voordat moeder wakker werd.

## 11

Er is altijd genoeg te doen op een boerderij: water halen bij de pomp en de metalen emmers op de stenen keldervloer zetten zodat de zon het water niet verwarmt, de geiten melken, de melkemmer afdekken met een mousselinen doek en in de melkkamer zetten, de geiten naar de wei brengen zodat ze niet alle groenten in de tuin opeten, de kippen en eenden voeren, de oogst aan rijpe aardbeien van die dag plukken, de broodoven stoken – hoewel ik me afvroeg of moeder die dag veel zou bakken –, het paard, Bécassine, naar de wei brengen en vers water in de troggen doen. We werkten zo hard we konden en toch waren we pas twee uur later klaar, en tegen die tijd werd de zon al warmer en sloeg de nachtelijke damp al van de harde, droge paden af en droogde de dauw al op het gras. Het was tijd om te gaan.

Noch Reinette, noch Cassis had de geldkwestie ter sprake gebracht. Dat was ook niet nodig. Ik moest voor mezelf opdraaien, had Cassis tegen me gezegd, in de veronderstelling dat dit onmogelijk zou zijn. Reine keek me vreemd aan toen we de laatste aardbeien aan het plukken waren; ze vroeg zich misschien af waarom ik zo zelfverzekerd overkwam, en toen ze Cassis' blik opving, giechelde ze. Ik merkte dat ze zich die ochtend met ongewoon veel zorg had gekleed: ze droeg haar schoolplooirok, een rood truitje met korte mouwen, sokjes en schoenen, en haar haar was van achteren in een dikke worst gerold, die vastgezet was met haarspelden. Ze rook ook anders, een soort zoetige poederlucht, als van marshmallows en viooltjes, en ze had de rode lippenstift op. Ik vroeg me af of ze een afspraak had, met een jongen misschien. Iemand die ze van school kende. Ze leek in ieder geval zenuwachtiger dan anders en plukte het fruit met de nerveuze haast van een konijn dat tussen de wezels zit te eten. Terwijl ik tussen de rijen aardbeienplanten kroop, hoorde ik haar iets tegen Cassis fluisteren en daarna hoog en nerveus giechelen.

Ik haalde innerlijk mijn schouders op. Ik nam aan dat ze van plan waren ervandoor te gaan zonder mij. Ik had Reine overgehaald me mee te nemen en aan die belofte zouden ze zich houden. Maar voorzover zij wisten, had ik geen geld. Dat betekende dat ze zonder mij naar de film konden gaan en me misschien achter zouden laten bij de fontein op het marktplein om daar op hen te wachten, of dat ze me een verzonnen boodschap zouden laten doen terwijl zij hun vrienden ontmoetten. Verbitterd beet ik me in de gedachte vast. Zo zou het móéten gaan. Ze waren zo zeker van zichzelf dat ze de voor de hand liggende oplossing van mijn probleem over het hoofd hadden gezien. Reine zou nooit door de Loire naar de Schatkist zijn gezwommen. Cassis zag me nog steeds als het kleine zusje dat te veel tegen haar aanbeden oudere broer opkeek om zonder zijn toestemming ook maar iets te wagen. Af en toe keek hij me aan met een voldane grijns en een spottende blik.

Om acht uur vertrokken we naar Angers. Ik zat achterop bij Cassis, met mijn voeten gevaarlijk onder zijn stuur geklemd. Reines fiets was kleiner en eleganter, met een hoog stuur en een leren zadel. Er zat een fietsmand aan het stuur met daarin een thermosfles met surrogaatkoffie en drie identieke pakjes boterhammen. Ze had een witte sjaal om haar hoofd gebonden om haar kapsel te beschermen en de uiteinden sloegen onder het rijden tegen haar nek. We stopten onderweg driemaal: om te drinken uit de thermosfles uit Reines fietsmand, om naar een zachte band te kijken en om als ontbijt een boterham met kaas te eten.

Eindelijk kwamen we in de buitenwijken van Angers aan. We reden langs het *collège*, dat nu gesloten was voor de vakantie en bewaakt werd door een paar Duitse soldaten aan de poort, en door straten met gepleisterde huizen naar het stadscentrum.

De bioscoop, het Palais-Doré, was op het hoofdplein, dicht bij de plaats waar de markt werd gehouden. Rondom het plein waren rijen winkeltjes – waarvan de meeste juist opengingen – en een man maakte de stoep schoon met een bezem en een emmer water. We duwden de fietsen nu voort en stuurden ze een steegje in tussen een kapperszaak en een slagerij, waarvan de luiken nog gesloten waren. De steeg was amper breed genoeg om doorheen te lopen en overal lag puin en rommel; we konden er gerust van uitgaan dat onze fietsen daar met rust gelaten zouden worden. Een vrouw op het terras van een café lachte naar ons en riep een begroeting; er waren al een paar zondagsklanten, die kommen surrogaatkoffie dronken en croissants en hardgekookte eieren aten. Er kwam een bezorger op een fiets langs die gewichtig belde. Bij de kerk verkocht een krantenkiosk bulletins van één bladzij. Cassis keek om zich heen en stapte toen op de kiosk af. Ik zag hem iets aan de kioskhouder geven, waarop de man Cassis een bundel overhandigde, die snel bij Cassis in de broekband verdween.

'Wat was dat?' vroeg ik nieuwsgierig.

Cassis haalde zijn schouders op. Ik zag dat hij heel tevreden was, en te zelfingenomen om de informatie achter te houden enkel en alleen om me te ergeren. Hij ging op samenzweerderstoon praten en liet me even kijken naar een pak opgerold papier dat hij meteen weer bedekte.

'Stripboeken. Vervolgverhaal.' Hij knipoogde gewichtig naar Reine. 'Amerikaans filmtijdschrift.'

Reine slaakte een gilletje van opwinding en deed een uitval naar zijn arm. 'Mag ik? Mag ik het zien?'

Cassis schudde geërgerd zijn hoofd. 'Sst! Jemig, Reine!' Hij dempte zijn stem weer. 'Hij stond bij me in het krijt. Zwarte markt,' mimede hij. 'Heeft ze voor mij onder de toonbank bewaard.'

Reinette keek hem vol ontzag aan. Ik was minder geïmponeerd. Misschien omdat ik me minder goed realiseerde hoe schaars zulke artikelen waren, of misschien omdat het zaad van de rebellie dat al in me groeide, me ertoe dreef op alles neer te kijken waar mijn broer heel trots op was. Ik haalde mijn schouders op om uiting te geven aan mijn onverschilligheid. Toch vroeg ik me af hoe de krantenman bij Cassis in het krijt kon staan, maar ik concludeerde ten slotte dat hij waarschijnlijk had opgeschept. Ik zei iets van die strekking.

'Als ik contacten met de zwarte markt had,' zei ik met een vrij goed vertoon van scepsis, 'zou ik ervoor zorgen dat ik iets beters kreeg dan een pak oud papier.'

Cassis voelde zich beledigd. 'Ik kan krijgen wat ik maar wil,' zei hij snel. 'Strips, rookwaar, boeken, echte koffie, chocolá...' Hij lachte minachtend. 'Jij kunt niet eens het geld voor een stom bioscoopkaartje bij elkaar krijgen.'

'O nee?' zei ik met een glimlach op mijn gezicht. Ik pakte de beurs uit mijn schortzak. Ik rammelde er een beetje mee, zodat hij de munten die erin zaten kon horen. Zijn ogen werden groot toen hij de beurs herkende.

'Dievegge!' siste hij uiteindelijk. 'Vuile, gemene dievegge die je bent!'

Ik keek hem aan, maar zei niets.

'Hoe ben je daaraan gekomen?'

'Erheen gezwommen en opgevist,' antwoordde ik uitdagend. 'En het was geen stelen. De schat was van ons allemaal.'

Maar Cassis luisterde amper. 'Gemene dievegge,' zei hij weer. Hij was duidelijk van slag doordat iemand anders dan hij met behulp van een list iets had bemachtigd.

'Ik zie geen enkel verschil met jou en je zwarte markt,' zei ik kalm. 'Het is toch zeker allemaal hetzelfde?' Ik liet dit even tot hem doordringen en vervolgde: 'En je bent gewoon kwaad omdat ik er beter in ben dan jij.'

Cassis keek me boos aan. 'Het lijkt er helemaal niet op,' zei hij uiteindelijk.

Ik bleef ongelovig kijken. Het was altijd heel gemakkelijk om Cassis aan het praten te krijgen. Net als zijn zoon, vele jaren later. Ze hadden allebei totaal geen verstand van bedrog. Cassis was nu rood aangelopen en schreeuwde bijna; zijn samenzweerderstoon was vergeten. 'Ik zou voor je kunnen krijgen wat je maar wilt. Echt visgerei voor die stomme snoek van je,' siste hij woest, 'kauwgom, schoenen, zijden kousen, zelfs zijden óndergoed, als je dat zou willen.' Daar moest ik hard om lachen. Als je bedacht hoe wij opgevoed waren, was de gedachte aan zijden ondergoed lachwekkend.

Furieus pakte Cassis me bij mijn schouders en rammelde me door elkaar. 'Hou op!' Zijn stem was hees van woede. 'Ik heb vríénden! Ik kén mensen! Ik zou voor-je-kunnen-krijgen-wat-je-maar-wilt!'

Je ziet hoe gemakkelijk het was om hem uit zijn evenwicht te brengen. Cassis was op zijn manier verwend: hij was er te zeer aan gewend dat hij de geweldige oudere broer was, de man in huis, de eerste die naar school ging, de langste, de sterkste, de verstandigste. Zijn sporadische aanvallen van losbandigheid – zijn escapades naar de bossen, zijn waaghalzerij bij de Loire, zijn kleine diefstallen bij marktkraampjes en winkels in Angers – waren bijna hysterisch. Hij genoot er niet van. Het was alsof hij ons beiden, of zichzelf, iets wilde bewijzen.

Ik merkte dat ik hem in verwarring bracht. Zijn duimen boorden zich zo diep in mijn armen dat ik de volgende dag paarsblauwe vlekken op mijn huid zou hebben, maar ik gaf geen kik. Ik keek hem alleen maar recht in zijn ogen en probeerde hem zo van zijn stuk te brengen.

'We hebben vrienden, Reine en ik,' zei hij zachter nu, bijna redelijk, terwijl zijn duimen nog steeds in mijn armen priemden. 'Machtige vrienden. Waar dacht jij dat ze die stomme lippenstift vandaan had? Of het parfum? Of dat spul dat ze 's avonds op haar gezicht doet? Hoe dacht je dat we daar allemaal aan gekomen waren? En hoe dacht je dat we dat verdíénd hadden?'

Toen liet hij mijn armen los, met een mengeling van trots en ontzetting op zijn gezicht, en ik besefte dat hij misselijk van angst was.

# *12*

Van de film herinner ik me niet veel, *Circonstances atténuantes*, met Arletty en Michel Simon, een oude film, die Cassis en Reine al hadden gezien. Reine had daar in ieder geval geen last van: ze staarde de hele tijd in vervoering naar het doek. Ik vond het verhaal gezocht; het was te ver weg van mijn werkelijkheid. Bovendien werd ik door andere dingen in beslag genomen. Tweemaal ging de film in de projector stuk; de tweede keer werd het licht aangedaan en ging er een afkeurend gebrul op onder het publiek. Een man in een smokingjasje, die er getergd uitzag, riep om stilte. Enkele Duitsers in een hoek, de voeten op de stoelen voor zich, begonnen langzaam in de handen te klappen. Plotseling slaakte Reine, die uit haar trance was gekomen en over de onderbreking wilde klagen, een opgewonden kreet.

'Cassis!' Ze leunde over me heen en ik rook een zoetige, chemische lucht in haar haar. 'Cassis, híj is er!'

'Ssst!' siste Cassis woest. 'Niet omkijken.' Reine en Cassis hielden even hun blik naar voren gericht, even uitdrukkingsloos als poppen. Toen vroeg hij, vanuit zijn mondhoek, als iemand die in de kerk fluistert: 'Wie?'

Reinette wierp vanuit haar ooghoek een snelle blik op de Duitsers. 'Daarachter,' antwoordde ze op dezelfde manier. 'Met nog een paar anderen die ik niet ken.' De menigte om ons heen stampte en gilde.

Cassis waagde het erop en keek even. 'Ik wacht tot het licht gedempt wordt,' zei hij.

Tien minuten later werd het licht gedimd en de film vervolgd. Cassis stond op, wurmde zich uit de rij en liep naar achteren de zaal in. Ik liep achter hem aan. Op het doek liep Arletty te flirten en te lonken in een strakke, laag uitgesneden jurk. De metaalkleurige weerschijn verlichtte onze rennende gestalten en veranderde het gezicht van Cassis in een loodgrijs masker.

'Ga terug, stomme idioot,' siste hij me toe. 'Ik wil niet dat je me voor de voeten loopt.'

Ik schudde mijn hoofd. 'Ik loop je niet voor de voeten,' zei ik tegen hem. 'Tenzij je me probeert tegen te houden.'

Cassis maakte een ongeduldig gebaar. Hij wist dat ik meende wat ik zei. Ik voelde hem in het donker trillen van de opwinding of de zenuwen. 'Je houdt je rustig,' zei hij toen. 'Ik doe het woord.'

Ten slotte hurkten we achter in de zaal neer, dicht bij de groep Duitse soldaten die een eiland tussen de gewone bioscoopbezoekers vormden. Sommigen rookten; we zagen hun gezichten af en toe rood oplichten.

'Zie je die daar, achteraan?' fluisterde Cassis. 'Dat is Hauer. Ik wil met hem praten. Blijf bij me en zeg geen woord, oké?'

Ik gaf geen antwoord. Ik beloofde niets.

Cassis gleed het gangpad in naast de soldaat die Hauer heette. Ik keek nieuwsgierig om me heen en zag dat niemand ook maar de geringste aandacht aan ons besteedde, behalve de Duitser die achter ons stond, een tengere jongeman met een scherp gezicht; zijn uniformpet stond achter op zijn hoofd en hij had een sigaret in zijn hand. Ik hoorde Cassis naast me gedreven fluisteren met Hauer, en toen het gekraak van papier. De Duitser met het scherpe gezicht grijnsde naar me en gebaarde met zijn sigaret.

Plotseling kreeg ik een schok: ik herkende hem. Het was de soldaat van de markt, degene die me de sinaasappel had zien stelen. Even kon ik hem alleen maar aanstaren, ik was verstard van schrik.

De Duitser gebaarde weer. De weerschijn van het bioscoopdoek verlichtte zijn gezicht en wierp dramatische schaduwen rond zijn ogen en jukbeenderen.

Ik keek nerveus naar Cassis, maar mijn broer ging te zeer op in zijn gesprek met Hauer om op mij te letten. De Duitser nam nog steeds een afwachtende houding aan; er lag een lachje om zijn lippen en hij stond een eindje af van de plek waar de anderen zaten. Hij hield zijn sigaret in de holte van zijn hand en ik zag het donker van zijn botten onder het rood oplichtende vlees. Hij was in uniform, maar zijn jasje hing open. Om de een of andere onverklaarbare reden stelde me dat gerust.

'Kom eens hier,' zei de Duitser zacht.

Ik kon niets zeggen. Mijn mond leek vol stro te zitten. Ik had willen wegrennen, maar ik wist niet of mijn benen me zouden dragen. Ik stak dus maar mijn kin naar voren en ging naar hem toe.

De Duitser grijnsde en nam nog een trek van zijn sigaret.

'Ben jij niet dat meisje van de sinaasappel?' zei hij, toen ik dichterbij kwam.

Ik gaf geen antwoord.

Mijn zwijgen leek de Duitser niet te deren. 'Je bent snel. Even snel als ik toen ik nog een jongen was.' Hij stak zijn hand in zijn zak en haalde er iets uit dat in zilverpapier gewikkeld was. 'Hier. Dat vind je vast wel lekker. Het is chocola.'

Ik keek hem achterdochtig aan. 'Ik wil het niet,' zei ik.

De Duitser grijnsde weer. 'Je houdt zeker meer van sinaasappels?' vroeg hij.

Ik zei niets.

'Ik herinner me een boomgaard bij de rivier,' zei de Duitser zacht. 'Bij het dorp waar ik ben opgegroeid. Daar waren de dikste, donkerste pruimen die je ooit gezien hebt. Eromheen was een hoge muur. Er liepen boerenhonden rond. De hele zomer heb ik geprobeerd die pruimen te pakken. Ik heb alles geprobeerd. Ik kon haast aan niets anders denken.'

Hij had een aangename stem en een licht accent; zijn ogen achter de kringel sigarettenrook stonden vrolijk. Ik nam hem argwanend op en durfde me niet te bewegen, omdat ik onzeker was of hij me in de maling nam of niet.

'Trouwens, iets wat je steelt smaakt veel lekkerder dan iets wat je gratis krijgt, vind je ook niet?'

Nu wist ik zeker dat hij me in de maling nam en mijn ogen werden groot van verontwaardiging.

De Duitser zag mijn uitdrukking en lachte; de chocola had hij nog steeds in zijn hand. 'Toe dan, *Bakfisch*, neem het maar. Doe maar alsof je het van de *Boches* steelt.'

Het stukje was half gesmolten en ik at het meteen op. Het was nog echte chocola ook, niet dat wittige, korrelige spul dat wij af en toe in Angers kochten. De Duitser keek geamuseerd toe terwijl ik at, en ik bekeek hem met onverminderde achterdocht, maar met toenemende nieuwsgierigheid.

'Is het u nog gelukt?' vroeg ik ten slotte, met mijn mond vol chocola. 'Met die pruimen, bedoel ik.'

De Duitser knikte. 'Ja, *Backfisch*. Ik herinner me de smaak nog.'

'En bent u niet betrapt?'

'Dat wel, ja.' Hij trok een treurig gezicht. 'Ik at er zoveel dat ik er misselijk van werd en zo werd het ontdekt. Ik kreeg een flink pak slaag. Maar ik heb gekregen wat ik wou. Daar gaat het toch om?'

'Dat is waar,' stemde ik in. 'Ik wil altijd graag winnen.' Ik zweeg even. 'Hebt u daarom aan niemand iets over de sinaasappel verteld?'

De Duitser haalde zijn schouders op. 'Waarom zou ik het aan iemand vertellen? Het ging me niets aan. Trouwens, die man had er nog zat. Hij kon er wel een missen.'

Ik knikte. 'Hij heeft een busje,' zei ik, het stukje zilverpapier schoonlikkend, zodat er geen grammetje chocola verloren zou gaan.

De Duitser leek het met me eens te zijn. 'Sommige mensen willen alles wat ze hebben voor zichzelf houden,' zei hij. 'En dat is niet eerlijk, vind je ook niet?'

Ik schudde mijn hoofd. 'Zoals madame Petit van de naaiwinkel,' zei ik. 'Die vraagt een fortuin voor een stukje parachutezijde dat zij gratis heeft gekregen.'

'Precies.'

Op dat moment schoot me te binnen dat ik misschien niets over madame Petit had moeten zeggen, en ik keek hem even aan, maar de Duitser leek nauwelijks te luisteren. Hij keek naar Cassis, die aan het eind van de rij nog met Hauer zat te fluisteren. Even ergerde het mij dat Cassis hem meer leek te interesseren dan ik.

'Dat is mijn broer,' zei ik.

'O ja?' De Duitser keek weer naar mij en glimlachte. 'Wat een familie, zeg. Zijn jullie met nog meer?'

Ik schudde van nee. 'Ik ben de jongste. Framboise.'

'Prettig kennis met je te maken, Françoise.'

Ik grijnsde. 'Frambóíse,' corrigeerde ik hem.

'Leibniz. Tomas.' Hij stak zijn hand uit. Ik aarzelde even, maar legde toen de mijne erin.

## 13

Dus zo ontmoette ik Tomas Leibniz. Om de een of andere reden was Reinette woedend dat ik met hem gepraat had en tijdens de rest van de film zat ze te pruilen. Hauer had Cassis een pakje Gauloises toegeschoven en we slopen samen terug naar onze plaats, waar Cassis een van zijn sigaretten rookte en ik opging in mijn speculaties. Pas toen de film was afgelopen had ik mijn vragen klaar.

'Die sigaretten,' zei ik, 'bedoelde je die toen je zei dat je van alles kon krijgen?'

'Natuurlijk.' Cassis leek erg met zichzelf ingenomen, maar ik voelde onder de oppervlakte nog steeds spanning. Hij hield zijn sigaret in zijn handpalm, alsof hij de Duitsers wilde nadoen, maar bij hem leek het een onhandige en schutterige imitatie.

'Vertel je hun soms dingen? Ja?'

'We vertellen... wel eens wat, ja,' gaf Cassis toe, met een zelfvoldane grijns.

'Wat voor dingen?'

Cassis haalde zijn schouders op. 'Het begon met die ouwe idioot en zijn radio,' zei hij op gedempte toon. 'Dat was niet meer dan eerlijk. Hij had hem toch niet mogen hebben, en hij had niet zo geschokt moeten reageren, terwijl we alleen maar naar de Duitsers keken. Soms laten we briefjes achter bij een loopjongen, of bij het café. Soms geeft de krantenman ons spullen die ze hebben achtergelaten. Soms brengen ze het zelf.' Hij probeerde nonchalant te doen, maar ik voelde dat hij gespannen was, nerveus.

'Het is niets belangrijks,' vervolgde hij. 'En de meeste moffen maken zelf ook gebruik van de zwarte markt, om spullen naar Duitsland te sturen. Je weet wel, spullen die ze in beslag hebben genomen. Dus het geeft echt niet.'

Ik dacht hierover na. 'Maar de Gestapo–'

'O, doe toch niet zo kinderlijk, Boise.' Plotseling was hij boos, zoals altijd wanneer ik hem onder druk zette. 'Wat weet jij nou van de Gestapo?' Hij keek nerveus om zich heen en dempte toen weer zijn stem. 'Met hén doen we uiteraard geen zaken. Dit is wat anders. Ik zei je toch al: dit is gewoon handel. En bovendien gaat het jou niets aan.'

Ik keerde me gebelgd naar hem toe. 'Waarom niet? Ik weet ook wel eens wat.' Ik wilde inmiddels dat ik de Duitser meer over madame Petit had verteld, dat ik hem had gezegd dat ze joodse was.

Cassis schudde smalend zijn hoofd. 'Je zou het toch niet snappen.'

We reden een beetje angstig zwijgend naar huis, half-enhalf verwachtend dat moeder geraden had waar we zonder toestemming heen waren gegaan, maar toen we thuiskwamen, troffen we haar in een zeldzaam goede bui aan. Ze had het niet over de sinaasappelgeur, haar slapeloze nacht of de veranderingen die ik in de kamer had aangebracht, en de maaltijd die ze bereidde was bijna een feestmaal, met wortel-lofsoep, *boudin noir* met appel en aardappels, boekweitpannenkoeken en *clafoutis* toe. Het dessert was zwaar en vochtig van de appels van vorig jaar en er zat een knapperig laagje van bruine suiker en kaneel op. We aten zwijgend, zoals altijd, maar moeder leek ver weg en vergat helemaal tegen me te zeggen dat ik mijn ellebogen van tafel moest halen en merkte niet dat mijn haar in de war zat en dat ik een smoezelig gezicht had.

Misschien had de sinaasappel haar getemd, dacht ik.

Ze haalde de schade de volgende dag echter in en verviel weer in haar oude gedrag, maar dan nog een graadje erger. We gingen haar zo veel mogelijk uit de weg en deden haastig onze klussen. Daarna zochten we onze toevlucht in de Uitkijkpost en bij de rivier, waar we niet erg enthousiast speelden. Soms kwam Paul naar ons toe, maar hij voelde dat hij niet meer bij ons hoorde, dat we een kringetje vormden dat hem buitensloot. Ik had met hem te doen, voelde me zelfs een beetje schuldig, omdat ik wist hoe het was buitengesloten te worden, maar ik kon er niets aan doen om het te voorkomen. Paul moest maar voor zichzelf opkomen; ik had dat ook moeten doen.

Daarnaast had moeder een hekel aan Paul, zoals ze aan de hele familie Hourias een hekel had. Paul was in haar ogen een leegloper, te lui om naar school te gaan, zelfs te stom om in het dorp met de andere kinderen te leren lezen. Zijn ouders waren al even erg: een man die bloedwormen verkocht aan de kant van de weg en een vrouw die de kleren van andere mensen verstelde. Maar mijn moeder was wel bijzonder hatelijk waar het Pauls oom betrof. Eerst dacht ik dat het gewoon een kwestie van dorpsrivaliteit was. Philippe Hourias bezat de grootste boerderij in Les Laveuses: akkers met zonnebloemen, aardappels, kool en bieten, twintig koeien, varkens, geiten en een tractor, in een tijd waarin de meeste mensen in de streek nog gebruikmaakten van de handploeg en paarden, en een echte melkmachine. Het was jaloezie, had ik voor mezelf vastgesteld, de wrok van de worstelende weduwe jegens de welvarende weduwnaar. Toch was het vreemd als je bedacht dat Philippe Hourias mijn vaders beste vriend was geweest. Ze waren samen opgegroeid, hadden samen gevist en gezwommen, en geheimen met elkaar gedeeld. Philippe had mijn vaders naam zelf in het oorlogsmonument gebeiteld en legde er 's zondags altijd bloemen neer. Maar bij moeder kon er nooit meer dan een knikje af. Ze was nooit zo'n mensenvriend geweest, maar na het sinaasappelincident leek ze hem nog vijandiger te bejegenen.

Pas veel later begon ik achter de waarheid te komen, en wel toen ik het album las, ruim veertig jaar later. Die kleine, migraine opwekkende letters die over de ingebonden bladzijden wankelden.

'Hourias weet het al,' schreef ze. 'Ik zie hem soms naar me kijken. Met medelijden en nieuwsgierigheid, alsof ik iets ben wat hij op de weg heeft aangereden. Gisteravond zag hij me uit La Rép komen met de spullen die ik daar moest kopen. Hij zei niets, maar ik wist dat hij het geraden had. Hij vindt natuurlijk dat we moeten trouwen. Dat is voor hem logisch, dat weduwe en weduwnaar hun land samenvoegen door een huwelijk. Yannick had geen broer die de boerderij kon overnemen toen hij stierf, en van een vrouw wordt niet verwacht dat ze in haar eentje een boerderij runt.'

Als ze van nature een vriendelijke vrouw geweest was, had ik misschien eerder iets vermoed. Maar Mirabelle Dartigen was niet vriendelijk: ze bestond uit steenzout en riviermodder, en haar woedeaanvallen waren even snel, fel en onvermijdelijk als zomerbliksem. Ik zocht nooit naar de oorzaak, maar ontliep het effect ervan zo goed ik kon.

# 14

Er waren die week geen uitstapjes meer naar Angers en noch Cassis, noch Reinette leek geneigd te praten over onze ontmoeting met de Duitsers. Wat mijzelf aangaat: ik had niet zoveel zin om over mijn gesprek met Leibniz te praten, maar vergeten kon ik het ook niet. De ene keer maakte het me bang en de andere keer gaf het me een vreemd machtsgevoel.

Cassis was rusteloos, Reinette nors en ontevreden, en daarbij motregende het een week lang, zodat de Loire onheilspellend zwol en de zonnebloemvelden blauw zagen van de regen. Er waren zeven dagen verstreken sinds ons uitstapje naar Angers. Marktdag kwam en ging; deze keer vergezelde Reinette moeder naar de stad. Cassis en ik hingen ontevreden rond in de druipnatte boomgaard. De groene pruimen aan de bomen deden me aan Leibniz denken, met een vreemde mengeling van nieuwsgierigheid en onrust. Ik vroeg me af of ik hem ooit nog zou zien.

Onverwacht gebeurde het.

Het was marktdag, vroeg in de ochtend, en Cassis was aan de beurt om te helpen met de bevoorrading. Reine was de verse, in wijnbladeren gewikkelde kaas uit de koelruimte aan het halen, en moeder verzamelde eieren in het kippenhok. Ik was net van de rivier teruggekomen met de vangst van die ochtend: een paar kleine baarzen en alvers, die ik had kleingesneden om als aas te dienen en in een emmer bij het raam had gezet. Het was niet de dag waarop de Duitsers meestal kwamen en daarom deed ik toevallig open toen ze op de deur klopten.

Ze waren met zijn drieën: twee die ik niet kende, en Leibniz, deze keer zeer correct in uniform en met een geweer losjes in de kromming van zijn arm. Zijn ogen werden groot van verbazing toen hij mij zag, en toen glimlachte hij.

Als er andere Duitsers hadden gestaan, zou ik misschien de deur voor hun neus hebben dichtgeslagen, zoals Denis Gaudin had gedaan toen ze zijn viool kwamen vorderen. Ik zou zeker moeder hebben geroepen. Maar nu was ik niet zeker van mijn zaak: ik stond nerveus op de drempel en vroeg me af wat ik moest doen.

Leibniz keerde zich naar de andere twee en sprak in het Duits met hen. Ik meende uit de gebaren die zijn woorden begeleidden, op te kunnen maken dat hij van plan was onze boerderij zelf te doorzoeken terwijl de anderen het weggetje naar de boerderijen van Ramondin en Hourias alvast af zouden lopen. Een van de andere Duitsers keek naar mij en zei iets; ze lachten alle drie. Leibniz knikte en stapte daarna, nog steeds lachend, langs me heen onze keuken in.

Ik wist dat ik moeder moest roepen. Als de soldaten kwamen, was ze altijd nog norser dan anders; ze verzette zich tegen hun aanwezigheid en het zich nonchalant toeeigenen van alles wat ze maar nodig hadden. Uitgerekend vandaag; haar bui was toch al niet zo best. En dan kwam dit er nog bij!

Levensmiddelen waren schaars aan het worden, had Cassis uitgelegd toen ik hem ernaar vroeg. Ook Duitsers moesten eten. 'En ze eten als varkens,' had hij er verontwaardigd op laten volgen. 'Je moet hun kantine eens zien: hele broden, met jam en paté en rillettes en kaas en gezouten ansjovis en ham en zuurkool en appel. Je gelooft je eigen ogen niet!'

Leibniz sloot de deur en keek om zich heen. Nu de andere soldaten weg waren, had hij een ontspannen houding; hij leek zo meer op een burger. Zijn hand ging naar zijn zak en hij stak een sigaret op.

'Wat doe je hier?' wilde ik ten slotte weten. 'We hebben niets.'

'Opdracht, *Backfisch*,' zei Leibniz. 'Is je vader thuis?'

'Ik heb geen vader,' antwoordde ik een tikkeltje uitdagend. 'Gedood door Duitsers.'

'O, wat erg.' Hij leek in verlegenheid gebracht door de situatie en er welde een gevoel van plezier in me op. 'Je moeder dan?'

'Achter.' Ik keek hem dreigend aan. 'Het is vandaag marktdag. Als je onze marktspullen meeneemt, hebben we niets meer. Zo redden we het net.'

Leibniz keek even om zich heen, een beetje beschaamd, dacht ik. Ik zag hem de schone tegelvloer, de verstelde gordijnen, de gehavende, geloogde grenenhouten tafel in zich opnemen. Hij aarzelde.

'Ik kan niet anders, *Backfisch*,' zei hij zacht. 'Ik krijg straf als ik mijn orders niet uitvoer.'

'Je kúnt zeggen dat je niets gevonden hebt. Je kúnt zeggen dat er niets meer was toen je kwam.'

'Misschien.' Zijn blik viel op de emmer met visafval bij het raam. 'Een visser in de familie? Wie? Je broer?'

Ik schudde mijn hoofd. 'Ik.'

Leibniz was verbaasd. 'Vissen?' zei hij. 'Daar lijk je me niet oud genoeg voor.'

'Ik ben negen,' zei ik gepikeerd.

'Negen?' Er dansten pretlichtjes in zijn ogen, maar zijn mond bleef ernstig. 'Ik vis ook,' fluisterde hij. 'Waar vissen jullie hier op? Forel? Karper? Baars?'

Ik schudde mijn hoofd.

'Waarop dan?'

'Snoek.'

Snoeken zijn de slimste zoetwatervissen die er zijn. Omdat ze, ondanks hun gemene tanden, zo sluw en behoedzaam zijn, heb je zorgvuldig geselecteerd aas nodig om ze naar het oppervlak te lokken. Het minste of geringste kan hen al achterdochtig maken: een kleine verandering in temperatuur, een flauwe beweging. Er is geen snelle of gemakkelijke manier. Natuurlijk kun je geluk hebben, maar afgezien daarvan vergt het vangen van snoek tijd en geduld.

'Zo, dat is andere koek,' zei Leibniz bedachtzaam. 'Ik kan een medevisser in moeilijkheden natuurlijk niet in de steek laten.' Hij grijnsde naar me. 'Snoek dus.'

Ik knikte.

'Wat gebruik je, bloedwormen of ballen?'

'Allebei.'

'Zo.' De lach was van zijn gezicht verdwenen. Dit was een ernstig onderwerp. Ik sloeg hem zwijgend gade. Bij Cassis faalde deze truc nooit: hij werd er altijd onzeker van.

'Neem onze koopwaar niet mee,' herhaalde ik.

Het was weer stil.

Toen knikte Leibniz. 'Ik kan wel iets verzinnen, denk ik,' zei hij langzaam. 'Maar je moet wel je mond houden. Want anders kom ik echt in de problemen. Begrijp je dat?'

Ik knikte. Dat was niet meer dan eerlijk. Hij had tenslotte niets over de sinaasappel gezegd. Ik spuugde op mijn handpalm om de afspraak te bezegelen. Hij lachte niet, maar schudde me volkomen ernstig de hand, alsof dit een volwassen overeenkomst tussen ons was. Ik verwachtte half-en-half dat hij me in ruil daarvoor een gunst zou vragen, maar dat deed hij niet, en dat deed me plezier. Leibniz was niet als de anderen.

Ik zag hem weglopen. Hij keek niet om. Ik zag hem het weggetje naar de boerderij van Hourias afslenteren; hij gooide zijn sigarettenpeuk tegen de muur van het bijgebouw aan. Toen de gloeiende punt de donkere Loiresteen raakte, spatten er rode vonken af.

## 15

Ik zei niets tegen Cassis of Reinette over wat er tussen Leibniz en mij was voorgevallen. Als ik er tegen hen over gesproken zou hebben, was het van zijn glans beroofd. Ik koesterde mijn geheim juist en genoot er in gedachten van alsof het een gestolen schat was. Het gaf me een bijzonder volwassen machtsgevoel.

Ik bezag Cassis' filmtijdschriften en Reinettes lippenstift nu met een zekere minachting. Zij vonden zichzelf zo slim, maar wat hadden ze nu helemaal gedaan? Ze hadden zich gedragen als kinderen die op school stoere verhalen ophangen. De Duitsers behandelden hen als kinderen, kochten hen om met onbeduidende spullen. Leibniz had niet geprobeerd mij om te kopen. Hij had tegen me gesproken als een gelijke, met respect.

De boerderij van de familie Hourias was zwaar getroffen. Een voorraad eieren voor een week was in beslag genomen, evenals de helft van de melk, twee hele zijden spek, zeven pond boter, een vat olie, vierentwintig flessen wijn, die slecht verstopt achter een afscheiding in de kelder lagen, plus een aantal terrines en conserven. Paul vertelde me het. Ik voelde met hem mee – zijn oom voorzag de familie grotendeels van levensmiddelen – maar ik nam me voor mijn eigen eten met hem te delen wanneer ik de kans kreeg. Bovendien was het seizoen nog maar net begonnen. Philippe Hourias zou zijn verliezen binnen niet al te lange tijd weer goedgemaakt hebben. En ik had andere dingen aan mijn hoofd.

Het sinaasappelzakje was nog verstopt waar ik het had

achtergelaten. Niet onder mijn matras. Reinette gebruikte nog steeds haar oorspronkelijke bergplaats voor haar make-upspullen, in de waan dat die geheim was. Mijn geheime plek getuigde van heel wat meer fantasie. Ik stopte het zakje in een glazen potje met schroefdeksel en liet het elleboogdiep in een vat gezouten ansjovis zakken, dat mijn moeder in de kelder had staan. Door een touwtje om de pot onder de deksel kon ik hem opvissen wanneer ik hem nodig had. Het was erg onwaarschijnlijk dat de pot ontdekt zou worden, daar mijn moeder een hekel had aan de sterke geur van de ansjovis en mij meestal wat liet halen wanneer ze het nodig had.

Ik wist dat het weer zou werken.

Ik wachtte tot woensdagavond. Deze keer legde ik het zakje op de opvangbak onder de kachel, waar de geur door de hitte het snelst vrij zou komen. En ja hoor, moeder wreef algauw over haar slaap terwijl ze op de kachel aan het koken was en snauwde me toe als ik te laat kwam aanzetten met meel of hout. Ze zei bestraffend: 'Beschadig mijn goede borden niet, meisje!' en snoof de lucht op met die dierlijke blik, verward en angstig. Ik deed de keukendeur dicht om het effect zo groot mogelijk te maken en de kamer werd wederom doortrokken van een sinaasappelgeur. Ik stopte het zakje in haar hoofdkussen, zoals ik de vorige keer ook gedaan had – de stukjes sinaasappel waren inmiddels knisperig en zwart geworden door de warmte van de kachel, en ik wist dat dit de laatste keer zou zijn dat ik het kon gebruiken – en naaide het vast onder de gestreepte sloop.

Het eten was aangebrand.

Niemand durfde er echter iets van te zeggen en mijn moeder raakte de zwarte, brosse kant van haar verkoolde pannenkoeken aan en voelde telkens aan haar slaap totdat ik dacht dat ik zou gaan gillen. Deze keer vroeg ze niet of we sinaasappels mee naar huis hadden genomen, maar ik merkte dat ze dat wel zou willen. Ze zat alleen maar aan haar slaap, en ze kruimelde en friemelde en draaide en verbrak soms de stilte met een felle uitroep van woede over een onbeduidende overtreding van de huisregels.

'Reine-Claude! Brood op de broodplank! Ik wil niet dat je op mijn schone vloer kruimelt!' Haar stem klonk nijdig, geïrriteerd.

Ik sneed een boterham af en keerde opzettelijk het brood om op de broodplank, zodat de platte onderkant boven lag. Om de een of andere manier maakte dit mijn moeder altijd woest, evenals mijn gewoonte de knapperige uiteinden aan weerskanten af te snijden en het middengedeelte te laten voor wat het was.

'Framboise! Keer dat brood om!' Ze raakte weer haar hoofd aan, vluchtig, alsof ze controleerde of het er nog was. 'Hoe vaak heb ik je nu al gezegd dat je–' Ze verstarde midden in de zin, haar hoofd scheef, haar mond open.

Zo bleef ze een halve minuut zitten, starend naar niets met het gezicht van een trage leerling die zich de stelling van Pythagoras probeert te herinneren, of de regels van de ablativus absolutus. Haar ogen waren glazig-groen en uitdrukkingsloos. We keken elkaar stil aan en sloegen haar gade terwijl de seconden wegtikten. Toen bewoog ze weer – een bruusk en typisch gebaar van irritatie – en begon de tafel af te ruimen, hoewel we nog maar halverwege de maaltijd waren. Maar ook daar zei niemand iets van.

De volgende dag bleef ze in bed, zoals ik voorspeld had. Wij gingen naar Angers zoals die keer daarvoor. Deze keer niet naar de bioscoop. We slenterden door de straten, waarbij Cassis ostentatief een van zijn sigaretten opstak, en gingen zitten op het terras van een café in het centrum, Le Chat Rouget. Reinette en ik bestelden een *diabolo-menthe*, en Cassis begon pastis te bestellen, maar veranderde dit tam in panaché toen de ober hem onderdanig aankeek.

Reine dronk voorzichtig om haar lippenstift goed te houden. Ze leek nerveus en haar hoofd ging van links naar rechts, alsof ze naar iemand uitkeek.

'Op wie wachten we?' informeerde ik nieuwsgierig. 'Jullie Duitsers?'

Cassis keek me kwaad aan. 'Ja, roep het even rond, idioot,' snauwde hij. Hij dempte zijn stem. 'Soms ontmoeten we elkaar hier,' legde hij uit. 'Je kunt berichten doorgeven. Niemand merkt het. We verkopen informatie.'

'Wat voor informatie?'

Cassis maakte een honend geluid. 'Van alles,' zei hij ongeduldig. 'Mensen die radio's hebben, zwarte markt, handelaren. *Résistance*.' Hij benadrukte het laatste woord sterk en dempte zijn stem nog meer.

'Het verzet,' herhaalde ik.

Probeer je eens in te denken wat dat voor ons betekende. We waren kinderen. We hadden onze eigen regels. De wereld van de volwassenen was een verre planeet die bewoond werd door andere wezens. We begrepen er nog maar weinig van. Van de *Résistance*, die zogenaamde legendarische organisatie, begrepen we nog minder. In boeken en op de televisie werd zij later als heel doelgericht afgeschilderd, maar ik herinner me daar niets van. Ik herinner me alleen een soort ongeorganiseerde strijd, waarbij de geruchten en tegengeruchten elkaar in hoog tempo opvolgden en dronkaards in cafés op luide toon afgaven op het nieuwe *régime* en mensen naar familie op het platteland vluchtten om buiten het bereik van een invasieleger te blijven dat zich in de steden al niet meer tolerant gedroeg. Dé *Résistance* – het geheime leger zoals het volk dat zag – was een mythe. Er waren veel groepen – communisten en humanisten en socialisten, mensen die een martelaar wilden worden, snoevers, dronkaards, opportunisten en heiligen – die door de tijd állemaal werden geheiligd, maar in die tijd bestond er niet zoiets als een leger, laat staan een geheim leger. Moeder sprak laatdunkend over hen. Volgens haar waren we allemaal beter af als iedereen gewoon voor zich keek.

Maar toch maakte Cassis' gefluister indruk op me. *Résistance*. Het was een woord dat aan mijn zucht naar avontuur en dramatiek appelleerde. Het riep beelden bij me op van bendes die om de macht vochten, van nachtelijke escapades, schietpartijen en geheime vergaderingen, van schatten en getrotseerde gevaren. In zekere zin leek het op de spelletjes die wij, Reine, Cassis, Paul en ik, de afgelopen jaren gespeeld hadden met de aardappelschieters, de wachtwoorden en de rituelen. Het spel had zich een beetje uitgebreid, meer niet. De inzet was hoger.

'Jij kent niemand van het verzet,' zei ik cynisch, terwijl ik probeerde over te komen alsof ik er niet door geïmponeerd was.

'Misschien nog niet,' zei Cassis. 'Maar daar zouden we achter kunnen komen. We hebben al van alles ontdekt.'

'Er is niets verkeerds aan,' ging Reinette verder. 'We praten niet over mensen die in Les Laveuses wonen. We zouden nooit onze buren verraden.'

Ik knikte. Dat zou niet eerlijk zijn.

'Maar... in Angers ligt dat anders. Iedereen doet het hier.'

Ik dacht hierover na. 'Ik zou ook van alles te weten kunnen komen.'

'Wat weet jij nou?' zei Cassis spottend.

Ik vertelde hem bijna wat ik tegen Leibniz over madame Petit en de parachutezijde had gezegd, maar besloot het niet te doen. In plaats daarvan stelde ik de vraag die me had beziggehouden sinds Cassis voor het eerst iets had gezegd over hun regeling met de Duitsers.

'Wat doen ze wanneer je hun iets vertelt? Schieten ze mensen neer? Sturen ze hen naar het front?'

'Natuurlijk niet. Doe niet zo stom.'

'Wat dan?'

Maar Cassis luisterde al niet meer. Zijn blik was gericht op de krantenkiosk bij de kerk tegenover hem, waar een jongen van ongeveer zijn leeftijd met zwart haar steeds naar ons keek. De jongen maakte een ongeduldig gebaar in onze richting.

Cassis betaalde onze drankjes en stond op. 'Kom mee,' zei hij.

Reinette en ik volgden hem. Cassis leek op goede voet met de jongen te staan; hij kende hem zeker van school. Ik ving een paar woorden op over vakantiewerk en een zacht, nerveus, lacherig gesnuif. Toen zag ik hem Cassis een opgevouwen papiertje toestoppen.

'Tot kijk,' zei Cassis, terwijl hij nonchalant wegliep.

Het briefje was van Hauer.

Alleen Hauer en Leibniz spraken goed Frans, legde Cassis uit terwijl we om de beurt het briefje lazen. De anderen – Heinemann en Schwartz – kenden alleen elementair Frans, maar vooral Leibniz had wel een Fransman kunnen zijn, iemand uit Elzas-Lotharingen of zo, met het keelachtige dialect van die streek. Om de een of andere reden voelde ik dat dit Cassis plezier deed, alsof het doorspelen van informatie aan iemand die bijna Frans was, op de een of andere manier minder laakbaar was.

'Kom om twaalf uur naar de hoofdingang van de school,' stond er alleen maar. 'Ik heb iets voor jullie.'

Reinette raakte met haar vingertoppen het papier aan. Haar gezicht was rood van opwinding. 'Hoe laat is het nu?' vroeg ze. 'Komen we nog op tijd?'

Cassis knikte van ja. 'Met de fiets wel,' antwoordde hij, terwijl hij laconiek probeerde te klinken. 'Laten we maar eens gaan kijken wat ze voor ons hebben.'

Toen we de fietsen van hun gebruikelijke plek in de steeg haalden, merkte ik dat Reinette een poederdoos uit haar zak haalde en snel haar spiegelbeeld bekeek. Ze fronste; ze haalde onopvallend de lippenstift uit de zak van haar jurk en werkte haar lippen bij, glimlachte, werkte ze weer bij en glimlachte weer. De poederdoos ging dicht. Ik was niet zo verbaasd. Uit ons eerste tochtje was me duidelijk geworden dat de filmvoorstellingen niet haar enige doel waren. De zorg waarmee ze zich kleedde, de aandacht die ze aan haar haar besteedde, de lippenstift en het parfum, dat alles moest voor iemand bedoeld zijn. Maar eerlijk gezegd kon het me niet zo erg veel schelen. Ik was gewend aan die dingen die Reinette zoal deed. Op haar twaalfde zag ze er al uit alsof ze zestien was. Met haar zorgvuldig gekrulde haar en haar rood gemaakte lippen had ze nog wel ouder kunnen zijn. Ik had al gezien hoe de mensen in het dorp naar haar keken. Paul Hourias kon geen woord meer uitbrengen en werd verlegen als ze in de buurt was; dat gold ook voor Jean-Benet Darius, die een oude man van bijna veertig was, en Guguste Ramondin of Raphaël, de cafébaas. De jongens keken naar haar, dat wist ik. En ze merkte het. Vanaf haar eerste schooldag had ze vol verhalen gezeten over de jongens die ze er tegenkwam. De ene week was het Justin, die zulke prachtige ogen had, de andere Raymond, die de hele klas aan het lachen maakte, of Pierre-André, die kon schaken, of Guillaume, die het jaar daarvoor met zijn ouders vanuit Parijs hiernaartoe was verhuisd. Toen ik eraan terugdacht, kon ik me zelfs nog herinneren wanneer die verhalen waren opgehouden. Dat was zo ongeveer toen het Duitse garnizoen in de school gelegerd werd. Het liet me onverschillig. Er was zeker iets mysterieus gaande, bedacht ik, maar Reinettes geheimen konden me zelden boeien.

Hauer stond op wacht bij de poort. Nu het dag was kon ik hem beter zien: een Duitser met een breed en bijna uitdrukkingsloos gezicht. Zachtjes zei hij vanuit zijn mondhoek tegen ons: ‘Stroomopwaarts, over tien minuten.’ Daarna wuifde hij quasi-ongeduldig naar ons, alsof hij ons wegstuurde. We stapten weer op onze fiets en reden verder zonder ook maar één keer om te kijken, zelfs Reinette beheerste zich, waaruit ik concludeerde dat Hauer niet degene was op wie haar verliefdheid zich richtte.

Nog geen tien minuten later kwam Leibniz in zicht. Eerst dacht ik dat hij geen uniform droeg, maar toen zag ik dat hij gewoon zijn jasje en laarzen had uitgedaan en met zijn voeten over de kademuur hing, boven het snelstromende water van de gladde, bruine Loire. Hij begroette ons vrolijk zwaaiend en gaf aan dat we bij hem moesten komen zitten. We sleepten de fietsen mee de schuine oever af, zodat ze niet zichtbaar zouden zijn vanaf de weg, en gingen naast hem zitten. Hij zag er jonger uit dan ik me herinnerde, bijna even jong als Cassis, maar hij bewoog met een nonchalante zelfverzekerdheid die Cassis nooit zou bezitten, hoezeer hij dat ook probeerde.

Cassis en Reinette keken hem zwijgend aan, als kinderen in de dierentuin die naar een gevaarlijk dier kijken. Reinette was vuurrood. Leibniz leek niet onder de indruk van onze inspectie en stak grijnzend een sigaret op.

'De weduwe Petit,' zei hij ten slotte door een mondvol rook. 'Heel goed.' Hij grinnikte. 'Parachutezijde en nog duizenden andere dingen; het was een echt zwarthandelaarsnest.' Hij knipoogde naar me. 'Goed werk, *Backfisch*.'

De anderen keken me verbaasd aan, maar zeiden niets. Ik bleef zwijgen, niet wetende of ik blij of ongerust moest zijn na deze goedkeurende woorden.

'Ik heb van de week geboft,' vervolgde Leibniz op dezelfde toon. 'Kauwgom, chocola en' – zijn hand verdween in zijn zak en haalde er een pakje uit – 'dit.'

'Dit' bleek een zakdoekje te zijn, afgezet met kant, dat hij aan Reinette overhandigde. Mijn zus liep vuurrood aan van verlegenheid.

Toen keerde hij zich naar mij. 'En jij, *Backfisch*, wat wil jíj?' Hij grijnsde. 'Lippenstift? Gezichtscrème? Zijden kousen? Nee, dat is meer iets voor je zus. Een pop? Een teddybeer?' Hij dreef vriendelijk de spot met me; zijn ogen stonden vrolijk en waren vol zilveren pretlichtjes.

Dit was het moment om te bekennen dat mijn mededeling over madame Petit slechts een onachtzame verspreking was geweest. Maar Cassis keek me nog steeds stomverbaasd aan, Leibniz glimlachte, en plotseling gloorde er een idee in mijn hoofd.

Ik aarzelde niet. 'Visgerei,' zei ik meteen. 'Echt, goed visgerei.' Ik zweeg even en richtte mijn ogen brutaal op de zijne. Hem recht aankijkend zei ik: 'En een sinaasappel.'

# 16

We ontmoetten hem weer een week later, op dezelfde plek. Cassis vertelde hem het gerucht dat er 's avonds laat in Le Chat Rouget gegokt werd, en de woorden die hij bij het kerkhof had opgevangen toen *curé* Froment iemand iets vertelde over verstopt kerkzilver.

Maar Leibniz leek in zijn eigen gedachten verdiept.

'Ik moest dit voor de anderen verborgen houden,' zei hij tegen mij. 'Het zou hun misschien niet aanstaan als ik dit aan jou gaf.' Vanonder zijn legerjasje dat nonchalant op de rivieroever lag, pakte hij een smalle, groene canvas zak, ongeveer een meter twintig lang, die een zacht rammelend geluid maakte toen hij hem naar me toeschoof. 'Die is voor jou,' zei hij, toen ik aarzelde. 'Toe dan.'

In de zak zat een vishengel. Geen nieuwe, maar zelfs ik kon zien dat het een goeie was, van donker bamboe, bijna zwart geworden van ouderdom, en met een glanzend metalen molentje, dat onder mijn vingers even probleemloos draaide alsof er een kogellager in zat. Ik liet een lange, trage zucht van verbazing horen.

'Is die... voor mij?' vroeg ik, omdat ik het niet helemaal durfde te geloven.

Leibniz lachte. Een vrolijke, ongecompliceerde lach. 'Natuurlijk,' zei hij. 'Wij vissers moeten toch zeker één front vormen?'

Ik raakte de hengel aan met gretige vingers. Het molentje voelde koel en enigszins olieachtig, alsof het in het vet gezet was.

'Maar je moet hem wel veilig opbergen, *Backfisch*,' zei

hij tegen me. ‘En niets aan je ouders en vrienden vertellen. Je kunt vast wel een geheim bewaren.’

Ik knikte. ‘Natuurlijk.’

Hij glimlachte. Zijn ogen waren helder donkergrijs. ‘En nu die snoek vangen waar je het over had, hè?’

Ik knikte weer en hij lachte.

‘Geloof mij maar: met die hengel kun je wel een onderzeeër vangen.’

Ik keek hem even kritisch aan, alleen maar om te zien in hoeverre hij me plaagde. Hij vond het amusant, dat was duidelijk, maar het was een vriendelijke spot, concludeerde ik, en hij had zich aan de afspraak gehouden. Er was echter één ding dat me niet lekker zat.

‘Madame Petit,’ begon ik aarzelend. ‘Overkomt haar niets ergs?’

Leibniz nam een trek van zijn sigaret en wierp het eindje in het water.

‘Het lijkt mij niet, nee,’ zei hij zorgeloos. ‘Niet als ze op haar woorden let.’ Plotseling keek hij mij en ook Cassis en Reine scherp aan. ‘Jullie drieën zeggen hier tegen niemand iets over. Afgesproken?’

We knikten.

‘O ja, ik heb nog één ding voor jou.’ Hij stopte zijn hand in zijn zak. ‘Het spijt me, maar jullie zullen hem moeten delen. Ik kon er maar één vinden.’ Hij stak ons een sinaasappel toe.

Hij was zo innemend. We waren allemaal van hem gecharmeerd. Cassis misschien minder dan Reine en ik, omdat hij de oudste was en beter begreep welke gevaren we liepen. Reinette met haar roze wangen en haar verlegenheid, en ik... ach, misschien was ik het nog wel het meest. Het begon met de vishengel, maar er waren tientallen andere dingen: zijn accent, zijn luie manier van doen, zijn zorgeloosheid en zijn lach. O, hij was een echte charmeur, niet zo een als Cassis’ zoon Yannick probeerde te zijn, met zijn brutale manier van doen en wezelachtige ogen. Nee, Tomas Leibniz kwam heel natuurlijk over, zelfs op een eenzaam kind met een hoofd vol onzin.

Ik kon niet precies zeggen wat het was. Reine zou misschien gezegd hebben dat het de manier was waarop hij je aankeek zonder iets te zeggen, of de manier waarop zijn ogen van kleur veranderden – soms grijsgroen, soms bruingrijs, als de rivier – of de manier waarop hij liep, met zijn pet naar achteren geschoven en zijn handen in zijn zakken, als een jongen die spijbelt. Cassis had misschien gezegd dat het zijn roekeloosheid was: dat hij de Loire over kon zwemmen op het breedste punt, of ondersteboven kon hangen aan de Uitkijkpost, alsof hij een jongen van veertien was, met een jongensachtige minachting voor gevaar. Hij wist alles van Les Laveuses nog voordat hij er een voet gezet had. Hij was een eenvoudige jongen uit het Zwarte Woud en hij zat vol verhalen over zijn familie, zijn zussen, zijn broer en zijn plannen. Hij zat altijd plannen te maken. Er waren dagen waarop alles wat hij zei met dezelfde woorden leek te beginnen: 'Wanneer ik rijk ben en de oorlog voorbij is...' Wat hij niet allemaal zou doen! Hij was de eerste volwassene die we ooit ontmoet hadden die nog dácht als een jongen, plannen maakte als een jongen, en misschien was dat wel wat ons uiteindelijk zo in hem aantrok. Hij was een van ons. Dat was het gewoon. Hij speelde het spel volgens onze regels.

Tot dusver had hij tijdens de oorlog een Engelsman en twee Fransen gedood; hij maakte daar geen geheim van. Maar zoals hij het vertelde zou je gezworen hebben dat hij geen keus had. Het had onze vader geweest kunnen zijn, dacht ik naderhand. Maar zelfs dan had ik het hem vergeven. Ik zou hem alles hebben vergeven.

Natuurlijk was ik eerst op mijn hoede. We ontmoetten hem nog drie keer, tweemaal hem alleen aan de rivier en eenmaal in de bisocoop met de anderen erbij: Hauer,

Heinemann – vierkant en roodharig – en de langzame, dikke Schwartz. Tweemaal stuurden we een briefje via de jongen bij de kiosk en tweemaal kregen we sigaretten, tijdschriften, boeken, chocola en een pakje nylonkousen voor Reinette. De mensen zijn in het bijzijn van kinderen meestal minder waakzaam. Ze letten minder op wat ze zeggen. We verzamelden op die manier meer informatie dan je ooit zou hebben gedacht, en die gaven we door aan Hauer, Heinemann, Schwartz en Leibniz. De andere soldaten spraken nauwelijks met ons. Schwartz, die weinig Frans sprak, keek soms begerig naar Reinette en fluisterde haar in keelachtig, vettig Duits iets toe. Hauer was stijfjes en onhandig, en Heinemann zat vol nerveuze energie: hij krabde voortdurend aan de rode stoppels die een onlosmakelijk onderdeel van zijn gezicht leken te vormen. Bij de anderen voelde ik me slecht op mijn gemak.

Maar niet bij Tomas. Tomas was een van ons. Hij kon ons bereiken zoals geen ander. Dat zat hem niet in voor de hand liggende zaken als de onverschilligheid van onze moeder of het ontbreken van een vader, en ook niet in het gebrek aan speelkameraadjes of de ontberingen van de oorlog. We waren ons nauwelijks bewust van die dingen; we leefden gewoon in ons eigen, ongeciviliseerde fantasiewereldje. Het was wel onthutsend hoe hard we Tomas nodig hadden. Niet om de dingen die hij voor ons meebracht, de chocola en de kauwgom, de make-up en de tijdschriften. Nee, we hadden iemand nodig aan wie we onze heldendaden konden vertellen, iemand op wie we indruk konden maken, iemand die met ons samenzweerde met de energie van de jeugd en de glans van de ervaring, iemand die zelfs nog mooier verhalen kon vertellen dan Cassis ooit zou kunnen. Dat gebeurde natuurlijk niet plotseling. We waren wilde dieren, precies zoals moeder zei, en het duurde even voor we getemd waren. Hij moet dat steeds geweten hebben, gezien de slimme manier waarop hij ons een voor een voor zich innam door ons het gevoel te geven dat we bijzonder waren. Zelfs nu nog, God helpe me, kan ik het bijna geloven. Zelfs nu nog.

Ik borg de hengel veilig op in de Schatkist. Ik moest opletten wanneer ik hem gebruikte, want in Les Laveuses had iedereen de neiging op jouw zaakjes te letten als je het zelf niet deed, en een toevallig opmerking was al genoeg om moeder te alarmeren. Paul wist het natuurlijk, maar ik zei tegen hem dat de hengel van mijn vader was geweest, en omdat hij zo stotterde, roddelde hij toch al nooit veel. Zo hij ooit op de een of andere manier iets vermoed heeft, heeft hij dat voor zich gehouden en daar was ik hem dankbaar voor.

In juli werd het slecht weer; het was warm, met om de dag onweersbuien en kolkende, paarsgrijze luchten boven de rivier. Aan het eind van de maand trad de Loire buiten zijn oevers en werden al mijn vallen en netten weggespoeld en meegesleurd. De maïsvelden van Hourias, waar de maïs geelgroen was en nog drie weken nodig had om te rijpen, kwamen blank te staan. Het regende die maand bijna iedere nacht en de bliksem schichtte neer als grote, knetterende rollen zilverpapier; Reinette schreeuwde en kroop onder bed, en Cassis en ik stonden met open mond voor het open raam, om te kijken of we radiosignalen konden opvangen met onze kiezen. Moeder had vaker hoofdpijn dan ooit en ik gebruikte die maand en de maand daarop het sinaasappelzakje – nieuw leven ingeblazen door de schil van de sinaasappel die Tomas ons gegeven had – maar tweemaal. De rest was niet onze schuld. Ze sliep vaak slecht en werd dan wakker met een mond vol prikkeldraad en een hoofd vol onvriendelijke gedachten. Op die dagen dacht ik aan Tomas zoals een hongerend mens denkt aan eten. Ik denk dat voor de anderen hetzelfde gold.

De regen was ook slecht voor ons fruit. De appels, peren en pruimen zwollen tot belachelijke proporties op en spleten open, waarna ze aan de boom hingen te rotten. De wespen persten zich in die openingen, zodat de bomen bruin zagen en loom zoemden. Mijn moeder deed wat ze kon. Ze bedekte een aantal van haar favorieten met dekzeilen om de regen weg te houden, maar ook dat had weinig nut. De grond, die door de junizon hard en wit gebakken was, veranderde in een brij onder onze voeten, de bomen stonden in plassen water en de blootliggende wortels rotten weg. Moeder gooide zaagsel en aarde om de voet heen om het rottingsproces tot staan te brengen, maar het had geen zin. Het fruit viel op de grond en veroorzaakte een zoete moddersoep. We redden wat er te redden viel en maakten jam van de onrijpe vruchten, maar we wisten allemaal dat de oogst gewoon hopeloos mislukt was. Moeder sprak niet meer met ons. In die weken was haar mond constant een dunne witte streep en haar ogen waren gaten. De tic die haar hoofdpijnen inluidde was bijna voortdurend aanwezig, en de voorraad pillen in het potje in de badkamer slonk sneller dan ooit.

Vooral marktdagen waren stil en vreugdeloos. We verkochten wat we konden – de oogst was in de hele streek slecht, en er was geen boer langs de Loire die niet te lijden had gehad – maar de bonen, aardappels, wortelen, pompoenen en zelfs de tomaten waren aangetast door de warmte en de regen, en er viel bar weinig te verkopen. We begonnen dus maar onze wintervoorraden te verkopen – de inmaak en het gedroogde vlees, de terrines en conserven die moeder de laatste keer dat er een varken geslacht was, gemaakt had, en omdat ze wanhopig was, deed ze bij alles wat ze verkocht alsof het haar laatste was. Op sommige dagen was haar voorkomen zo onvriendelijk en nors dat de klanten hun hielen lichtten en liever vluchtten dan bij haar kochten. Opgelaten wrong ik me voor haar – voor ons – in allerlei bochten, terwijl zij er met onbewogen gelaat en lege blik, en één vinger aan haar slaap als de loop van een geweer, bij stond.

Toen we op een keer weer op de markt kwamen, zagen we dat de winkel van madame Petit dichtgetimmerd was. Monsieur Loup, de vishandelaar, vertelde me dat ze op een dag gewoon haar spullen had gepakt en weggegaan was, zonder een reden op te geven of een adres achter te laten.

'Kwam het door de Duitsers?' vroeg ik, niet helemaal op mijn gemak. 'Ze was toch joods en zo?'

Monsieur Loup keek me bevreemd aan. 'Daar weet ik niets van,' zei hij. 'Ik weet alleen maar dat ze op een dag zomaar vertrokken is. Van dat andere heb ik nooit iets gehoord, en als je verstandig bent, ga je dat ook niet rondbazuinen.' Zijn gezicht stond zo koel en afkeurend dat ik me beschaamd verontschuldigde en maakte dat ik wegkwam, zodat ik bijna mijn pakje visrestjes vergat.

Mijn opluchting dat madame Petit niet gearresteerd was, werd getemperd door een vreemd gevoel van teleurstelling. Een poos pijnigde ik er in stilte mijn hersens over, maar toen begon ik in Angers en in het dorp onopvallend inlichtingen in te winnen over de mensen die wij verklikt hadden: madame Petit, monsieur Toupet of Toubon, de leraar Latijn, de kapper tegenover Le Chat Rouget, die zoveel pakjes ontving, de twee mannen die we op een donderdag na de film voor het Palais-Doré hadden horen praten. Vreemd genoeg had ik meer last van het idee dat we mogelijk waardeloze informatie hadden doorgespeeld – misschien tot grote pret of minachting van Tomas en de anderen – dan de mogelijkheid dat we de mensen die we hadden aangegeven misschien schade hadden berokkend.

Ik denk dat Cassis en Reinette de waarheid al wisten. Maar negen is een wereld van verschil met twaalf en dertien. Stukje bij beetje kwam ik erachter dat geen van de mensen die we hadden aangegeven, gearresteerd of zelfs maar ondervraagd was, en dat geen van de plaatsen die we als verdacht hadden aangemerkt, door de Duitsers doorzocht was. Zelfs voor de mysterieuze verdwijning van monsieur Toubon was een goede verklaring.

'O, die moest naar de bruiloft van zijn dochter in Rennes,' zei monsieur Doux luchtig. 'Niets geheimzinnigs aan, poesje. Ik heb de uitnodiging zelf bezorgd.'

Ik tobde er bijna een maand over, totdat de onzekerheid me plaagde als wespen die voortdurend allemaal tegelijk in mijn hoofd zoemden. Ik dacht eraan wanneer ik bezig was met vissen, of vallen leggen, of vuurgevechten houden met Paul, of schuilplaatsen graven in het bos. Ik viel af. Mijn moeder bekeek me kritisch en kondigde aan dat ik zo snel groeide dat mijn gezondheid eronder leed. Ze nam me mee naar dokter Lemaître. Hij schreef me een glas wijn per dag voor, maar ook dat maakte geen verschil. Ik begon me te verbeelden dat ik werd gevolgd, dat er over me werd gepraat. Ik verloor mijn eetlust. Ik haalde me in mijn hoofd dat Tomas en de anderen misschien in het geheim lid van de *Résistance* waren en op dat moment stappen ondernamen om me uit de weg te ruimen. Ten slotte maakte ik Cassis deelgenoot van mijn zorgen.

We waren alleen in de Uitkijkpost. Het had weer geregend en Reinette had kougevat en bleef thuis. Ik was niet van plan hem alles te vertellen, maar toen ik eenmaal begonnen was, kwamen de woorden uit me gestroomd als graan uit een gescheurde zak. Er was geen houden aan. Ik had de groene zak met de vishengel in mijn hand en in een vlaag van woede slingerde ik hem vanuit de boom de bosjes in, waar hij in een massa braamstengels terechtkwam.

'We zijn toch geen kléûters!' gilde ik woedend. 'Geloven ze niet wat we hun vertellen? Waarom heeft Tomas me dat ding gegeven – een wild gebaar naar de zak met vistuig beneden – als ik hem niet heb verdiend?'

Cassis keek me verbouwereerd aan. 'Het lijkt wel of je wílt dat er iemand doodgeschoten wordt,' zei hij. Hij voelde zich ongemakkelijk.

'Natuurlijk niet,' zei ik mokkend. 'Ik dacht alleen maar –'

'Je hebt helemáál niet gedacht.' De toon was die van de oude, superieure Cassis, geïrriteerd en nogal minachtend. 'Dacht je nou echt dat we eraan zouden meehelpen dat mensen worden opgesloten of doodgeschoten? Dacht je dat nou echt?' Hij klonk geschokt, maar ik wist dat hij zich heimelijk gevleid voelde.

Dat is nou precies wat ik denk, dacht ik. Ik weet zeker, Cassis, dat dat nou precies zou zijn wat je zou doen als het je goed uitkwam. Ik haalde mijn schouders op.

'Wat ben je toch naïef, Framboise,' zei mijn broer uit de hoogte. 'Je bent echt nog te jong om je met dit soort dingen in te laten.'

Op dat moment wist ik dat ook hij het niet vanaf het begin begrepen had. Hij was sneller van geest dan ik, maar in het begin had hij het ook niet geweten. Op die eerste dag in de bioscoop was hij echt bang geweest, klam van het zweet en de opwinding. En toen hij met Tomas sprak, had ik de angst in zijn ogen gezien. Later pas had hij begrepen wat er echt gebeurde.

Cassis maakte een ongeduldig gebaar en wendde zijn blik af. 'Chantage,' spuugde hij woedend in mijn gezicht, me besproeiend met speeksel. 'Snap je het dan niet? Meer is het niet! Dacht je dat die mensen in Duitsland het zo gemakkelijk hebben? Dacht je dat ze het beter hebben dan wij? Dat hún kinderen wel schoenen of chocola of dat soort dingen hebben? Dacht je soms dat zij die dingen niet ook wel eens zouden willen hebben?'

Ik staarde hem met open mond aan.

'Je hebt gewoon helemaal niet nagedacht.'

Ik wist dat hij woedend was, niet vanwege míjn onwetendheid, maar die van hemzelf.

'Het is daar net zoals hier, stommerd!' schreeuwde hij. 'De soldaten leggen dingen opzij om naar huis te sturen.

Ze komen van alles te weten en dan laten ze de mensen betalen om het stil te houden. Je hebt toch gehoord wat hij over madame Petit zei: "een echt zwarthandelaarsnest"? Dacht je dat ze haar hadden laten gaan als hij het aan iemand had verteld?' Hij hijgde nu, lachte haast. 'Vergeet dat maar! Heb je nooit gehoord wat ze in Parijs met joden doen? Heb je nooit gehoord van de dodenkampen?'

Ik haalde mijn schouders op, omdat ik me dom voelde. Natuurlijk had ik er wel eens iets over gehoord. In Les Laveuses was nu eenmaal alles anders. We hadden allemaal natuurlijk wel eens geruchten gehoord, maar in mijn fantasie waren ze op de een of andere manier deel gaan uitmaken van de Dodelijke Straal uit *De oorlog der werelden*; het beeld van Hitler had zich vermengd met dat van Charlie Chaplin uit de filmtijdschriften van Reinette. Feiten en plaatselijke vooroordelen liepen door elkaar: geruchten, verzinsels en nieuwsuitzendingen werden versmolten tot vervolgverhalen: ruimtehelden van voorbij de planeet Mars met nachtelijke vluchten over de Rijn, revolverhelden met vuurpelotons, en onderzeeërs met de Nautilus van *Twintigduizend mijlen onder zee*.

'Chantage?' herhaalde ik emotieloos.

'Zaken,' corrigeerde Cassis me scherp. 'Vind jij het eerlijk dat sommige mensen chocola en koffie en echte schoenen en tijdschriften en boeken hebben, terwijl anderen het zonder moeten stellen? Vind je ook niet dat ze voor die privileges zouden moeten betalen? Een beetje van wat ze hebben met anderen delen? En hypocrieten, zoals monsieur Toubon, en leugenaars: vind je niet dat die ook zouden moeten boeten? Dat kunnen ze zich heus wel veroorloven, hoor. Dat doet niemand een centje pijn.'

Het leek wel of ik Tomas hoorde. Daarom kon ik heel moeilijk om zijn woorden heen, en ik knikte langzaam.

Cassis leek opgelucht. 'Het is niet eens stelen,' vervolgde hij gretig. 'Dat zwartemarktspul is van iedereen. Ik zorg er alleen maar voor dat we allemaal ons deel ervan krijgen.'

'Net als Robin Hood.'

'Precies.'

Ik knikte weer. Als je het zo zag, leek het volkomen eerlijk en aanvaardbaar.

Tevreden ging ik mijn hengel uit het braambosje vissen, blij nu ik wist dat ik hem toch écht had verdiend.

# Deel drie

# De snackkar

# 1

Het zal zo'n vijf maanden na de dood van Cassis zijn geweest – drie jaar na dat Mamie-Framboisegedoe – dat Yannick en Laure weer naar Les Laveuses kwamen. Het was zomer en mijn dochter Pistache was met haar twee kinderen, Prune en Ricot, bij me op bezoek, en tot dat moment was het heel fijn geweest. De kinderen groeiden reuzesnel en werden heel schattig, net hun moeder – Prune met chocoladekleurige ogen en krullend haar en Ricot lang en met fluwelen wangen, en beiden zo vrolijk en ondeugend dat mijn hart bijna breekt wanneer ik hen zie, zozeer doen ze voor mij het verleden herleven. Echt, ik voel me veertig jaar jonger wanneer ze komen. Die zomer leerde ik hun vissen en vallen met aas maken; we bakten caramelmacarons en maakten groene-vijgenjam. Ricot en ik lazen samen *Robinson Crusoe* en *Twintigduizend mijlen onder zee*, en ik vertelde Prune schandelijke leugens over de vissen die ik gevangen had en we huiverden bij verhalen over de gruwelijke gave van Ouwe Moer.

'De mensen zeiden altijd dat zij je hartenwens vervulde als je haar ving en haar vrijliet, maar dat je iets vreselijks zou overkomen als je haar zag, al was het maar vanuit je ooghoek, en haar níét ving.'

Prune keek me aan, haar viooltjeskleurige ogen wijdopen en haar duim troostgevend in haar mond geklemd. 'Wat voor vreselijks?' fluisterde ze, diep onder de indruk.

Ik dempte mijn stem en legde er een dreigende klank in. 'Dan zou je dóódgaan, lieverd,' zei ik zacht tegen haar. 'Of iemand anders. Iemand van wie je hield. Of nog erger.

En als je in leven bleef, zou de vloek van Ouwe Moer je in ieder geval volgen tot in je graf.'

Pistache keek me bestraffend aan. 'Mamán, waarom vertel je haar toch dat soort dingen?' zei ze verwijtend. 'Wil je dat ze nachtmerries krijgt en in bed plast?'

'Ik plás niet in bed,' protesteerde Prune. Ze keek me vol verwachting aan en trok aan mijn hand. '*Mémée*, heb jij Ouwe Moer wel eens gezien? Ja? Ja?'

Plotseling werd ik koud en ik wilde dat ik haar een ander verhaal had verteld.

Pistache keek me oplettend aan en deed alsof ze Prune van mijn knie wilde tillen. 'Prunette, laat *mémée* nu maar met rust. Het is bijna bedtijd en je hebt nog niet eens je tanden gepoetst of–'

'Toe, *mémée*, zeg het nou. Heb je haar wel eens gezien?'

Ik omhelsde mijn kleindochter en de kou nam wat af. 'Lieverd, ik heb een hele zomer op haar gejaagd. De hele tijd heb ik geprobeerd haar te vangen, met netten en lijnen en potten en vallen. Ik maakte ze elke dag in orde, controleerde ze tweemaal per dag en soms nog vaker.'

Prune keek me plechtig aan. 'Je wilde die wens zeker heel graag?'

Ik knikte. 'Ik denk het wel, ja.'

'En, heb je haar gevangen?'

Haar gezichtje gloeide. Ze rook naar koekjes en gemaaid gras, die heerlijk warme, lieve geur van de jeugd. Oude mensen moeten jonge mensen om zich heen hebben, weet je, om hun herinneringen levend te houden.

Glimlachend zei ik: 'Ik heb haar gevangen.'

Haar ogen werden groot van opwinding. Ze ging over op fluistertoon. 'En wat heb je gewenst?'

'Ik heb niets gewenst, lieverd,' zei ik kalm.

'Is ze weer ontsnapt dan?'

Ik schudde mijn hoofd. 'Nee, ik héb haar gevangen.'

Pistache hield me in de gaten, haar gezicht was somber.

Prune legde haar kleine mollige handjes tegen mijn gezicht en vroeg ongeduldig: 'En wat toen?'

Ik keek haar even aan. 'Ik heb haar niet teruggegooid,' zei ik tegen haar. 'Ik heb haar uiteindelijk gevangen, maar ik heb haar niet laten gaan.'

Maar dat was ook niet helemaal juist, bedacht ik me. Het was niet helemaal waar. Ik kuste mijn kleindochter en vertelde haar dat ik de rest later zou vertellen, dat ik ook niet goed wist waarom ik haar al die ouwe visverhalen vertelde, en ondanks haar protesten kregen we haar ten slotte met veel vleierij en onzin naar bed. Die nacht, toen de anderen allang sliepen, lag ik er nog over na te denken. Ik heb nooit veel problemen met slapen gehad, maar deze keer leek het wel uren te duren voordat ik rust vond, en zelfs toen droomde ik nog van Ouwe Moer diep in het donkere water en zag ik mezelf trekken en trekken, alsof geen van ons tweeën ooit los wilde laten.

Maar goed. Niet lang daarna kwamen Yannick en Laure. Eerst naar het restaurant, bijna nederig, als gewone klanten. Ze aten de *brochet angevin* en de *tourteau fromage*. Ik sloeg hen stiekem gade vanuit mijn post in de keuken, maar ze gedroegen zich goed en gaven geen problemen. Ze spraken zachtjes met elkaar, stelden geen onredelijke eisen aan de wijn en noemden me nu eens niet 'Mamie'. Laure was innemend, Yannick hartelijk. Ze waren echt van plan er voor iedereen een gezellige avond van te maken. Ik was een beetje opgelucht toen ik zag dat ze elkaar niet meer zo vaak in het openbaar aanraakten en kusten, en ik ontdooide zelfs zoveel dat ik bij de koffie en petitfours even bij hen kwam zitten praten.

Laure was in drie jaar veel ouder geworden. Ze was afgevallen – misschien was het mode, maar het paste helemaal niet bij haar – en haar haar was een gladde, koperkleurige helm. Ze leek ook nerveus, en ze had de gewoonte steeds over haar buik strijken, alsof ze daar pijn had. Voorzover ik kon zien was Yannick niet veranderd.

Het restaurant liep goed, verklaarde hij vrolijk. Genoeg geld op de bank. Ze waren van plan in het voorjaar een reis naar de Bahama's te maken: ze waren al in geen jaren samen op vakantie geweest. Ze spraken met genegenheid, en naar ik dacht met echte droefheid, over Cassis.

Ik begon te denken dat ik te hard over hen geoordeeld had.

Ik zat ernaast.

Later in de week kwamen ze langs op de boerderij; Pistache stond op het punt de kinderen naar bed te brengen. Ze hadden voor ons allemaal een cadeautje: snoep voor Prune en Ricot, bloemen voor Pistache. Mijn dochter keek hen aan met die blik van nietszeggende liefheid die, naar ik weet, uit antipathie voortkomt, en die zij ongetwijfeld voor domheid aanzagen. Laure kon haar ogen niet van de kinderen afhouden, wat me onrustig maakte. Haar blik ging constant naar Prune die met een paar dennenappels op de grond zat te spelen. Yannick nestelde zich in een leunstoel bij de haard. Ik was me erg bewust van Pistaches rustige aanwezigheid naast me, en ik hoopte dat mijn ongenode gasten snel zouden vertrekken. Geen van beiden leek dit echter van plan te zijn.

'Het eten was gewoon geweldig,' zei Yannick lui. 'Die *brochet*, ik weet niet wat u ermee doet, maar hij was echt heerlijk.'

'Afval,' zei ik op luchtige toon. 'Er stroomt tegenwoordig zoveel de rivier in, dat het zo ongeveer het enige is dat de vis eet. Wij noemen het "Loire-kaviaar". Heel rijk aan mineralen.'

Laure keek me onthutst aan. Yannick liet zijn speciale lachje horen, 'Hi-hi-hi', en ze deed met hem mee.

'Mamie houdt van grapjes. Hi-hi. Loire-kaviaar. U bent me een grapjas, zeg.'

Na een poos begonnen ze over Cassis. Eerst wat onschuldig gebabbel: dat papa het enig zou hebben gevonden zijn nicht en haar kinderen te zien. 'Hij zei altijd dat hij zo graag wilde dat we kinderen kregen,' zei Yannick. 'Maar in die fase van Laures carrière–'

Laure onderbrak hem. 'Daar is nog genoeg tijd voor,' zei ze bijna ruw. 'Zo oud ben ik toch nog niet?'

Ik schudde mijn hoofd. 'Natuurlijk niet.'

'En in die tijd moesten we natuurlijk ook om de kosten denken die de verzorging van papa met zich meebracht. Hij had haast geen geld meer, Mamie,' zei Yannick, terwijl hij zijn tanden in een van mijn *sablés* zette. 'Alles wat hij had, kwam van ons. Zelfs zijn huis.'

Ik geloofde hem graag. Cassis was nooit zo'n spaarder geweest. Het geld glipte hem door de vingers, of verdween in zijn maag. Cassis was in zijn Parijse tijd altijd zijn eigen beste klant geweest.

'Natuurlijk gunden we hem dat best,' zei Laure zacht. 'We waren erg dol op die arme papa, hè, *chéri*?'

Yannick knikte, meer enthousiast dan oprecht. 'O ja, heel erg dol. En hij had natuurlijk ook een groot hart. Zo voelde hij nooit wrok over dit huis, of over de erfenis, of wat dan ook. Heel bijzonder.' Hij keek me snel aan – een scherpe, ratachtige, steelse blik.

'En wat zou dat moeten betekenen?' Mijn stekels stonden meteen overeind en ik morste bijna koffie, me nog steeds heel erg bewust van het feit dat Pistache naast me mee zat te luisteren. Ik had mijn dochters nooit iets over Reinette of Cassis verteld. Ze hadden hen nooit ontmoet; voorzover ze wisten was ik enig kind. En ik had nooit met een woord over mijn moeder gerept.

Yannick keek schaapachtig. 'Ach, Mamie, u weet toch dat hij eigenlijk het huis had moeten erven–'

'Niet dat we het u kwalijk nemen–'

'Maar hij wás de oudste, en in uw moeders testament–'

'Wacht eens even!' Ik probeerde mijn stem niet schril te

laten klinken, maar even klonk ik net als mijn moeder, en ik zag Pistache ineenkrimpen. 'Ik heb Cassis goed betaald voor dat huis,' zei ik, zachter nu. 'Na die brand was er trouwens niet veel meer van over, het was helemaal uitgebrand. De balken staken door de leien heen. Hij had er nooit in kunnen wonen, en dat had hij ook niet gewild. Ik heb er een goede prijs voor betaald, meer dan ik me kon veroorloven, en–'

'Stil maar. Het is al goed.' Laure keek haar man boos aan. 'Niemand suggereert dat jullie overeenkomst niet correct was.'

*Niet correct.*

Echt iets voor Laure om dat zo te zeggen, zo geaffecteerd en zelfgenoegzaam, en met precies de juiste dosis scepsis. Ik voelde dat mijn hand zich om de rand van mijn koffiekop klemde en er verschenen witte plekjes op mijn vingertoppen.

'Maar u moet het vanuit ons gezichtspunt zien.' Dat kwam van Yannick, die daar met een stralende glimlach zat. 'De nalatenschap van onze grootmoeder...'

De kant die het gesprek opging beviel me niet. Vooral de aanwezigheid van Pistache hinderde me, die met haar grote ogen alles in zich opnam.

'Geen van jullie heeft mijn moeder zelfs maar gekend,' onderbrak ik hem ruw.

'Daar gaat het niet om, Mamie,' zei Yannick snel. 'Het gaat erom dat jullie met zijn drieën waren. En de erfenis was in drieën verdeeld. Dat klopt toch?'

Ik knikte behoedzaam.

'Maar nu, sinds die arme papa overleden is, moeten we ons afvragen of de informele regeling die jullie tweeën getroffen hebben helemaal eerlijk is geweest tegenover de overige leden van de familie.' Zijn toon was luchtig.

Plotseling zag ik de glinstering in zijn ogen en woedend schreeuwde ik het uit: 'Wélke informele regeling? Ik heb jullie al verteld dat ik een goede prijs betaald heb. Ik heb papieren getekend–'

Laure legde haar hand op mijn arm. 'Yannick wilde u niet boos maken, Mamie.'

'Niemand heeft mij boos gemaakt,' zei ik onbewogen.

Yannick ging er niet op in en vervolgde: 'Het is alleen maar dat sommige mensen zouden kunnen denken dat een regeling zoals jullie die troffen met die arme papa... een zieke man die hard geld nodig had–'

Ik zag dat Laure Pistache gadesloeg en vloekte stilletjes.

'Afgezien van het niet opgeëiste derde gedeelte dat naar tante Reinette had moeten gaan–'

Het fortuin onder de keldervloer. Tien kratten bordeaux, neergelegd in het jaar waarin ze geboren was, onder de tegelvloer gemetseld om ze tegen de Duitsers, en wat daarna zou komen, te beschermen, en die nu per fles wel duizend frank of meer waard waren en lagen te wachten tot ze werden opgehaald. Verdomme. Cassis kon ook nooit zijn mond houden wanneer het nodig was. Ik onderbrak hem ruw.

'Ik bewaar ze voor haar. Ik heb ze niet aangeraakt.'

'Natuurlijk niet, Mamie. Maar toch–' Yannick grijnsde ongelukkig, en leek op dat moment zo op mijn broer dat het bijna pijn deed.

Ik wierp even een blik op Pistache die met een emotieloos gezicht rechtop in haar stoel zat.

'Maar toch... U moet toegeven dat tante Reine momenteel niet echt in de positie verkeert om ze op te eisen, en zou het niet eerlijker zijn voor alle betrokkenen–'

'De hele voorraad is voor Reine,' zei ik vlak. 'Ik raak hem niet aan. En áls ik dat kon, zou ik hem niet aan jullie geven. Heb ik je vraag zo beantwoord?'

Laure draaide zich naar me om. In de zwarte jurk die ze aanhad en met het gele lamplicht op haar gezicht zag ze er heel ziek uit. 'Het spijt me,' zei ze, met een betekenisvolle blik naar Yannick. 'Het gaat ons eigenlijk helemaal niet om geld. We bedoelen uiteraard niet dat u uw huis moet afstaan, of een deel van tante Reines erfenis. Als we die indruk gegeven hebben...'

Ik schudde verward mijn hoofd. 'Waar gaat het dan in godsnaam wel–'

Laure onderbrak me. Haar ogen glansden. 'Er was een bóék.'

'Een boek?' herhaalde ik.

Yannick knikte. 'Papa heeft ons er alles over verteld,' zei hij. 'U heeft het hem laten zien.'

'Een boek met recepten,' zei Laure vreemd kalm. 'U kent de recepten vast al uit uw hoofd. We zouden het alleen maar in willen zien... lenen.'

'We zouden natuurlijk betalen voor alles waar we gebruik van maakten,' voegde Yannick er haastig aan toe. 'Zie het maar als een manier om de naam Dartigen levend te houden.'

Die naam moet het gedaan hebben. Aanvankelijk vochten verwarring, angst en ongeloof in mij om voorrang, maar nadat die naam gevallen was, werd ik doorboord door een grote spijker van angst; ik veegde de koffiekopjes van tafel, waar ze op mijn moeders terracotta tegels stukvielen. Ik zag Pistache verwonderd naar me kijken, maar mijn woede bepaalde nu mijn handelen.

'Nee! Dat nooit!' Mijn stem schoot in het kleine vertrek omhoog als een rode vlieger en even verliet ik mijn lichaam en keek ik emotieloos op mezelf neer. Ik zag een kleurloze vrouw met een scherp gezicht, gestoken in een grijze jurk en met haar dat heel strak in een knot naar achteren was getrokken. Ik zag een vreemde begrijpende blik in de ogen van mijn dochter en versluierde vijandigheid in de gezichten van mijn neef en nicht. Toen was de woede weer terug en verloor ik even de greep op mezelf.

'Ik weet wel wat jullie willen!' grauwde ik. 'Als jullie

Mamie Framboise niet kunnen krijgen, nemen jullie genoegen met Mamie Mirabelle. Toch?' Mijn ademhaling raspte als prikkeldraad door me heen. 'Nou, ik weet niet wat Cassis jullie verteld heeft, maar het was zijn zaak niet en ook niet die van jullie. Dat verhaal is uit. Zij is dood en jullie zullen van mij nog geen bladzij krijgen, al wachten jullie vijftig jaar!' Ik was nu buiten adem en mijn keel deed zeer van het schreeuwen. Ik pakte hun laatste cadeautje – een doos met linnen zakdoekjes die nog in het zilveren pakpapier op de keukentafel lag – en schoof het fel naar Laure toe.

'Hier, neem je steekpenningen,' gilde ik schor, 'en stop ze maar in die chique reet van je, met je Parijse menu's en frisse abrikozencoulis en arme ouwe papa's erbij.'

Even keken we elkaar in de ogen en ik zag eindelijk haar onverhulde blik, vol haat.

'Ik zou met mijn advocaat kunnen praten,' begon ze.

Ik begon te lachen. 'Ja, ja,' kraste ik. 'Je advocaat. Daar draait het altijd op uit.' Ik liet een blaffende lach horen. 'Je advocaat!'

Yannick probeerde haar te kalmeren, zijn blik was gealarmeerd. '*Chérie*, kom, je weet dat we–'

Laure keerde zich woest tegen hem. 'Haal je gore handen weg!'

Ik lachte gierend tot ik kramp in mijn buik kreeg. Donkere vlekken dansten voor mijn ogen.

Laure vuurde met haar ogen granaten vol haat op me af, maar toen herstelde ze zich.

'Het spijt me.' Haar stem klonk kil. 'U weet niet hoe belangrijk dit voor me is. Mijn carrière–'

Yannick probeerde haar naar de deur te manoeuvreren, waarbij hij mij nauwlettend in de gaten hield. 'Niemand wilde u boos maken, Mamie,' zei hij haastig. 'We komen wel terug wanneer u wat redelijker bent. We zullen heus niet vragen of we het boek mogen hóúden.'

Woorden als vallende kaarten die over elkaar heen glijden. Ik lachte nog harder. De angst in mij werd nog groter, maar mijn lachen kon ik niet bedwingen en ook toen ze al weg waren – het gepiep van hun Mercedesbanden klonk vreemd steels in de nacht – voelde ik af en toe nog schokken door me heen gaan, overgaand in halve snikjes toen de adrenaline van me afviel, en ik bleef ontdaan achter. Oud.

Heel oud.

Pistache keek me aan; haar gezicht was ondoorgrondelijk. Prunes gezichtje verscheen om de hoek van de slaapkamerdeur.

'*Mémée*, wat is er?'

'Ga naar bed, schat,' zei Pistache snel. 'Alles is goed. Er is niets aan de hand.'

Prune leek te twijfelen. 'Waarom schreeuwde *mémée*?'

'Nergens om.' Haar stem klonk nu scherp, gespannen. 'Ga naar bed!'

Prune keerde zich met tegenzin om. Pistache sloot de deur.

We zeiden niets.

Ik wist dat ze zou praten wanneer ze eraan toe was, en ik wist dat ik haar beslist niet moest haasten. Ze ziet er wel lief uit, maar ze heeft desondanks iets koppigs in zich. Ik ken dat; ik heb het ook. Ik deed dus maar de vaat, droogde af en zette alles weg. Daarna pakte ik een boek en deed ik alsof ik las.

Na een poos deed ze haar mond open. 'Wat bedoelden ze met een erfenis?'

Ik haalde mijn schouders op.

'Niets. Cassis heeft gedaan alsof hij een rijk man was, zodat ze voor hem zouden zorgen wanneer hij oud was. Ze hadden beter moeten weten. Dat is alles.' Ik hoopte dat ze het daarbij zou laten, maar er zat een koppige lijn tussen haar ogen die niet veel goeds beloofde.

'Ik heb nooit geweten dat ik een oom heb,' zei ze toonloos.

'We hadden geen hechte band.'

Stilte.

Ik zag dat ze ermee bezig bleef en ik wilde dat ik haar rondmalende gedachten kon stopzetten, maar ik wist dat dat niet mogelijk was. 'Yannick lijkt erg op hem,' zei ik tegen haar, terwijl ik probeerde luchtig te doen. 'Knap en zwak. En hij loopt als een dansende beer achter zijn vrouw aan.' Ik deed het overdreven voor in de hoop dat ik haar een glimlach zou ontlokken, maar ze leek alleen maar ernstiger te worden.

'Ze leken te denken dat u hem op de een of andere manier had bedrogen,' zei ze. 'Hem had uitgekocht toen hij ziek was.'

Ik dwong mezelf even niets te zeggen. In dit stadium zou woede niemand helpen.

'Pistache,' zei ik geduldig. 'Geloof niet alles wat ze zeggen. Cassis was niet ziek. Ten minste, niet zoals je denkt. Hij heeft zich bankroet gedronken, zijn vrouw en zoon verlaten en de boerderij verkocht om zijn schulden te betalen.'

Ze keek me nieuwsgierig aan en ik moest mijn best doen om mijn stem niet te laten uitschieten.

'Moet je horen, dat is allemaal lang geleden gebeurd. Het is voorbij. Mijn broer is dood.'

'Laure had het over een zus.'

Ik knikte. 'Reine-Claude.'

'Waarom heb je me dat niet verteld?'

Ik haalde mijn schouders op. 'We hadden geen–'

'Hechte band. Dat had ik al begrepen, ja.' Haar stem klonk iel en vlak.

Weer prikte de angst in me, en weer zei ik scherper dan ik had bedoeld: 'Dat begrijp je toch wel? Ten slotte zijn jij en Noisette ook nooit–' Ik hield me in, maar het was al te laat. Ik zag haar verstrakken en vervloekte mezelf stilletjes.

'Nee. Maar ik heb het in ieder geval geprobeerd. Voor u.'

Verdorie. Ik was vergeten hoe gevoelig ze was. Al die jaren had ik haar aangezien voor de rustigste, terwijl ik mijn andere dochter met de dag wilder en eigenzinniger had zien worden. Ja, Noisette was altijd mijn lieveling geweest, maar tot nu toe had ik gedacht dat ik dat beter had verborgen. Als ze Prune was geweest had ik mijn armen om haar heen geslagen, maar nu ik haar zo zag, deze kalme, gesloten vrouw van dertig, met haar gekwetste lachje en slaperige poezenogen... Ik dacht aan Noisette en aan hoe ik haar uit trots en koppigheid van me had vervreemd. Ik probeerde het uit te leggen.

'We zijn lang geleden uit elkaar geraakt,' zei ik tegen haar. 'Na... de oorlog. Mijn moeder was... ziek... en wij gingen bij verschillende familieleden wonen. We hielden geen contact.' Het was bijna waar, in ieder geval zo dicht bij de waarheid als ik kon opbrengen. 'Reine ging... werken... in Parijs. Zij... werd ook ziek. Ze zit in een particulier ziekenhuis bij Parijs. Ik heb haar een keer opgezocht, maar...' Hoe kon ik het haar uitleggen? De instituutsgeur die er hing – gekookte kool en wasgoed en ziekte –, de televisies die stonden te blèren in schemerige kamers vol verdwaasde mensen die huilden wanneer ze de stoofappeltjes niet lekker vonden en die soms met onverwachte kwaadaardigheid tegen elkaar schreeuwden en die hulpeloos met hun vuisten zwaaiden en elkaar tegen de lichtgroene wanden drukten. Er was een man in een rolstoel – een tamelijk jonge man met een gezicht als een vuist vol littekens en met rollende, hopeloze ogen – die mijn hele bezoek lang had geschreeuwd: 'Ik vind er hier niks aan! Ik vind er hier niks aan!', totdat zijn stem een dof gedreun was geworden en ook ik zijn ellende begon te negeren. In een hoek stond een vrouw met haar gezicht naar de muur gekeerd die huilde zonder dat erop werd gelet. En dan de vrouw in het bed, dat enorme opgeblazen ding met geverfd haar – haar ronde witte dijen en armen zo koel en zacht als vers deeg –, die sereen murmelend in zichzelf lachte. Alleen de stem klonk nog hetzelfde, zonder die stem had ik het nooit geloofd, een stem als van een klein meisje, onzinlettergrepen zingend, de ogen even nietszeggend en rond als die van een uil. Ik dwong me ertoe haar aan te raken.

'Reine. Reinette.'

Weer die lege lach, dat knikje, alsof ze in haar dromen een koningin was en ik haar onderdaan. Ze was haar naam vergeten, zei de verpleegster rustig tegen me, maar ze had het verder best naar haar zin; ze had haar 'goede dagen' en ze hield van televisie, vooral van tekenfilms, en ze vond het prettig wanneer haar haar geborsteld werd terwijl de radio aanstond.

'Natuurlijk hebben we wel eens een aanval,' zei de verpleegster, en toen ze dat zei verstarde ik, voelde ik iets verschrompelen in mijn maag tot een felle, harde knoop van angst. 'Dan worden we 's nachts wakker' – vreemd, dat 'wij', alsof ze door een deel van de identiteit van deze vrouw aan te nemen op de een of andere manier kon delen in de ervaring van oud en gek zijn – 'en soms hebben we dan een driftbui, hm?' Ze lachte vrolijk naar me, een jonge blondine van een jaar of twintig, en ik had op dat moment zo'n hekel aan haar vanwege haar jeugd en vrolijke onwetendheid dat ik bijna teruglachte.

Ik voelde dezelfde glimlach op mijn gezicht toen ik naar mijn dochter keek en ik had een hekel aan mezelf. Ik probeerde weer een luchtiger toon aan te slaan.

'Je weet hoe het is,' zei ik verontschuldigend. 'Ik kan niet tegen oude mensen en ziekenhuizen. Ik heb wat geld gestuurd.'

Dat had ik niet moeten zeggen. Soms is alles wat je zegt fout. Mijn moeder wist dat.

'Géld,' zei Pistache minachtend. 'Is dat alles wat telt?'

Ze ging niet lang daarna naar bed, en die zomer kwam het niet meer goed tussen ons. Twee weken later vertrok ze, een beetje eerder dan anders, voorgevend dat ze moe was en dat de school alweer bijna begon, maar ik zag dat het mis was. Ik probeerde nog een of twee keer met haar erover te praten, maar het had geen zin. Ze bleef afstandelijk, haar ogen bleven waakzaam. Ik merkte dat ze heel wat post ontving, maar ik vond dat toen nog niet vreemd. Ik was bezig met andere dingen.

## 2

Een paar dagen na het voorval met Yannick en Laure arriveerde de snackkar. Hij werd gebracht door een vrachtwagen met oplegger, die zijn lading op de grasberm precies tegenover Crêpe Framboise deponeerde. Een jongeman met een roodgele papieren muts op stapte uit. Ik was op dat moment druk bezig met klanten en besteedde er weinig aandacht aan, zodat ik, toen ik later die middag weer naar buiten keek, tot mijn verbazing zag dat de vrachtwagen weg was en op de berm een kleine oplegger had achtergelaten waarop met felrode hoofdletters de woorden 'Super Snak' waren geschilderd. Ik liep de winkel uit om hem beter te bekijken. De wagen leek verlaten, hoewel aan de luiken waarmee hij werd afgesloten, zware kettingen en hangsloten zaten. Ik klopte op de deur, maar er werd niet opengedaan.

De volgende dag ging de snackkar open. Ik merkte het om ongeveer half twaalf, het tijdstip waarop meestal mijn eerste klanten arriveren. De luiken gingen open en er was een toonbank te zien, waarboven een roodgele luifel en een touw met vlaggetjes. Op elke gekleurde vlag stond de naam van een gerecht en de prijs: '*steak/frites* – 17F', '*saucisse/frites* – 14F', en ten slotte was er een aantal vrolijk gekleurde posters waarop reclame werd gemaakt voor '*Super Snaks*', '*Big Value Burgers*' en verschillende frisdranken.

'Het ziet ernaar uit dat u concurrentie krijgt,' zei Paul Hourias, die precies op tijd was – kwart over twaalf. Ik vroeg hem niet wat hij wilde bestellen: hij bestelt altijd het dagmenu en een demi – je kunt er de klok op gelijk zetten. Hij zegt nooit veel; hij zit gewoon op zijn vaste plekje bij het raam en eet en kijkt naar de weg. Ik kwam tot de slotsom dat hij een van zijn zeldzame grapjes maakte.

'Concurrentie?' herhaalde ik honend. 'Monsieur Hourias, de dag waarop Crêpe Framboise moet concurreren met een vethandelaar in een caravan zal de dag zijn waarop ik voorgoed mijn potten en pannen inpak.'

Paul grinnikte. Het dagmenu was geroosterde sardines, een van zijn lievelingsgerechten, met een mandje zelfgebakken walnootbrood, en hij at peinzend. Ondertussen hield hij de weg in de gaten, zoals gewoonlijk. De aanwezigheid van de snackkar leek geen invloed te hebben op het aantal klanten in de crêperie, en de daaropvolgende twee uur had ik het druk met mijn bezigheden in de keuken, terwijl mijn serveerster, Lise, de bestellingen opnam. Toen ik weer naar buiten keek, stonden er een paar mensen bij de snackkar, maar dat waren jongeren, geen vaste klanten van mij, een meisje en een jongen, met een zakje patat in hun hand. Ik haalde mijn schouders op. Daar kon ik mee leven.

De volgende dag stonden er een stuk of tien, allemaal jongeren, en lieten een radio op volle sterkte rauwe muziek horen. Ondanks de hitte hield ik de deur van de crêperie dicht, maar dan nog kwamen de blikken geesten van de gitaren en drums door het glas heen gemarcheerd, en Marie Fenouil en Charlotte Dupré, beiden vaste klanten, klaagden over de warmte en het lawaai.

De volgende dag was de menigte groter en de muziek harder, en ik deed mijn beklag. Om tien over half twaalf stevende ik op de snackkar af. Ik werd meteen omstuwd door pubers van wie ik er een aantal herkende, maar er waren er ook veel van buiten het dorp: meisjes met haltertruitjes en zomerrokken of een spijkerbroek aan, jonge mannen met opgeslagen kraag en motorlaarzen met klingelende gespen. Ik zag al een paar motoren tegen de zijkant van de kar staan, en een lucht van benzine vermengde zich met die van frituurvet en bier. Een jong meisje met kortgeknipt haar en een piercing in haar neus keek me brutaal aan toen ik op de toonbank afliep en hief vervolgens vlak voor me haar elleboog op, waarbij ze net mijn gezicht miste.

'Op je beurt wachten, hè, *mémère*,' zei ze bijdehand, met een mond vol kauwgom. 'Zie je niet hoeveel mensen er staan te wachten?'

'Ah, dus dát ben je aan het doen?' snauwde ik. 'Ik dacht dat je alleen maar klanten stond te lokken.'

Haar mond viel open en ik elleboogde me langs haar heen zonder haar nog een blik waardig te keuren. Je mocht van Mirabelle Dartigen zeggen wat je wilde, maar ze had haar kinderen geleerd nooit een blad voor de mond te nemen.

De toonbank was hoog en ik toen ik opkeek, stond ik oog in oog met een jongeman van ongeveer vijfentwintig jaar. Hij was knap, zo'n vaalblond, scherp type, met haar tot over zijn kraag en één gouden oorring met daaraan een kruis, geloof ik. Hij had ogen die veertig jaar geleden misschien iets met me gedaan zouden hebben, maar ik ben nu te oud en te kieskeurig. Ik denk dat die oude klok zo'n beetje ophield met tikken toen de mannen ophielden met hoeden dragen. Nu ik erover nadenk, kwam hij me vaag bekend voor, maar daar stond ik toen niet bij stil.

Hij kende me natuurlijk al.

'Goedemorgen, madame Simon,' zei hij op een beleefde, ironische toon. 'Wat kan ik voor u doen? Ik heb een heerlijke *Burger américain*; misschien wilt u die eens proberen?'

Ik was boos, maar dat probeerde ik niet te laten merken. Zijn lach gaf aan dat hij moeilijkheden verwachtte, en dat hij zich ertegen opgewassen voelde. Ik keek hem poeslief aan.

'Vandaag niet, dank je,' zei ik tegen hem. 'Maar ik zou je dankbaar zijn als je de radio wat zachter zou willen zetten. Mijn klanten–'

'Maar natuurlijk.' Zijn stem was poeslief en beschaafd, zijn ogen glansden porseleinblauw. 'Ik had er geen idee van dat ik iemand overlast bezorgde.'

Het meisje naast me, dat met de ring in haar neus, maakte een geluid van ongeloof. Ik hoorde haar tegen iemand die bij haar was – een meisje met een minitopje aan en een short die zo klein was dat twee vlezige halvemaantjes onder de zoom uit kwamen – zeggen: 'Hoorde je wat ze net tegen me zei? Hoorde je dat?'

De blonde jongeman glimlachte en met tegenzin moest ik toegeven dat hij charmant was, en iets intelligents had, en verder nog iets heel bekends dat me maar niet los wilde laten. Hij leunde voorover om de muziek zachter te zetten. Een gouden ketting om zijn nek, zweetplekken op een grijs t-shirt, handen die te glad waren voor iemand met dit werk. Er was iets aan hem wat niet klopte, er was iets aan het geheel wat niet klopte, en voor het eerst voelde ik geen woede, maar een soort angst.

Bezorgd vroeg hij: 'Vindt u het zo goed, madame Simon?'

Ik knikte.

'Ik zou het vervelend vinden als u me een opdringerige buur vond.'

Wat hij zei klopte, en toch kon ik de gedachte niet van me afzetten dat er iets fout zat, dat er een spot doorklonk in die koele, hoffelijke toon die mij op de een of andere manier ontging. En hoewel ik kreeg waar ik om vroeg, vluchtte ik weg, bijna mijn enkel verzwikkend op het grind van de berm terwijl de jonge lichamen tegen me aan drongen – er waren er inmiddels zo'n veertig, misschien wel meer – en hun stemmen hard om me heen klonken. Ik maakte dat ik wegkwam – ik heb het nooit prettig gevonden aangeraakt te worden – en toen ik Crêpe Framboise binnenliep, hoorde ik rauw gelach opstijgen, alsof hij met het geven van commentaar gewacht had tot ik uit de buurt was. Ik keek snel om, maar hij stond inmiddels met zijn rug naar me toe en keerde met geoefend gemak een rij hamburgers om.

Toch bleef het gevoel dat er iets niet klopte. Ik keek vaker dan anders uit het raam en toen Marie Fenouil en Charlotte Dupré, de klanten die de dag daarvoor over het lawaai hadden geklaagd, niet op de gebruikelijke tijd verschenen, begon ik een beetje nerveus te worden. Het hoeft niets te betekenen, hield ik mezelf voor. Er was maar één lege tafel. De meeste klanten waren er. En toch kon ik het niet helpen dat ik met tegenzin en fascinatie tegelijk naar de snackkar bleef kijken, naar hém bleef kijken terwijl hij aan het werk was, naar de menigte die langs de kant van de weg bleef staan: jonge mensen die uit papieren zakjes en piepschuimen bakjes aten terwijl hij hof hield. Hij leek met iedereen goed op te kunnen schieten. Een zestal meisjes, onder wie het meisje met de piercing in haar neus, stond tegen de toonbank aangeleund, sommige met een blikje fris in de hand. Anderen hingen loom in de buurt rond en er werd bestudeerd met boezems gepronkt en met heupen gezwaaid. Die ogen hadden schijnbaar harten geraakt die zachter waren dan dat van mij.

Om half een hoorde ik vanuit de keuken het lawaai van motorfietsen. Een vreselijk geluid, als een stel pneumatische boren, en ik liet de bakspaan los waarmee ik een rij *bolets farcis* aan het keren was, en rende de weg op. De herrie was onverdraaglijk. Ik sloeg mijn handen voor mijn oren en zelfs toen voelde ik een scherpe pijn mijn trommelvliezen doorboren, die al gevoelig waren door jaren van duiken in de oude Loire. Vijf motoren die ik laatst tegen de snackkar had zien staan, waren nu op de weg ertegenover geparkeerd, en de eigenaren – drie met meisjes balancerend achterop – gaven steeds gas voordat ze wegreden, waarbij ze de anderen in volume en houding probeerden te overtroeven. Ik schreeuwde naar hen, maar kon alleen maar het getormenteerde gekrijs van de machines horen. Sommigen van de jonge klanten bij de snackkar lachten en klapten. Ik zwaaide wild met mijn armen, door de herrie niet in staat me verstaanbaar te maken, en de motorrijders begroetten me spottend; één kwam omhoog op zijn achterwiel, als een steigerend paard in een verdubbelde storm van geluid.

De hele vertoning duurde vijf minuten, maar tegen die tijd waren mijn boleten verbrand, suisden mijn oren pijnlijk en was mijn humeur tot het smeltpunt gestegen. Er was geen tijd om me weer tegen de beheerder van de snackkar te beklagen, maar ik nam me voor dat te doen zodra mijn klanten weg waren. Tegen die tijd was de kar echter gesloten; en hoewel ik woedend op de luiken bonkte, reageerde er niemand.

De volgende dag was de muziek weer te horen. Ik negeerde het lawaai zo lang mogelijk, en liep toen vastberaden naar de kar om te klagen. Er waren zelfs nog meer mensen dan voorheen en sommigen van hen herkenden me en maakten brutale opmerkingen toen ik me een weg baande door de kleine menigte. Ik was deze dag te boos om beleefd te zijn. Ik keek kwaad op naar de eigenaar van de snackkar en barstte los: 'Ik dacht dat we iets hadden afgesproken!'

Hij schonk me een glimlach zo breed als een schuurdeur. En op vragende toon: 'Madame?'

Maar ik was niet in de stemming voor vleierij. 'Doe maar niet alsof je niet weet waar ik het over heb. Ik wil dat die muziek nú uitgaat!'

Beleefd als altijd, en zich een beetje gekwetst voordoend vanwege mijn woeste uitval, zette hij de muziek af.

'Maar natuurlijk, madame. Het was niet mijn bedoeling

u tot last te zijn. We zijn tenslotte buren, dus dan moeten we proberen het elkaar naar de zin te maken.'

Even was ik te kwaad om zelfs maar het alarmbelletje te horen. 'Wat bedoel je met "buren"? Hoe lang dacht je hier te blijven?'

Hij haalde zijn schouders op. 'Wie zal het zeggen?' Zijn stem was zijdezacht. 'U weet hoe dat gaat in de horeca, madame. Zo onvoorspelbaar als wat. De ene dag een volle tent, de andere halfleeg. Niemand kan in de toekomst kijken.'

De alarmbellen waren nu een heel carillon geworden, en ik begon een koud gevoel te krijgen. 'Je kar staat op de openbare weg,' zei ik droogjes. 'Ik kan me zo voorstellen dat de politie je verplaatst zodra ze je in de gaten krijgt.'

Hij schudde zijn hoofd. 'Ik heb een vergunning om hier op de berm te staan,' zei hij vriendelijk tegen me. 'Al mijn papieren kloppen.' Toen keek hij me met die brutale beleefdheid van hem aan. 'Is dat met de uwe ook zo?'

Ik hield mijn gezicht in de plooi, maar mijn hart draaide zich om als een stervende vis. Hij wist iets. Die gedachte tolde door mijn hoofd. O, heer! Hij wist iets. Ik ging niet op zijn vraag in.

'En nog wat.' Ik was blij met mijn stem, die zo zacht en scherp kon zijn. De stem van een vrouw die niet bang is. In mijn ribbenkast voelde ik mijn hart sneller slaan. 'Gisteren was er een hoop drukte met motorfietsen. Als je vrienden nog eens mijn klanten overlast bezorgen, zal ik je aangeven wegens het verstoren van de openbare orde. Ik weet zeker dat de politie–'

'Ik weet zeker dat de politie tegen u zal zeggen dat de motorrijders zelf daarvoor verantwoordelijk zijn, en dat dat niet mijn zaak is.' Hij klonk geamuseerd. 'Echt, madame, ik probeer redelijk te zijn, maar dreigementen en beschuldigingen zullen het probleem niet oplossen.'

Toen ik wegliep voelde ik me vreemd genoeg schuldig,

alsof ik en niet híj de dreigementen had uitgesproken. Die nacht sliep ik slecht en 's morgens viel ik uit tegen Prune omdat ze melk had gemorst en tegen Ricot omdat ze te dicht bij de moestuin voetbalde. Pistache keek me met een wonderlijke blik aan – we hadden sinds de avond van Yannicks bezoek nauwelijks meer met elkaar gesproken – en vroeg of ik me goed voelde.

'Er is niets aan de hand,' zei ik kort en ik keerde zwijgend naar de keuken terug.

# 3

De volgende paar dagen verslechterde de situatie geleidelijk. Twee dagen lang was er geen muziek; daarna begon het lawaai weer, luider dan ooit. Een paar maal kwam de bende motorrijders langs, telkens fel gas gevend bij aankomst en vertrek, en blokjes omrijdend, waarbij ze tegen elkaar raceten en lange, joelende kreten slaakten. De groep vaste klanten van de snackkar leek niet kleiner te worden en elke dag was ik langer bezig de weggegooide blikjes en papier langs de kant van de weg op te rapen. Wat nog erger was: de kar ging nu ook 's avonds open, van zeven tot middernacht – toevalligerwijs liepen deze tijden parallel aan mijn openingstijden – en ik begon bang te worden voor het geluid van het aanslaan van de generator van de kar, omdat ik wist dat mijn rustige crêperie spoedig met een gestaag groeiende groep mensen op straat geconfronteerd zou worden. In roze neonletters stond boven de toonbank van de kar: '*Chez Luc, Sandwiches–Snacks–Frites*', en de kermisgeuren van bakvet, bier en zoete warme wafels vulden de zachte avondlucht.

Een aantal van mijn klanten klaagde, sommigen bleven gewoon weg. Aan het eind van de week kwamen zeven van mijn vaste klanten kennelijk niet meer en door de week was het restaurant halfleeg. Zaterdag kwam er een groep van negen mensen uit Angers, maar het lawaai was die avond bijzonder hard en ze keken nerveus naar de menigte langs de kant van de weg waar hun auto's stonden geparkeerd; uiteindelijk gingen ze weg zonder dessert of koffie en zonder achterlating van een fooi.

Dit kon zo niet doorgaan.

Les Laveuses heeft geen politiebureau, maar er is een gendarme, Louis Ramondin, de kleinzoon van François. Ik had nooit veel met hem te maken gehad, aangezien hij uit een van de 'families' kwam. Een man van achter in de dertig, pas gescheiden na een te vroeg huwelijk met een meisje uit het dorp. Hij leek op zijn oudoom Guilherm, die met het houten been. Ik had er niet bepaald veel zin in met hem te praten, maar ik voelde dat ik de greep op alles aan het verliezen was, dat ik alle kanten op werd getrokken en hulp nodig had.

Ik legde de situatie met de snackkar uit. Ik vertelde hem over het lawaai, het afval, mijn klanten, de motoren. Hij luisterde met het gezicht van een toegeeflijke jongeman die met een zenuwachtige grootmoeder praat, knikte en glimlachte zodanig dat ik hem wel wat kon doen. Toen zei hij op de opgewekte, geduldige toon die jongelui reserveren voor dove en oude mensen, dat er nog geen wet overtreden was. Crêpe Framboise lag aan de grote weg, legde hij uit. Er was zo het een en ander veranderd sinds ik me in het dorp gevestigd had. Hij kon misschien wel eens gaan praten met de eigenaar van de kar, Luc, maar ik moest begrip proberen op te brengen.

O, ik begreep het maar al te goed. Ik zag hem later, zonder uniform, bij de snackkar een praatje maken met een aardig meisje met een wit t-shirt en een spijkerbroek aan. Hij had een blikje Stella in zijn ene hand en een wafel met suiker in de andere. Luc schonk me een cynische glimlach toen ik langsliep met mijn boodschappenmand, en ik negeerde hen beiden. Ik begreep alles.

In de dagen daarna beleefde Crêpe Framboise een dieptepunt. Het restaurant was nu nog maar halfvol, zelfs op zaterdagavonden, en de lunch door de week liep nog slechter. Paul bleef echter – loyale Paul, met zijn dagmenu en zijn demi –, en uit simpele dankbaarheid begon ik hem een biertje van de zaak te geven, maar meer dan dat ene glas wilde hij nooit.

Lise, mijn dienstertje, vertelde me dat Luc zijn intrek had genomen in La Mauvaise Réputation, waar ze nog steeds een paar kamers verhuren.

'Ik weet niet waar hij vandaan komt,' zei ze. 'Angers, denk ik. Hij heeft zijn huur drie maanden vooruitbetaald, dus het ziet ernaar uit dat hij van plan is te blijven.'

Drie maanden. Dan zaten we al bijna in december. Ik vroeg me af of zijn klantenkring nog even enthousiast zou zijn wanneer de eerste vorst kwam. Dat was voor mij altijd laagseizoen met maar een paar vaste klanten om de boel draaiende te houden, en ik wist dat ik zoals het nu ging, niet eens op hen zou kunnen rekenen. De zomer was mijn beste seizoen en in die vakantiemaanden wist ik meestal genoeg geld opzij te leggen om het tot de lente uit te zingen. Maar deze zomer... Zoals de zaak er nu voorstond, bedacht ik nuchter, zou ik verlies kunnen lijden. Dat was niet erg; ik had geld gespaard, maar er was ook nog Lises loon, plus het geld dat ik voor Reine stuurde, het voer voor de dieren, voorraden, brandstof en de huur van machines. En met de komst van de herfst zou ik arbeiders in dienst moeten nemen – de appelplukkers en Michel Hourias met zijn combine – hoewel ik mijn graan en cider in Angers zou kunnen verkopen om me door de winter heen te helpen.

Toch zou het moeilijk kunnen worden. Een poos zat ik over cijfers en schattingen gebogen zonder dat ik er veel verder mee kwam. Ik vergat met mijn kleinkinderen te spelen en wenste voor het eerst dat Pistache die zomer niet gekomen was. Ze bleef nog een week en vertrok toen met Ricot en Prune, en ik zag in haar ogen dat ze me onredelijk vond, maar ik kon niet genoeg warmte opbrengen om haar te vertellen wat ik voelde. Er was een koud, hard plekje waar mijn liefde voor haar gezeten had moeten hebben, iets hards en droogs, als de pit van een vrucht. Ik hield haar kort vast toen we afscheid namen, en toen ik me omkeerde had ik droge ogen. Prune gaf me een bosje bloemen dat ze in het veld had geplukt, en even werd ik overspoeld door een plotselinge, hevige angst. Ik gedroeg me als mijn moeder, zag ik. Streng en passief, maar heimelijk vol angsten en onzekerheden. Ik wilde mijn dochter bereiken, haar uitleggen dat zíj niets verkeerd had gedaan, maar ik kon het gewoon niet. We hadden vroeger altijd geleerd alles voor onszelf te houden. Dat is een gewoonte die je niet zomaar doorbreekt.

# 4

En zo gingen de weken voorbij. Ik sprak nog diverse malen met Luc, maar stuitte slechts op ironische beleefdheid. Ik kon de gedachte niet van me afzetten dat hij me op de een of andere manier bekend voorkwam, maar kon niet achterhalen waar ik hem mogelijk eerder had gezien. Ik probeerde zijn achternaam te weten te komen, in de hoop dat die me iets zou zeggen, maar in La Mauvaise Réputation betaalde hij contant, en toen ik ernaartoe ging, leek het café vol met de mensen van buiten het dorp die regelmatig de snackkar bezochten. Er waren ook een paar dorpelingen – Murielle Dupré en de twee jongens Lelac met Julien Lecoz – maar voor het merendeel waren het mensen van buiten het dorp, brutale meisjes met dure spijkerbroeken en minitopjes, en jongemannen met lange of korte fietsbroeken. Ik merkte dat de jonge Brassaud aan zijn verzameling sjofele gokmachines een jukebox en een pooltafel had toegevoegd; zo te zien liepen niet alle zaken in Les Laveuses slecht.

Misschien was dat de reden dat ik zo weinig steun voor mijn campagne vond. Crêpe Framboise ligt aan de andere kant van het dorp, aan de weg naar Angers. De boerderij heeft altijd geïsoleerd gelegen en een halve kilometer richting dorp is er geen ander huis te zien. Alleen de kerk en het postkantoor liggen ongeveer binnen gehoorsafstand, en Luc zorgde ervoor dat de klanten stil waren wanneer er een mis was. Zelfs Lise, die wist wat het met ons bedrijf deed, zocht excuses voor hem. Ik klaagde nog tweemaal bij Louis Ramondin, maar ik had net zo goed tegen de kat kunnen praten, zo weinig steun kreeg ik van hem.

De man deed niemand kwaad, zei hij ferm. Als hij de wet overtrad, zou er misschien iets ondernomen kunnen worden. Zo niet, dan moest ik de man zijn gang laten gaan. Begreep ik dat?

Toen begon dat andere gedoe. Eerst kleine dingen. De ene avond werd er ergens buiten vuurwerk afgestoken, de andere stonden er om twee uur 's nachts motoren voor mijn deur te ronken. Er werd midden in de nacht afval bij mij op de stoep gedeponeerd en een ruit van mijn deur gebroken. Op een nacht reed er een motorrijder rond op mijn grote stuk land, waar hij achtjes draaide en slipsporen maakte, en rare lussen over mijn rijpende koren reed. Kleine dingen. Hinderlijke dingen. Niets dat je per se aan hém kon toeschrijven, of aan de mensen van elders die in zijn zog meekwamen. Toen deed iemand de deur van het kippenhok open en kwam er een vos binnen die al mijn mooie bruine legkippen doodde. Tien hennen, stuk voor stuk goede legkippen, in één nacht allemaal weg. Ik vertelde het aan Louis – hij was tenslotte degene die achter dieven en wetsovertreders aan moest gaan – maar hij beschuldigde me er zo ongeveer van dat ik zelf vergeten was de deur dicht te doen.

'Zou hij 's nachts niet vanzelf open kunnen zijn gegaan?' Hij keek me aan met de vriendelijke glimlach van de buitenman, alsof hij mijn hennen weer tot leven zou kunnen lachen. Ik keek hem scherp aan.

'Gesloten deuren gaan niet vanzélf open,' zei ik bits. 'En een vos die een hangslot open krijgt, moet wel van goeden huize komen. Een gemenerik heeft dat expres gedaan, Louis Ramondin, en jij wordt ervoor betaald om uit te zoeken wie dat is.'

Louis keek onbetrouwbaar uit zijn ogen en mompelde iets onverstaanbaars.

'Wat zei je daar?' vroeg ik scherp. 'Er mankeert niets aan mijn oren, jongeman, geloof mij maar. Nou, ik weet nog dat–' Ik slikte het eind van mijn zin gauw in. Ik had willen zeggen dat ik me nog kon herinneren hoe zijn opa in de kerk zat te snurken, zo dronken als een tempelier en met pis op zijn broek, en dat hij tijdens de paasmis in de biechtstoel opgesloten werd, maar dat was iets dat *la veuve Simon* nooit had kunnen weten, en ik kreeg het koud toen ik eraan dacht dat ik me door een stomme roddel had kunnen verraden. Je begrijpt nu wel waarom ik niet meer met de 'families' te maken wilde hebben dan nodig was.

Enfin. Louis stemde er eindelijk mee in dat hij bij de boerderij zou komen kijken, maar hij vond niets, en ik ging zo goed en zo kwaad als het ging verder. Het verlies van de kippen was echter een klap. Ik kon me niet veroorloven ze te vervangen, en wie kon me bovendien garanderen dat het niet weer zou gebeuren? Dus moest ik eieren kopen bij de oude boerderij van Hourias, die nu in handen was van een stel dat Pommeau heette en consumptiemaïs en zonnebloemen verbouwde, die ze aan een verwerkend bedrijf verderop aan de rivier verkochten.

Ik wist dat Luc achter al die gebeurtenissen zat. Ik wist het, maar ik kon niets bewijzen, en ik werd er halfgek van. Erger nog: ik wist niet waaróm hij het deed, en mijn woede groeide, totdat mijn oude hoofd leek op een appel die in de ciderpers wordt uitgeperst, rijp en op het punt uit elkaar te spatten. De dag nadat de vos het kippenhok was binnengegaan, ging ik voor het eerst met mijn geweer om mijn schouder voor mijn donkere raam te zitten. Het moet voor iedereen die mij in mijn nachthemd en lichte herfstjas de wacht had zien houden bij mijn tuin, een vreemd gezicht zijn geweest. Ik kocht nieuwe hangsloten voor de hekken en de wei, en ik waakte nachtenlang, wachtend tot er iemand zou komen, maar er kwam niemand. De rotzak moet geweten hebben wat ik deed, hoewel ik er geen idee van had op welke manier. Ik begon te denken dat hij gedachten kon lezen.

# 5

Het slaapgebrek eiste al spoedig zijn tol. Ik begon overdag mijn concentratie te verliezen. Ik vergat recepten. Ik kon me niet meer herinneren of ik al zout op de omelet had gedaan en deed dat tweemaal of helemaal niet. Ik sneed me ernstig toen ik uien aan het snijden was en besefte pas dat ik had staan slapen toen ik wakker werd met mijn hand onder het bloed en een gapende snee in mijn vinger. Ik deed kortaf tegen mijn resterende klanten, en hoewel de harde muziek en het motorlawaai iets afgenomen schenen te zijn moest iedereen het inmiddels toch wel weten, want de vaste klanten die ik was kwijtgeraakt, kwamen niet terug. O, ik was niet helemaal alleen. Ik had een paar vrienden die mijn kant kozen, maar de grote terughoudendheid en de constante achterdocht die Mirabelle Dartigen in het dorp tot zo'n buitenstaander hadden gemaakt, zaten vast ook in mijn bloed. Ik weigerde medelijden. Mijn boosheid vervreemdde mij van mijn vrienden en schrikte mijn klanten af. Ik leefde op woede en adrenaline.

Vreemd genoeg was het Paul die er eindelijk een eind aan maakte. Op sommige dagen was hij met lunchtijd de enige klant, en hij was zo punctueel als de kerkklok. Hij bleef precies een uur. Zijn hond lag gehoorzaam onder zijn stoel. Onder het eten keek hij zwijgend naar de weg. Hij had wel doof kunnen zijn, zo weinig lette hij op de snackkar, en hij zei zelden meer tegen me dan 'goedemiddag' en 'goedendag'.

Op een dag kwam hij binnen zonder op zijn gebruikelijke plek te gaan zitten, en ik wist dat er iets aan de hand was. Het was een week nadat de vos in het kippenhok was geweest, en ik was hondsmoe. Mijn linkerhand zat in een dik verband vanwege de snee, en ik moest Lise vragen de groenten voor de soep te snijden. Ik stond erop zelf deeg te maken – stel je voor: deeg kneden met een plastic zak om je hand gebonden – en het was zwaar werk. Ik stond half te slapen bij de keukendeur en beantwoordde Pauls groet nauwelijks. Hij keek me van opzij aan en nam zijn pet af. Hij trapte zijn kleine zwarte sigaret op de drempel uit.

'Bonjour, madame Simon.'

Ik knikte en probeerde te glimlachen. De vermoeidheid lag als een fonkelende grijze deken over alles heen. Zijn woorden waren een gapende tunnel waaruit klinkers kwamen. Zijn hond ging onder hun tafel aan het raam liggen, maar Paul bleef staan met zijn pet in zijn hand.

'U ziet er niet goed uit,' merkte hij op zijn trage manier op.

'Met mij gaat het best,' zei ik kort. 'Ik heb de afgelopen nacht niet goed geslapen, dat is alles.'

'Als je het mij vraagt, geen enkele nacht deze maand,' zei Paul. 'Wat is het? Slapeloosheid?'

Ik wierp hem een scherpe blik toe. 'Uw eten staat op tafel,' zei ik. 'Kipfricassée en doperwten. Als het koud wordt warm ik het niet voor u op.'

Hij glimlachte slaperig naar me. 'U begint als een echtgenote te praten, madame Simon. De mensen zullen nog gaan roddelen.'

Ik nam aan dat dit een van zijn grapjes was en schonk er geen aandacht aan.

'Misschien kan ik helpen,' hield Paul vol. 'Het is niet goed dat ze u zo behandelen. Iemand moet er iets aan doen.'

'Doet u alstublieft geen moeite, monsieur.' Na zoveel verpeste nachten voelde ik de tranen met de dag dichter aan de oppervlakte komen, en deze eenvoudige, vriendelijke woorden deden mijn ogen al prikken. Mijn stem klonk droog en sarcastisch om het te maskeren en ik keek nadrukkelijk de andere kant op. 'Ik kan het heel goed zelf aan.'

Paul liet zich niet klein krijgen. 'Je kunt me vertrouwen, weet je,' zei hij rustig. 'Dat zou je nu wel moeten weten. Al die tijd...'

Ik keek hem aan en plotseling wist ik het.

'Toe, Boise.'

Ik verstijfde.

'Het geeft niet. Ik heb het toch aan niemand verteld?'

Stilte. De waarheid strekte zich als een lint kauwgom tussen ons uit.

'Toch?'

Ik schudde mijn hoofd. 'Nee, inderdaad.'

'Nou dan.' Hij zette een stap in mijn richting. 'Je wilde nooit hulp aanvaarden wanneer je die nodig had, vroeger al niet.' Stilte. 'Je bent niet veel veranderd, Framboise.'

Wat gek. Ik dacht dat dat wel zo was. 'Wanneer ben je erachter gekomen?' vroeg ik ten slotte.

Hij haalde zijn schouders op. 'Daar had ik niet zo lang voor nodig,' zei hij laconiek. 'Waarschijnlijk de eerste keer dat ik die *kouign amann* van je moeder proefde. Of misschien was het de snoek. Ik kon toch nooit een lekker recept vergeten?' Weer die glimlach onder die afhangende snor, een uitdrukking die zowel lief en vriendelijk en tegelijkertijd onuitsprekelijk droevig was.

'Het moet zwaar geweest zijn,' merkte hij op.

Het prikken in mijn ogen werd bijna ondraaglijk. 'Ik wil er niet over praten,' zei ik.

Hij knikte. 'Ik ben niet zo'n prater,' zei hij eenvoudig.

Hij ging aan tafel zitten om zijn fricassée te eten. Af en toe hield hij even op en lachte naar me, en na een poos ging ik bij hem zitten – er was verder toch niemand – en schonk een glas *Gros-Plant* voor mezelf in. Zo zaten we een poosje zwijgend bij elkaar. Na een paar minuten legde ik mijn hoofd op tafel en begon ik zachtjes te huilen. Het enige wat je hoorde was mijn gehuil en het geluid van Pauls bestek terwijl hij peinzend at. Hij keek niet naar me, hij reageerde niet. Maar ik wist dat het een vriendelijk zwijgen was.

Toen ik uitgehuild was, veegde ik mijn gezicht zorgvuldig af met mijn schort. 'Ik geloof dat ik nu wel wil praten,' zei ik.

# *6*

Paul kan goed luisteren. Ik vertelde hem dingen die ik nog nooit aan een sterveling verteld heb, en hij luisterde zwijgend, terwijl hij af en toe knikte. Ik vertelde hem van Yannick en Laure en van Pistache en dat ik haar zonder een woord te zeggen had laten gaan; ik vertelde hem van de hennen, de slapeloze nachten en van het gevoel dat het lawaai van de generator me gaf: alsof er mieren in mijn schedel rondliepen. Ik vertelde hem van mijn angsten om mijn bedrijf, mezelf, mijn prettige huis en het plekje dat ik voor mezelf tussen deze mensen had veroverd. Ik vertelde hem over mijn angst om oud te worden, zeggend dat de jongeren van nu zoveel vreemder en harder leken dan wij ooit geweest waren, zelfs als je de dingen die we in de oorlog hadden gezien, in acht nam. Ik vertelde hem van mijn dromen: over Ouwe Moer met een mondvol sinaasappels, en Jeannette Gaudin en de slangen, en heel langzaam voelde ik het gif uit me wegvloeien.

Toen ik eindelijk klaar was, was het stil.

'Je kunt niet iedere nacht de wacht houden,' zei Paul ten slotte. 'Dat wordt je dood.'

'Ik heb geen keus,' zei ik tegen hem. 'Die mensen, ze kunnen ieder moment terugkomen.'

'We doen het samen,' zei Paul eenvoudig, en daarmee was de kous af.

Nu Pistache en de kinderen weg waren, kon hij in de logeerkamer. Hij gaf geen last: hij ging zijn eigen gang, maakte zijn bed op en hield de boel netjes. Je merkte nauwelijks dat hij er was, en toch wás hij er, kalm en onopvallend. Ik voelde me schuldig omdat ik ooit had gedacht dat hij traag van begrip was. In sommige opzichten was hij zelfs sneller van begrip dan ik. Hij was degene die uiteindelijk het verband legde tussen de snackkar en Cassis' zoon.

We hielden twee nachten de wacht – ik van tien tot twee, en Paul van twee tot zes – en ik begon me al meer uitgerust en beter tegen alles opgewassen te voelen. Het probleem delen was op dat moment al voldoende: gewoon weten dat er iemand was. Natuurlijk begonnen de buren bijna meteen te kletsen. Je kunt in een dorp als Les Laveuses niet iets echt geheim houden en te veel mensen wisten dat Paul Hourias zijn hut bij de rivier had verlaten en bij de weduwe zijn intrek had genomen. De mensen hielden ineens hun mond wanneer ik een winkel binnenkwam. De postbode knipoogde naar me wanneer hij de post bracht. Ik kreeg afkeurende blikken, voor het merendeel van de *curé* en zijn aanhang, maar voor het overgrote deel werd er alleen maar stilletjes en toegeeflijk gelachen. Louis Ramondin zou gezegd hebben dat de weduwe zich de afgelopen weken vreemd had gedragen, en dat hij nu wist waarom. Ironisch genoeg kwamen veel van mijn klanten even terug, al was het maar om zelf te zien of de geruchten waar waren.

Ik schonk er geen aandacht aan.

Natuurlijk was de snackkar niet verdwenen, en het lawaai en de overlast van de dagelijkse bezoekers namen niet af. Ik probeerde niet meer met Luc te discussiëren; het gezag dat er was, leek niet geïnteresseerd, zodat ons – Paul en mij – nog maar één mogelijkheid restte. We gingen op onderzoek uit.

Paul begon zijn dagelijkse lunchbiertje in La Mauvaise Réputation te drinken, waar de motorrijders en stadsmeisjes rondhingen. Hij ondervroeg de postbode. Lise, mijn serveerster, hielp ons ook, al had ik haar voor de winter naar huis moeten sturen; ze zette haar broertje Viannet ook op de zaak, waardoor Luc zo ongeveer de meest bespioneerde man in heel Les Laveuses werd. We ontdekten een paar dingen.

Hij kwam uit Parijs. Hij was een halfjaar geleden naar Angers verhuisd. Hij had geld, en in niet geringe hoeveelheden ook, dat hij kwistig uitgaf. Niemand scheen zijn achternaam te weten, maar hij droeg een zegelring met de initialen L.D. Hij had een zwak voor meisjes. Hij reed in een witte Porsche, die hij achter La Mauvaise Réputation had geparkeerd. Over het algemeen vond men hem een geschikte vent, wat waarschijnlijk inhield dat hij veel rondjes gaf.

Al ons werk leverde dus niet veel op.

Toen kwam Paul op het idee de snackkar te inspecteren. Natuurlijk had ik dat ook al gedaan, maar Paul wachtte totdat hij dicht was en de eigenaar veilig in de bar van La Mauvaise Réputation zat. Je kon er niet naar binnen kijken; hij was afgesloten en van hangsloten voorzien, maar aan de achterkant van de kar vond hij een kleine metalen plaat met een registratienummer en een contacttelefoonnummer erop. We trokken het telefoonnummer na en het spoor bleek te leiden naar... restaurant Aux Délices Dessanges in de Rue des Romarins in Angers.

Ik had het al die tijd kunnen weten.

Yannick en Laure zouden een mogelijke bron van inkomsten nooit zo gemakkelijk hebben opgegeven. En met de kennis die ik nu had, was het me meteen duidelijk waar ik hem eerder had gezien. Hij had dezelfde licht gekromde neus, dezelfde slimme, heldere ogen en dezelfde scherpe jukbeenderen... Luc Dessanges, Laures broer.

Mijn eerste reactie was: meteen naar de politie gaan – niet naar onze Louis maar de politie in Angers – om te zeggen dat ik steeds werd lastiggevallen.

Paul ontraadde het me. Er was geen bewijs, zei hij vriendelijk tegen me. Zonder bewijs kon niemand iets doen. Luc had openlijk niets onwettigs gedaan. Als we hem hadden kunnen betrappen zou dat een andere zaak zijn geweest, maar daar was hij te voorzichtig, te slim voor. Ze wachtten tot ik in zou storten, wachtten op het juiste moment om naar voren te komen en hun eisen te stellen: 'Konden we maar iets voor u doen, Mamie. Geef ons een kans. Sans rancune.'

Ik had er erg veel zin in om meteen de bus naar Angers te nemen, hen in hun hol op te zoeken, hen in het bijzijn van hun vrienden en klanten met de feiten te confronteren en uit te schreeuwen dat ik getreiterd en gechanteerd werd, maar Paul zei dat we moesten wachten. Door mijn ongeduld en agressie was ik al meer dan de helft van mijn klanten kwijtgeraakt. Voor het eerst van mijn leven wachtte ik.

# 7

Ze kwamen een week later bij me langs.

Het was zondagmiddag, en ik had de crêperie al drie weken op zondag dicht gelaten. De snackkar was ook dicht – hij volgde mijn openingstijden haast tot op de minuut – en Paul en ik zaten in de tuin met ons gezicht in het laatste beetje herfstzon. Ik las, maar Paul, die vroeger ook al nooit las, leek tevreden te zijn met gewoon maar wat te zitten. Af en toe keek hij naar mij op zijn bekende zachte, meegaande manier, of hij sneed wat in een stuk hout.

Ik hoorde dat er geklopt werd en ging de deur opendoen. Het was Laure, zakelijk gekleed in een donkerblauwe jurk, en achter haar stond Yannick, in een antracietkleurig pak. Hun glimlach was zo breed als een pianoklavier. Laure had een grote plant met roodgroene bladeren bij zich. Ik liet hen niet binnen.

'Wie is er dood?' vroeg ik koeltjes. 'Ik in ieder geval nog niet, maar dat ligt niet aan jullie rotzakken.'

Laure zette haar gekwelde gezicht op. 'Maar Mamie–' begon ze.

'Geen geMamie alsjeblieft,' beet ik haar toe. 'Ik ben op de hoogte van jullie vuile intimidatiespelletjes. Het zal jullie niet lukken. Ik ga nog liever dood dan dat jullie een cent aan me verdienen, dus vertel maar tegen die broer van je dat hij met zijn vetkar op kan rotten, want ik weet wat hij in zijn schild voert, en als het niet meteen ophoudt, ga ik naar de politie om hun eens precies te vertellen wat jullie uitgevoerd hebben.'

Yannick keek geschrokken en begon verzoenende geluiden te maken, maar Laure was uit harder hout gesneden. De verbazing op haar gezicht duurde misschien maar tien seconden, toen verhardde haar uitdrukking zich tot een smalle, droge glimlach.

'Ik wist meteen al dat we u beter gewoon alles konden vertellen,' zei ze, met een korte, minachtende blik naar haar man. 'Hier schieten we allebei niets mee op, en ik weet zeker dat als ik eenmaal alles heb uitgelegd, u de waarde van een beetje samenwerking zult gaan begrijpen.'

Ik sloeg mijn armen over elkaar. 'Leg uit wat je wilt,' zei ik. 'Maar mijn moeders erfenis is van Reine-Claude en mij, wat mijn broer je ook verteld mag hebben, en meer valt er niet over te zeggen.'

Laure keek me met een brede lach vol haat en afkeer aan. 'Dacht u dat we daarop uit waren, Mamie? Dat beetje geld van u? Néé! Wat zult u ons een vreselijk stel gevonden hebben.' Plotseling zag ik mezelf door hun ogen: een oude vrouw met een schort vol vlekken, donkere ogen en haar haar zo strak naar achteren getrokken dat haar vel strak stond. Ik gromde tegen hen, als een hond die in de war gebracht is, en greep de deurpost beet om houvast te hebben. Mijn adem stokte af en toe en elke ademteug was een tocht over een doornig pad.

'Het is niet zo dat we het geld niet zouden kunnen gebruiken,' zei Yannick ernstig. 'Het restaurant loopt momenteel niet zo goed. Die recensie in *Hôte & Cuisine* heeft ons geen goed gedaan. En we hebben problemen gehad–'

Laure legde hem met een blik het zwijgen op. 'Ik wil het geld helemaal niet,' zei ze weer.

'Ik weet wat jullie willen,' zei ik weer, hard, terwijl ik probeerde mijn verwarring niet te tonen. 'De recepten van mijn moeder. Maar ik geef ze jullie niet.'

Laure keek me, nog steeds glimlachend, aan. Ik besefte dat het haar niet alleen om de recepten te doen was, en een koude vuist sloot zich om mijn hart.

'Nee,' fluisterde ik.

'Mirabelle Dartigens album,' zei Laure zachtjes. 'Haar eigen album. Haar gedachten, haar recepten, haar geheimen. De nalatenschap van onze grootmoeder aan ons allemaal. Het is een misdaad zoiets voor altijd verborgen te houden.'

'Néé!' Het woord kwam uit het diepst van mijn ziel en ik had het gevoel dat de helft van mijn hart mee naar buiten kwam, door mijn keel vol vishaken.

Laure schrok en Yannick deed een pas naar achteren. 'U kunt het niet eeuwig geheimhouden, Framboise,' zei Laure op redelijke toon. 'Het is ongelooflijk dat nog niemand erachter is gekomen. Mirabelle Dartigen' – ze was rood geworden van opwinding, wat haar bijna mooi maakte –, 'een van de meest ongrijpbare en raadselachtige misdadigers van de twintigste eeuw. Ze vermoordt zomaar een jonge soldaat, vertrekt geen spier wanneer het halve dorp als vergelding wordt doodgeschoten en wandelt vervolgens weg zonder ook maar iets uit te leggen.'

'Zo is het niet gegaan,' zei ik onwillekeurig.

'Vertel me dan maar eens hoe het wél is gegaan,' zei Laure, terwijl ze een stap naar voren deed. 'Ik zou u bij alles raadplegen. Er ligt hier een kans om tot een geweldig exclusieve invalshoek te komen, en ik weet dat het een fantastisch boek zal worden.'

'Welk boek?' vroeg ik dom.

Laure keek ongeduldig. 'Wat bedoelt u: "welk boek"? Ik dacht dat u er inmiddels achter was. U zei–'

Ik voelde mijn tong aan mijn gehemelte plakken. Moeizaam zei ik: 'Ik dacht dat je op het receptenboek uit was. Na wat je gezegd had–'

Ze schudde ongeduldig haar hoofd. 'Nee, ik heb het nodig om research te verrichten voor *mijn* boek. U hebt toch mijn pamflet gelezen? U moet geweten hebben dat ik in de zaak geïnteresseerd was. En toen Cassis ons vertelde dat ze zelfs familie van ons was, Yannicks grootmoeder–' Ze hield weer op en greep mijn hand. Haar vingers waren lang en koel, haar nagels schelproze gekleurd, evenals haar lippen. 'Mamie, u bent de laatste van haar kinderen. Cassis is dood. Reine-Claude kunnen we niet gebruiken.'

'Heb je haar opgezocht?' vroeg ik wezenloos.

Laure knikte. 'Ze herinnert zich niets meer. Ze vegeteert alleen maar.' Haar mond stond wrang. 'Bovendien herinnert in Les Laveuses niemand zich iets wat de moeite van het vermelden waard is, en degenen die dat wel doen, willen niet praten.'

'Hoe weet je dat?' De woede had plaatsgemaakt voor kou bij het besef dat dit veel erger was dan alles wat ik had kunnen vermoeden.

Ze haalde haar schouders op. 'Luc, natuurlijk. Ik vroeg hem hierheen te komen en hier en daar wat te vragen... rondjes te geven bij de hengelsportvereniging, u weet wel wat ik bedoel.' Ze keek me weer met die ongeduldige, verbaasde blik aan. 'U zei net dat u dat allemaal wist.'

Ik knikte zwijgend, te verdoofd om iets te zeggen.

'Ik moet wel zeggen dat u het langer stil hebt weten te houden dan ik voor mogelijk had gehouden,' vervolgde Laure bewonderend. 'Niemand denkt dat u iemand anders bent dan een aardige Bretonse dame, *la veuve Simon*. U wordt zeer gerespecteerd; u hebt het hier goed gedaan. Niemand vermoedt iets. U hebt het zelfs niet aan uw dochter verteld.'

'Pistache?' Mijn eigen stem klonk me dom in de oren, mijn mond was een even groot gapend gat als mijn geest. 'Je hebt toch niet met haar gesproken?'

'Ik heb haar een paar brieven geschreven. Ik dacht dat zij misschien iets over Mirabelle wist. Maar u hebt haar nooit iets verteld, hè?'

O, god. Pistache. Ik bevond me in een aardverschuiving waarin iedere beweging een nieuwe verschuiving teweegbrengt, die de wereld die ik veilig achtte, opnieuw doet instorten.

'En uw andere dochter? Wanneer hebt u voor het laatst iets van haar gehoord? En hoeveel weet zij?'

'Je hebt niet het recht, niet het récht.' De woorden waren ruw als zout in mijn mond. 'Je begrijpt niet wat het voor mij betekent, dit huis. Als de mensen erachter komen–'

'Stil maar, Mamie.' Ik was te zwak om haar weg te duwen, en ze sloeg haar armen om me heen. 'We laten uw naam er natuurlijk buiten. En als het uit móćht komen, en u zult onder ogen moeten zien dat dat eens zou kunnen gebeuren... dan zoeken wij een ander plekje voor u. Een beter. Op uw leeftijd moet u trouwens helemaal niet in zo'n vervallen boerderij wonen. Er is niet eens een fatsoenlijke waterleiding! We zouden u in een leuke woning in Angers kunnen onderbrengen. We zouden de pers bij u vandaan houden. We zijn met u begaan, Mamie, wat u ook moge denken. We zijn geen monsters. We hebben het beste met u voor.'

Ik duwde haar weg met meer kracht dan ik wist dat ik in me had.

'Néé!'

Langzaam werd ik me bewust van Paul die zwijgend achter me stond, en mijn angst bloeide op tot een grote bloem van woede en vreugde. Ik was niet alleen. Paul, mijn trouwe oude vriend, was nu bij me.

'Bedenk eens wat het voor de familie zou kunnen betekenen, Mamie.'

'Néé!' Ik begon de deur dicht te duwen.

Laure zette haar hoge hak in de kier. 'U kunt zich niet voor eeuwig verstoppen.'

Paul kwam naar voren en ging in de deuropening staan. Hij sprak met kalme en enigszins lijzige stem, de stem van een man die ofwel een grote gemoedsrust kent, ofwel een beetje traag van begrip is.

'Misschien heeft u niet gehoord wat Framboise zei.' Zijn glimlach was bijna slaperig, maar hij gaf me een knipoogje, en op dat moment besefte ik plotseling dat ik zoveel van hem hield dat mijn woede van schrik verdween. 'Als ik het allemaal goed begrepen heb, wil ze geen zaken doen. Klopt dat?'

'Wie is dit?' zei Laure. 'Wat doet híj hier?'

Paul schonk haar zijn lieve, slaperige glimlach. 'Een vriend,' zei hij eenvoudig. 'Van heel vroeger.'

'Framboise,' riep Laure van achter Pauls schouder.

'Denk na over wat we gezegd hebben. Denk na over de consequenties. We zouden het niet aan je gevraagd hebben als het niet belangrijk was. Denk erover.'

'Dat doet ze vast,' zei Paul vriendelijk, en hij sloot de deur. Laure begon er driftig op te kloppen, maar Paul deed de grendel erop en bracht het veiligheidskettinkje aan. Ik hoorde haar stem, gesmoord door het dikke hout, met nu een hoge, zoemende klank erin.

'Framboise! Wees redelijk! Ik zal tegen Luc zeggen dat hij weggaat! Alles kan weer worden zoals het was! Frambóíse!'

'Koffie?' stelde Paul voor, terwijl hij de keuken inliep. 'Daar zal je een beetje van opknappen.'

Ik wierp een blik op de deur. 'Dat mens,' zei ik met trillende stem. 'Dat vreselijke mens.'

Paul haalde zijn schouders op. 'We drinken het buiten,' stelde hij simpel voor. 'Dan horen we haar niet.'

Zo eenvoudig was het voor hem. Ik gehoorzaamde – ik was uitgeput – en hij bracht me hete zwarte koffie met kaneelroom en suiker, met een plak bosbessencake. Ik zat even zwijgend te eten en te drinken, totdat ik mijn moed voelde terugkeren.

'Ze geeft maar niet op,' zei ik ten slotte tegen hem. 'Ze zal me blijven achtervolgen, op wat voor manier dan ook, totdat ze me hier weg heeft. Ze weet dat het dan geen zin meer heeft mijn geheim nog langer te bewaren.' Ik bracht mijn hand naar mijn zere hoofd. 'Ze weet dat ik het hier niet eeuwig vol kan houden. Ze hoeft alleen maar te wachten. Ik houd het trouwens toch niet lang meer uit.'

'Ga je haar haar zin geven?' Pauls stem klonk kalm en nieuwsgierig.

'Nee,' zei ik stroef.

Hij haalde zijn schouders op. 'Dan moet je niet praten alsof je dat wel doet. Jij hebt meer hersens dan zij.' Om de een of andere reden bloosde hij. 'En je weet dat je kunt winnen als je het probeert.'

'Hoe?' Ik wist dat ik als mijn moeder klonk, maar ik kon er niets aan doen. 'Van Luc Dessanges en zijn vrienden? Van Laure en Yannick? In nog geen twee maanden tijd hebben ze mijn zaak half geruïneerd! Ze hoeven alleen maar op deze weg door te gaan en dan ben ik in het voorjaar–' Ik maakte een woedend gebaar van frustratie. 'En wat moet ik doen als ze gaan praten? Ze hoeven alleen maar te zeggen–' De woorden bleven in mijn keel steken. 'Ze hoeven alleen maar mijn moeders naam te laten vallen.'

Paul schudde zijn hoofd. 'Ik geloof niet dat ze dat zullen doen,' zei hij kalm. 'In ieder geval niet meteen. Ze willen iets hebben waarmee ze kunnen onderhandelen. Ze weten dat je daar bang voor bent.'

'Cassis heeft het hun verteld,' zei ik mat.

Hij haalde zijn schouders op. 'Dat doet er niet toe,' zei hij. 'Ze zullen je een poosje met rust laten. Ze hopen dat ze je kunnen overhalen, je tot rede brengen. Ze willen dat je het uit jezelf doet.'

'Ja, en?' Ik voelde mijn woede zich nu op hem richten. 'Hoeveel tijd heb ik dan? Een maand? Twee maanden? Wat heb ik aan twee maanden? Al zou ik een jaar mijn hersens pijnigen, dan nog–'

'Dat is niet waar.' Zijn stem klonk rustig, zonder wrok; hij trok een verkreukelde Gauloise uit zijn borstzak en streek hem tegen zijn duim om hem aan te steken. 'Jij kunt alles wat je wilt, dat is altijd al zo geweest.' Hij keek me boven het gloeipuntje van de sigaret aan en schonk me zijn droevige glimlach. 'Denk maar aan vroeger. Jij hebt toch Ouwe Moer gevangen?'

Ik schudde mijn hoofd. 'Dit is niet hetzelfde,' zei ik.

'Er is niet zóveel verschil,' antwoordde Paul, terwijl hij de prikkelende rook inhaleerde. 'Dat moet jij weten. Je kunt van vissen heel wat over het leven leren.'

Ik keek hem vragend aan.

'Neem Ouwe Moer,' ging hij verder. 'Hoe komt het dat jij haar vangt terwijl het al die anderen niet lukt?'

Ik liet mijn gedachten erover gaan; ik dacht terug aan hoe ik was toen ik negen was. 'Ik bestudeerde de rivier,' zei ik eindelijk. 'Ik leerde wat de gewoonten van de oude snoek waren, wáár en wát hij at. En ik wachtte. Ik had gewoon geluk.'

'Hmmm.' De sigaret gloeide weer op, en hij ademde de rook uit door zijn neusgaten. 'En als deze Dessanges een vis was, wat zou je dan doen?' Plotseling grijnsde hij. 'Uitzoeken waar hij eet, het juiste aas vinden, en hebbes. Dat klopt toch?'

Ik keek hem aan.

'Dat klopt toch?'

Misschien. De hoop trok aarzelend een dun zilveren spoor door mijn hart. Misschien.

'Ik ben te oud om het tegen hen op te nemen,' zei ik. 'Te oud en te moe.'

Paul legde zijn ruwe bruine hand over de mijne en glimlachte. 'In mijn ogen niet,' zei hij.

## 8

Hij heeft natuurlijk gelijk. Je kunt van vissen een hele hoop over het leven leren. Dat was een van de dingen die Tomas me geleerd heeft. We praatten veel, dat jaar waarin we bevriend waren. Soms waren Cassis en Reine er ook bij, en dan praatten we wat en leverden nieuwtjes in ruil voor kleine beetjes smokkelwaar: een plakje kauwgom of een reep chocola, of een pot gezichtscrème voor Reine, of een sinaasappel. Tomas scheen een onbeperkte voorraad van dat soort zaken te hebben, die hij met nonchalante onverschilligheid uitdeelde. In die tijd kwam hij bijna altijd alleen.

Sinds mijn gesprek met Cassis in de boomhut had ik het gevoel dat alles duidelijk was tussen ons, tussen Tomas en mij. We hielden ons aan de regels; niet de rare regels die onze moeder zelf verzon, maar eenvoudige regels die zelfs een kind van negen kon begrijpen: houd je ogen open, zorg voor jezelf, deel met anderen en deel eerlijk. Wij drieën waren al zo lang op onszelf aangewezen dat het een heerlijke, zij het onuitgesproken opluchting was weer iemand te hebben die leiding gaf. Een volwassene, iemand die orde hield.

Ik herinner me een dag waarop we met zijn drieën bij elkaar waren, en Tomas laat was. Cassis noemde hem nog steeds Leibniz, maar Reine en ik noemden hem inmiddels bij zijn voornaam. Die dag was Cassis prikkelbaar en nors. Hij zat in zijn eentje verderop op de oever en schoot steentjes het water in. Hij had die ochtend een scheldpartij met moeder gehad over iets onbelangrijks.

'Als je vader nog leefde zou je niet zo tegen me durven praten!'

'Als onze vader nog leefde zou hij doen wat hem gezegd werd, net zoals jij doet!'

Haar striemende tong deed Cassis vluchten, zoals altijd. Hij bewaarde vaders oude jagersjasje op een stromatras in de boomhut, en hij droeg het nu; het hing om hem heen als een kleed om een oude indiaan. Het was altijd een slecht teken wanneer hij vaders jasje droeg, en Reine en ik lieten hem met rust.

Hij zat er nog toen Tomas kwam.

Tomas merkte het meteen en ging zonder iets te zeggen een eindje bij ons vandaan zitten.

'Ik heb er genoeg van,' zei Cassis ten slotte, zonder Tomas aan te kijken. 'Kinderspel. Ik ben bijna veertien. Ik heb er genoeg van.'

Tomas trok zijn legerjas uit en gooide hem naast zich neer, zodat Reinette de zakken kon doorzoeken. Ik lag op mijn buik op de oever toe te kijken.

Cassis sprak weer. 'Strips, chocola, het is allemaal waardeloos. Dat is geen oorlog. Het is niks.' Geagiteerd stond hij op. 'Het is allemaal niet menens. Het is maar spel. Ze hebben mijn vaders hoofd kapotgeschoten maar voor jullie is het maar een stompzinnig spelletje.'

'Zie je het zo?'

'Voor mij ben je een mof,' barstte Cassis los.

'Kom mee,' zei Tomas, terwijl hij opstond. 'Meisjes, jullie blijven hier, goed?'

Reine wilde dat maar al te graag, ze wilde de tijdschriften doorbladeren en de schatten uit de vele zakken van de overjas bekijken. Ik liet haar haar gang gaan en sloop hen door het struikgewas achterna, laag bij de bemoste bodem blijvend. In de verte hoorde ik af en toe een flard van wat ze zeiden, als blaadjes die uit de hoge boomkruinen neerdwarrelen.

Ik kon het niet helemaal volgen. Ik lag op de grond achter een omgevallen boomstam en durfde nauwelijks te ademen. Tomas pakte zijn wapen en stak het Cassis toe.

'Hou maar vast. Voel maar hoe het voelt.'

Het moet heel zwaar hebben aangevoeld. Cassis hief het op en keek over het vizier naar de Duitser. Tomas leek het niet te merken.

'Mijn broer werd neergeschoten omdat hij een deserteur was,' zei Tomas. 'Hij had net zijn opleiding achter de rug. Hij was negentien en bang. Hij bediende het machinegeweer en het lawaai moet hem een beetje gek hebben gemaakt. Hij stierf in een Frans dorp, aan het begin van de oorlog. Ik dacht dat ik hem had kunnen helpen als ik bij hem was geweest, hem op de een of andere manier had kunnen helpen het hoofd koel te houden, hem uit de problemen had kunnen houden. Maar ik was er niet eens.'

Cassis keek hem vijandig aan. 'Nou, en?'

Tomas reageerde niet. 'Hij was de lieveling van mijn ouders. Het was altijd Ernst die de pannen uit mocht likken wanneer mijn moeder kookte, Ernst die de minste klusjes hoefde te doen, Ernst op wie ze trots waren. En ik, ik was een ploeteraar, net goed genoeg om de vuilnis buiten te zetten of de varkens te voeren. Verder stelde ik niet veel voor.'

Cassis luisterde nu. Ik kon de spanning tussen hen voelen, alsof er iets broeide.

'Toen we het nieuws kregen, was ik thuis met verlof. Er kwam een brief. Het had geheim moeten blijven, maar binnen een halfuur wist iedereen in het dorp dat de jongen van Leibniz was gedeserteerd. Mijn ouders konden niet bevatten wat er allemaal gebeurde; ze gedroegen zich als mensen die door de bliksem zijn getroffen.'

Ik begon dichterbij te kruipen, de omgevallen boom als dekking gebruikend.

'Het gekke was dat ik altijd gedacht had dat *ík* de lafaard in het gezin was. Ik zocht dekking. Ik nam geen risico's,' vervolgde Tomas. 'Maar van toen af aan was ik voor mijn ouders een held. Plotseling had ik de plaats van Ernst ingenomen. Het was alsof hij nooit bestaan had. Ik was hun enige zoon. Ik was alles.'

'Was dat niet... eng?' Cassis was bijna onhoorbaar.

Tomas knikte.

Toen hoorde ik Cassis zuchten, een geluid alsof er een zware deur dichtging.

'Hij had helemaal niet mogen sterven,' zei mijn broer. Ik vermoedde dat hij het over vader had. 'Iedereen vond hem altijd heel knap. Hij had alles onder controle. Híj was geen lafaard –' Cassis zweeg en keek kwaad naar Tomas, alsof zijn stilzwijgen iets impliceerde. Zijn stem en zijn handen trilden. Toen begon hij met een hoge, gekwelde stem te schreeuwen; woorden die ik nauwelijks kon verstaan, die over elkaar heen tuimelden in hun woedende gretigheid om naar buiten te mogen.

*'Hij had helemaal niet mogen sterven!* Hij had alles uit moeten zoeken en ervoor zorgen dat het beter zou gaan, maar in plaats daarvan laat die stommeling zich opblazen! En nu heb ik de leiding en ik... weet... niet... meer wat ik moet doen en ik ben b-b-b...'

Tomas wachtte tot het over was. Het duurde even. Toen stak hij zijn hand uit en pakte losjes het geweer terug.

'Dat is de pest met helden,' merkte hij op. 'Ze doen nooit wat ze moeten doen, hè?'

'Ik had je neer kunnen knallen,' zei Cassis nors.

'Er zijn meer manieren om je te verzetten,' zei Tomas.

Ik voelde dat ze bijna klaar waren en begon me door de bosjes terug te trekken; ik wilde er niet zijn wanneer ze terugkeerden. Reinette was nog verdiept in een *Ciné-Mag*.

Vijf minuten later kwamen Cassis en Tomas terug, gearmd als broers, en Cassis had de pet van de Duitser schuin op zijn hoofd staan.

'Hou hem maar,' zei Tomas. 'Ik weet wel waar ik een nieuwe kan krijgen.'

Cassis hapte in het aas. Vanaf dat moment was hij de slaaf van Tomas.

## 9

Vanaf dat moment verdubbelde ons enthousiasme voor Tomas' zaak. Iedere inlichting, hoe onbenullig ook, was koren op zijn molen. Madame Henriot van het postkantoor opende stiekem post, Gilles Petit van de slagerij verkocht kattenvlees maar noemde het konijn, iemand had Martin Dupré iets anti-Duits tegen Henri Drouot horen zeggen in La Mauvaise Réputation, iedereen wist dat de Truriands een radio verstopt hadden onder een val in hun achtertuin en dat Martin Francin een communist was. De ene dag na de andere bezocht hij deze mensen onder het mom van voorraden verzamelen voor de barak en vertrok hij met een beetje meer dan de bedoeling was: een jaszak vol biljetten, stof die voor de zwarte markt bestemd was of een fles wijn. Soms betaalden zijn slachtoffers met meer informatie: een neef uit Parijs die zich verborgen hield in een kelder in het centrum van Angers, of een steekpartij achter Le Chat Rouget. Tegen het eind van de zomer kende Tomas Leibniz de helft van de geheimen in Angers en twee derde van die in Les Laveuses, en had hij in zijn matras in de barak al een klein fortuin vergaard. Hij noemde het zijn 'verzet'. Waartegen hoefde hij nooit te zeggen.

Hij stuurde geld naar huis, naar Duitsland, maar hóé heb ik nooit geweten. Er waren natuurlijk manieren. Diplomatieke zendingen en koerierskoffers, voedseltransporten en hospitaalwagens. Meer dan genoeg wegen die een ondernemende jongeman kon bewandelen mits hij over de juiste contacten beschikte. Hij ruilde zijn dienst met vrienden om de plaatselijke boerderijen te kunnen bezoeken. Hij luisterde aan de deur van de officiersmess. De mensen mochten Tomas, vertrouwden hem, praatten met hem. En hij vergat nooit iets.

Het was riskant. Dat zei hij met zoveel woorden toen we elkaar op een dag bij de rivier ontmoetten. Als hij een fout maakte, kon hij doodgeschoten worden. Toen hij me dat vertelde, sprankelden zijn ogen. Alleen een sufferd laat zich betrappen, zei hij grijnzend. Een sufferd verslapt en wordt zorgeloos, misschien ook hebberig. Heinemann en de anderen waren sufferds. Hij had hen ooit nodig gehad, maar het was nu veiliger om alles alleen te doen. Ze waren je alleen maar tot last. Te veel zwakheden: de dikke Schwartz hield te veel van vrouwen, Hauer dronk te veel en Heinemann, met zijn voortdurende gekrab en nerveuze tics, leek eerder geschikt voor een herstellingsoord. Nee, zei hij loom, terwijl hij op zijn rug lag met een klaversteeltje tussen zijn tanden, het was beter om alleen te werken, om te kijken en te wachten, en anderen de grote risico's te laten nemen.

'Neem nou jouw snoek,' zei hij peinzend. 'Die heeft het niet zo lang in de rivier uitgehouden door de hele tijd risico's te nemen. Hij voedt zich voornamelijk met wat hij op de bodem vindt, ook al kunnen zijn tanden zo ongeveer iedere vis in de rivier aan.' Hij was even stil en haalde het steeltje uit zijn mond; hij hees zich half overeind en keek uit over het water. 'Hij weet dat er op hem gejaagd wordt, *Backfisch*, dus wacht hij op de bodem en eet er rotte troep, afval en modder. Daar op de bodem is het veilig. Hij houdt de andere vissen in de gaten, de kleinere, die dichter aan de oppervlakte leven. Hij ziet de weerschijn van het zonlicht op hun buik en wanneer hij er eentje een eindje bij de andere vandaan ziet, misschien een vis die in moeilijkheden verkeert, is het "pats!"' Met een snelle beweging van zijn handen deed hij de denkbeeldige kaken na die zich om het onzichtbare slachtoffer sloten.

Ik keek met grote ogen toe.

'Hij blijft uit de buurt van vallen en netten; hij weet hoe die eruitzien. Andere vissen worden gulzig, maar de oude snoek wacht gewoon op het juiste moment. Hij kan wachten. En het aas kent hij ook. De oude snoek laat zich niet lokken. Het enige wat hij neemt, is levend aas, en zelfs dat maar af en toe. Je moet heel slim zijn om een snoek te vangen.' Hij glimlachte. 'Jij en ik zouden heel wat kunnen leren van zo'n snoek, *Backfisch*.'

Ik nam het zonder meer aan. Ik zag hem eens in de twee weken, soms zelfs eenmaal per week, een paar maal alleen, maar vaker met de twee anderen erbij. Het was meestal op donderdag, en we ontmoetten elkaar bij de Uitkijkpost; we gingen het bos in of naar een plek verder stroomafwaarts, weg van het dorp, waar niemand ons zou zien. Vaak droeg Tomas burgerkleding. Hij verstopte zijn uniform in de boomhut zodat niemand vragen zou stellen. Op moeders slechte dagen gebruikte ik het zakje met sinaasappelschillen om haar in haar kamer te houden terwijl wij Tomas ontmoetten. Op alle andere dagen stond ik iedere morgen om half vijf op om te vissen voor de ochtendklussen begonnen, waarbij ik ervoor zorgde de donkerste en rustigste gedeelten van de Loire te kiezen. Ik ving met mijn kreeftenfuiken levend aas en hield dat in leven in de fuik totdat ik het als aas kon gebruiken aan mijn nieuwe hengel. Dan liet ik de visjes over het water scheren, zo lichtjes dat hun lichte buik het wateroppervlak raakte en rimpels trok in de stroming. Ik ving op die manier verscheidene snoeken, maar dat waren allemaal jonge, niet veel langer dan een hand of voet. Desondanks spijkerde ik ze aan de Menhirs, bij de stinkende waterslangslierten die daar de hele zomer al hingen.

Ik wachtte, net als de snoek.

## *10*

Het was nu begin september en de zomer was op zijn retour. Het was nog warm, maar er hing een nieuwe rijpheid in de lucht, iets vols en gezwollens, een zoete geur van honingachtig verval. De zware regens van augustus hadden de fruitoogst grotendeels vernield en wat er over was zag zwart van de wespen, maar we plukten het toch. We konden het ons niet veroorloven iets verloren te laten gaan en wat niet als vers fruit verkocht kon worden, konden we nog tot jam of likeur verwerken, voor de winter. Mijn moeder leidde de hele onderneming en gaf ons allemaal dikke handschoenen en een houten tang – ooit in de wasserij gebruikt om wasgoed uit de kokende ketels te vissen – om het gevallen fruit op te rapen. Ik weet nog dat de wespen dat jaar bijzonder gemeen staken. Misschien roken ze de naderende herfst en hun naderende dood, want ze staken ons in weerwil van onze handschoenen herhaaldelijk wanneer we de halfverrotte vruchten in de grote jampannen gooiden die op het vuur stonden. De jam zelf bestond eerst voor de helft uit wespen, en Reine, die een afkeer van insecten had, was bijna hysterisch als ze met een schuimspaan de halfdode lijfjes uit de rode schuimlaag moest vissen. Ze wierp ze met een boog op het pad waarbij het pruimensap opspatte, en daar kropen hun nog levende metgezellen algauw kleverig in rond. Moeder duldde zulk gedrag niet. We hoorden geen angst te kennen voor zoiets als wespen, en toen Reine schreeuwde en huilde omdat ze de gevallen pruimen die krioelden van de wespen moest oprapen, sprak ze haar scherper toe dan anders.

‘Gedraag je niet dwazer dan God je heeft geschapen, meisje,’ beet ze haar toe. ‘Dacht je soms dat de pruimen zichzelf plukten? Of wil je soms dat wij alles doen?’

Reine kermde en jammerde, haar handen stijf voor zich uit houdend, haar gezicht vertrokken van afkeer en angst.

Mijn moeder begon nu gevaarlijk te klinken. Even klonk haar stem als van een wesp, een dreigend gezoem.

‘Aan de slag,’ zei ze, ‘of ik zal zorgen dát je iets te jammeren hebt,’ en ze duwde Reinette met harde hand naar de berg pruimen die we verzameld hadden – een berg sponzige, halfgistende vruchten, die vol wespen zat. Reinette kwam in een zwerm insecten terecht en begon te gillen, en ze deinsde terug in mijn moeders richting, haar ogen dicht zodat ze niet de plotselinge huivering van woede zag die op mijn moeders gezicht kwam. Even leek haar gezicht bijna uitdrukkingsloos, maar toen greep ze Reinette, die nog steeds hysterisch gilde, bij de arm en liep ze snel, zonder iets te zeggen, met haar naar huis. Cassis en ik keken elkaar aan, maar we maakten geen aanstalten om hen te volgen. We wisten wel beter. Toen Reinette nog harder begon te schreeuwen, waarbij iedere kreet werd vergezeld door een geweerschotachtig geluid, haalden we gewoon onze schouders op en gingen door met ons werk tussen de wespen; met de houten tang schepten we heel wat pruimen in de bakken die langs het pad stonden.

Na wat een hele tijd leek, hield het slaan op en kwamen Reinette en mijn moeder het huis uit. Moeder hield het stuk waslijn waarmee ze geslagen had, nog in haar hand en ging zwijgend aan het werk. Reinette snufte af en toe en veegde haar rode ogen af. Na een poos begon moeders tic weer en ging ze naar haar kamer. Wij kregen strenge instructies voor het oprapen van het fruit en het aan de kook brengen van de jam. Ze had het later nooit meer over het voorval. Ze leek het zich zelfs niet meer te herinneren, hoewel ik de rode striemen op Reinettes benen zag toen ze haar nachthemd aantrok en haar ’s nachts hoorde woelen en kermen.

Hoewel het ongewoon was, was het niet het enige ongewone wat moeder die zomer deed, en algauw werd het vergeten, behalve door Reinette natuurlijk. We hadden andere dingen aan ons hoofd.

## 11

Ik had Paul die zomer weinig gezien. Omdat Cassis en Reinette niet naar school gingen, bleef hij op een afstand. Maar toen het september werd, zou het schooljaar algauw weer beginnen, en Paul begon weer vaker langs te komen. Hoewel ik Paul graag mocht, had ik moeite met de gedachte dat hij Tomas zou ontmoeten, dus meed ik hem vaak: ik verstopte me in de struiken langs de rivier totdat hij verdwenen was, reageerde niet op zijn geroep of deed alsof ik het niet merkte wanneer hij naar me zwaaide. Na een poos leek hij de boodschap te begrijpen, want toen bleef hij helemaal weg.

In die periode begon moeder zich echt vreemd te gedragen. Sinds het voorval met Reinette hadden we haar in de gaten gehouden met de gezonde behoedzaamheid van de primitieveling jegens zijn afgod. Ze was inderdaad een soort afgod voor ons – iets wat willekeurig gunsten en straffen uitdeelt – en elke lach of frons van haar was de windvaan waarom ons emotionele weer draaide. Nu september al vorderde en voor de oudsten over een week de school weer begon, werd ze bijna een parodie van haar vroegere zelf, woedend om het minste of geringste – een achtergebleven droogdoek op de aanrecht, een bord in het afdruiprek, een stofje op het glas van een ingelijste foto. Ze werd bijna dagelijks door hoofdpijn geplaagd. Ik benijdde Cassis en Reinette haast, die lange dagen op school maakten, maar onze eigen lagere school was gesloten, en ik was pas het volgende jaar oud genoeg om met hen mee te gaan naar Angers.

Ik gebruikte het sinaasappelzakje vaak. Hoe doodsbenauwd ik ook was dat mijn moeder de truc zou ontdekken, ermee ophouden kon ik niet. Alleen wanneer ze haar pillen nam was ze rustig, en ze nam ze alleen wanneer ze sinaasappels rook. Ik verstopte mijn voorraadje sinaasappelschillen diep in het vat met ansjovis en haalde het tevoorschijn wanneer het nodig was. Het was riskant, maar het gaf me vaak vijf of zes uur broodnodige rust.

Tussen deze korte momenten van amnestie door werd onze strijd voortgezet. Ik groeide snel; ik was al bijna even lang als Cassis, en langer dan Reinette. Ik had het scherpe gezicht van mijn moeder, haar donkere, achterdochtige ogen, haar steile, zwarte haar. Deze gelijkenis zat me meer dwars dan haar vreemde manier van doen, en naarmate de zomer in de herfst voortwoekerde, voelde ik mijn wrok groeien, totdat hij me bijna verstikte. Er was een spiegel in onze slaapkamer en ik betrapte me erop dat ik er stiekem in keek. Ik had nooit veel belangstelling gehad voor mijn uiterlijk, maar ik werd nu nieuwsgierig, en vervolgens kritisch. Ik telde mijn gebreken en was ontzet over de hoeveelheid. Ik had graag krullend haar gehad, zoals Reinette, en volle, rode lippen. Ik haalde voorzichtig de kaarten van filmsterren onder de matras van mijn zus vandaan en prentte ze stuk voor stuk in mijn geheugen. Niet onder het slaken van zuchten van vervoering, maar onder wanhopig geknarsetand. Ik wond lappen om mijn haar om het te doen krullen. Ik kneep hard in de lichtbruine knopjes van mijn borsten om ze te doen groeien. Niets werkte. Ik bleef het evenbeeld van mijn moeder: nors, woordeloos en onhandig. Er waren andere vreemde zaken. Ik had intense dromen waaruit ik hijgend en zwetend wakker werd, hoewel de nachten al koud werden. Ik ging beter ruiken, zodat ik op sommige dagen de geur van een brandende hooiberg aan de overzijde van de velden van Hourias kon ruiken terwijl de wind de andere kant op stond, of ik wist wanneer Paul gerookte ham had gegeten of wat mijn moeder in de keuken maakte nog voordat ik in de boomgaard was. Voor het eerst van mijn leven was ik me bewust van mijn eigen geur, mijn zoute, visachtige, warme geur, die ik zelfs niet kon verdrijven met citroenmelisse en pepermunt, en ook de scherpe, olieachtige geur van mijn haar. Ik had buikkrampen – ik, die nooit ziek was – en hoofdpijn. Ik begon me af te vragen of ik het zonderlinge van mijn moeder geërfd had, een vreselijk, krankzinnig geheim waarin ik werd meegezogen.

Toen ik op een ochtend wakker werd vond ik bloed op het laken. Cassis en Reinette maakten zich klaar om naar school te fietsen en besteedden weinig aandacht aan mij. Instinctief trok ik de deken over het bevlekte laken; ik deed een oude rok en trui aan en rende daarna naar de Loire om mijn kwaal te onderzoeken. Er zat bloed aan mijn benen en ik waste het er in de rivier af. Ik probeerde van oude zakdoeken een verband voor mezelf te maken, maar de wond was te diep, te complex. Ik had het gevoel zenuw voor zenuw uiteengereten te worden.

Het kwam helemaal niet bij me op het aan mijn moeder te vertellen. Ik had nog nooit van menstrueren gehoord – moeder was obsessief preuts waar het lichaamsfuncties betrof – en ik ging ervan uit dat ik zwaargewond was, misschien zelfs stervende. Een terloopse val in het bos, een giftige paddestoel, waardoor ik inwendig bloedde, misschien zelfs een giftige gedachte. We gingen niet naar de kerk – mijn moeder had een hekel aan wat ze *la curaille* noemde en bekeek de mensenmassa die zich ter kerke spoedde met minachting – en toch had ze ons een sterk zondebesef meegegeven. Slechtheid komt altijd aan het licht, placht ze te zeggen, en in haar ogen zaten wij vol slechtheid, als wijnzakken die opzwellen door bittere wijn en steeds in de gaten gehouden en afgetapt moeten worden. Iedere blik en ieder gemompeld woord konden wijzen op een diepere, instinctieve slechtheid die wij verborgen hielden.

Ik was het ergst. Ik begreep dat. Ik zag het in mijn ogen in de spiegel, mijn ogen die zo op de hare leken met hun vlakke, dierlijke brutaliteit. Eén enkele slechte gedachte was genoeg om de dood op te roepen, zei ze altijd, en die zomer waren al mijn gedachten slecht. Ik geloofde haar. Als een vergiftigd dier verborg ik me; ik klom hoog in de Uitkijkpost en lag met opgetrokken benen op de houten vloer van de boomhut op de dood te wachten. Mijn buik deed evenveel pijn als een rotte kies. Toen de dood niet kwam, las ik wat in een stripboekje van Cassis en lag naar het lichte bladerdak te kijken totdat ik in slaap viel.

## 12

Ze legde het me later uit terwijl ze me het schone laken overhandigde. Haar gezicht was uitdrukkingsloos, op die taxerende blik na die ze altijd in mijn aanwezigheid had; haar mond was zo dun dat hij bijna onzichtbaar was en haar ogen waren puntig prikkeldraad in haar bleke gelaat.

'Het is de vloek. Je bent er vroeg bij,' zei ze. 'Neem deze maar.' En ze gaf me een pak vierkante mousselinen lappen. Het leken wel kinderluiers. Ze zei er niet bij hoe ik ze moest gebruiken.

'Vloek?' Ik was de hele dag in de boomhut gebleven, in de verwachting dat ik zou sterven. Dat zij niet in staat was zich goed uit te drukken maakte me razend en bracht me in verwarring. Ik had altijd van drama gehouden. Ik had mezelf al dood aan haar voeten zien liggen, bloemen bij mijn hoofd, en een marmeren grafsteen met de tekst 'Hier rust mijn teerbeminde dochter' erop. Ik had mezelf al voorgehouden dat ik Ouwe Moer had gezien zonder het te weten. Ik was vervloekt.

'De vloek van de moeder,' zei ze, alsof ze wist wat ik dacht. 'Je bent nu net als ik.'

Meer zei ze niet. Gedurende een dag of twee was ik bang, maar ik sprak er niet met haar over, en ik waste de mousselinen doeken in de Loire. Daarna bleef de vloek een tijd weg en vergat ik hem.

Maar de wrok bleef. Die was nu meer samengebald, op de een of andere manier aangescherpt door mijn angst en mijn moeders weigering me te troosten. Haar woorden 'je bent nu net als ik' achtervolgden me, en ik begon me voor te stellen dat ik onmerkbaar veranderde en op slinkse, verraderlijke manieren steeds meer op haar ging lijken. Ik kneep in mijn dunne armen en benen omdat het de hare waren. Ik sloeg op mijn wangen om er meer kleur op te brengen. Op een dag knipte ik mijn haar af – zo kort dat ik op verschillende plaatsen in mijn hoofdhuid knipte – omdat het niet wilde krullen. Ik deed een poging mijn wenkbrauwen te epileren, maar ik was onervaren en had al bijna alles weggehaald toen Reinette me aantrof, met turende ogen en een pincet in mijn hand, en een diepe rimpel van woede tussen mijn ogen.

Moeder merkte het nauwelijks. Mijn verhaal dat ik mijn haar en wenkbrauwen verschroeid had toen ik de oven probeerde op te stoken, leek haar tevreden te stellen. Slechts eenmaal – dat moet op een van haar goede dagen geweest zijn – toen we in de keuken *terrines de lapin* aan het maken waren, keerde ze zich met een vreemd impulsieve blik in haar ogen naar me om.

'Heb je zin om vandaag naar de bioscoop te gaan, Boise?' vroeg ze abrupt. 'We zouden samen kunnen gaan, jij en ik.'

Het voorstel was zo ongewoon voor mijn moeder dat ik schrok. Ze ging nooit ergens heen, behalve voor zaken. Ze verspilde nooit geld aan amusement. Plotseling merkte ik dat ze een nieuwe jurk droeg – zo nieuw als de benarde omstandigheden toelieten – met een gewaagd rood lijfje. Ze had hem zeker van restjes gemaakt, in haar kamer, in de nachten waarin ze niet kon slapen, want ik had hem nog nooit gezien. Ze bloosde een beetje, bijna meisjesachtig, en er zat konijnenbloed op haar handen.

Ik deinsde terug. Het was een gebaar van vriendschap geweest, dat wist ik. Dat afwijzen was ondenkbaar, en toch bestond er tussen ons zoveel dat onuitgesproken was dat het onmogelijk was. Even stelde ik me voor hoe het zou zijn om naar haar toe te lopen, haar armen om me heen te voelen en haar alles te vertellen...

De gedachte werkte ontnuchterend.

Wat moest ik haar vertellen, corrigeerde ik mezelf streng. Er was te veel te zeggen. Er was niets te zeggen. Helemaal niets. Ze keek me vragend aan.

'Nou, Boise, wat dacht je ervan?' Haar stem klonk ongewoon zacht, bijna liefdevol. Ik zag plotseling een afschuwelijk beeld voor me: hoe ze in bed lag met mijn vader, haar armen uitgestrekt, met diezelfde, verleidelijke blik in haar ogen. 'We werken altijd alleen maar,' zei ze rustig. 'We lijken nooit tijd te hebben. En ik ben zo moe.'

Het was de eerste keer dat ik haar hoorde klagen, voorzover ik me kon herinneren. Weer voelde ik de drang op haar af te lopen, haar warmte te voelen, maar het was onmogelijk. We waren niet aan dat soort dingen gewend. We raakten elkaar haast nooit aan. Het leek bijna onfatsoenlijk.

Ik mompelde iets lomps, suggererend dat ik de film al gezien had.

Even bleven de met bloed bevlekte handen hangen, wenken. Toen ging het masker weer voor haar gezicht en ik voelde een plotseling grote blijdschap opwellen. Eindelijk had ik in ons lange, bittere spel een punt gescoord.

'Ik begrijp het,' zei ze toonloos. Er werd niet meer over gepraat, en toen ik die donderdag met Cassis en Reine naar Angers ging om de film te zien die ik beweerde al gezien te hebben, gaf ze geen commentaar. Misschien was ze het al vergeten.

## 13

Die maand vertoonde onze willekeurig handelende, onvoorspelbare moeder nieuwe grillen. De ene dag was ze vrolijk en stond ze zachtjes in de boomgaard te zingen terwijl ze toezicht hield op het laatste plukwerk, en de andere snauwde en grauwde ze tegen ons als we in haar buurt durfden te komen. Er waren onverwachte geschenken: suikerklontjes, een kostbaar stukje chocola en een blouse voor Reine, gemaakt van madame Petits beruchte parachutezijde, met kleine paarlen knoopjes erop. Ook die moest ze in het geheim gemaakt hebben, net als de jurk met het rode lijfje, want ik had haar niet de stof zien knippen of hem zien passen, maar hij was prachtig. Zoals gewoonlijk ging het geschenk niet vergezeld van woorden; er was alleen maar een onhandige, abrupte stilte, waarin ieder woord van dank of waardering ongepast had geleken.

'Ze ziet er zo mooi uit,' schreef ze in het album. 'Al bijna een vrouw; ze heeft haar vaders ogen. Als hij niet al dood was, zou ik jaloers kunnen worden. Misschien voelt Boise het, met dat grappige kikkergezichtje van haar, net als het mijne. Ik zal iets bedenken om haar een plezier te doen. Het is nog niet te laat.'

Had ze maar iets gezegd, in plaats van het in dat kleine, cryptische handschrift op te schrijven. Maar nu maakten die kleine daden van gulheid – als het dat was – me zelfs nog woedender, en ik begon wegen te zoeken om haar weer te kunnen raken, zoals toen in de keuken.

Ik verontschuldig me niet. Ik wilde haar kwetsen. Het

oude cliché is waar: kinderen zijn wreed. Wanneer ze je raken, doen ze dat dieper en doeltreffender dan volwassenen, en wij waren net kleine wilde dieren, genadeloos wanneer we zwakte roken. Dat moment in de keuken waarop ze een handreiking deed werd haar fataal, en misschien wist ze dat, maar het was al te laat. Ik had haar kwetsbaarheid gezien. Vanaf dat moment was ik ombarmhartig. Mijn eenzaamheid was een groot gapend gat in mijn binnenste dat nog diepere, zwartere leegten in mijn hart opende, en als er momenten waren waarop ik ook van haar hield, met een verlangen dat pijn deed en me wanhopig maakte, verdreef ik de gedachte met herinneringen aan haar afwezigheid, haar koudheid, haar woede. Mijn logica bezat een wonderlijke gekte: ik zou het haar inwrijven. Ik zou ervoor zorgen dat ze me ging haten.

Ik droomde vaak over Jeannette Gaudin, over de witte grafzerk met de engel erop en de witte lelies in een vaas bij het hoofdeinde. 'Hier rust onze teerbeminde dochter'. Soms werd ik wakker met tranen op mijn gezicht en pijn in mijn kaken, alsof ik urenlang had liggen knarsetanden. Dan weer werd ik verward wakker, ervan overtuigd dat ik ging sterven. De waterslang had me toch nog te pakken gekregen, dacht ik dan wazig, ondanks al mijn voorzorgsmaatregelen. Hij had me gebeten, maar in plaats van snel te sterven – witte bloemen, marmer, tranen – veranderde hij mij in mijn moeder. Ik kreunde in mijn warme halfslaap, mijn kaalgeknipte hoofd in mijn handen.

Er waren momenten waarop ik uit pure boosaardigheid en heimelijke wraak vanwege mijn dromen het zakje met sinaasappelschillen gebruikte. Ik hoorde haar ijsberen in haar kamer, waarbij ze soms in zichzelf praatte. Het potje met morfinepillen was bijna leeg. Eén keer gooide ze iets zwaars stuk tegen de muur; later vonden we de stukken van haar moeders klok tussen het afval. De stolp was versplinterd en midden over de wijzerplaat liep een barst. Ik voelde geen medelijden. Ik zou het zelf hebben gedaan als ik het had gedurfd.

In die septembermaand waren er twee dingen die me op de been hielden. Dat was allereerst mijn jacht op de snoek. Ik ving er een aantal door levend aas te gebruiken, naar het idee dat Tomas me aan de hand had gedaan – de Menhirs stonken hevig naar de dode lijven en de lucht zag paars van de hard zoemende vliegen – en hoewel Ouwe Moer me nog steeds ontglipte, wist ik zeker dat ik dicht bij mijn doel was. Ik stelde me zo voor dat ze bij iedere snoek die ik ving, lag toe te kijken, en dat haar woede en roekeloosheid toenamen. De hang naar wraak zou haar ten slotte de das omdoen, hield ik mezelf voor. Ze kon deze aanval op haar soortgenoten niet blijven negeren. Hoe geduldig, hoe passief ze ook mocht zijn, er zou een moment komen waarop ze zich niet meer in zou kunnen houden. Ze zou tevoorschijn komen, ze zou vechten, en ik zou haar te pakken krijgen. Ik hield vol en reageerde met toenemende inventiviteit mijn woede af op de lijken van de slachtoffers; soms gebruikte ik de restanten als aas voor mijn kreeftenfuiken.

Mijn tweede bron van troost was Tomas. We zagen hem wekelijks als hij weg kon komen, bijna altijd op donderdag, zijn vrije dag. Hij kwam op de motor, die hij met zijn uniform verstopte in de bosjes achter de Uitkijkpost. Vaak had hij een pakket met spullen van de zwarte markt bij zich, die wij onderling moesten verdelen. Vreemd genoeg waren we zo aan zijn bezoekjes gewend geraakt dat zijn aanwezigheid alleen al genoeg voor ons was geweest, maar ieder van ons verborg dat op zijn of haar eigen wijze. In zijn bijzijn veranderden we: Cassis werd nonchalant en vertoonde staaltjes van desperate stoerheid: ‘Moet je zien: ik kan de Loire overzwemmen op het punt waar hij het snelst stroomt. Moet je zien: ik kan honingraten stelen van de wilde bijen.’ Reine werd een jong verlegen katje en keek hem schichtig aan met haar donkere ogen en tuitte haar mooie, rood gemaakte mondje. Ik vond Reines aanstellerij verachtelijk. Aangezien ik wist dat ik in dit spel niet met mijn zus kon wedijveren, deed ik mijn best om Cassis in alles te overtroeven. Ik stak diepere en gevaarlijkere stukken rivier over. Ik bleef langer onder water. Ik ging aan de hoogste takken van de Uitkijkpost hangen. En toen Cassis het me nadeed, ging ik ondersteboven hangen – wetende dat hij eigenlijk hoogtevrees had – waarbij ik als een aapje naar de anderen beneden lachte en schreeuwde. Met mijn korte haar leek ik meer op een jongen dan een echte jongen, en Cassis begon al de weke trekken te vertonen die op middelbare leeftijd de boventoon zouden voeren. Ik was taaier en geharder dan hij. Ik was te jong om angst te begrijpen zoals hij die begreep; ik waagde vrolijk mijn leven om mijn broer de loef af te steken. Ik was degene die het 'wortelspel' verzon, wat een van onze lievelingsspelletjes werd, en ik oefende urenlang zodat ik bijna altijd won.

Het principe van het spel was eenvoudig. Langs de oevers van de Loire, die na de regens geslonken was, bevond zich een overdaad aan boomwortels, die bloot waren komen te liggen doordat de rivier de grond had weggespoeld. Sommige waren zo dik als een meisjestaille, andere waren vingerdik en hingen af in het stromende water, waar ze zich vaak op ongeveer een meter diepte opnieuw aan de gele grond hechtten, zodat ze in het troebele water lussen van houtachtig materiaal vormden. Het doel van het spel was door die lussen heen te duiken. Sommige waren heel nauw en je moest je lichaam er in één keer doorheen hoeken en dan weer terug. Als je de lus de eerste keer in het troebele water miste, of als je bovenkwam zonder erdoorheen te zijn gegaan, of als je niet op een uitdaging inging, was je af. Wie de meeste lussen kon nemen zonder er een te missen, won.

Het was een gevaarlijk spel. De wortellussen kwamen

altijd voor in de snelst stromende gedeelten van de rivier, waar de oevers steil waren door de erosie. In de holten onder de wortels leefden slangen en als de oever instortte, kon je onder de gevallen aarde terechtkomen. Je zag vrijwel niets en je moest je onder de kleinere wortels door tastend voortbewegen om je een uitweg te zoeken. Het was altijd mogelijk dat iemand vast zou komen te zitten, klem zou worden gezet door de woeste stroming totdat hij verdronk, maar dat was natuurlijk het mooie van het spel en ook het aantrekkelijke.

Ik was er heel goed in. Reine deed zelden mee en werd herhaaldelijk tot hysterie gebracht wanneer we elkaar aan het imponeren waren, maar Cassis liet een uitdaging zelden lopen. Hij was nog steeds sterker dan ik, maar ik had het voordeel dat ik tengerder was en een soepeler ruggengraat had. Ik was een paling en hoe meer Cassis opschepte en zich aanstelde, hoe stijver hij werd. Ik kan me niet herinneren dat ik ooit verloren heb.

De enige keer dat ik Tomas alleen ontmoette was wanneer Cassis en Reine zich op school hadden misdragen. Alleen dan waren ze verplicht op donderdag na te blijven en in hun schoolbank in het straflokaal werkwoorden te vervoegen of strafregels te schrijven. Het gebeurde zelden, maar het was voor iedereen een moeilijke tijd. De school was nog steeds bezet. Leraren waren schaars en in een klas zaten soms wel vijftig of zestig leerlingen. Er werd veel van hun geduld gevergd; een klein dingetje kon al de doorslag geven – voor je beurt praten, een proefwerk slecht maken, op het schoolplein vechten, je huiswerk vergeten. Ik bad dat het zou gebeuren.

De dag waarop het gebeurde was om nooit te vergeten. Ik herinner me hem nog even duidelijk als sommige dromen, een herinnering met meer kleur en details dan anders, volmaakt transparant te midden van de wazige, onzekere gebeurtenissen van die zomer. Eén enkele dag verliep alles in een volmaakte synchroniciteit en voorzover ik weet was het de eerste keer dat ik een soort gemoedsrust voelde, dat ik vrede had met mezelf en mijn wereld, een gevoel dat ik, als ik dat zou willen, deze volmaakte dag eeuwig kon laten duren. Het is een gevoel dat ik nooit meer helemaal heb teruggevonden, hoewel ik denk dat ik iets dergelijks gevoeld heb op de dag dat mijn dochters geboren werden, en misschien nog een of twee keer met Hervé, of wanneer een gerecht dat ik bereid had, precies goed was. Maar dit was het ware, dit was het elixer, dit was een ervaring die ik nooit meer vergat.

Moeder was de avond ervoor ziek geworden. Deze keer had ik er niet de hand in gehad; het sinaasappelzakje was uitgewerkt, want het was die maand al zo vaak opgewarmd dat de schil donker was geworden en nauwelijks meer geurde. Nee, dit was gewoon een van haar gebruikelijke aanvallen. Na een poos nam ze haar pillen, ging naar bed, en liet mij aan mijn lot over. Ik werd vroeg wakker en ging naar de rivier voordat Cassis en Reine ontwaakten. Het was een van die roodgouden vroege oktoberdagen; de lucht was fris en geurde scherp en maakte me dizzy, en hoewel het nog maar vijf uur was, had de lucht al dat heldere paarsblauw dat alleen op de mooiste herfstdagen te zien is. Er zijn misschien drie van die dagen in een jaar en dit was er een van. Ik zong toen ik mijn vallen uit het water trok en mijn stem weerkaatste uitdagend tegen de mistige oevers van de Loire. Het was het paddestoelenseizoen. Dus toen ik mijn vangst naar de boerderij had gebracht en had schoongemaakt, pakte ik wat brood en kaas als ontbijt en ging op weg naar het bos om paddestoelen te zoeken. Ik was daar altijd goed in. Eerlijk gezegd ben ik het nog steeds, maar in die tijd had ik een neus als een truffelvarken. Ik kon de paddestoelen op de geur vinden – de grijze *chanterelle*, en de oranje, met zijn abrikozengeur, de *bolet* en de *petit rose*, en de eetbare stuifzwam, het eekhoorntjesbrood en de regenboog-russula. Moeder had altijd tegen ons gezegd dat we onze paddestoelen mee moesten nemen naar de drogist, om er zeker van te zijn dat we niets giftigs hadden geplukt, maar ik vergiste me nooit. Ik kende de vlezige geur van de boleet en de droge aardgeur van het eekhoorntjesbrood. Ik kende de plekjes en wist waar ze zich voortplantten. Ik was een geduldige verzamelaar.

Toen ik weer thuiskwam, was het bijna middag, en Cassis en Reinette hadden al uit school moeten zijn, maar er was nog geen spoor van hen te bekennen. Ik maakte de paddestoelen schoon en stopte ze in een pot met olijfolie om ze te marineren, en deed er wat tijm en rozemarijn bij. Ik kon moeders diepe, gedrogeerde ademhaling achter haar slaapkamerdeur horen.

Het werd half een. Ze hadden nu toch terug moeten zijn. Tomas kwam meestal om uiterlijk twee uur. Ik begon kleine, opwindende prikkels in mijn buik te voelen. Ik ging onze slaapkamer in en bekeek mezelf in Reinettes spiegel. Mijn haar begon weer aan te groeien, maar het was van achteren nog steeds zo kort als van een jongen. Ik zette mijn strohoed op, hoewel het niet meer hoogzomer was, en vond dat ik er nu beter uitzag.

Een uur. Ze waren al meer dan een uur te laat. Ik zag hen voor me in het straflokaal, waar de zon schuin door de hoge ramen viel en een geur van vloerwas en oude boeken hing. Cassis zou er de pest in hebben, Reinette zou stilletjes zitten snuffen. Ik glimlachte. Ik haalde Reinettes geliefde lippenstift uit de bergplaats onder haar matras en smeerde wat op mijn lippen. Ik bekeek mezelf kritisch, deed toen dezelfde kleur op mijn oogleden en bekeek mezelf weer. Ik zag er anders uit, dacht ik goedkeurend, bijna knap. Niet knap zoals Reinette of haar filmsterren, maar vandaag deed dat er niet toe. Vandaag was Reinette er niet.

Om half twee toog ik naar de rivier, naar onze vaste ontmoetingsplek. Ik ging in de Uitkijkpost zitten om naar hem uit te kijken, half en half verwachtend dat hij niet zou komen opdagen. Zoveel geluk was voor anderen weggelegd, niet voor mij. Ik rook de warme vitale geur van de knisperige rode bladeren aan de takken om me heen. Nog een week en de Uitkijkpost zou een halfjaar niet te gebruiken zijn – de boomhut zou dan even goed zichtbaar zijn als een huis op een heuvel – maar die dag was er nog genoeg blad om me aan het zicht te onttrekken. Er gingen rillingen van verrukking door me heen, alsof iemand vlak boven mijn bekken heel zachtjes xylofoon op mijn botten speelde, en mijn hoofd suisde van een onbeschrijflijk licht gevoel. Vandaag was alles mogelijk, hield ik mezelf duizelig voor. Alles.

Twintig minuten later hoorde ik het geluid van een motorfiets op de weg, en ik sprong uit de boom en liep zo snel mogelijk naar de rivier. Het lichte gevoel in mijn hoofd werd nu sterker, zodat ik me vreemd gedesoriënteerd voelde, alsof ik op grond liep die er nauwelijks was. Een gevoel van macht dat bijna even groot was als mijn vreugde overweldigde me. Vandaag was Tomas míjn geheim, mijn bezit. Wat we tegen elkaar zeiden zouden wij alleen weten. Wat ik tegen hem zei...

Hij stopte langs de berm, wierp een snelle blik over zijn schouder om te controleren of niemand hem gezien had en liep toen met de motor naar beneden, de tamariskbosjes bij de lange zandbank in. Ik keek toe. Nu was het moment aangebroken om wonderlijk beschroomd tevoorschijn te komen. Plotseling voelde ik me verlegen met deze nieuwe intimiteit, omdat we alleen waren. Ik wachtte tot hij zijn uniformjasje had uitgedaan en in het struikgewas verstopt. Toen keek hij om zich heen. Hij had een pakje bij zich met touw eromheen en in zijn mondhoek zat een sigaret.

'De anderen zijn er niet.' Ik probeerde mijn stem

volwassen te laten klinken als reactie op zijn blik, me plotseling bewust van de lippenstift op mijn mond en ogen, en ik vroeg me af of hij er iets van zou zeggen. Als hij me zou uitlachen, dacht ik fel, als hij me zou uitlachen... Maar Tomas glimlachte alleen maar. 'Best,' zei hij nonchalant. 'Dan zijn we dus met zijn tweetjes.'

# 14

Zoals ik al zei was het een volmaakte dag. Het is moeilijk om zoveel later als vijfenzestigjarige vrouw de extatische vreugde van die paar uur over te brengen. Wanneer je negen bent ben je nog zo gevoelig dat één woord soms al genoeg is om je te kwetsen, en ik was gevoeliger dan de meeste anderen. Ik verwáchtte haast dat hij alles zou bederven. Ik vroeg me nooit af of ik van hem hield. Dat was voor het moment niet van belang en het was onmogelijk dat wat ik voelde – die wanhopige vreugde, die haast pijn deed – te vergelijken met de taal van Reinettes favoriete films. En toch kwam het daarop neer. Mijn verwarring, mijn eenzaamheid, het vreemde gedrag van mijn moeder en het gebrek aan een band met mijn broer en zus hadden een soort honger geschapen, een mond die instinctief openging bij iedere kruimel vriendelijkheid, zelfs van een Duitser, een vrolijke afperser voor wie alleen maar het openhouden van zijn informatiekanalen telde.

Ik houd mezelf nu voor dat dat het enige was wat hij wilde, maar toch is er een deel van mij dat dat ontkent. Dat was niet alles. Er was meer. Hij vond het leuk me te ontmoeten, met me te praten. Waarom was hij anders zo lang gebleven? Ik herinner me ieder woord, ieder gebaar, iedere stembuiging. Hij praatte over zijn thuis in Duitsland, over bierworst en schnitzel, over het Zwarte Woud, de straten van de binnenstad van Hamburg, en het Rijnland, over *Feuerzangenbowle* – warme wijn met brandend, met rum overgoten suikergoed erin – en *Keks* en *Strudel* en *Beckenoff* en *Frikadelle* met mosterd, en over de appelbomen die voor de oorlog in de tuin van zijn opa stonden. Ik had het over moeder en haar pillen en haar vreemde gedrag en het zakje met sinaasappelschillen en de kreeftenfuiken en de kapotte klok met de gebroken wijzerplaat, en ik vertelde hem dat als ik mijn wens mocht doen, ik zou wensen dat deze dag eeuwig zou duren.

Hij keek me aan en we wisselden een wonderlijk volwassen blik, als een variant op Cassis' spelletje van iemand lang aan blijven kijken. Deze keer was ik de eerste die de blik afwendde.

'Sorry,' mompelde ik.

'Het geeft niet,' zei hij tegen me. En op de een of andere manier was dat ook zo.

We plukten nog wat paddestoelen en wilde tijm – die is zoveel geuriger dan de gekweekte, met zijn kleine paarse bloempjes – en wat late aardbeien onder een boomstronk. Toen hij over een paar dode berken klom, raakte ik eventjes zijn rug aan onder het voorwendsel dat ik mijn evenwicht moest bewaren, en ik voelde de warmte van zijn huid uren later nog op mijn handpalm branden. Daarna gingen we aan de rivier zitten kijken hoe de rode zonneschijf achter de bomen verdween, en even meende ik zeker te weten dat ik iets zag, iets zwarts in het donkere water, half zichtbaar in het midden van grote v-vormige rimpels – een mond, een oog, de oliegladde kromming van een deinende flank, een dubbele rij gemene tanden bebaard met oude vishaken – iets van ontzagwekkende, ongelooflijke afmetingen, dat al verdwenen was toen ik het wilde benoemen, en dat slechts rimpels en roerig water achterliet waar het misschien geweest was.

Ik sprong overeind, met een wild bonkend hart. 'Tomas! Zág je dat?'

Tomas keek me loom aan, een sigarettenpeuk tussen de tanden. 'Een drijvend stuk hout,' zei hij laconiek. 'Meegenomen door de stroming. Die zie je de hele tijd.'

'Niet waar!' Mijn stem was hoog en trilde van opwinding. 'Ik zag hem Tomas! Zíj was het, Ouwe Moer, Ouwe M–' Plotseling schoot ik weg; ik rende naar de Uitkijkpost om mijn hengel te halen.

Tomas grinnikte. 'Dat red je nooit,' zei hij. 'Zelfs als het die ouwe snoek was. En geloof me, *Backfisch*, er is geen enkele snoek die zó groot wordt.'

'Het wás Ouwe Moer,' hield ik koppig vol. 'Wel waar. Wel waar. Drieënhalve meter lang, zegt Paul, en pikzwart. Het kan niets anders geweest zijn. Ze wás het.'

Tomas glimlachte.

Ik keek heel even in zijn vrolijke, uitdagende ogen en sloeg toen, verlegen, de mijne neer.

'Wel waar,' herhaalde ik, zachtjes. 'Wel waar. Ik weet het zeker.'

Ik heb daar nog vaak aan moeten terugdenken. Misschien was het gewoon een drijvend stuk hout, zoals Tomas zei. Toen ik haar uiteindelijk ving, was ze op geen stukken na drieënhalve meter lang, maar het was beslist de grootste snoek die wie dan ook ooit gezien had. Snoeken worden nooit zo lang, realiseer ik me nu, en wat ik die dag in de rivier zag, of meende te zien, was zeker net zo groot als een van die tropische krokodillen die je wel eens op plaatjes ziet.

Maar dat is volwassen praat. In die tijd werd ons geloof niet gehinderd door logica of realisme. We zagen wat we zagen, maar al moesten de volwassenen wel eens lachen om wat we zagen, het was toch moeilijk te zeggen waar de waarheid lag. In mijn hart weet ik dat ik die dag een monster zag, iets wat zo oud en geslepen was als de rivier zelf, iets wat niemand ooit zou kunnen vangen. Het had Jeannette Gaudin het leven gekost. Het had Tomas Leibniz het leven gekost. Het had mij bijna het leven gekost.

# Deel vier

# La Mauvaise Réputation

## *1*

'Maak de ansjovis schoon en haal de ingewanden eruit. Wrijf ze vanbinnen en vanbuiten in met zout. Vul iedere vis ruim met steenzout en wat takjes *salicorne*. Doe ze in het vat *met de koppen naar boven* en bedek ze laagsgewijs met zout.'

Ook zoiets. Wanneer je het vat opende, stonden ze daar op hun staart in het glanzend grijze zout je met hun domme vissenogen aan te staren. Neem wat je die dag nodig hebt en dek de rest toe met nog wat zout en *salicorne*. In het duister van de kelder zagen ze er wanhopig uit, als kinderen die in een put aan het verdrinken zijn.

Die gedachte zo snel mogelijk de kop indrukken.

Mijn moeder schrijft met blauwe inkt; het handschrift is netjes en schuin. Eronder heeft ze wat slordiger nog iets geschreven, maar het is in bilini-enverlini, een exotisch gekrabbel, met rode vetstift geschreven, als lippenstift: 'Tizin rednozi innellip' – zit zonder pillen.

Ze had ze sinds het begin van de oorlog gehad. Eerst gebruikte zij ze met mate, eenmaal per maand of minder, daarna werd ze steeds roekelozer naarmate die vreemde zomer voortschreed en ze de hele tijd sinaasappels rook.

'Y doet wat hij kan om me te helpen,' schrijft ze schots en scheef. 'Het geeft ons beiden een beetje lucht. Hij krijgt de pillen in La Rép, van een man die Hourias daar kent. Ook andere geneugten, denk ik. Maar ik vraag niets. Hij is per slot van rekening ook niet van steen. Niet zoals ik. Ik probeer me nergens druk om te maken. Dat heeft geen zin. Hij is discreet. Ik zou dankbaar moeten zijn. Op zijn manier zorgt hij voor me, maar het is zinloos. We denken er verschillend over. Hij leeft in het licht. De gedachte aan mijn lijden is hem te veel. Ik weet dat en toch kan ik niet uitstaan dat hij zo is.'

Daarna, later, na mijn vaders dood:

'Zonder pillen. De Duitser zegt dat hij er nog wel wat kan krijgen, maar hij komt niet. Het is een soort gekte. Ik zou mijn kinderen verkopen om een nacht te kunnen slapen.'

Deze laatste notitie is gedateerd, wat heel ongewoon is. Zo weet ik het. Ze bewaakte haar pillen streng, verborg de pot onder in een la in haar kamer. Soms haalde ze de pot tevoorschijn en keerde ze hem om. Hij was van bruin glas. Op het etiket waren nog net een paar moeilijk leesbare Duitse woorden te zien.

Zonder pillen.

Dat was de avond van het dansfeest, en de avond van de laatste sinaasappel.

## 2

'Hé, *BACKFISCH*, dat vergat ik haast.' Hij keerde zich om en gooide hem nonchalant, als een pitcher, naar me toe, om te zien of ik hem zou vangen. Zo was hij: hij deed alsof hij iets vergat, om me te plagen, waarmee hij riskeerde dat zijn goede gave in de troebele Loire terecht zou komen als ik traag of onhandig was. 'Daar houd je zo van.'

Ik ving hem gemakkelijk met mijn linkerhand, en grijnsde.

'Zeg tegen de anderen dat ze vanavond naar La Mauvaise Réputation moeten komen.' Hij knipoogde; zijn ogen hadden een ondeugende, katachtig groene glans. 'Kan leuk worden.'

Moeder had ons natuurlijk nooit 's avonds weg laten gaan. Hoewel de avondklok in een meer afgelegen dorp, zoals het onze, nauwelijks te handhaven was, waren er andere gevaren. De nacht verheelde meer illegale praktijken dan wij hadden kunnen vermoeden; ook kwamen er af en toe Duitsers na hun dienst in het café een borrel drinken. Blijkbaar wilden ze graag even weg uit Angers, weg van de achterdochtige blikken van de SS. In de loop van onze ontmoetingen had Tomas er wel eens iets over gezegd en soms hoorde ik het geluid van motoren op de weg in de verte en dan dacht ik dat Tomas naar huis reed. Ik zag hem duidelijk voor me: zijn haar dat wapperde in de wind, zijn maanbeschenen gezicht en de koude, witte vlakte van de Loire. Die motorrijder had natuurlijk iedereen kunnen zijn, maar voor mij was het altijd Tomas.

Deze dag was echter anders. Ik was door de tijd die we

samen in het geheim doorbrachten misschien wat overmoedig geworden. Nu leek alles mogelijk. Tomas gooide zijn uniformjasje over zijn schouder en zwaaide loom toen hij wegreed. Een wolk geel Loirestof stoof op onder zijn wielen, en plotseling zwol mijn hart ondraaglijk op. Ik kreeg het heet en koud en werd overspoeld door het gevoel dat ik hem kwijt was. Ik rende hem achterna, proefde zijn stof en stond nog lang nadat zijn motor in de richting van Angers verdwenen was met mijn armen te zwaaien; tranen begonnen roze geultjes over de aangekoekte modder op mijn gezicht te tekenen.

Het was niet genoeg.

Ik had mijn dag gehad, mijn ene volmaakte dag, maar toch ging mijn hart al weer tekeer van woede en ontevredenheid. Ik keek naar de stand van de zon. Het was vier uur. Een onmogelijke tijd, een hele middag, en toch was het niet genoeg geweest. Ik wilde meer. Meer. De ontdekking van deze nieuwe honger in me deed me wanhopig op mijn lippen bijten; de herinnering aan dat korte contact tussen ons beiden brandde nog op mijn hand. Een paar maal bracht ik mijn hand naar mijn lippen en kuste de brandende plek die zijn huid had achtergelaten. Ik overdacht zijn woorden alsof ze poëzie waren; ik beleefde ieder kostbaar moment opnieuw. Zoals ik me op winterochtenden de zomer probeer te herinneren. Maar het is een honger die niet te stillen is. Ik wilde hem weer zien, die dag nog, die minuut nog. Ik had wilde fantasieen: samen weglopen, in het bos leven, ver weg van de mensen, daar een boomhut voor hem bouwen en paddestoelen en wilde aardbeien en kastanjes eten totdat de oorlog voorbij was.

Ze vonden me in de Uitkijkpost. Met de sinaasappel in mijn hand lag ik op mijn rug naar het herfstbladerdak te staren.

'Z-z-zei al dat ze hier zou z-zijn,' zei Paul – hij stotterde altijd erg wanneer Reine erbij was – 'z-z-zag haar het b-bos ingaan toen ik aan het v-vissen was.' Hij leek verlegen en onhandig naast Cassis, zich bewust van zijn sjofele werkbroek – die uit een overall van zijn oom was gemaakt –, en van zijn blote voeten in de houten klompen. Zijn oude hond, Malabar, was bij hem, vastgebonden aan een stuk groen binddraad. Cassis en Reine droegen hun schoolkleding en Reinettes haar werd bijeengehouden door een geel zijden lint. Ik vroeg me altijd af hoe het kwam dat Paul er zo sjofel bij liep terwijl zijn moeder naaister was.

'Is alles goed?' Cassis' stem klonk scherp; hij was ongerust. 'Toen je niet thuiskwam, dacht ik–' Hij wierp even een duistere blik op Paul, toen een waarschuwende op mij. 'Je-weet-wel is toch niet hier geweest?' fluisterde hij; het was duidelijk dat hij Paul er niet bij wilde.

Ik knikte.

Cassis maakte een geërgerd gebaar. 'Wat had ik je nou gezegd?' vroeg hij met zachte, woedende stem. 'Wat zei ik nou? Zorg dat je nooit alleen bent met–' Weer een blik naar Paul. 'Nou ja. We kunnen maar beter naar huis gaan,' zei hij op luidere toon. 'Moeder wordt anders ongerust, en ze is een *pavé* aan het maken. Je kunt maar beter opschieten en–'

Maar Paul keek naar de sinaasappel in mijn hand.

'Je hebt er w-weer een,' zei hij op zijn trage, eigenaardige wijze.

Cassis keek me met afgrijzen aan – *kon je hem niet verstoppen, sufferd? Nu zullen we hem met hem moeten delen.*

Ik aarzelde. Het was niet mijn bedoeling hem met anderen te delen. Ik had de sinaasappel nodig voor vanavond. Maar ik zag dat Paul nieuwsgierig aan het worden was. Hij wilde praten.

'Ik zal je er wat van geven als je je mond houdt,' zei ik ten slotte.

'Waar komt-ie vand-daan?'

'Geruild op de markt,' zei ik nonchalant. 'Voor een beetje suiker en parachutezijde. Moeder weet het niet.'

Paul knikte en keek toen verlegen naar Reine. 'We zouden hem nu k-kunnen verdelen,' zei hij aarzelend. 'Ik heb een mes.'

'Geef maar,' zei ik.

'Ik doe het wel,' zei Cassis meteen.

'Nee, hij is van mij,' zei ik. 'Laat mij maar.'

Ik dacht snel na. Natuurlijk zou ik wat van de sinaasappelschil kunnen bewaren, maar ik wilde niet dat Cassis wantrouwend werd.

Ik keerde hun de rug toe om de sinaasappel te verdelen en sneed voorzichtig om niet in mijn hand te snijden. Het zou gemakkelijk zijn geweest om hem in vieren te verdelen – in tweeën snijden en dan nog een keer – maar deze keer moest ik een extra stuk afsnijden – groot genoeg voor mijn doel, maar te klein om meteen op te vallen als iets wat aan de rest ontbrak –, een stuk dat ik in mijn zak kon laten glijden om later te gebruiken. Onder het snijden zag ik dat Tomas een Spaanse bloedsinaasappel had gegeven, een *sanguine*, en even was ik als verstijfd toen ik het rode sap van mijn vingers zag druipen.

'Schiet op, stuntel,' zei Cassis ongeduldig. 'Hoe lang duurt het nou helemaal om een sinaasappel in kwarten te verdelen?'

'Ik doe mijn best,' snauwde ik. 'De schil is taai.'

'L-laat m-m-m–' Paul bewoog zich in mijn richting, en even dacht ik echt dat hij het gezien had, het vijfde stuk – het was eigenlijk niet meer dan een schijfje –, voordat ik het in mijn mouw liet glijden.

'Ziezo,' zei ik. 'Klaar.'

De stukken waren ongelijk. Ik had het zo mooi mogelijk gedaan, maar er was toch één kwart dat duidelijk groter was dan de rest, en nog een dat erg klein was. Ik nam het kleine stuk. Ik merkte dat Paul het grote aan Reine gaf.

Cassis keek met afschuw toe. 'Ik zei je toch dat je het mij moest laten doen,' zei hij. 'De mijne is niet echt een kwart. Wat ben je toch onhandig, Boise.'

Ik zoog zwijgend op mijn stuk sinaasappel. Na een poos hield Cassis op met mopperen en at. Ik zag Paul met een vreemde blik in zijn ogen naar me kijken, maar hij zei niets.

We gooiden onze stukken schil in de rivier. Ik wist een stukje van de mijne in mijn mond te bewaren, maar ik gooide de rest weg. Ik voelde me ongemakkelijk omdat Pauls ogen op me rustten en ik was opgelucht toen ik zag dat hij zich een beetje ontspande. Ik vroeg me af wat hij kon hebben vermoed. Met een tevreden gevoel stopte ik het afgebeten stukje sinaasappelschil in mijn zak, bij het illegale vijfde kwart. Ik hoopte maar dat het genoeg zou zijn.

Ik liet de anderen zien hoe je je handen en mond moest wassen met munt en venkel en hoe ze modder onder hun nagels moesten stoppen om de sinsaasappelsporen te verbergen. Toen liepen we door de velden naar huis, waar moeder in de keuken onder het koken monotoon stond te zingen.

> Bak de uien en sjalotten even aan in olijfolie met wat verse rozemarijn, paddestoelen en een preitje. Doe er een handvol gedroogde tomaten, basilicum en tijm bij. Snijd vier ansjovissen in de lengte door en doe ze in de pan. Laat vijf minuten staan.

'Boise, een paar ansjovissen uit het vat. Vier grote.'

Ik liep met een schaal en de houten tang de keldertrap af, zodat de huid van mijn handpalmen niet door het zout zou barsten. Ik haalde de vissen uit het vat en daarna het sinaasappelzakje in het beschermende potje. Ik deed het verse stukje sinaasappel erbij, perste de olie en het sap op de oude schil om het weer geurig te maken, sneed toen het restant met mijn zakmes in kleine stukjes en bond het in het zakje. Het begon meteen weer sterk te geuren. Ik deed het zakje terug in het potje en sloot het. Ik wreef het zout van het glas en stopte het in de zak van mijn schort, zodat er geen kostbare geur meer kon ontsnappen. Ik legde even mijn handpalmen op de zoute vis om moeder te misleiden.

> Een kop witte wijn en de deels gaar gekookte, bloemige aardappels erbij doen. Restjes toevoegen – stukjes spek, restjes vlees of vis – en een eetlepel olie. Tien minuten laag laten staan zonder te roeren of het deksel op te tillen.

Ik hoorde haar in de keuken zachtjes zingen. Ze had een monotone, tamelijk krasserige stem, die zo nu en dan steeg en daalde.

'De rauwe, niet geweekte gierst toevoegen' – hm hmm – 'en van het vuur halen. Tien minuten' – hm hmm – 'afgedekt laten staan zonder te roeren of' – hm hmm – 'totdat al het vocht is opgenomen. Verdelen over een ondiepe schaal' – hm hmm hmmm – 'bestrijken met olie en bakken tot er een bruin korstje op zit.'

Ik lette scherp op wat er in de keuken gebeurde, en stopte voor de laatste keer het sinaasappelzakje onder de kachelpijpen.

Ik wachtte.

Even was ik ervan overtuigd dat het niet zou werken. Moeder bleef in de keuken op die toonloze manier neurien. Behalve de *pavé* was er ook een cake die zwart zag van de bessen en kommen met groene sla en tomaten. Het leek op een feestmaal, hoewel ik geen idee had wat er te vieren viel. Moeder had dat soms: op goede dagen was het feest, en op slechte moesten we het stellen met koude pannenkoeken en een lik rillettes. Vandaag leek ze bijna een geestverschijning: nonchalante slierten hadden losgelaten uit haar meestal strenge, naar achteren getrokken haar en haar gezicht was vochtig en roze van de hitte van het vuur. Het had iets koortsachtigs, de manier waarop ze tegen ons sprak, de snelle, ademloze omhelzing die ze Reine gaf toen ze binnenkwam – een zeldzaamheid die bijna even ongewoon was als haar korte episoden van gewelddadigheid –, de klank van haar stem, de manier waarop haar handen in de kom en op het hakbord bewogen met snelle, nerveuze vingers.

Geen pillen.

Een rimpel tussen haar ogen, rimpels om haar mond, een geforceerde, moeizame glimlach. Ze keek me aan toen ik haar de ansjovis aangaf en schonk me een zeldzaam lieve glimlach, een glimlach die een maand of een dag geleden mijn hart nog haast had doen smelten.

'Boise.'

Ik dacht aan Tomas, zittend op de rivieroever. Ik dacht aan datgene wat ik gezien had, de oliegladde, monstrueuze schoonheid van de flank tegen de achtergrond van het water. Ik wou, ik wou... dat hij er vanavond was, dacht ik, in La Mauvaise Réputation, het jasje zorgeloos over de rug van een stoel gegooid. Ik fantaseerde dat ik ineens zo mooi en verfijnd als een filmster was geworden, met een zijden japon die van achteren opbolde, en dat iedereen naar me keek. Ik wou, ik wou. Had ik mijn hengel maar...

Mijn moeder staarde me aan met die uitdrukking van vreemde, bijna verlegen makende kwetsbaarheid.

'Boise?' herhaalde ze. 'Is er iets? Voel je je niet goed?'

Ik schudde zwijgend mijn hoofd. De golf van zelfhaat die me trof met de snelheid van een zweepslag, was een openbaring. Ik wou... ik wou. Ik zette een nors gezicht. Tomas. Jij bent de enige. Voor altijd.

'Ik moet mijn vallen nakijken,' zei ik met vlakke stem. 'Ik ben zo terug.'

'Boise!' hoorde ik haar nog roepen, maar ik reageerde niet. Ik rende naar de rivier, keek elke val tweemaal na, ervan overtuigd dat ditmaal... ditmaal, nu ik die wens nodig had...

Allemaal leeg. Met een plotselinge, verzengende woede gooide ik de kleine vissen – alvers, riviergrondels en platte palingen met kleine snuit – in de rivier terug.

'Waar zít je?' schreeuwde ik over het stille water. 'Waar zít je, gemeen oud rotwijf?'

De ondoorzichtige Loire aan mijn voeten stroomde onaangedaan verder, bruin en spottend. Ik wou, ik wou. Ik raapte een steen op van de oever en gooide hem zo ver mogelijk weg, waarbij ik mijn schouder pijnlijk verrekte.

'Waar zít je? Waar verschuil je je?' Mijn stem klonk schor en schril, als die van mijn moeder. De lucht knisperde van mijn razernij. 'Kom tevoorschijn en laat je zien! Dat durf je zeker niet! Dat dúrf je zeker niet!'

Niets. Niets dan de bruine rivier met zijn slangen en de zandbanken die er in het vervagende licht halfverdronken bij lagen. Mijn keel voelde rauw en rasperig. De tranen prikten als wespen in de hoeken van mijn ogen.

'Ik weet dat je me kunt horen,' zei ik zacht. 'Ik weet dat je daar zit.' De rivier leek met me in te stemmen. Ik hoorde het zijdeachtige geluid van het water dat bij mijn voeten tegen de oever ruiste.

'Ik weet dat je daar zit,' zei ik weer, bijna liefkozend. Alles leek nu naar me te luisteren, de bomen met hun verkleurende bladeren, het water, het verschroeide herfstgras.

'Je weet toch wat ik wil?' Weer die stem die klonk als die van een ander. Die volwassen, verleidelijke stem. 'Je weet het wel.'

Ik moest denken aan Jeannette Gaudin en de waterslang, aan de lange bruine lichamen die aan de Menhirs hingen, en aan het gevoel dat ik eerder die zomer, een miljoen jaar geleden, had gehad, dat gevoel van zekerheid. Het was een gruwel, een monster. Niemand kon een pact sluiten met een monster.

Ik wens, ik wens.

Ik vroeg me af of Jeannette had gestaan waar ik nu stond, blootsvoets, uitkijkend over het water. Wat had zij gewenst? Een nieuwe jurk? Een pop om mee te spelen? Iets anders?

Een wit kruis. 'Hier rust onze teerbeminde dochter'. Plotseling leek het niet zo vreselijk meer om dood en bemind te zijn, met een gipsen engel bij je hoofd en stilte om je heen.

Ik wens, ik wens.

'Ik zou je teruggooien,' zei ik sluw. 'Dat weet je best.'

Even dacht ik dat ik iets zag, borstelig-zwart in het water, een glanzend stil iets als een mijn, een en al tanden en metaal. Maar het was slechts mijn verbeelding.

'Heus,' herhaalde ik zachtjes, 'ik zou je teruggooien.'

Maar zo het er geweest was, was het er nu niet meer. Naast me maakte een kikker ineens een absurd boerend geluid. Het werd koud. Ik draaide me om en liep door de velden dezelfde weg terug, een paar korenaren plukkend als excuus voor mijn late komst.

Na een poos kreeg ik de geur van de *pavé* in mijn neus en ik begon sneller te lopen.

### 3

'Ik ben haar kwijt. Ik raak hen allemaal kwijt.'

Daar staat het in mijn moeders album, op de bladzij naast die waarop een recept voor bramencake staat. Kleine migraineletters, met zwarte inkt geschreven. De regels zijn doorgehaald en nog eens doorgehaald, alsof de code waarin ze schrijft niet afdoend is om de angst te verbergen die ze voor ons verbergt en voor zichzelf.

> Ze keek me vandaag aan alsof ik er niet was. Ik wilde haar zo graag in mijn armen nemen, maar ze is zo groot geworden en ik ben bang voor haar ogen. Alleen R-C is nog een beetje zacht maar B voelt niet meer als mijn kind. Het was verkeerd te denken dat kinderen net bomen zijn. Snoei ze en ze worden zoeter. Niet waar. Niet waar. Toen Y stierf, heb ik hen te snel volwassen gemaakt. Ik wilde niet dat ze kinderen waren. Nu zijn ze harder dan ik. Als dieren. Mijn schuld. Ik heb hen zo gemaakt. Vanavond weer sinaasappels in huis, maar alleen ik ruik ze. Mijn hoofd doet zeer. Kon ze maar haar hand op mijn voorhoofd leggen. Geen pillen meer. De Duitser zegt dat hij er nog wel wat kan krijgen, maar hij komt niet. Boise. Vanavond laat thuis. Gespleten, net als ik.

Het klinkt als gebazel, maar haar stem klinkt plotseling heel duidelijk in mijn hoofd. Hij is scherp en klaaglijk, de stem van een vrouw die uit alle macht probeert bij zinnen te blijven.

‘De Duitser zegt dat hij er nog wel wat kan krijgen, maar hij komt niet.’

O, moeder, had ik het maar geweten.

## 4

Paul en ik lezen het album tijdens de langer wordende avonden stukje bij beetje door. Ik ontcijferde de code terwijl hij alles opschreef en met behulp van kaartjes uitzocht waar alles naar verwees; een poging de gebeurtenissen in de juiste volgorde te zetten. Hij gaf geen enkel commentaar, zelfs niet toen ik bepaalde stukken oversloeg zonder hem te zeggen waarom. We deden twee à drie bladzijden per avond, niet zoveel, maar toen het oktober werd hadden we al bijna het halve album af. Om de een of andere reden leek het een minder zware taak dan wanneer ik het alleen had geprobeerd, en we zaten vaak tot 's avonds laat herinneringen op te halen aan de tijd van de Uitkijkpost en de rituelen bij de Menhirs, de goede tijd vóór Tomas. Een- of tweemaal stond ik zelfs op het punt hem de waarheid te vertellen, maar ik zweeg altijd net op tijd.

Nee, Paul mocht het niet weten.

Mijn moeders album was slechts één verhaal, een waarvan hij al gedeeltelijk op de hoogte was. Maar het verhaal áchter het album... Ik keek naar hem wanneer we bij elkaar zaten, de fles cointreau tussen ons in en de koperen koffiepot sudderend op de kachel achter. Het rode licht van het vuur viel op zijn gezicht en zette zijn oude gele snor in vuur en vlam. Hij zag me naar hem kijken – dat lijkt tegenwoordig steeds vaker te gebeuren – en lachte naar me.

Het was niet zozeer die glimlach, als wel iets áchter de glimlach – een blik, een soort onderzoekende, ironische blik – wat mijn hart sneller deed slaan en mijn gezicht roder deed worden dan de warmte van het vuur rechtvaardigde. Als ik het aan hem vertelde, dacht ik plotseling, zou die blik dan uit zijn ogen verdwijnen? Ik kon het hem niet vertellen. Nooit.

## 5

Toen ik binnenkwam, zaten de anderen al aan tafel. Moeder begroette me met haar vreemde, geforceerde vrolijkheid, maar ik merkte dat ze aan het eind van haar Latijn was. De sinaasappelgeur prikte in mijn gevoelige neusgaten. Ik sloeg haar aandachtig gade.

We aten zwijgend. Het feestmaal was zwaar, alsof we klei aten, en mijn maag kwam in opstand. Ik schoof het eten rond op mijn bord totdat ik wist dat ze ergens anders heen keek en bracht het toen over naar mijn schortzak, zodat ik het later weg kon gooien. Ik had me geen zorgen hoeven maken. Haar toestand was zodanig dat ze het volgens mij niet gemerkt zou hebben als ik het tegen de muur had gegooid.

'Ik ruik sinaasappels.' Haar stem was broos van de wanhoop. 'Heeft een van jullie sinaasappels mee naar huis genomen?'

Stilte. We keken haar effen en afwachtend aan.

'Nou? Hebben jullie sinaasappels meegenomen?' Haar stem schoot uit, smeekte en beschuldigde.

Reine keek me plotseling schuldbewust aan.

'Natuurlijk niet.' Ik maakt mijn stem vlak en nors. 'Hoe zouden we aan sinaasappels moeten komen?'

'Ik weet het niet.' Haar ogen waren achterdochtige spleetjes. 'De Duitsers misschien. Hoe kan ik weten wat jullie de hele dag uitspoken?'

Dit kwam zo dicht in de buurt van de waarheid dat ik even schrok, maar ik liet dat niet merken. Ik haalde mijn schouders op, me bewust van het feit dat Reinette me gadesloeg. Ik wierp haar een waarschuwende blik toe: *jij wilt zeker weer uit de school klappen*!

Reinette concentreerde zich weer op haar cake. Ik bleef naar mijn moeder kijken, keek haar recht in de ogen. Ze hield dit langer vol dan Cassis: haar ogen waren zo uitdrukkingsloos als sleepruimen. Toen stond ze abrupt op, waarbij ze haar bord omgooide en het tafelkleed half meesleepte.

'Waar staar je nu weer naar?' riep ze naar me, haar handen in de lucht gooiend. 'Waar staar je zo naar, verdomme? Wat valt er te zien?'

Ik haalde weer mijn schouders op. 'Niets.'

'Dat is niet waar.' Stem als die van een vogel, scherp en precies als de snavel van een specht. 'Je zit me altijd aan te staren. En maar staren. En waarnaar? Wat denk je allemaal, rotmeid?'

Ik kon haar ellende en angst ruiken, en mijn hart zwol op van triomf. Ze sloeg haar ogen onder mijn blik neer. Het is me gelukt, dacht ik. Het is me gelukt. Ik heb gewonnen.

Zij wist het ook. Ze keek me nog even aan, maar de strijd was verloren. Er verscheen even een lachje op mijn gezicht dat alleen zij kon zien. Haar hand ging naar haar slaap met het bekende, hulpeloze gebaar. 'Ik heb hoofdpijn,' zei ze moeizaam. 'Ik ga op bed liggen.'

'Goed idee,' zei ik toonloos.

'Vergeet niet de borden te wassen,' zei ze, maar het was alleen maar om wat te zeggen. Ze wist dat ze verloren had. 'Ze niet nat wegzetten. De borden niet de hele nacht' – ze stopte, zweeg en staarde een halve minuut in de ruimte. Een beeld, verstijfd midden in een beweging, de mond halfopen. De rest van de zin hing een ongemakkelijke halve minuut tussen ons in – 'op de aanrecht laten staan,' eindigde ze ten slotte, en strompelde de gang door, eenmaal stilstaand om even in de badkamer te gaan kijken, waar geen pillen meer waren.

Wij – Cassis, Reinette en ik – keken elkaar aan.

'Tomas zei dat we vanavond naar La Mauvaise Réputation moesten komen,' zei ik tegen de anderen. 'Hij zei dat het leuk kon worden.'

Cassis keek me aan. 'Hoe heb je dat gedaan?' vroeg hij.

'Wat gedaan?' reageerde ik.

'Je weet wel.' Hij praatte zacht en dringend, bijna angstig. Op dat moment leek hij alle gezag over ons kwijt te zijn geraakt. Ik was nu de aanvoerder, ik was degene bij wie de anderen om leiding zouden komen vragen. Het vreemde was dat het me, hoewel ik dit meteen besefte, nauwelijks voldoening schonk. Ik was met andere zaken bezig.

Ik ging niet op zijn vraag in. 'We wachten tot ze slaapt,' besloot ik. 'Een uur, hooguit twee, en dan lopen we er door de velden naartoe. Niemand zal ons zien. We kunnen ons in het steegje verstoppen en daar op hem wachten.'

Reinettes ogen lichtten op, maar Cassis keek sceptisch. 'Waarvoor?' vroeg hij ten slotte. 'Wat gaan we doen wanneer we er zijn? We hebben hem niets te melden en hij heeft de filmtijdschriften al–'

Ik keek hem dreigend aan. 'Tijdschriften,' snauwde ik. 'Kun je dan aan niets anders denken?'

Cassis keek verongelijkt. 'Hij zei dat er iets interessants zou kunnen gebeuren,' zei ik. 'Ben je niet nieuwsgierig?'

'Niet echt. Het is misschien wel gevaarlijk. Je weet wat moeder–'

'Je bent gewoon bang,' zei ik fel.

'Nietes!' Maar het was zo. Ik zag het aan zijn ogen.

'Bangerik!'

'Ik zie gewoon niet in waarom we–'

'Ik daag je uit,' zei ik.

Stilte. Plotseling keek Cassis Reine smekend aan. Ik begon hem recht in de ogen te kijken. Hij hield mijn blik even vast en wendde toen zijn ogen af.

'Kindergedoe,' zei hij, gemaakt onverschillig.
'Ik daag je dubbel uit.'
Cassis maakte een woedend gebaar van hulpeloosheid en verslagenheid.
'O, goed dan, maar ik zeg je, het wordt een zinloze tijdverspilling.'
Ik lachte triomfantelijk.

## 6

Het café La Mauvaise Réputation – voor de vaste klanten 'La Rép'. Houten vloer, gepolijste bar met daarnaast een oude piano – tegenwoordig ontbreekt natuurlijk de helft van de toetsen en staat er een bak geraniums waar vroeger het binnenwerk zat –, een rij flessen – geen optische grapjes in die tijd –, en glazen die aan haken onder en rond de bar hingen. Het uithangbord is nu vervangen door een blauw neongeval en er staan gokmachines en een jukebox, maar in die tijd was er niet meer dan de piano en een paar tafels, die tegen de wand geschoven konden worden als men wilde dansen.

Raphaël speelde wanneer hij er zin in had, en af en toe zong er wel eens iemand, een van de vrouwen, Colette Gaudin of Agnès Petit. Niemand had in die tijd een platenspeler en radio was verboden, maar het moest 's avonds in het café een levendige boel zijn, en soms hoorden we er van over de velden muziek vandaan komen, als de wind de goede kant op stond. Daar verloor Julien Lecoz met kaarten zijn zuidelijke weiland. Volgens de geruchten had hij ook zijn vrouw ingezet, maar had niemand haar willen winnen. Het was het tweede thuis van de plaatselijke dronkaards, die op het terras zaten te roken of pétanque speelden op de stoep. Pauls vader was er vaak, tot grote afkeuring van onze moeder, en hoewel ik hem nooit dronken heb gezien, scheen hij ook nooit helemaal nuchter te zijn. Hij schonk voorbijgangers een vage glimlach, waarbij zijn grote, hoekige, gele gebit vrijkwam. Het was een plek waar wij nooit kwamen. Wij hadden vaste territoria en beschouwden sommige plekken als typisch de onze, en andere als horend bij het dorp en de volwassenen: mysterieuze of neutrale plekken, zoals de kerk, het postkantoor waar Michelle Hourias de post sorteerde en over de balie roddelde, en het schooltje waar wij onze eerste jaren hadden doorgebracht, maar dat nu dichtgetimmerd was.

La Mauvaise Réputation.

We bleven er voornamelijk weg omdat onze moeder ons dat gezegd had. Ze had een eigenaardige afkeer van dronkenschap, vuil en losbandigheid en voor haar leek deze plek alles in zich te verenigen. Hoewel ze niet naar de kerk ging, had ze een bijna puriteinse levenswijze. Ze geloofde in hard werken, een schoon huis en beleefde, goedgemanierde kinderen. Wanneer ze er langs moest, hield ze beschermend haar hoofd naar beneden gericht, een sjaal voor haar dunne borst gekruist, haar mond samengeperst als afweer tegen de muziek en het gelach dat binnen te horen was. Vreemd dat juist zo'n vrouw, zo'n beheerste, ordelievende vrouw, aan verdovende middelen verslaafd raakte.

'Net als de klok,' schrijft ze in haar album, 'ben ik gespleten. Wanneer de maan opkomt, ben ik mezelf niet.' Ze ging naar haar kamer, zodat we haar niet zouden zien veranderen.

Het was een schok voor me toen ik na het lezen van die geheime passages in haar album besefte dat ze regelmatig naar La Mauvaise Réputation ging. Eenmaal per week of vaker ging ze erheen, heimelijk, wanneer het donker was. Ze vond het afschuwelijk en verafschuwde zichzelf omdat ze ze nodig had. Ze dronk niet. Nee. Waarom zou ze ook, als er tientallen flessen cider, *prunelle* of zelfs *calva* uit Bretagne, haar geboortestreek, in de kelder lagen? Als je dronken bent, zo zei ze op een zeldzaam moment van vertrouwelijkheid tegen ons, zondig je tegen het fruit, de boom, de wijn zelf. Het is een schande. Het is misbruik, zoals verkrachting misbruik van de liefdesdaad is. Toen bloosde ze; ze wendde zich af met een bars: 'Reine-Claude, de olie en wat basilicum, snel!', maar de gedachte bleef me bij. Wijn, die gedestilleerd is en gekoesterd van knop tot vrucht en vele bewerkingen heeft ondergaan om hem te maken tot wat hij nu is, verdient beter dan achterovergeslagen te worden door een zuiplap met een hoofd vol onzin. Hij heeft recht op eerbied, vreugde, zachtmoedigheid.

O, mijn moeder had verstand van wijn. Ze begreep het proces van zoet worden en gisten, van borrelen, en rijpen in de fles, van donker worden, de langzame transformatie, de geboorte van een nieuwe lichting wijn in een bouquet van aroma's, als de bos papieren bloemen van de goochelaar. Had ze maar tijd en geduld voor ons gehad. Een kind is geen fruitboom. Ze begreep dat te laat. Er is geen recept om een kind aangenaam en veilig volwassen te laten worden. Ze had dat moeten weten.

Natuurlijk worden er in La Mauvaise Réputation nog steeds drugs verkocht. Zelfs ik weet dat. Ik ben nog niet zo oud dat ik niet de zoete, alternatieve geur van hasj kan onderscheiden van die van bier en bakvet. Ik heb hem vaak genoeg aan de overkant van de weg geroken, bij de snackkar. Ik heb een neus, in tegenstelling tot die idioot Ramondin, en de lucht zag op sommige avonden geel, wanneer de motorrijders kwamen. 'Softdrugs' noemen ze dat tegenwoordig: ze geven er allerlei namen aan. Maar in Les Laveuses bestond zoiets in die tijd niet. De jazzclubs van St Germain-des-Prés zouden pas over tien jaar komen, maar bovendien bereikten die ons nooit echt, zelfs niet in de jaren zestig. Nee, mijn moeder ging naar La Mauvaise Réputation omdat ze verslaafd was, doodgewoon verslaafd, en omdat daar de meeste handel plaatsvond. Zwarte handel, kleding en schoenen en minder onschuldige spullen zoals messen, geweren en ammunitie. Alles had zijn plaats in La Rép: sigaretten en cognac en ansichtkaarten met naakte vrouwen erop, nylonkousen en kanten ondergoed voor Colette en Agnès, die hun haar los droegen en hun wangen rood maakten met ouderwetse rouge zodat het net klederdrachtpoppen waren, een hoogrode vlek op iedere wang en een rond rood tuitmondje, als Lillian Gish.

Achter maakten de geheime verenigingen, de communisten, de ontevredenen, de strebers en de helden hun plannen. In de bar hielden de praters hof; ze gaven pakjes aan elkaar door of fluisterden zachtjes en dronken op toekomstige ondernemingen. Sommigen van hen maakten hun gezicht zwart met roet en fietsten door het bos naar vergaderingen in Angers, de avondklok trotserend. Soms, heel zelden, hoorde je schoten aan de andere kant van de rivier.

Wat moet moeder dat gehaat hebben.

Maar daar haalde ze dus haar pillen. Ze had het allemaal in haar album opgeschreven: pillen voor haar migraine, morfine van het ziekenhuis, eerst drie tegelijk, dan zes, tien, twaalf, twintig. Haar leveranciers wisselden. Eerst was het Philippe Hourias. Julien Lecoz kende iemand, een vrijwilliger. Agnès Petit had een nicht, een vriendin van een vriendin in Parijs. Guilherm Ramondin, de man met het houten been, kon ertoe worden overgehaald een beetje van zijn eigen medicijn te ruilen voor wijn of geld. Kleine pakjes – een paar tabletten in een papiertje, een ampul en een spuit, een paar poeders –, alles waar morfine in zat. Natuurlijk kon je van de dokter niets krijgen. De dichtstbijzijnde zat trouwens in Angers en alles wat er was, was nodig voor de verzorging van onze soldaten. Toen haar eigen voorraden op raakten, bietste, verkocht en ruilde ze. Ze hield de lijst bij in haar album:

> 2 maart 1942. Guilherm Ramondin, 4 tabletten morfine voor 12 eieren.
> 16 maart 1942. Françoise Petit, 3 tabletten morfine voor fles calvados.

Ze verkocht haar sieraden – het enkele parelsnoer dat ze draagt op haar trouwfoto, haar ringen, de oorbellen met kleine diamantjes die ze van haar moeder had – in Angers. Ze was vindingrijk. Op haar manier bijna even vindingrijk als Tomas, hoewel zij altijd eerlijk was. Met een beetje vindingrijkheid wist ze zich te redden.

Toen kwamen de Duitsers.

Eerst een of twee tegelijk. Sommigen in uniform, sommigen zonder. De bar viel stil bij hun binnenkomst, maar ze compenseerden dat met hun vrolijkheid, hun gelach, de rondjes die ze gaven. Tegen sluitingstijd onvast op hun benen, met een lach naar Colette of Agnès, werd een handvol munten nonchalant op de toog geworpen. Soms namen ze vrouwen mee. We herkenden hen nooit, de meisjes uit de stad, met hun bontkragen. Meisjes met nylonkousen en glanzende jurken en het haar in filmsterachtige constructies gerold die stijf stonden van de haarspelden, en met dungeplukte wenkbrauwen en roodzwart glanzende lippen met witte tanden, en handen met lange vingers die kwijnend boven de wijnglazen hingen. Ze kwamen pas tegen middernacht, met wapperende haren. Vier vrouwen, vier Duitsers. Nu en dan kwamen er nieuwe vrouwen, maar de Duitsers bleven dezelfden.

Ze schrijft erover in haar album, de eerste indruk die ze van hen krijgt.

> Vuile moffen en hun hoeren. Keken naar mij in mijn overschort, lachten achter hun hand. Ik zou hen wel kunnen wurgen. Ik zag hen naar me kijken en ik voelde me oud. Lelijk. Er is er maar één met vriendelijke ogen. Het meisje aan zijn zijde verveelde hem, dat zag ik. Goedkoop, dom meisje, kousnaden met vetstift op haar benen getekend. Ik had bijna medelijden met haar. Maar hij lachte naar me. Moest op mijn tong bijten om niet terug te lachen.

Natuurlijk kan ik niet bewijzen dat ze over Tomas schreef. Die paar gekrabbelde regels hadden over iedereen kunnen gaan. Er is geen beschrijving, en toch weet ik op de een of andere manier zeker dat hij het was. Alleen Tomas had haar dat gevoel kunnen geven. Alleen Tomas had mij dat gevoel kunnen geven.

Het staat allemaal in het album. Je kunt het lezen als je wilt, als je weet waar je moet kijken. De gebeurtenissen staan door elkaar. Behalve bij de details van haar geheime transacties komt er haast geen datum in voor. Maar ze was op haar manier nauwgezet. Ze beschreef La Rép zoals het café was zo duidelijk dat ik jaren later toen ik het las, mijn keel voelde samenknijpen. Het geluid, de muziek, de rook, het bier, het opklinkende gelach en de dronken vuile praat. Logisch dat wij uit de buurt moesten blijven. Ze schaamde zich te zeer voor haar eigen betrokkenheid, was te bang voor wat we van een van de vaste klanten zouden kunnen vernemen.

Op de avond waarop wij ernaartoe slopen, zouden we teleurgesteld worden. We hadden ons een duister hol vol grotemensenslechtheid voorgesteld. Ik had naakte danseressen verwacht, vrouwen met robijnen in hun navel en haar tot aan hun middel. Cassis, die nog steeds onverschilligheid voorwendde, had verzetsstrijders voor zich gezien, in het zwart geklede guerrilla's met harde ogen onder de nachtelijke camouflage. Reinette had zichzelf met rouge op en pommade in het haar en een bontstola om haar schouders martini's zien drinken. Maar toen we die avond door het vuile raam keken, zagen we niets belangwekkends. Alleen een paar oude mannen aan tafeltjes, een triktrakbord, een pak kaarten, de oude piano en Agnès, met haar blouse van parachutezijde open tot het derde knoopje, ertegenaan leunend en zingend. Het was nog vroeg. Tomas was er nog niet.

9 mei. Een Duitse soldaat (Beiers), 12 sterke morfinetabletten voor een kip, een zak suiker en een zij spek. 25 mei. Duitse soldaat (dikke nek), 16 sterke morfinetabletten voor 1 fles calva, een zak meel, een pak koffie en 6 potten jam.

Dan een laatste notitie, waarvan de datum opzettelijk vaag is:

September. T/L, potje met 30 sterke morfinetabletten.

Voor het eerst schrijft ze niets over haar eigen inbreng in de deal. Misschien is het louter slordigheid; het schrift is nauwelijks leesbaar, haastig neergepend. Misschien heeft ze deze maal meer betaald dan ze op wil schrijven. Wat was de prijs? Dertig tabletten moet een bijna onvoorstelbaar rijk bezit zijn geweest. Ze hoefde een tijdlang niet naar La Rép. Geen gesjacher meer met dronken boerenpummels als Julien Lecoz. Ze moet heel wat betaald hebben voor de gemoedsrust die deze dertig tabletten haar gaven. Waarmee heeft ze voor die gemoedsrust betaald? Met informatie? Met iets anders?

We wachtten op de plek die later het parkeerterrein zou worden. In die tijd was het slechts een stuk grond waar de afvalbakken stonden en waar bestellingen – vaten bier of soms goederen van meer illegale aard – werden afgeleverd. Langs de achterkant van het gebouw liep tot halverwege een muur, die daarna verdween in een wirwar van vlierbes- en braamstruiken. De achterdeur stond open – het was zelfs voor oktober benauwd warm – en vanuit de bar waaierde felgeel licht op de grond. We zaten op de muur, klaar om ons erachter te laten vallen als iemand te dicht in de buurt kwam, en wachtten af.

# 7

Zoals ik al zei is er niet veel veranderd. Een paar lichten, een paar machines, meer mensen, maar nog dezelfde Mauvaise Réputation, dezelfde mensen met ander haar, dezelfde gezichten. Wanneer je er nu binnenloopt, zou je je bijna in die tijd kunnen wanen, met de oude zuiplappen en de jonge mannen met hun meisjes achter zich aan en een allesoverheersende geur van bier en parfum en sigaretten.

Ik ben er zelf namelijk ook geweest toen de snackkar kwam. Paul en ik verborgen ons – net als Cassis, Reine en ik ons verborgen hadden op de avond waarop er gedanst werd – op het parkeerterrein. Natuurlijk stonden er nu auto's. Het was ook koud en het regende. De vlierbes- en braamstruiken zijn verdwenen; er is nu alleen maar asfalt en een nieuwe muur waar geliefden achter wegduiken, of dronkaards, wanneer ze willen plassen. We wachtten op Dessanges, onze Luc met zijn scherpe, knappe gezicht, maar terwijl ik daar zo in het donker stond – terwijl het neonlicht aan- en uitflitste op het natte asfalt – had ik weer negen kunnen zijn, en had Tomas in de achterkamer kunnen zitten met een meisje aan elke arm. Wat haalt de tijd soms toch gekke dingen met je uit.

Er stond op de parkeerplaats een dubbele rij motorfietsen, glimmend van de regen. Het was elf uur. Ik voelde me plotseling opgelaten, zoals ik daar tegen de nieuwe betonnen muur stond te leunen, net een dom meisje dat volwassenen bespioneert, de oudste negenjarige ter wereld, met naast me Paul en zijn oude hond aan het onvermijdelijke stuk touw. Woordeloos en murw, twee oude mensen die in het donker een bar in de gaten hielden. Waarvoor? Een flard muziek uit de jukebox, niets herkenbaars. Zelfs de instrumenten van tegenwoordig zeggen me niets meer, elektronische geluiden waar geen mond of vinger aan te pas komt. De lach van een meisje, hoog en onaangenaam. Even waaierde de deur open en zagen we hem duidelijk, met aan elke arm een meisje. Hij droeg een leren jasje dat hem in een Parijse winkel 2000 frank of meer moest hebben gekost. De meisjes waren zacht en roodlippig en erg jong in hun jurkjes met dunne schouderbandjes. Ik voelde plotseling een kille wanhoop.

'Moet je ons zien.' Ik besefte dat mijn haar nat was en mijn vingers zo stijf als stokjes. 'James Bond en Mata Hari. Laten we maar naar huis gaan.'

Paul keek me op zijn bekende peinzende manier aan. Een ander zou misschien niet de intelligentie in die ogen hebben gezien, maar ik zag die wel. Zwijgend nam hij mijn hand tussen de zijne. Zijn handen waren troostgevend warm, en ik voelde de rijen eeltplekken op zijn handpalmen.

'Niet opgeven,' zei hij.

Ik haalde mijn schouders op. 'We doen hier niets zinnigs,' zei ik. 'We staan voor gek. Laten we het onder ogen zien, Paul. We zullen het nooit winnen van Dessanges, en dat kunnen we maar beter tot ons dikke, koppige hoofd laten doordringen. Ik bedoel–'

'Nee, dat laat je.' Hij praatte langzaam en klonk haast geamuseerd. 'Jij geeft nooit op, Framboise. Dat heb je nooit gedaan.'

Geduld. Zijn geduld, vriendelijk en volhardend genoeg om een leven lang te wachten.

'Dat was toen,' zei ik tegen hem zonder hem in de ogen te kijken.

'Zoveel ben je niet veranderd, Framboise.'

Misschien is dat waar. Er zit nog steeds iets in me wat

hard en niet noodzakelijkerwijs goed is. Ik voel het af en toe nog, iets hards en kouds, als een steen in een gebalde vuist. Dat heb ik altijd gehad, vroeger ook al, iets gemeens en koppigs en net slim genoeg om het zo lang uit te houden als nodig om te winnen. Alsof Ouwe Moer die dag in me was gaan zitten en ze, hoewel ze op weg was naar mijn hart, werd opgeslokt door die innerlijke mond van mij. Een fossiele vis in een vuist van steen – ik zag ooit een plaatje van zo'n beest in een van Ricots dinosaurusboeken – die zichzelf uit koppige haat opat.

'Misschien moet ik veranderen,' zei ik zacht. 'Misschien zou dat moeten.'

Ik denk dat ik het heel even ook echt meende. Ik was moe, moet je weten. Ongelooflijk moe. Twee maanden waren we nu al bezig en we hadden van alles geprobeerd. We hadden Luc geobserveerd, met hem gediscussieerd, en de wildste fantasieën gehad: een bom onder zijn kar, een huurmoordenaar uit Parijs, een verdwaald geweerschot vanuit de Uitkijkpost. O, ik had hem zo willen vermoorden. Mijn woede putte me uit, maar mijn angst hield me 's nachts wakker, zodat mijn dagen gebroken glas waren en mijn hoofd de hele tijd pijn deed. Het was meer dan alleen maar de angst voor ontdekking: ik was per slot van rekening Mirabelle Dartigens dochter. Ik had haar geestkracht. Ik hield van het restaurant, maar zelfs als Dessanges me brodeloos maakte, zelfs als niemand in Les Laveuses ooit meer met me sprak, zou ik me er doorheen weten te slaan. Nee, mijn ware angst, die ik geheimhield voor Paul en zelf ook nauwelijks onder ogen durfde te zien, was iets dat veel duisterder en complexer was. Het lag op de loer in de diepten van mijn geest, als Ouwe Moer op de slijmerige rivierbodem, en ik bad dat geen aas het ooit naar boven zou lokken.

Ik kreeg nog twee brieven, een van Yannick en een in Laures handschrift. De eerste las ik met een toenemend ongemakkelijk gevoel. Yannick klaagde en vleide. Hij had een moeilijke tijd gehad. Laure begreep hem niet, zei hij. Ze gebruikte zijn financiële afhankelijkheid constant als wapen tegen hem. Ze hadden drie jaar zonder succes geprobeerd een kind te krijgen, en ze gaf hem ook daar de schuld van. Ze had het over scheiden gehad. Volgens Yannick zou daar allemaal verandering in komen als ik het album van mijn moeder uitleende. Wat Laure nodig had was iets om haar bezig te houden, een nieuw project. Haar carrière had een impuls nodig. Yannick wist dat ik niet zo harteloos zou zijn dat ik zou weigeren.

Ik verbrandde de tweede brief ongeopend. Misschien was het de herinnering aan Noisettes vlakke, feitelijke brieven uit Canada, maar ik vond de confidenties van mijn neef meelijwekkend en pijnlijk. Ik wilde verder niets weten.

Onversaagd bereidden Paul en ik ons voor op een laatste aanval. Dit was onze laatste hoop. Ik weet niet precies wat we verwachtten; het was louter koppigheid die ons gaande hield. Misschien had ik er nog steeds behoefte aan om te winnen, net als in die laatste zomer in Les Laveuses. Misschien was het mijn moeders harde, niet voor rede vatbare geest in mij die weigerde zich gewonnen te geven. Als je het nu opgeeft, zei ik tegen mezelf, is haar offer voor niets geweest. Ik heb voor ons beiden gevochten, en gedacht dat zelfs mijn moeder trots zou zijn geweest.

Ik had nooit gedacht dat Paul zo'n waardevolle steun zou zijn. Het café in de gaten houden was zijn idee geweest; hij was het ook geweest die het adres van Dessanges had ontdekt via de achterkant van de snackkar. Ik was in deze maanden zwaar op Paul gaan leunen en op zijn oordeel gaan vertrouwen. We hielden vaak samen de wacht, met een deken over onze voeten toen de nachten kouder werden, een pot koffie en een paar glazen cointreau tussen ons in. In allerlei opzichten had hij zich onmisbaar gemaakt. Hij maakte groente schoon voor het avondmaal, haalde brandhout en maakte vis schoon. Hoewel Crêpe Framboise nog maar weinig werd bezocht – door de week ging ik niet meer open, en zelfs in het weekend lieten alleen de meest vastberaden klanten zich niet afschrikken door de snackkar –, bleef hij de wacht houden in het restaurant, de vaat doen en de vloeren dweilen. En bijna altijd zwijgend, de prettige stilte van een intimiteit die al lang bestaat, de simpele stilte van een vriendschap.

'Blijf staan,' zei hij ten slotte.

Ik had me al omgekeerd om weg te gaan, maar hij hield mijn hand vast en ik kon hem niet wegtrekken. Ik zag regendruppels op zijn pet en op zijn snor glinsteren.

'Ik denk dat ik misschien iets heb,' zei Paul.

'Wat?' Mijn stem was schor van vermoeidheid. Het enige wat ik wilde was gaan liggen en slapen. 'Néé! Wat dan?'

'Het is misschien niets.' Voorzichtig nu, met een traagheid die het me bijna deed uitschreeuwen van frustratie. 'Wacht hier. Ik wil eventjes iets... eh controleren.'

'Wat, hier?' Ik schreeuwde bijna. 'Paul, wacht eens.'

Maar hij was al weg. Hij liep met de snelheid en geluidloosheid van een stroper naar de deur van de bar. Een seconde later was hij verdwenen.

'Páúl!' siste ik woedend. 'Paul! Denk maar niet dat ik hier op je ga staan wachten. Verdómme, Paul!'

Maar dat deed ik wel. Terwijl de regen de kraag van mijn goede herfstjas binnenstroomde en in mijn haar sijpelde en koude spoortjes tussen mijn borsten trok, had ik voldoende tijd om te beseffen dat ik toch eigenlijk niet zo erg veranderd was.

# 8

Toen ze kwamen, stonden Cassis, Reinette en ik al ruim een uur te wachten. Toen we eenmaal bij La Rép stonden, liet Cassis alle schijn van onverschilligheid varen en keek hij gretig door de kier van de deur, ons wegduwend wanneer we ook aan de beurt probeerden te komen. Mijn belangstelling was beperkt. Tot Tomas arriveerde kon er immers niet veel te zien zijn. Maar Reine gaf niet op.

'Ik wil kijken,' jammerde ze. 'Cassis, gemenerik, ik wil kíjken!'

'Er is niks te zien,' zei ik ongedurig tegen haar. 'Alleen maar oude mannen aan tafeltjes en die twee dellen met rood geverfde mond.' Ik ving er destijds maar een glimp van op, maar o, wat weet ik het nog goed. Agnès bij de piano en Colette met een strak groen omslagvest, waarin haar puntige borsten wel granaten leken. Ik weet nog waar iedereen zich bevond. Martin en Jean-Marie Dupré waren aan het kaarten met Philippe Hourias en plukten hem naar het leek kaal, zoals gewoonlijk. Henri Lemaître zat met zijn eeuwige demi aan de bar naar de dames te kijken. François Ramondin en Arthur Lecoz, Juliens neef, bespraken in een hoek iets heimelijks met Julien Lanicen en Auguste Truriand, en de oude Gustave Beauchamp zat in zijn eentje bij het raam, de baret over zijn harige oren getrokken en een stompe pijp tussen zijn lippen geklemd. Ik herinner me hen allemaal. Met enige moeite kan ik Philippes pet nog op de bar naast hem zien liggen, kan ik de tabaksrook nog ruiken – de kostbare tabak was inmiddels al zwaar vermengd met paardebloemblad en stonk alsof er groen verbrand werd – en de geur van surrogaatkoffie. De scène heeft de verstilling van een decor, maar de gouden gloed van de nostalgie verdwijnt in het donkerrood van vlammen. O, wat weet ik het nog goed. Maar ik wou dat dat niet zo was.

Toen ze eindelijk kwamen, waren we stijf en humeurig door het ineengedoken tegen de muur zitten en was Reinette bijna in tranen. Cassis had door de deuropening naar binnen gekeken en wij hadden een plekje onder een van de besmeurde ramen gevonden, waar we net de gedaanten konden onderscheiden die vaag in het rokerige licht bewogen. Ik hoorde hen het eerst, het geluid van motoren in de verte dat dichterbij kwam op de grote weg en toen op de onverharde weg overging in een gesmoorde reeks kleine explosies. Vier motoren. De vrouwen hadden we kunnen verwachten, denk ik. Als we moeders album hadden kunnen lezen, zouden we het zeker geweten hebben, maar ondanks alles waren we uiterst naïef en de werkelijkheid bezorgde ons een lichte schok. Ik denk dat dat kwam omdat we toen ze de bar binnenkwamen, konden zien dat dit echte vrouwen waren – strak twinset, valse parels, een met haar puntschoenen met hoge hakken in haar hand, een andere in haar handtas zoekend naar haar poederdoos – ook al waren ze niet bepaald knap en zelfs niet heel jong. Ik had glamour verwacht. Maar dit waren doodgewone vrouwen, als mijn moeder, met een scherp gezicht en haar dat met metalen knijpers naar achteren was getrokken en een rug die in een onmogelijke bocht werd gehouden omdat hun schoenen knelden. Drie doodgewone vrouwen.

Reinette keek haar ogen uit haar hoofd.

'Moet je haar schoenen zien!' Haar gezicht, tegen het smoezelige glas gedrukt, was roze van verrukking en bewondering. Ik besefte dat zij en ik verschillende dingen zagen, dat mijn zus in de nylonkousen, bontkragen, krokodillenleren handtassen, donzige struisvogelveren, diamanten oorhangers en bewerkelijke kapsels nog steeds filmsterglamour zag. De volgende paar minuten bleef ze maar in extase in zichzelf mompelen: 'Moet je die hoed zien! Oooo! En die jurk! Oooo!'

Cassis en ik schonken allebei geen aandacht aan haar. Mijn broer bestudeerde de koffers die achter op de vierde motor waren vervoerd. Ik sloeg Tomas gade.

Hij stond een eindje bij de anderen vandaan en leunde met zijn elleboog op de toog. Ik zag hem iets tegen Raphaël zeggen, die glazen bier begon te tappen. Heinemann, Schwartz en Hauer gingen met de vrouwen aan een vrije tafel bij het raam zitten en ik zag de oude Gustave met een plotselinge uitdrukking van afkeer op zijn gezicht zich terugtrekken naar de andere kant van het vertrek, zijn glas meenemend. De andere drinkers gedroegen zich alsof ze gewend waren aan zulk bezoek en knikten zelfs naar de Duitsers toen ze door het vertrek liepen. Henri zat naar de drie vrouwen te lonken, ook toen die al zaten. Ik voelde plotseling een absurde triomf in me opkomen omdat Tomas niet vergezeld werd door een vrouw. Hij bleef even bij de bar staan praten met Raphaël en dat gaf mij de gelegenheid zijn gezicht, zijn nonchalante gebaren, zijn zwierig scheefstaande pet en zijn uniformjasje dat openhing over zijn hemd, te observeren. Raphaël zei weinig, zijn gezicht was emotieloos en beleefd. Tomas scheen zijn antipathie te voelen, maar leek eerder geamuseerd dan boos. Hij hief het glas met een licht spottend gebaar en dronk op Raphaëls gezondheid. Agnès begon piano te spelen, een walsachtige melodie met een zielig plink-plinkgeluid bij een van de hoge tonen waar een toets beschadigd was.

Cassis begon zich te vervelen.

'Er gebeurt niets,' zei hij nors. 'Laten we weggaan.'

Maar Reinette en ik waren gefascineerd, zij door de lichten, de sieraden, het glas, de rook uit een elegante gelakte sigarettenhouder tussen gelakte nagels, en ik... natuurlijk door Tomas. Het maakte niet uit of er iets gebeurde. Ik had het even leuk gevonden naar hem te kijken terwijl hij alleen was en sliep. Het had iets om hem zo in het geheim te bekijken. Ik kon mijn handen tegen het wazige glas leggen en zijn gezicht omvatten. Ik kon mijn lippen op het raam drukken en fantaseren dat zijn huid tegen de mijne lag. De andere drie Duitsers dronken meer. De dikke Schwartz had een vrouw op zijn knie en zijn hand schoof haar rok steeds verder omhoog, zodat ik af en toe een glimp van haar bruine kousenboord en een roze kousenband opving. Ik merkte ook dat Henri naar het groepje toe was geschoven en geile blikken op de vrouwen wierp, die bij ieder grapje als pauwen schreeuwden. De kaarters waren opgehouden en zaten toe te kijken en Jean-Marie, die het meest gewonnen leek te hebben, liep nonchalant het vertrek door, in Tomas' richting. Jean-Marie schoof geld over het gehavende oppervlak en Raphaël bracht nieuwe drankjes. Tomas keek eenmaal even achter zich naar de groep drinkers en glimlachte. Het was een kort gesprek en je zou het niet opgemerkt hebben als je niet bewust op Tomas lette. Ik verbeeld me dat alleen ik de transactie zag, een glimlach, een gemompeld woord, een stukje papier dat over de bar werd geschoven en snel in de zak van Tomas' jas verdween. Het verbaasde me niet. Tomas handelde met iedereen. Hij had die gave. We keken en wachtten nog een uur. Ik denk dat Cassis zat te dommelen. Tomas speelde even piano terwijl Agnès zong, maar ik was blij te zien dat hij weinig belangstelling toonde voor de vrouwen die tegen hem fleemden en hem streelden. Ik was trots op hem. Tomas had een betere smaak.

Iedereen had in dit stadium veel gedronken. Raphaël haalde een fles *fine* tevoorschijn en die dronken ze uit koffiekopjes maar dan zonder de koffie. Er begon een kaartspel tussen Hauer en de broers Dupré met als inzet drank, terwijl Philippe en Colette toekeken. Ik hoorde hen door het glas heen lachen toen Hauer weer verloor, hoewel dat geen kwaad bloed zette, daar de drankjes al betaald waren. Een van de stadsvrouwen zakte door haar enkel en viel om en bleef op de grond zitten giechelen terwijl haar haar over haar gezicht viel. Alleen Gustave Beauchamp hield zich afzijdig en sloeg de *fine* die Philippe hem aanbood, af en bleef zo ver mogelijk bij de Duitsers vandaan. Hij ving eenmaal Hauers blik op en zei toen iets voor zich heen, maar daar Hauer het niet verstond, keek hij hem alleen maar even koel aan en richtte toen weer zijn aandacht op het spel. Het gebeurde een paar minuten later echter weer, en deze keer stond Hauer, die naast Tomas de enige in het gezelschap was die Frans verstond, op en zijn hand ging naar de riem waarin zijn pistool stak. De oude man keek hem dreigend aan. De pijp tussen zijn tanden stak als de loop van een oude tank naar voren.

Even hing er een verlammende spanning tussen hen in. Ik zag Raphaël een beweging in Tomas' richting maken, die het tafereeltje met onverstoord amusement gadesloeg. In stilte keken ze elkaar aan. Even dacht ik dat hij het voort zou laten duren, gewoon om te kijken wat er zou gebeuren. De oude man en de Duitser stonden tegenover elkaar. Hauer was zeker twee koppen groter dan Gustave, zijn blauwe ogen waren bloeddoorlopen en de aderen op zijn voorhoofd lagen als bloedzuigers op zijn bruine huid. Tomas keek naar Raphaël en glimlachte. *Maak hem nou!* zei die lach. *Zonde om tussenbeide te komen net nu het spannend begint te worden. Maak hem nou!* Toen liep hij bijna nonchalant op zijn vriend af, terwijl Raphaël de oude man uit de gevarenzone loodste. Ik weet niet wat hij zei, maar ik denk dat Tomas het leven van de oude Gustave op dat moment redde. Hij legde zijn ene arm om Hauers schouder en gebaarde met de andere vaag in de richting van de koffers die ze hadden meegebracht op de vierde motor, de zwarte koffers die Cassis zo hadden geïntrigeerd en die nu tegen de piano stonden te wachten tot iemand ze zou openen.

Hauer keek Tomas even kwaad aan. Ik zag dat zijn ogen zich vernauwden tot spleetjes in zijn dikke wangen, als sneden in een stuk spek. Toen zei Tomas nog iets en hij ontspande; zijn bulderende lach kwam boven het plotseling oplaaiende geroezemoes in de bar uit en het moment was voorbij. Gustave schuifelde weg naar een hoek om zijn drankje op te drinken en iedereen liep naar de piano waar de koffers stonden te wachten.

Even zag ik niets anders dan lijven. Toen hoorde ik een klank, een muzieknoot die veel helderder en lieflijker was dan die van de piano, en toen Hauer zich naar het raam keerde had hij een trompet in zijn hand. Schwartz had een drum en Heinemann een instrument dat ik niet herkende; later kwam ik erachter dat het een klarinet was, maar op dat moment had ik zo'n ding nooit eerder gezien. De vrouwen gingen aan de kant voor Agnès, zodat ze bij de piano kon, en toen keerde Tomas terug in mijn gezichtsveld met zijn saxofoon over een schouder, alsof het een exotisch wapen was. Even dacht ik dat het een wapen wás. Reinette naast me haalde lang en bibberig adem van ontzag. Cassis, die zijn verveling nu vergeten was, leunde voorover en duwde me bijna weg. Hij benoemde voor ons de instrumenten. We hadden thuis geen platenspeler, maar Cassis was oud genoeg om zich de muziek te herinneren die we vroeger op de radio hoorden, voordat dat soort dingen verboden werd, en hij had plaatjes van de band van Glenn Miller gezien in de tijdschriften waar hij zo dol op was.

'Dat is een klarinet.' Hij klonk plotseling heel jong, als zijn zus met haar ontzag voor de schoenen van de stadsvrouwen. 'En Tomas heeft een saxofoon. Jee, waar hebben ze dié vandaan? Zeker in beslag genomen. Laat dat maar aan Tomas over. O, ik hoop dat ze erop gaan spelen. Ik hoop dat ze–'

Ik weet niet hoe goed ze waren. Ik had niets om het mee te vergelijken en we waren zo opgewonden en verbaasd dat alles ons gecharmeerd zou hebben. Ik weet dat het nu belachelijk klinkt, maar in die tijd hoorden we zo zelden muziek. We kenden alleen de piano in La Mauvaise Réputation, het kerkorgel voor degenen die naar de mis gingen, en de viool van Denis Gaudin op de veertiende juli of met Mardi Gras, wanneer we op straat dansten. Toen de oorlog begon werd dat natuurlijk veel minder, maar we gingen er nog een poos mee door, in ieder geval totdat zijn viool uiteindelijk gevorderd werd, zoals alle andere dingen. Maar nu kwamen er klanken uit de bar, exotische, onbekende klanken, die net zoveel verschilden van de piano van La Mauvaise Réputation als blaffen verschilde van operamuziek, en we drongen tegen het raam aan om geen noot te missen. Eerst maakten de instrumenten alleen maar rare jammerklachten – ik geloof dat ze aan het stemmen waren, maar dat wisten we niet zeker – en toen begonnen ze te spelen. Het was een vrolijk, scherp klinkend melodietje dat we niet herkenden, maar ik denk dat het een soort jazz was. Een licht geroffel op de trom, een keelachtig, borrelend geluid uit de klarinet, maar uit de saxofoon van Tomas een reeks heldere noten, als kerstlichtjes, zoet jammerend, schor fluisterend, boven het half discorderende geheel uit stijgend en weer dalend, als een menselijke stem die op magische wijze verrijkt was en het gehele menselijke scala van zachtheid, brutaliteit, gevlei en verdriet omvatte.

Natuurlijk is herinnering iets subjectiefs. Misschien wellen daarom de tranen op wanneer ik aan die muziek terugdenk, muziek voor het einde van de wereld. In alle waarschijnlijkheid was het heel anders dan in mijn herinnering – een stel dronken Duitsers die er een paar bluesmaten uit gooiden op gestolen instrumenten – maar voor mij was het magie. Het moet op de anderen ook zijn uitwerking gehad hebben, want niet lang daarna waren ze aan het dansen, sommigen alleen en anderen in paren, de stadsvrouwen in de armen van de kaartspelende gebroeders Dupré, en Philippe en Colette met hun gezichten dicht tegen elkaar. Het was een soort dans die we nog nooit gezien hadden, een wervelende dans met botsen en heupwiegen, waarbij enkels zwikten en tafels werden verschoven door draaiende achterwerken en schril gelach boven de klank van de instrumenten uit kwam en zelfs Raphaël met zijn voet tikte en vergat zijn gezicht in de plooi te houden. Ik weet niet hoe lang het duurde: misschien nog geen uur, misschien slechts een paar minuten. Ik weet dat we mee gingen doen, uitgelaten stonden we voor het raam als duveltjes te springen en te draaien. De muziek was hot en de hitte sloeg van ons af als alcohol van een *flambée*, met een scherpe, zure lucht, en we schreeuwden als uitgelaten indianen, wetende dat we door de herrie binnen zoveel lawaai konden maken als we wilden zonder gehoord te worden. Gelukkig hield ik de hele tijd het raam in de gaten, want ik was degene die Gustave zag weggaan. Ik sloeg meteen alarm en we doken net op tijd achter de muur. We zagen hem de verfrissende nachtlucht in stommelen, een gekromde, donkere gestalte. Zijn gloeiende pijpenkop vormde een rode roos op zijn gezicht. Hij was dronken, maar niet lam. Ik denk zelfs dat hij ons gehoord had, want hij bleef naast de muur staan en tuurde ingespannen naar de schaduwen achter het gebouw, met zijn hand tegen de hoek van de portiek aan om te voorkomen dat hij viel.

'Wie is daar?' Zijn stem klonk klaaglijk. 'Is daar iemand?'

We hielden ons stil achter de muur, gegiechel onderdrukkend.

'Is daar iemand?' herhaalde de oude Gustave; toen, kennelijk gerustgesteld, mompelde hij iets dat nauwelijks hoorbaar was en kwam hij weer in beweging. Hij liep naar de muur toe en sloeg met zijn pijp tegen de stenen. Een vonkenregen zweefde op onze kant neer en ik sloeg mijn hand voor Reinettes mond om te voorkomen dat ze zou gaan schreeuwen. Toen was het even stil. We wachtten en durfden nauwelijks adem te halen. Toen hoorden we hem overvloedig plassen tegen de muur; ondertussen liet hij af en toe een zacht oudemannengeknor horen. Ik grijnsde in het donker. Logisch dat hij zo graag had willen weten of er iemand was. Cassis zat me met zijn hand voor zijn mond verwoed te porren. Reine trok een vies gezicht. Toen hoorden we hem de gesp van zijn riem weer dichtmaken en een paar schuifelpasjes in de richting van het café maken. Toen niets meer. We wachtten een paar minuten.

'Waar is hij?' fluisterde Cassis eindelijk. 'Hij is niet weg. Dat zouden we gehoord hebben.'

Ik haalde mijn schouders op. Bij het schijnsel van de maan zag ik dat Cassis' gezicht glom van het zweet en de benauwdheid. Ik gebaarde naar de muur. 'Ga maar kijken,' mimede ik. 'Misschien is hij buiten westen of zo.'

Cassis schudde zijn hoofd. 'Misschien heeft hij ons in de gaten gekregen,' zei hij somber. 'Wacht hij alleen maar tot ons hoofd boven de muur uit komt en dan paf!'

Ik haalde weer mijn schouders op en keek voorzichtig over de rand van de muur. De oude Gustave was niet flauwgevallen, maar zat op zijn stok met zijn rug naar ons toe, zijn blik op het café gericht. Hij zat heel stil.

'En?' zei Cassis, toen ik weer achter de muur dook.

Ik vertelde hem wat ik gezien had.

'Maar wat doet hij dan?' zei Cassis, die wit was van frustratie.

Ik schudde mijn hoofd.

'Die stomme idioot! Straks zitten we hier de hele nacht te wachten.'

Ik legde mijn vinger tegen mijn lippen. 'Sst! Er komt iemand aan.'

De oude Gustave moet het ook gehoord hebben, want

toen we nog dieper achter de muur wegdoken, in de braambosjes, hoorden we hem op ons af komen. Niet zo stil als wij, en als hij een paar meter meer naar links was uitgekomen, zou hij boven op ons terecht zijn gekomen. Maar nu viel hij in de dichte braamstruiken, vloekend en met zijn stok slaand, en we trokken ons nog verder in het struikgewas terug. We zaten in een soort tunnel, bestaand uit braamranken en kleefkruid, en voor jongeren van onze leeftijd en lenigheid leek het mogelijk om er doorheen te kruipen en zo de weg te bereiken. Als dat ons lukte, hoefden we misschien helemaal niet meer over de muur te klimmen en zouden we ongezien door het duister kunnen ontsnappen.

Ik had bijna besloten dit uit te proberen, toen ik het geluid van stemmen aan de andere kant van de muur hoorde. Een was een vrouwenstem. De andere sprak alleen Duits en ik herkende Schwartz. Ik hoorde in de bar nog muziek, en ik vermoedde dat Schwartz en zijn vriendin ongemerkt weg waren geslopen. Vanaf mijn plek tussen de braamstruiken zag ik hun gedaanten vaag boven de muur, en ik gebaarde naar Reinette en Cassis dat ze moesten blijven waar ze waren. Ik kon Gustave ook zien, een eindje van ons vandaan en zich niet van onze aanwezigheid bewust, ineengedoken tegen de bakstenen naast hem en door een van de kieren in het metselwerk kijkend. Ik hoorde de vrouw lachen, hoog en een beetje nerveus, en daarna de hese stem van Schwartz iets in het Duits zeggen. Hij was kleiner dan zij, stak als een dwerg af bij haar slanke figuurtje, en zoals hij tegen haar hals aan leunde had hij iets van een rare vleeseter, net als de klanken die hij uitstootte terwijl hij dat deed: slurpende, mompelende geluiden, als van een man die snel zijn eten wil opeten. Toen ze achter de achterportiek vandaan kwamen werden ze vol door de maan beschenen en ik zag de grote handen van Schwartz aan de blouse van de vrouw frummelen – *'Liebchen, Lieb-*

*ling*' – en hoorde haar nog scheller lachen – 'Hihihihi' – terwijl zij haar borsten in zijn handen duwde. Toen waren ze niet alleen meer. Er kwam een derde gestalte achter de portiek vandaan, maar de Duitser scheen door zijn komst niet verrast, want hij knikte kort naar de nieuwkomer. De vrouw leek echter niets te merken en richtte zich weer op wat ze aan het doen was terwijl de andere man toekeek, zwijgend en gretig, zijn ogen glanzend in de duisternis van de portiek als die van een dier. Het was Jean-Marie Dupré.

Het kwam toen niet bij me op dat Tomas deze ontmoeting misschien gearrangeerd had. Het gadeslaan van de vrouw in ruil voor iets anders, een gunst wellicht, of een blik zwartemarktkoffie. Ik legde geen verband tussen het gesprekje tussen hen in de bar dat ik had opgemerkt en dit; in feite wist ik niet eens wat 'dit' nu eigenlijk was, zover stond het af van de geringe kennis die ik had van zulke zaken. Cassis had het natuurlijk wel geweten, maar hij zat nog met Reinette achter de muur. Ik gebaarde wild naar hem, omdat ik dacht dat dit misschien het moment was, nu die drie nog in hun eigen zaken opgingen, om onze ontsnapping uit te voeren. Hij knikte en begon door de struiken naar me toe te kruipen, Reinette in de schaduw van de muur achterlatend. Waar wij wachtten was alleen haar blouse van witte parachutezijde nog te zien.

'Verdorie. Waarom komt ze niet achter ons aan?' siste Cassis ten slotte. De Duitser en de stadsvrouw waren nu dichter bij de muur zodat we nauwelijks konden zien wat er gaande was. Jean-Marie stond dicht bij hen, dichtbij genoeg om te kijken, dacht ik – ik voelde me plotseling schuldig en misselijk tegelijk – en ik hoorde hun ademhaling, de hese, varkensachtige ademhaling van de Duitser en de rauwe, opgewonden ademhaling van de observeerder, met de hoge, gesmoorde gilletjes van de vrouw ertussendoor. Ik was plotseling blij dat ik niet kon zien wat er gebeurde, blij dat ik te jong was om het te begrijpen, want wat ze deden leek ongelooflijk lelijk, ongelooflijk smerig, en toch genoten ze ervan. Ik zag bij het licht van de maan dat ze met hun ogen rolden en dat hun mond openhing als een vissenbek. En nu was de Duitser de vrouw met korte, ploffende geluidjes tegen de muur aan het duwen en ik hoorde haar hoofd en achterste tegen de stenen aan komen – en haar stem gilde: 'Ah! Ah! Ah!', en zijn stem gromde: '*Liebchen, ja Liebling, ach ja*' –, en ik had zin om op te staan en weg te rennen. Al mijn zelfbeheersing verdween onder een grote, prikkelende golf van paniek. Ik stond op het punt mijn instinct te volgen en was al half overeind gekomen; ik had me al naar de weg gekeerd en de afstand tussen mezelf en de ontsnapping gemeten, toen het geluid abrupt ophield en een mannenstem, in de stilte plotseling heel luid, snauwde: '*Was ist das*?'

Op dat moment raakte Reinette, die de hele tijd zachtjes naar ons toe was geslopen, in paniek. In plaats van zich niet te verroeren, zoals we hadden gedaan toen Gustave het donker in had geroepen, dacht ze waarschijnlijk dat hij haar gezien had, want ze kwam overeind en begon te rennen, de volle aandacht trekkend met het maanlicht op haar witte zijden blouse, verzwikte haar enkel en viel met een kreet in de braambosjes. Ze zat daar te jammeren met haar handen om haar enkel en haar witte gezicht hulpeloos naar ons toe gekeerd; haar mond bewoog wanhopig en woordenloos. Cassis was snel. Zachtjes vloekend rende hij door de struiken de andere kant op, waarbij de vliertakken in zijn gezicht sloegen en de braamstengels gemeen in zijn enkels haakten. Zonder nog naar ons om te kijken sprong hij verderop over de muur en verdween over de weg.

'*Verdammt*!' Dat was Schwartz. Ik zag zijn bleke, maanronde gezicht boven de muur en drukte me plat tussen de struiken. '*Wer war das*?'

Hauer, die zich vanuit de bar bij hem gevoegd had,

schudde zijn hoofd. '*Weiss nicht. Etwas da drüben.*' Hij wees. Boven de muur verschenen drie gezichten. Ik kon me alleen maar achter het donkere gebladerte verstoppen en hopen dat Reinette zo verstandig zou zijn een spurt te nemen zodra dat kon. Ik was in ieder geval niet weggerend, dacht ik minachtend, zoals Cassis. Het drong vaag tot me door dat de muziek in La Rép was opgehouden.

'Wacht, er is hier nog iemand,' zei Jean-Marie, over de muur turend. De stadsvrouw voegde zich bij hem, haar gezicht in het maanlicht zo wit als meel. Haar mond leek zwart en boosaardig tegen die onnatuurlijke bleekheid.

'Asjemenou, de kleine slet!' zei ze schril. 'Hé! Sta eens op! Ja, jij, achter die muur. Ons bespíéden!' Haar stem klonk hoog en verontwaardigd, en misschien een beetje schuldbewust. Reine stond langzaam, gehoorzaam op. Wat was ze toch braaf, mijn zus. Reageerde altijd meteen op de stem van het gezag. Maar veel had ze er niet aan. Ik kon haar horen ademen, het snelle, paniekerige gesis in haar keel toen ze tegenover hen stond. Haar blouse was tijdens haar val uit haar rok geraakt en haar haar was losgeraakt en hing om haar gezicht.

Hauer zei zacht iets in het Duits tegen Schwartz. Schwartz stak een hand over de muur om Reinette naar hun kant te trekken.

Even liet ze zich zonder protest ophijsen. Ze was nooit zo'n snelle denker geweest, en van ons drieën was zij verreweg het volgzaamst. Eén bevel van een volwassene, en haar eerste impuls was zonder aarzelen te gehoorzamen.

Toen leek ze het te begrijpen. Misschien kwam het door de handen van Schwartz, of misschien begreep ze wat Hauer had gemompeld, maar ze begon te worstelen. Te laat. Hauer hield haar vast terwijl Schwartz haar blouse uittrok. Ik zag hem bij het maanlicht als een witte vlag over de muur heen vliegen. Toen riep weer een andere stem – Heinemann, denk ik – iets in het Duits, en toen hoorde ik mijn zus met hoge, ademloze kreten 'Ah! Ah! Ah!' gillen van afkeer en doodsangst. Even zag ik haar gezicht boven de muur: haar haar wapperde om haar heen en haar armen klauwden in het donker en het grijnzende biergezicht van Schwartz was naar haar toe gekeerd. Toen verdween ze, hoewel de geluiden aanhielden, de wellustige geluiden van de mannen, en de stadsvrouw schril en mogelijk triomfantelijk uitroepend: 'Dat is haar verdiende loon, de kleine hoer. Haar verdiende loon.'

En de hele tijd dat gelach, dat varkensachtige hè-hè-hè, dat in sommige nachten nog steeds door mijn dromen snijdt. Dat én de saxofoonklanken, die zo sterk leken op een menselijke stem, op zijn stem.

Ik aarzelde misschien dertig seconden. Niet langer, hoewel het me langer toescheen terwijl ik op mijn knokkels beet om me beter te concentreren en me in het groen verborgen hield. Cassis was al ontsnapt. Ik was pas negen. Wat kon ik doen? Maar hoewel ik maar vaag begreep wat er gaande was, kon ik haar toch niet alleen laten. Ik stond op en wilde net mijn mond opendoen om te gaan gillen – in mijn gedachten was Tomas in de buurt en zou hij aan deze hele affaire een eind maken – toen er al iemand onhandig over de muur klom, iemand met een stok, die hij gebruikte om met meer woede dan efficiency naar de omstanders uit te halen. Iemand die met woedende, holle stem brulde: 'Vuile mof! Vuile mof!'

Het was Gustave Beauchamp.

Ik dook weer de bosjes in. Ik kon heel weinig zien van wat er nu gebeurde, maar ik zag wel dat Reinette haar blouse opraapte en kermend langs de muur terugrende naar de weg. Ik had me toen bij haar kunnen voegen, als ik niet zo nieuwsgierig was geweest en overspoeld werd door vreugde toen ik de vertrouwde stem in het tumult hoorde roepen: 'Rustig maar! Rustig maar!'

Mijn hart maakte een sprongetje.

Ik hoorde hem zich een weg banen door de kleine menigte. Anderen hadden zich nu in de ruzie gemengd en ik hoorde de stok van de oude Gustave nog tweemaal ergens tegenaan slaan, alsof iemand een kool een trap gaf. Sussende woorden – Tomas' stem – in het Frans en het Duits: 'Stil maar, kalm maar. *Verdammt*. Hé, kalm aan, Franzl, je hebt voor vandaag genoeg gedaan.' Daarna Hauers boze stem en verwarde protesten van Schwartz.

Hauer, wiens stem trilde van woede, schreeuwde naar Gustave: 'Dat is nu al de tweede keer vanavond dat je me te grazen wilt nemen, ouwe *Arschloch*.'

Tomas riep iets onbegrijpelijks en toen hoorde ik een harde kreet van Gustave. Die brak plotseling af waarna ik iets hoorde wat klonk als een zak meel die op een stenen vloer van een graanschuur ploft: een vreselijke smak op het steen en toen een stilte die even schokkend was als een ijsdouche.

Hij hield minstens een halve minuut aan. Niemand sprak. Niemand bewoog.

Toen klonk de stem van Tomas, opgewekt zorgeloos: 'Niets aan de hand. Ga terug naar de bar, drink jullie drankjes op. De wijn moet hem gevloerd hebben.'

Er werd ongemakkelijk gemompeld, gefluisterd, licht geprotesteerd. De stem van een vrouw, die van Colette, denk ik. 'Zijn ogen–'

'Dat komt gewoon door de drank.' De stem van Tomas klonk kordaat en licht. 'Zo'n oude man weet niet wanneer hij moet stoppen.' Zijn lach klonk zeer overtuigend en toch wist ik dat hij loog. 'Franzl, blijf hier en help me hem naar huis dragen. Udi, neem de anderen mee naar binnen.'

Zodra de anderen terug in de bar waren, hoorde ik de pianomuziek weer beginnen. Een vrouwenstem kweelde nerveus en zette een populair wijsje in. Toen ze met hun tweeën waren, begonnen Tomas en Hauer snel en dringend op gedempte toon te praten.

Hauer: *'Leibniz, was muss–'*

*'Halt's Maul!'* onderbrak Tomas hem scherp. Hij liep naar de plek waar naar ik vermoedde de oude man was neergevallen en knielde neer. Ik hoorde hem Gustave heen en weer schudden en een paar maal zacht in het Frans toespreken: 'Hé, ouwe, wakker worden. Hé, ouwe.'

Hauer zei iets snels en kwaads in het Duits, dat ik niet verstond. Toen sprak Tomas, langzaam en duidelijk, en het was meer de toon dan de woorden die ik begreep. Langzaam, nadrukkelijk, de woorden bijna geamuseerd in hun koele minachting.

*'Na gut, Franzl,'* zei Tomas bondig. *'Er ist tot.'*

# 9

'Zonder pillen.' Ze moet wanhopig geweest zijn. Die verschrikkelijke nacht, met overal om haar heen de geur van sinaasappels en niets om zich aan vast te klampen.

'Ik zou mijn kinderen verkopen om een nacht goed te kunnen slapen.'

Dan, onder een recept dat uit een krant geknipt is, in een handschrift dat zo klein is dat mijn oude ogen een vergrootglas nodig hadden om de woorden te onderscheiden:

> TL is weer geweest. Zei dat er een probleem was in La Rép. Een paar soldaten te ver gegaan. Zei dat R-C iets gezien kon hebben. Nam pillen mee.

Zouden die pillen de dertig sterke morfinetabletten kunnen zijn geweest? Om haar stilzwijgen te kopen? Of waren de pillen voor iets totaal anders?

## 10

Paul kwam een halfuur later terug. Hij had de enigszins schaapachtige uitdrukking van een man die verwacht op zijn kop te krijgen, en hij rook naar bier.

'Ik moest een biertje kopen,' zei hij verontschuldigend. 'Het zou vreemd over zijn gekomen als ik alleen maar had staan kijken.'

Ik was inmiddels half doorweekt en geïrriteerd. 'En?' vroeg ik boos. 'Wat heb je allemaal ontdekt?'

Paul haalde zijn schouders op. 'Misschien niets,' zei hij peinzend. 'Ik zou liever... eh... wachten totdat ik een paar dingen nagetrokken heb, anders geef ik je misschien te veel hoop.'

Ik keek hem aan. 'Paul Désiré Hourias,' verklaarde ik. 'Ik heb ik-weet-niet-hoe-lang in de regen op je staan wachten. Ik heb in de stank van dit café staan wachten op Dessanges, omdat jij dacht dat we iets zouden kunnen ontdekken. Ik heb niet één keer geklaagd' – toen ik dat zei keek hij me sarcastisch aan, en ik negeerde zijn blik – 'en dat betekent dus zo'n beetje dat ik héílig ben,' zei ik streng. 'Maar als je de móéd hebt me niets te vertellen, als je ook maar één seconde dacht dat–'

Paul gaf zich met een loom gebaar gewonnen. 'Hoe wist je dat mijn tweede naam Désiré was?' vroeg hij.

'Ik weet alles,' zei ik, zonder een lach op mijn gezicht.

## 11

Ik weet niet wat ze gedaan hebben nadat we waren weggerend. Een paar dagen later werd het lichaam van de oude Gustave in de Loire bij Courlé door een visser gevonden. De vissen hadden al aan hem geknaagd. Niemand had het over wat er gebeurd was bij La Mauvaise Réputation, hoewel de broers Dupré steelser leken dan ooit en er over het café een ongewone stilte hing. Reinette praatte niet over wat er gebeurd was en ik deed alsof ik tegelijk met Cassis was weggerend, zodat ze niet vermoedde wat ik gezien had. Maar ze was veranderd; ze leek koud, bijna agressief. Wanneer ze dacht dat ik niet keek, raakte ze dwangmatig haar haar en gezicht aan, alsof ze wilde controleren of alles wel goed was. Ze ging een paar dagen niet naar school, beweerde dat ze buikpijn had.

Tot mijn verbazing liet moeder haar haar gang gaan. Ze zat bij haar en maakte warme drankjes voor haar klaar, en praatte met haar op zachte, dringende toon. Ze zette Reinettes ledikant in haar eigen kamer, iets wat ze voor mij of Cassis nog nooit gedaan had. Een keer zag ik haar Reinette twee tabletten geven, die ze schoorvoetend, onder protest aannam. Op mijn plekje achter de muur ving ik een flard van hun gesprek op, waarin ik het woord 'vloek' meende te horen. Reinette was na de pillen een paar dagen flink ziek, maar herstelde weer gauw, en toen werd er niet meer over het voorval gerept.

In het album is hier weinig over te vinden. Er is een bladzij waarop mijn moeder schrijft: 'R-C volledig hersteld', onder een gedroogde goudsbloem en een recept voor een aftreksel van alsem. Maar ik heb altijd zo mijn vermoedens gehad. Zouden de pillen een soort reinigende werking hebben gehad, voor het geval er sprake was van een ongewenste zwangerschap? Zouden dat de pillen kunnen zijn geweest waarover moeder het heeft in haar dagboeknotitie? En was TL Tomas Leibniz?

Ik denk dat Cassis misschien iets heeft vermoed, maar hij was veel te veel bezig met zijn eigen zaken om veel aandacht aan Reinette te schenken. Hij leerde zijn huiswerk, las zijn tijdschriften, speelde met Paul in het bos en deed alsof er niets gebeurd was. Misschien was dat voor hem ook zo.

Ik probeerde een keer met hem erover te praten.

'Iets gebeurd? Wat bedoel je: iets gebeurd?' We zaten hoog in de Uitkijkpost brood met mosterd te eten en *De tijdmachine* te lezen. Het was die zomer mijn lievelingsverhaal geweest en het verveelde me nooit. Cassis keek me met volle mond aan. Zijn ogen meden de mijne.

'Ik weet het niet.' Ik was voorzichtig met wat ik zei en hield zijn onverstoorbare gezicht boven de harde kaft van het boek in de gaten. 'Ik ben maar een minuutje langer gebleven, maar–' Het was moeilijk onder woorden te brengen. Er waren in mijn woordenschat geen woorden voor iets dergelijks. 'Ze hadden Reinette bijna te pakken,' zei ik tam. 'Jean-Marie en de anderen. Ze... ze duwden haar tegen de muur. Ze scheurden haar blouse stuk,' zei ik.

Er was meer, als ik maar de woorden had kunnen vinden. Ik probeerde me weer de gevoelens van ontzetting, van schuld voor de geest te halen die ik ervaren had; het gevoel dat ik op het punt stond getuige te zijn van een afschuwelijk, meeslepend mysterie, maar op de een of andere manier was alles onduidelijk geworden, vaag, als droombeelden.

'Gustave was er ook,' vervolgde ik wanhopig.

Cassis raakte geïrriteerd. 'Nou, en?' zei hij scherp. 'Wat

dan nog? Hij was er de hele tijd, die ouwe zatlap. Dat is geen nieuws.' Maar toch weigerden zijn ogen in de mijne te kijken; ze bleven aan de bladzij kleven of schoten heen en weer als dode bladeren in de wind.

'Er werd gevochten. Of zoiets.' Ik moest het zeggen. Ik wist dat hij wilde dat ik dat niet deed, zag zijn gefixeerde blik opzettelijk langs me heen kijken, zich op de bladzijde concentreren; ik zag hem wensen dat ik mijn mond zou houden.

Stilte. In stilte vochten onze willen met elkaar, hij met zijn jaren en zijn ervaring, ik met het gewicht van mijn kennis.

'Denk je dat hij misschien–'

Ineens keerde hij zich woest naar me toe, zijn ogen fonkelend van woede en angst. 'Wát nou: dénk je? Wát nou?' barstte hij los. 'Heb je al niet genoeg onheil gesticht, met je hándeltjes en je plannetjes en je briljánte ideeën?' Hij hijgde, zijn gezicht was koortsachtig en heel dicht bij het mijne. 'Vind je niet dat je al genoeg ellende hebt veroorzaakt?'

'Ik weet niet wat–' Ik huilde bijna.

'Nou, dénk daar dan maar eens over na!' gilde Cassis. 'Laten we zeggen dat je iets vermoedt, oké? Laten we zeggen dat je weet waarom de oude Gustave dood is.' Hij wachtte even om mijn reactie te observeren en dempte zijn stem tot een hard gefluister. 'Laten we zeggen dat je iemand verdenkt. Wie ga je dat dan vertellen? De politie? Moeder? Het vreemdelingenlegioen soms?' Ik keek hem aan; ik voelde me rot maar liet het niet merken; ik staarde hem op mijn bekende brutale wijze aan.

'We zouden het aan niemand kunnen vertellen,' zei Cassis met een andere stem nu. 'Aan niemand. Ze zouden willen weten hoe we het wisten. Met wie we hadden gepraat. En als we zeiden' – zijn blik maakte zich los van de mijne – 'als we ooit aan iemand iets vertélden–' Hij hield plotseling op en richtte zijn aandacht weer op zijn boek. Zelfs zijn angst was verdwenen; er was een alerte onverschilligheid voor in de plaats gekomen.

'Het is maar goed dat we nog maar kinderen zijn, weet je,' merkte hij met een nieuwe, vlakke stem op. 'Kinderen doen altijd spelletjes. Ze speuren en spelen detectiefje en zo. Iedereen weet dat het niet echt is. Iedereen weet dat we het maar verzinnen.'

Ik staarde hem aan. 'Maar Gustave,' zei ik.

'Gewoon een ouwe man,' zei Cassis, zich er niet van bewust dat hij net als Tomas deed. 'In de rivier gevallen. Te veel wijn gedronken. Gebeurt wel vaker.'

Ik huiverde.

'We hebben helemaal niks gezien,' zei Cassis onverstoorbaar. 'Jij niet, ik niet en Reinette niet. Er is niets gebeurd, oké?'

Ik schudde mijn hoofd. 'Maar ik heb wel wat gezien. Echt.'

Maar Cassis keek niet meer op; hij verschanste zich achter de bladzijden van zijn boek, waar Morlocks en Eloi hevig vochten achter de veilige barrières van de fictie. En wanneer ik er later weer over begon, deed hij telkens alsof hij het niet begreep of dacht dat ik een spelletje speelde. Na verloop van tijd begon hij het misschien zelfs te geloven.

De dagen verstreken. Ik verwijderde alle sporen van het sinaasappelzakje onder mijn moeders kussen en ook van de sinaasappelschillen die ik in het vat met ansjovis verstopt had, en ik begroef ze in de tuin. Ik had het gevoel dat ik ze niet meer zou gebruiken.

'Vanmorgen om zes uur wakker geworden,' schrijft ze. 'Voor het eerst in maanden. Vreemd hoe anders alles eruitziet. Wanneer je niet geslapen hebt is het net of de wereld steeds verder wegglijdt. De grond waarop je loopt is niet helemaal recht. De lucht lijkt vol glanzende, stekende deeltjes. Het is net of ik een deel van mezelf heb achtergelaten, maar ik kan me niet herinneren welk. Ze kijken me met van die plechtige ogen aan. Ik denk dat ze bang voor me zijn. Alleen Boise niet. Die is nergens bang voor. Ik wil haar waarschuwen dat dat niet eeuwig zo blijft.'

Daarin had ze gelijk. Het blijft niet. Ik wist dat zodra Noisette was geboren, mijn Noisette, zo glad, zo hard, zo als ik. Ze heeft een kind nu, een kind dat ik nog nooit gezien heb, behalve op een foto. Ze noemt haar Pêche. Ik vraag me vaak af hoe ze het redden, samen, zo ver van huis. Noisette keek me ook altijd zo aan, met die harde zwarte ogen van haar. Ik weet het nu weer en ik besef dat ze meer op mijn moeder lijkt dan ik.

Slechts een paar dagen na het dansfeestje in La Rép kwam Raphaël op bezoek. Hij had een smoes – hij wilde wijn kopen of zo – maar wij wisten wat hij echt wilde. Cassis gaf het natuurlijk niet toe, maar ik zag het in Reines ogen. Hij wilde erachter zien te komen wat wij wisten. Ik vermoed dat hij zich zorgen maakte, meer dan de anderen, omdat het nu eenmaal zijn café was en hij zich verantwoordelijk voelde. Misschien giste hij alleen maar. Misschien had iemand gepraat. Hoe dan ook, hij was zo nerveus als een kat toen mijn moeder de deur opendeed; zijn ogen schoten naar het huis achter haar en toen weer naar buiten. Sinds die avond liepen de zaken in La Mauvaise Réputation slecht. Ik had iemand in het postkantoor – ik denk Lisbeth Genêt – horen zeggen dat de tent naar de haaien ging, dat er Duitsers kwamen met hun hoeren en dat geen fatsoenlijk mens er gezien zou willen worden. En hoewel nog niemand verband had gelegd tussen wat er die avond gebeurd was en de dood van Gustave Beauchamp, kon je niet voorspellen wanneer de mensen weer zouden gaan praten. Het was immers een dorp, en in een dorp kan niemand lang iets geheimhouden.

Maar goed. Moeder bereidde hem nu niet bepaald een warm welkom. Misschien was ze zich te zeer bewust van het feit dat wij toekeken en besefte ze te goed wat hij van haar wist. Misschien maakte haar ziekte haar scherp, of misschien kwam het gewoon doordat ze van nature nors was.

Moeder maakt slechts één opmerking over zijn bezoek: 'Die onnozele Raphaël kwam langs. Zoals gewoonlijk te laat. Zei tegen me dat hij wist waar hij pillen voor me kon krijgen. Ik zei dat ik ze niet meer hoefde.'

Niet meer hoefde. Zomaar, eventjes. Als het om een andere vrouw was gegaan, zou ik het niet geloofd hebben, maar Mirabelle Dartigen was geen gewone vrouw. Ik hoef ze niet meer, had ze gezegd. En dat was dat. Voorzover ik weet heeft ze nooit meer morfine genomen, hoewel dat ook gekomen kan zijn door wat er gebeurd is, en niet zozeer te danken is aan louter wilskracht. Er waren nadien natuurlijk nooit meer sinaasappels, nooit. Ik denk dat zelfs bij mij de animo weg was.

# Deel vijf

# De oogst

# 1

Ik heb al verteld dat veel van wat ze schreef gelogen was. Hele alinea's, verstrengeld met de waarheid als winde met een heg, nog verder versluierd door het krankzinnige taaltje dat ze gebruikte, regels die zijn doorgehaald en opnieuw doorgehaald, woorden die half en helemaal zijn omgekeerd, zodat elk woord een worsteling van mijn wil met de hare is om de betekenis van de code te achterhalen.

'Vandaag langs de rivier gelopen. Ik zag een vrouw vliegeren met een vlieger van multiplex en olievaten. Had nooit gedacht dat zoiets in de lucht zou blijven. Zo groot als een tank, maar in heel veel kleuren geschilderd en met linten aan de staart. Ik dacht' – op dit punt verdwijnen een paar woorden achter een olijfolievlek, waardoor de inkt paarsblauw uitvloeit – 'maar ze sprong op de dwarslat en zwaaide de lucht in. Herkende haar eerst niet, hoewel ik dacht dat het misschien Minette was, maar–' Hier maakt een grotere vlek de rest bijna onleesbaar, maar een paar woorden zijn nog zichtbaar. 'Mooi' is er een van. Boven de alinea heeft ze in gewoon schrift het woord 'wip' gekrabbeld. Daaronder wordt slordig schematisch iets weergegeven wat van alles zou kunnen zijn, maar wat lijkt op een poppetje dat op een swastika staat.

Enfin, het doet er niet toe. Er was geen vrouw met een vlieger. Zelfs de verwijzing naar Minette slaat nergens op: de enige Minette die wij ooit gekend hebben, was een oudere verre nicht van mijn vader, die de mensen altijd vriendelijk 'excentriek' noemden, maar die haar vele katten ‘mijn kindertjes’ noemde en die soms in het openbaar met katjes aan haar borst werd gezien, haar gezicht rustig boven haar afhangende, aanstootgevende vlees.

Ik zeg dit alleen maar zodat je het begrijpen zult. Er stonden in moeders album allerlei fantasieverhalen, verhalen over ontmoetingen met mensen die allang dood waren, dromen die als feiten gebracht werden, prozaïsche onmogelijkheden. Regenachtige dagen die in zonnige waren veranderd, een denkbeeldige waakhond, gesprekken die nooit hadden plaatsgevonden – waarvan sommige ook heel saai –, een kus van een vriend die allang verdwenen was. Soms vermengde ze de waarheid zo effectief met leugens dat zelfs ik niet altijd meer weet wat wat is. Het is bovendien zo op het eerste gezicht onduidelijk waarom. Misschien kwam het door haar ziekte, of door de waanvoorstellingen van haar verslaving. Ik weet niet of het album wel voor andere ogen bestemd was dan de hare. En als aandenken werkt het ook niet. Hier en daar is het bijna een dagboek, maar toch niet helemaal; de wonderlijke volgorde berooft het van zijn logica en nut. Misschien duurde het daarom zo lang voordat ik begreep wat er al die tijd al zo duidelijk stond, wat de reden voor haar daden was en wat de verschrikkelijke gevolgen van mijn eigen daden waren. Soms zijn de zinnen dubbel verborgen, tussen de regels van recepten ingepropt met kleine, kriebelige letters. Misschien wilde ze het ook zo – uiteindelijk was het toch iets tussen haar en mij –, misschien was het toch liefdevol bedoeld.

Jam van groene tomaten. Snijd groene tomaten in stukken, als appels, en weeg ze. Doe ze in een schaal met 1 kg suiker op 1 kg fruit. Werd vanmorgen weer om drie uur wakker en ging mijn pillen zoeken. Weer vergeten dat ik niets meer heb. Wanneer de suiker gesmolten is – voeg zonodig 2 glazen water toe om aanbranden te voorkomen – roeren met een houten lepel. Ik denk steeds maar dat Raphaël misschien wel een andere leverancier kan vinden. Ik durf niet meer naar de Duitsers te gaan, na wat er gebeurd is. Ik ga nog liever dood. Dan de tomaten erbij en zachtjes, onder regelmatig roeren, laten koken. Af en toe met een schuimspaan het schuim wegscheppen. Soms lijkt doodgaan beter dan dit. Dan hoef ik me ten minste geen zorgen te maken over het wakker worden, ha ha. Ik moet steeds aan de kinderen denken. Ik ben bang dat Belle Yolande last heeft van honingzwam. Moet de aangestoken wortels uitgraven want anders raken de andere ook aangetast. Ongeveer twee uur, misschien wat korter, zachtjes laten koken. Wanneer de jam aan een bordje blijft kleven is hij klaar. Ik ben zo boos, op mezelf, op hem, op hen. Maar het meest op mezelf. Toen die idioot Raphaël het me vertelde, moest ik tot bloedens toe op mijn lippen bijten om mezelf niet te verraden. Ik denk dat hij het niet gemerkt heeft. Ik zei dat ik het al wist, dat meisjes zich altijd in de nesten werkten, dat er geen gevolgen zouden zijn. Hij leek opgelucht, en toen hij weg was heb ik de grote bijl gepakt en hout gehakt totdat ik haast niet meer op mijn benen kon staan, terwijl ik de hele tijd deed alsof het zijn gezicht was geweest.

Haar verhaal is zoals je ziet onduidelijk. Pas achteraf wordt het enigszins begrijpelijk. En ze liet natuurlijk niets los over dat gesprek met Raphaël. Ik kan me alleen maar een voorstelling maken van wat er gebeurde: zijn ongerustheid, haar onbewogen, onaangedane zwijgen, zijn schuldgevoel. Het was per slot van rekening zijn café. Maar moeder verried nooit iets. Doen alsof ze iets wist was een verdedigingsmaatregel, het opwerpen van een barrière tegen zijn ongewenste bezorgdheid. Reine kan op zichzelf passen, zal ze gezegd hebben. Bovendien was er niet echt iets gebeurd. Reine zou in de toekomst voorzichtiger zijn. We konden alleen maar blij zijn dat er niets ergers gebeurd was.

> T heeft me verteld dat het niet zijn schuld was, maar Raphaël zegt dat hij erbij stond en niets deed. De Duitsers waren tenslotte zijn vrienden. Misschien hebben ze voor Reine betaald, net als voor die stadsvrouwen die T mee had genomen.

Wat ons in slaap suste was dat ze nooit met ons over het incident sprak. Misschien wist ze gewoon niet hoe ze dat moest doen – haar afkeer van alles wat haar aan lichaamsfuncties deed denken, was intens – of misschien dacht ze dat ze het maar beter kon laten rusten. Maar haar album verraadt haar toenemende woede, haar gewelddadigheid, haar dromen over vergelding. 'Ik had hem wel in mootjes willen hakken tot er niets van hem over was,' schrijft ze. Toen ik het voor het eerst las, was ik ervan overtuigd dat het om Raphaël ging, maar nu ben ik daar niet meer zo zeker van. De intensiteit van haar haat wijst op iets diepers, duisterders. Misschien op verraad. Op miskende liefde.

'Zijn handen waren zachter dan ik had verwacht,' schrijft ze onder een recept voor appelmoescake. 'Hij ziet er erg jong uit en zijn ogen hebben precies dezelfde kleur als de zee op een stormachtige dag. Ik dacht dat ik het zou haten, hem zou haten, maar zijn zachtmoedigheid heeft iets. Al is hij dan een Duitser. Ik vraag me af of ik gek ben omdat ik geloof wat hij belooft. Ik ben zoveel ouder dan hij. Maar toch ook weer niet zo oud. Misschien is er nog tijd.'

Op dit punt houdt het op, alsof ze zich schaamt voor haar eigen stoutmoedigheid maar nu ik weet waar ik moet kijken, vind ik kleine verwijzingen in het hele boek. Losse woorden, zinnen die door recepten en opmerkingen over de tuin worden onderbroken, zelfs voor haarzelf gecodeerd. En het gedicht.

Deze zoetheid
geschept
als een kleurige vrucht

Jarenlang ging ik ervan uit dat het fantasie was, als zovele van de dingen die ze beschrijft. Mijn moeder had nooit een minnaar kunnen hebben. Ze had geen tederheid in zich. Haar afweermechanismen waren te goed, haar sensuele impulsen waren gesublimeerd in haar recepten, in het creëren van de volmaakte *lentilles cuisinées* of de heetste *crème brûlée*. Het was nooit bij me opgekomen dat er in die zeer onwaarschijnlijke fantasieën enige waarheid kon schuilen. Wanneer ik haar gezicht voor me zag, de zure trek om haar mond, de harde lijnen van haar jukbeenderen, het haar dat strak naar achteren was getrokken in een knot, dan vond ik zelfs het verhaal van de vrouw met de vlieger nog waarschijnlijker.

En toch begon ik het te geloven. Misschien was het Paul die me aan het denken zette. Misschien gebeurde het op de dag dat ik me erop betrapte dat ik naar mijn spiegelbeeld keek, met een rode sjaal om mijn hoofd en mijn koket bengelende oorbellen in – een verjaarscadeautje van Pistache –, die ik nooit eerder had gedragen. Ik ben verdorie al vijfenzestig! Ik zou beter moeten weten. En toch is er iets in de manier waarop hij naar me kijkt wat mijn oude hart doet klepperen als een tractormotor. Niet dat verloren, obsessieve gevoel dat ik voor Tomas had. Zelfs niet dat tijdelijke gevoel van verademing dat Hervé me schonk. Nee, dit is weer iets anders: een gevoel van rust. Het gevoel dat je krijgt wanneer een recept precies goed uitvalt: een volmaakt gerezen soufflé, een *sauce hollandaise* waar niets op aan te merken valt. Het is een gevoel dat me zegt dat in de ogen van een man die van haar houdt, íédere vrouw mooi kan zijn.

Sinds kort smeer ik mijn handen en gezicht met crème in voordat ik 's avonds naar bed ga en onlangs haalde ik een oude lippenstift, die gebarsten en klonterig was geworden, tevoorschijn en bracht ik een beetje kleur op mijn lippen aan, wat ik er in schuldbewuste verwarring meteen weer afveegde. Waar ben ik mee bezig? En waarom? Op mijn vijfenzestigste moet ik de leeftijd toch wel gehad hebben waarop ik aan dat soort dingen denk. Maar de strengheid van mijn innerlijke stem kan me niet overtuigen. Ik borstel mijn haar met meer zorg dan anders en steek het vast met een kam van schildpad. Er is geen grotere dwaas dan een oude dwaas, spreek ik mezelf streng toe.

Mijn moeder was bijna dertig jaar jonger.

Ik kan nu met een soort mildheid naar haar foto kijken. De gemengde gevoelens die ik zoveel jaar gehad heb, de bitterheid en het schuldgevoel, zijn afgenomen, zodat ik haar gezicht kan zien, écht zien. Mirabelle Dartigen met het strakke, magere gezicht en het haar dat zo fanatiek naar achteren is getrokken dat het pijn doet om ernaar te kijken. Waar was ze bang voor, die eenzame vrouw op de foto? De vrouw van het album is zo anders. Zij is de droefgeestige vrouw van het gedicht, ze lacht en gaat tekeer achter haar masker: soms flirterig, soms koud en meedogenloos in haar fantasieën. Ik zie haar heel duidelijk: nog geen veertig, nog maar weinig grijze haren, haar donkere ogen nog helder. Een leven van werken heeft haar nog niet gekromd, en de spieren van haar armen zijn hard en stevig. Haar borsten onder de strenge reeks schorten zijn ook nog stevig en soms kijkt ze in de spiegel op de deur van haar klerenkast naar haar naakte lichaam; ze denkt aan de lange jaren van haar weduwenbestaan, de aftakeling van de ouderdom, de jeugd die haar beetje bij beetje verlaat, de afhangende lijnen van haar buik die in het losse vel van haar heupen eindigen, de magere dijen die de uitpuilende knieën accentueren. Er is zo weinig tijd, zegt de vrouw tegen zichzelf. Ik kan haar stem nu bijna vanaf de bladzijden van het album horen. Zo weinig tijd.

En wie zou er komen, ook al wachtte ze honderd jaar? De oude Lecoz met zijn loopoog? Of Alphonse Fenouil of Jean-Pierre Truriand? Heimelijk droomt ze van een vreemdeling met zachte stem. In gedachten ziet ze hem voor zich: een man die niet ziet wat ze is geworden, maar wat ze had kunnen zijn.

Natuurlijk kan ik niet weten wat ze voelde, maar ik voel me nu meer met haar verbonden dan ooit; ik sta nu zo dicht bij haar dat ik de stem kan horen die uit de brosse bladzijden van het album spreekt, een stem die moeizaam zijn ware aard probeert te verbergen: de gepassioneerde, wanhopige vrouw achter de koude façade.

Je begrijpt dat dit louter speculatie is. Ze noemt zijn naam nooit. Ik kan niet eens bewijzen dat ze een minnaar had, laat staan dat het Tomas Leibniz was. Maar iets in mijn binnenste zegt me dat hoe weinig details ik ook heb, de essentie waar is. Het hadden vele mannen kunnen zijn, houd ik mezelf voor. Maar in mijn hart weet ik gewoon dat het alleen maar Tomas heeft kunnen zijn. Misschien lijk ik meer op haar dan ik toegeef. Misschien wist ze dat en was het nalaten van het album haar manier om me dat duidelijk te maken.

Misschien was dit dan toch een poging om onze oorlog te beëindigen.

## 2

We zagen Tomas pas bijna twee weken na die bewuste avond in La Mauvaise Réputation opnieuw. Dat kwam deels door moeder, die nog steeds halfgek van de slapeloosheid en de migraineaanvallen was, en deels doordat we voelden dat er iets veranderd was. We voelden het allemaal: Cassis verstopte zich achter zijn stripboeken, Reine had zich in een nieuwe, wezenloze stilte gehuld en ook ik was veranderd. We verlangden wel naar hem. Alle drie. Liefde is geen knop die je even om kunt draaien. We probeerden op onze manier altijd uitvluchten te bedenken voor wat hij gedaan had, voor zijn medeplichtigheid.

Maar de geest van de oude Gustave Beauchamp zwom onder ons als de dreigende schaduw van een zeemonster. Hij tastte alles aan. We speelden met Paul op bijna dezelfde manier als ervoor met Tomas, maar ons hart lag niet in ons spel, we veinsden uitbundigheid om te verhullen dat de fut eruit was. We zwommen in de rivier, renden in de bossen, klommen in de bomen met meer energie dan ooit tevoren, maar achter dat alles wisten we dat we wachtten, barstend van het ongeduld, tot hij weer kwam. Ik denk dat we allemaal geloofden dat hij misschien de situatie zou kunnen verbeteren, zelfs toen nog.

Ik dacht dat in ieder geval. Hij was altijd zo zeker, zo arrogant zelfverzekerd. Ik zag hem voor me met zijn sigaret tussen zijn lippen en zijn naar achteren geschoven pet, de zon in zijn ogen en die zonnige lach op zijn gezicht. Die lach die de wereld lichter maakte.

Maar donderdag kwam en ging en we zagen geen Tomas. Cassis zocht hem op school, maar er was geen spoor van hem te bekennen op de gebruikelijke plaatsen. Hauer, Schwartz en Heinemann waren ook weg, wat vreemd was, bijna alsof ze contact vermeden. Er ging nog een donderdag voorbij. We deden alsof we het niet merkten, noemden tegen elkaar niet eens zijn naam, hoewel we hem in onze dromen gefluisterd kunnen hebben. We volgden onze dagelijkse routine zonder hem, alsof het ons niet kon schelen of we hem nog ooit zagen of niet. Ik werd nu bijna fanatiek in mijn jacht op Ouwe Moer. Ik keek tien of twintig keer op een dag de vallen na die ik had gelegd en zette steeds nieuwe. Ik stal eten uit de kelder om nieuwe verleidelijke hapjes voor haar te maken. Ik zwom naar de Schatsteen en zat er uren met mijn hengel te kijken naar de sierlijke boog van de lijn wanneer hij in het water terechtkwam, en te luisteren naar het geluid van de rivier aan mijn voeten.

Raphaël kwam weer bij moeder op bezoek. De zaken in het café gingen slecht. Iemand had met rode verf 'COLLABORATEUR' op de achtermuur gezet en op een avond had er iemand stenen naar zijn ramen gegooid zodat er nu planken voor zaten. Ik luisterde aan de deur toen hij met zachte, dringende stem met mijn moeder sprak.

'Het is niet mijn schuld, Mirabelle,' zei hij. 'Dat moet je beseffen. Ik was er niet verantwoordelijk voor.'

Mijn moeder maakte een neutraal geluid tussen haar tanden.

'Je kunt met de Duitsers niet redetwisten,' zei Raphaël. 'Je moet hen behandelen zoals iedere andere klant. En ik ben niet de enige die zo doet.'

Moeder haalde haar schouders op. 'In dit dorp misschien wel,' zei ze onverschillig.

'Hoe kun je dat zeggen? Ooit had jij er ook niet zo'n moeite mee.'

Moeder dook naar voren. Raphaël deed snel een stap

achteruit, zodat de borden op het buffet rammelden. Haar stem was zacht en woedend. 'Hou je mond, idioot,' siste ze. 'Dat is voorbíj, hoor je me? Voorbij. En als ik ook maar zou vermoeden dat je er met íémand over sprak...'

Raphaëls gezicht zag grauw van angst, maar hij probeerde zich stoer voor te doen. 'Ik laat me geen idioot noemen,' begon hij met trillende stem.

'Ik noem jou een idioot en je moeder een hoer als ík dat wil.' Mijn moeders stem klonk hard en schril. 'Je bent een idioot en een lafaard, Raphaël Crespin, en dat weten we allebei.' Ze stond zo dicht bij hem dat ik nauwelijks zijn gezicht kon zien, maar ik zag wel zijn handen, aan weerszijden naar buiten gekeerd, alsof hij haar smeekte. 'Maar als jij of wie dan ook hierover praat, sta God je bij. Als mijn kínderen door jouw toedoen hier ooit iets over horen' – ik hoorde haar ademen; het klonk als dode bladeren in de kleine keuken – 'vermoord ik je,' fluisterde mijn moeder.

Raphaël moet haar geloofd hebben, want zijn gezicht zag zo wit als wrongel toen hij het huis verliet en zijn handen trilden zo hevig dat hij ze in zijn zakken propte.

'Iedere klootzak die mijn kinderen te na komt, vermoord ik,' spuugde mijn moeder hem achterna, en ik zag hem ineenkrimpen, alsof haar woorden vergif waren. 'Ik vermoord de klootzakken,' herhaalde mijn moeder, hoewel Raphaël toen al bijna bij de weg was, half rennend, met gebogen hoofd, alsof er een sterke wind stond.

Die woorden zouden we ons nog heugen.

Ze was de hele dag in een kwaadaardige stemming. Zelfs Paul werd het slachtoffer van haar tong toen hij kwam vragen of Cassis kwam spelen. Moeder, die sinds Raphaëls bezoek stil had zitten broeden, haalde zo fel en onbillijk naar hem uit dat hij haar alleen maar aan kon staren met een nerveus trekkende mond en een stem die bleef steken in een pijnlijk gestotter: 'Ik b-b-b-en z-z-zo. Ik b-b-ben z-z-zo–'

‘Praat toch eens behoorlijk, imbeciel!’ schreeuwde mijn moeder met haar glasachtige stem, en even dacht ik dat ik Pauls zachte ogen zag oplichten in een woede die bijna primitief was, maar toen keerde hij zich zonder een woord te zeggen om en vluchtte hij met houterige bewegingen richting Loire, waarbij zijn stem terugkwam en een spoor van vreemdklinkende, wanhopig trillende jammerklachten achterliet.

‘Ziezo, die is opgehoepeld,’ riep mijn moeder hem na, terwijl ze de deur dichtsloeg.

‘Dat had je niet mogen zeggen,’ zei ik onbewogen tegen haar rug. ‘Paul kan er niets aan doen dat hij stottert.’

Mijn moeder keerde zich om en keek me aan, haar ogen als agaten. ‘Jij kiest natuurlijk weer zijn kant,’ zei ze vlak. ‘Als je moest kiezen tussen mij en een nazi, zou je de kant van de nazi kiezen.’

## 3

Toen kwamen de brieven. Drie in getal. Ze waren gekrabbeld op briefpapier met dunne blauwe lijntjes en werden onder de deur door geschoven. Ik zag er haar eentje oppakken en in de zak van haar schort stoppen. Ze schreeuwde bijna naar me dat ik naar de keuken moest gaan, dat ik er niet uitzag, dat ik de zeep moest pakken en moest boenen en nog eens boenen. Haar stem had een klank die me aan het zakje met sinaasappelschillen deed denken en ik maakte dat ik wegkwam, maar ik vergat de brief niet, en later, toen ik hem in het album geplakt zag boven een recept voor *boudin noir* en een tijdschriftartikel over het verwijderen van schoensmeervlekken, wist ik meteen wat het was.

'We wete wat je gedaan hep,' stond er in kleine, bibberige letters. 'We hebbe je in de gaate gehouwe en we wete wel raat met colaberateurs.' Eronder heeft ze met grote rode letters geschreven: 'Leer spellen, ha ha!', maar haar woorden lijken overdreven groot en overdreven rood, alsof ze te veel haar best doet zich er niets van aan te trekken. Ze heeft het met ons in ieder geval nooit over de briefjes gehad, hoewel ik achteraf besef dat de abrupte veranderingen in haar humeur ook in verband kunnen hebben gestaan met de stiekeme bezorging van deze briefjes. In een ander briefje wordt gesuggereerd dat de schrijver iets weet over onze ontmoetingen met Tomas.

> We hebbe je kindere met um gesien dus ontken ut maar niet. We hebbe je door. Je fint jezelf beter dan ons nou

je bent gewoon een mofffehoer en je kindere ferkope spulle aan de duitses. Wat dacht je daarfan?

Het briefje kon van iedereen afkomstig zijn. Het handschrift maakt in ieder geval een ongeletterde indruk, de spelling is vreselijk, maar het had door iedereen in het dorp geschreven kunnen zijn. Mijn moeder begon zich nog grilliger dan anders te gedragen. Ze sloot zich het grootste deel van de dag in de boerderij op en bekeek iedere voorbijganger met een aan paranoia grenzende achterdocht.

De derde brief is het ergst. Ik denk dat er niet meer waren, hoewel ze misschien gewoon besloten had ze niet te houden, maar ik denk dat dit de laatste is.

Je fedient ut niet te lefe, nasihoer met je fewaande kindere. Ik wet dat je niet wist dat se fan alles aan de duitses fekope. Vraag se maar waar alles fandaan komt. Ze beware ut erruges in de bosse. Ze kreige ut van een man die Lijbniets heet denk ik. Je kent um wel. En wei kenne jouw.

Diezelfde nacht verfde iemand een felrode letter 'C' op onze voordeur en 'MOFFENHOER' op de zijkant van de kippenren, maar we hadden het al overgeschilderd voordat iemand kon zien wat er stond. En oktober sleepte zich voort.

## *4*

Paul en ik kwamen die avond laat van La Mauvaise Réputation terug. Het regende niet meer, maar het was nog steeds koud – of de nachten zijn kouder geworden, of ik begin het meer te voelen dan vroeger –, en ik was ongeduldig en humeurig. Maar hoe ongeduldiger ik werd, hoe rustiger Paul leek, totdat we elkaar uitdagend aankeken, terwijl onze adem onder het lopen in grote stoomwolken naar buiten kwam.

'Dat meisje,' zei Paul ten slotte. Hij klonk rustig en peinzend, bijna alsof hij alleen was en hardop sprak. 'Ze leek nog erg jong, vind je ook niet?'

De schijnbare onbelangrijkheid irriteerde me. 'Over welk meisje heb je het in godsnaam?' snauwde ik. 'Ik dacht dat we een manier aan het zoeken waren om van Dessanges en zijn vetkar af te komen en niet om jou een excuus te geven om naar de meisjes te lonken.'

Paul reageerde niet. 'Ze zat naast hem,' zei hij langzaam. 'Je zult haar wel naar binnen hebben zien gaan. Rode jurk, hoge hakken. Komt ook behoorlijk vaak naar de kar.'

Toevallig herinnerde ik me haar. Ik herinnerde me vaag een rood pruilmondje onder een dot zwart haar. Een van Lucs vaste klanten uit de stad. 'Nou, en?'

'Dat is de dochter van Louis Ramondin. Is een paar jaar geleden naar Angers verhuisd, met haar moeder Simone, na de scheiding. Je kent hen nog wel.' Hij knikte alsof ik hem beleefd antwoord had gegeven in plaats van wat te brommen. 'Simone nam haar meisjesnaam weer aan, Truriand. Het meisje zal nu veertien, misschien vijftien zijn.'

'Nou, en?' Ik kon zijn belangstelling nog steeds niet begrijpen. Ik pakte de sleutel van de voordeur en stopte hem in het sleutelgat.

Paul praatte verder op zijn trage, bedachtzame manier. 'Volgens mij zeker niet ouder dan vijftien,' herhaalde hij.

'Nou,' zei ik bits. 'Ik ben blij dat je iets gevonden hebt om je avond op te vrolijken. Jammer dat je niet naar haar schoenmaat hebt geïnformeerd, dan zou je écht iets hebben om over te dromen.'

Paul schonk me een lome glimlach. 'Hé, je bent jaloers,' zei hij.

'Helemaal niet,' zei ik waardig. 'Ik wou alleen maar dat je op het kleed van een ander zou gaan staan kwijlen, vieze ouwe wellusteling.'

'Weet je, ik dacht net iets,' zei Paul langzaam.

'Goed zo,' zei ik.

'Ik dacht dat Louis misschien, omdat hij politieman is en zo, dat hij het misschien niet helemaal ziet zitten dat zijn dochter op haar vijftiende, misschien zelfs veertiende, iets met een man heeft, met een getróúwde man nog wel, met Luc Dessanges.' Hij keek me even vrolijk en triomfantelijk aan. 'Ik weet wel dat de tijden veranderd zijn sinds jij en ik jong waren, maar vaders en dochters, vooral bij politieagenten...'

Ik slaakte een gilletje. 'Páúl!'

'En dan ook nog van die zoete sigaretten roken,' voegde hij er op dezelfde peinzende toon aan toe. 'Van die sigaretten die ze ook altijd in de jazzclubs rookten, vroeger.'

Ik keek hem vol ontzag aan. 'Paul, dit is bijna intelligént!'

Hij haalde bescheiden zijn schouders op. 'Ik heb hier en daar geïnformeerd,' zei hij. 'Ik dacht wel dat ik vroeg of laat iets zou tegenkomen.' Hij zweeg even. 'Daarom bleef ik even binnen,' voegde hij eraan toe. 'Wist niet zeker of ik Louis ertoe zou kunnen overhalen zelf te komen kijken.'

Ik staarde hem met open mond aan. 'Heb je Louís erbij gehaald? Terwijl ik buiten stond te wachten?'

Paul knikte.

'Ik deed alsof mijn portefeuille in de bar gerold was. Zorgde ervoor dat hij goed zicht op hen had.' Weer een korte stilte. 'Zijn dochter zat Dessanges te kussen,' legde hij uit. 'Dat heeft geholpen.'

'Paul,' verklaarde ik. 'Je mag op alle kleden in mijn huis kwijlen als je dat wilt. Je hebt mijn permissie.'

'Ik zou liever op jóú kwijlen,' zei Paul, met een overdreven geile blik in zijn ogen.

'Vieze ouwe man.'

## 5

Toen Luc de volgende dag naar de snackkar terugkeerde, stond Louis hem op te wachten. De gendarme had zijn uniform aan en zijn meestal onbetekenende, vriendelijke gezichtsuitdrukking was er nu een van bijna militaire onverschilligheid. Er stond iets in het gras naast de kar wat op een kinderwagentje leek.

'Kom eens kijken,' zei Paul, die bij het raam stond, tegen me.

Ik liep weg bij de kachel, waar de koffie juist begon te koken.

'Nu moet je heel goed opletten,' zei Paul.

Het raam stond op een kiertje en ik kon de dikke Loiremist ruiken die over de velden rolde. De geur was even nostalgisch als die van brandende bladeren.

*'Hé, là!'* Waar wij stonden was Lucs stem duidelijk te horen. Hij liep met de zorgeloze zelfverzekerdheid van iemand die weet dat hij onweerstaanbaar is. Louis Ramondin keek hem alleen maar onbewogen aan.

'Wat heeft hij toch bij zich?' vroeg ik Paul zachtjes, met een gebaar naar het apparaat op het gras. Paul grijnsde.

'Let nou maar op,' raadde hij me aan.

'Hé, hoe is 't?' Luc stak zijn hand in zijn zak om zijn sleutels te pakken. 'Je hebt zeker haast met je ontbijt? Wacht je al lang?'

Louis keek hem alleen maar aan en zei niets.

'Moet je horen.' Luc maakte een weids gebaar. 'Pannenkoeken, boerenworstjes, eieren en *bacon à l'anglaise. Le breakfast Dessanges.* Plus een grote pot met mijn allersterkste, allergemeenste *café noirissime*, want ik kan zien dat je een slechte nacht hebt gehad.' Hij lachte. 'Wat was het, *hein*? Heb je gesurveilleerd op de kerkbazaar? Heeft iemand de dorpsschapen gemolesteerd? Of was het andersom?'

Louis zei nog steeds niets. Hij bleef roerloos staan, als een speelgoedagentje, met zijn hand op het karretje in het gras.

Luc haalde zijn schouders op en maakte de deur van de snackkar open.

'Ik neem aan dat je een beetje bijkomt nadat je mijn *breakfast Dessanges* hebt gehad.'

We keken een paar minuten toe terwijl Luc zijn luifel tevoorschijn haalde, evenals de vlaggetjes waarop zijn dagmenu's stonden. Louis stond onverstoorbaar naast de snackkar en leek niets te merken. Af en toe riep Luc iets vrolijks naar de wachtende agent. Na een poos hoorde ik het geluid van muziek uit de radio.

'Waar wacht hij op?' vroeg ik ongeduldig. 'Waarom zegt hij niets?'

Paul grijnsde. 'Gun hem de tijd,' adviseerde hij. 'De Ramondins waren nooit van die snelle jongens, maar als ze eenmaal op gang zijn gekomen...'

Louis wachtte nog een volle tien minuten. Luc was nog steeds vrolijk, maar omdat hij er niets van begreep, had hij zo ongeveer alle pogingen tot het aanknopen van een gesprek opgegeven. Hij begon de kookplaten voor de pannenkoeken op te warmen, zijn papieren muts zwierig schuin op zijn voorhoofd. Toen kwam Louis eindelijk in beweging. Hij liep met zijn karretje alleen maar naar de achterkant van de snackkar en verdween uit het zicht.

'Wat is dat nou voor ding?' vroeg ik.

'Een hydraulische krik,' antwoordde Paul, nog steeds glimlachend. 'Die gebruiken ze in garages. Let op.'

Terwijl we stonden te kijken begon de snackkar heel

langzaam voorover te hellen. Eerst bijna niet waarneembaar, maar toen met een plotselinge schok die Dessanges sneller dan een fret uit zijn keukentje tevoorschijn deed komen. Hij zag er boos uit, maar ook bang, voor het eerst sinds hij met dit akelige spelletje was begonnen, was hij uit het lood geslagen, en dat beviel me opperbest.

'Hé, waar ben jij verdomme mee bezig?' gilde hij half ongelovig naar Ramondin. 'Wat is dit?'

Stilte. Ik zag de kar weer naar voren komen, een beetje maar. Paul en ik strekten onze nekken om te zien wat er gebeurde.

Luc keek even naar de kar om zich ervan te vergewissen dat hij niet beschadigd was. De luifel hing scheef en de kar zelf hing dronken naar voren, als een hut die op zand is gebouwd. Ik zag de berekenende blik weer op zijn gezicht verschijnen, die zorgvuldige, scherpe blik van een man die niet alleen de troeven achter de hand heeft, maar ook gelooft dat hij alle kaarten bezit.

'Had je me daar even flink te pakken,' zei hij met die opgewekte, meedogenloze stem. 'Echt te pakken, zeg. Je sloeg me uit het lood, zou je kunnen zeggen.'

We hoorden Louis niet reageren, maar we meenden de wagen iets meer te zien hellen. Paul ontdekte dat we vanuit de slaapkamer de achterkant van de snackkar konden zien, dus gingen we daarheen om te kijken. Hun stemmen klonken iel, maar in de koele ochtendlucht waren ze goed te verstaan.

'Hé, kom op, man,' zei Luc, nu met een zenuwtrilling in zijn stem. 'Einde grap. Oké? Zet die kar weer op zijn pootjes en dan maak ik voor jou mijn speciale ontbijt. Gratis.'

Louis keek hem aan. 'Dat is prima, meneer,' zei hij vriendelijk.

Maar de kar kwam toch nog iets meer naar voren, en Luc maakte snel een gebaar alsof hij hem wilde tegenhouden. 'Ik zou maar uit de weg gaan als ik u was, meneer,' opperde Luc minzaam. 'Hij komt op mij niet erg stabiel over.' De kar ging nog een fractie naar voren.

'Wat is dit voor spelletje?' De boze klank in zijn stem kwam terug.

Louis glimlachte slechts. 'Wat was het winderig gisteravond, meneer,' observeerde hij rustig, terwijl hij weer even de hydraulische krik aan zijn voeten aanraakte. 'Bij de rivier is een heel stel bomen omgewaaid.'

Ik zag Luc verstijven. Zijn woede maakte hem lelijk, zijn hoofd maakte schokkerige bewegingen, als een haan die zich opmaakt voor een gevecht. Hij was groter dan Louis, zag ik, maar veel tengerder. Louis, die klein en gedrongen was, net als zijn oudoom Guilherm, was bijna zijn hele leven bij gevechten betrokken geweest. Daarom was hij ook bij de politie gegaan. Luc deed een stap naar voren.

'Laat onmiddellijk die krik los,' zei hij met een zachte, dreigende stem.

Louis glimlachte. 'Uitstekend, meneer,' zei hij. 'Zoals u wilt.'

We zagen het in een onvermijdelijke slowmotion gebeuren. De snackkar, die gevaarlijk schuin hing, zwaaide terug toen de steun werd verwijderd. De inhoud van de keuken gaf een klap: borden, glazen, bestek en pannen werden plotseling en heftig van hun plaats gerukt en naar de andere kant van de wagen geslingerd; er was een heleboel brekend aardewerk te horen. De kar bewoog zich loom naar achteren, voortgestuwd door zijn eigen momentum en het gewicht van de zich verplaatsende inboedel. Even leek hij weer overeind te komen, maar toen viel hij langzaam, bijna bedachtzaam, op zijn kant in de grasberm, met een klap die het huis deed trillen. De kopjes beneden op het buffet rinkelden zo hard dat we het helemaal in de slaapkamer konden horen.

Even keken de twee mannen elkaar alleen maar aan, Louis met een uitdrukking van bezorgdheid en medeleven op zijn gezicht, Luc ongelovig en steeds bozer wordend. De snackkar lag op zijn kant in het lange gras en vanuit het binnenste kwamen de geluiden van tinkelende en brekende dingen langzaam tot stilstand.

'Oei,' zei Louis.

Luc deed een woedende uitval naar Louis. Even waren ze één waas, armen en vuisten die te snel bewogen om het goed te kunnen zien. Toen zat Luc in het gras met zijn handen voor zijn gezicht en hielp Louis hem overeind met die vriendelijke uitdrukking van medeleven op zijn gezicht.

'Tjonge, meneer, hoe kwam dat nou? Een zwak moment, denkt u ook niet? Dat komt door de klap; dat is logisch. Doe maar rustig aan.'

Luc sputterde van razernij. 'Weet je wel, achterlijke debiel, wat je gedáán hebt?' Hij was niet goed te verstaan doordat hij zijn handen voor zijn gezicht hield. Paul zei later dat hij de elleboog van Louis precies op zijn neusbrug had zien belanden, maar het was mij allemaal een beetje te vlug gegaan. Jammer. Ik zou ervan genoten hebben.

'Mijn advocaat zal jou wel eens even uitkleden. Het zou bijna de moeite waard zijn om dat te zien. Shit! Ik bloed dood.' Gek, maar ik hoorde nu de familiegelijkenis, duidelijker dan hij voordien was geweest. Iets in de manier waarop hij lettergrepen beklemtoonde, het gefrustreerde gejammer van een verwend stadsjongetje dat altijd alles heeft gekregen wat hij maar wenste. Even had ik gezworen dat hij precies als zijn zus klonk.

Op dat moment gingen Paul en ik naar beneden – ik denk dat we geen minuut langer binnen hadden kunnen blijven – en naar buiten om niets van de pret te hoeven missen. Luc stond daar en zag er niet zo fraai uit; er droop bloed uit zijn neus en zijn ogen traanden. Ik merkte dat er aan een van zijn dure Parijse laarzen hondenpoep zat. Ik stak hem mijn zakdoek toe. Luc keek me even wantrouwend aan en pakte hem toen. Hij begon zijn neus te deppen. Ik zag dat hij het nog niet begrepen had; hij was bleek, maar hij had een soort koppige vechtersblik in zijn ogen, de blik van een man die advocaten en adviseurs en vrienden met hoge posities heeft.

'Jullie hebben het zeker ook gezien?' barstte hij los. 'Jullie hebben toch wel gezien wat die klootzak gedaan heeft?' Hij keek met een zeker ongeloof naar de bebloede zakdoek. Zijn neus zwol aardig op en zo deden ook zijn ogen. 'Jullie hebben toch allebei gezien dat hij me sloeg?' hield Luc aan. 'Zomaar in het volle daglicht. Ik kan je tot de laatste cent uit laten kleden.'

Paul haalde zijn schouders op. 'Ikzelf heb niet zoveel gezien,' zei hij met zijn trage stem. 'Wij zijn oude mensen en we zien niet meer zo goed als vroeger. We horen ook niet meer zo goed.'

'Maar jullie stonden te kijken,' hield Luc aan. 'Jullie móéten het gezien hebben.' Hij zag me grijnzen en zijn ogen werden spleetjes. 'Aha, ik begrijp het al,' zei hij op akelige toon. 'Gaat het allemaal daarom? Jullie dachten dat jullie mij konden laten intimideren door jullie oom agent, hè?' Hij keek Louis dreigend aan. 'Als dit alles is wat jullie kunnen...' Hij kneep zijn neusgaten dicht om het bloeden te stelpen.

'Ik geloof dat er geen reden is om in het wilde weg mensen te gaan belasteren,' zei Louis onverstoorbaar.

'O nee?' snauwde Luc. 'Wanneer mijn advocaat ziet–'

Louis onderbrak hem. 'Het is logisch dat u van streek bent als de wind uw café zomaar omverblaast. Ik begrijp dat u niet wist wat u deed.'

Luc staarde hem ongelovig aan.

'Wat een vreselijke nacht hebben we gehad,' zei Paul vriendelijk. 'De eerste oktoberstorm. U kunt het vast wel op de verzekering verhalen.'

'Het moest natuurlijk een keer gebeuren,' zei ik. 'Zo'n hoog voertuig aan de kant van de weg. Het heeft me verbaasd dat het nog niet eerder gebeurd is.'

Luc knikte. 'Juist ja,' zei hij zachtjes. 'Niet slecht, Framboise. Lang niet slecht. Ik zie dat jullie niet stil hebben gezeten.' Zijn toon was bijna vleiend. 'Maar zelfs zonder kar kan ik nog heel wat doen. Kunnen wíj nog heel wat doen.' Hij probeerde te grijnzen, maar toen vertrok zijn gezicht van de pijn en hij depte zijn neus weer. 'Je kunt hun net zo goed geven wat ze hebben willen,' vervolgde hij op dezelfde, bijna verleidende toon. 'Hé, Mamie, wat dacht je ervan?'

Ik heb geen idee wat ik geantwoord zou hebben. Toen ik naar hem keek voelde ik me oud. Ik had verwacht dat hij toe zou geven, maar hij zag er op dat moment minder verslagen uit dan ooit, en zijn scherpe gezicht had een verwachtingsvolle uitdrukking. Ik had gedaan wat ik kon – wij, Paul en ik, hadden gedaan wat we konden – en toch leek Luc onoverwinnelijk. Als kinderen die een rivier proberen in te dammen hadden we een kort moment van triomf gekend – die uitdrukking op zijn gezicht, die alleen al was het bijna waard geweest –, maar uiteindelijk wint de rivier het altijd, hoe dapper je het ook probeert. Louis had ook zijn jeugd aan de Loire doorgebracht, bedacht ik. Hij had het kunnen weten. Het enige wat hij had gedaan was zichzelf in de nesten werken. Ik zag al een horde advocaten, adviseurs en stadsagenten voor me, onze naam in de krant, onze geheimen onthuld. Ik voelde me moe. Heel moe.

Toen zag ik Pauls gezicht. Hij lachte zijn langzame, lieve glimlach waardoor hij ietwat onnozel leek, maar in zijn ogen las ik een geamuseerde blik. Met een ruk trok hij zijn pet over zijn voorhoofd, een gebaar dat op de een of andere manier zowel resoluut, komisch en heroïsch was, als de oudste ridder ter wereld die zijn vizier sluit om de vijand nog éénmaal te bestormen. Ik voelde plotseling de idiote aanvechting om te gaan lachen.

'Ik denk dat we hier wel... eh, uit kunnen komen,' zei Paul. 'Misschien heeft Louis zich een beetje laten gaan. Alle Ramondins waren altijd al een beetje gauw... eh, aangebrand. Dat zit in de familie.' Hij knikte verontschuldigend en keerde zich toen naar Louis. 'Zo was er eens een akkefietje met Guilherm. Wat was hij ook alweer, de broer van je grootmoeder?'

Dessanges luisterde met groeiende ergernis en minachting.

'Van mijn grootvader,' corrigeerde Louis hem.

Paul knikte. 'Ja, ja. Heetgebakerde types, de Ramondins. Stuk voor stuk.' Hij verviel weer in dialect – een van de dingen die moeder altijd tegen hem had gehad, dat en zijn gestotter –, en zijn accent was nu zwaarder dan ik vroeger ooit van hem gehoord had. 'Ik weet nog hoe ze die avond het gepeupel aanvoerden toen de boerderij werd aangevallen; de oude Guilherm met zijn houten poot voorop, en alleen maar om dat gedoe bij La Mauvaise Réputation. Het ziet ernaar uit dat het café die slechte reputatie nooit echt is kwijtgeraakt.'

Luc haalde zijn schouders op. 'Ik vind het enig om de dagelijkse selectie uit de "Schilderachtige volksverhalen van lang geleden" te horen, hoor, maar wat ik écht graag zou–'

'Het begon allemaal met een jongeman,' vervolgde Paul onvermoeibaar. 'Hij had wel iets van jou, zou ik zeggen. Een man van de stad, *hein*, uit den vreemde, die dacht dat hij die arme domme mensen uit de Loirestreek om zijn vinger kon winden.'

Hij keek even naar mij, alsof hij de emotionele barometer op mijn gezicht wilde aflezen. 'Maar het is slecht met hem afgelopen. Toch?'

'Heel erg slecht,' zei ik met verstikte stem. 'Slechter kon het niet.'

Luc sloeg ons beiden met waakzame blik gade. 'O?' zei hij.

Ik knikte. 'Hij hield ook van jonge meisjes,' zei ik met een stem die me een beetje vaag en ver in de oren klonk. 'Speelde spelletjes met hen. Gebruikte hen om dingen uit te zoeken. Dat zouden ze tegenwoordig een zedendelict noemen.'

'Natuurlijk hadden de meeste meisjes in die tijd geen vader,' zei Paul minzaam. 'Want het was oorlog.'

Ik zag in Lucs ogen enig begrip dagen. Hij knikte even, alsof hij een bewering onderstreepte. 'Dit is iets wat met gisteravond te maken heeft, hè?' zei hij.

Ik ging niet op de vraag in. 'Je bént toch getrouwd?' vroeg ik.

Hij knikte weer.

'Het zou toch jammer zijn als je vrouw hierbij betrokken raakte,' ging ik verder. 'Omgang met minderjarigen. Foei, foei. Ik zie niet hoe ze er buiten zou kunnen blijven.'

'Die truc werkt niet,' zei Luc snel. 'Het meisje zou niet–'

'Het meisje is mijn dochter,' zei Louis eenvoudig. 'Ze zou doen... zeggen... wat ze juist achtte.' Weer dat knikje. Hij was zo koel als wat, dat moet ik hem nageven.

'Goed,' zei Luc ten slotte. Hij wist zelfs een lachje te voorschijn te toveren. 'Goed. Ik begrijp wat jullie bedoelen.' Ondanks alles was hij ontspannen; zijn bleekheid was eerder het gevolg van woede dan van angst. Hij keek me recht in mijn gezicht, met een ironische trek om zijn mond.

'Ik hoop dat de overwinning de moeite waard is, Mamie,' zei hij nadrukkelijk. 'Want vanaf morgen zul je alle troost nodig hebben die je maar krijgen kunt. Vanaf morgen zal dat nare geheimpje van je in alle tijdschriften en kranten in het land staan. Ik hoef alleen maar even een paar telefoontjes te plegen voordat ik ervandoor ga. Het is toch een reuze saai feestje geweest, en als onze vriend hier denkt dat dat grietje, die dochter van hem, mij ook maar één moment heeft kunnen bekoren–' Hij zweeg en grijnsde kwaadaardig naar Louis, maar zijn mond viel open toen de handboeien van de agent eerst scherp om zijn eerste, en daarna om zijn tweede pols klikten.

'Wát!' Hij klonk ongelovig en leek op het punt in lachen uit te barsten. 'Wat krijgen we nou weer? Krijg ik nu soms ook nog een ontvoering aan mijn broek? Waar zijn we volgens jou? In het Wilde Westen?'

Louis keek hem onverstoorbaar aan.

'Het is mijn plicht u te waarschuwen, meneer,' zei hij, 'maar gewelddadig gedrag en onbehoorlijke taal kunnen niet getolereerd worden, en het is mijn plicht–'

'Wát?' Luc schreeuwde nu bijna. 'Wélk gedrag? Jíj hebt míj geslagen! Je kunt niet–'

Louis keek hem beleefd verwijtend aan. 'Ik heb reden om aan te nemen, meneer, dat, gezien uw onberekenbare gedrag, u mogelijk onder invloed van alcohol bent, of van een andere verslavende stof, en voor uw eigen veiligheid beschouw ik het als mijn plicht u onder toezicht te stellen.'

'Je arresteert me?' Luc keek ongelovig. 'Je beschúldigt me?'

'Alleen als ik daartoe genoodzaakt ben, meneer,' zei Louis berispend. 'Maar ik weet zeker dat deze twee getuigen hier zullen willen vertellen dat u schold en dreigde, gewelddadige taal uitsloeg en u misdroeg' – hij knikte in mijn richting – 'dus ik zal u moeten vragen mij te willen vergezellen naar het bureau, meneer.'

'Er ís goddorie helemaal geen bureau!' schreeuwde Luc.

'Louis gebruikt de kelder van zijn huis voor dronkaards en mensen die zich misdragen,' zei Paul rustig. 'We hebben er wel lang geen gehad, niet sinds Guguste Tinon vijf jaar geleden dronken door het lint ging.'

'Maar ik heb een groentekelder die helemaal tot je beschikking staat, Louis, als je bang bent dat hij onderweg mogelijk het bewustzijn verliest,' opperde ik poeslief. 'Er zit een goed sterk slot op en hij kan zich daar met geen mogelijkheid bezeren.'

Louis leek dit te overwegen. 'Dank u, *veuve Simon*,' zei hij ten slotte. 'Ik denk dat dat misschien wel een goed idee is. Dan kan ik nu gaan bekijken welke stappen ik moet ondernemen.' Hij keek kritisch naar Dessanges, die bleek zag, maar niet meer van woede alleen.

'Jullie zijn gek, alle drie,' zei Dessanges zacht.

'Ik zal u natuurlijk eerst moeten fouilleren,' zei Louis kalm. 'Ik kan niet het risico lopen dat u het huis in brand steekt of zo. Zoudt u uw zakken alstublieft even leeg willen halen?'

Luc schudde zijn hoofd. 'Dit is niet te geloven,' zei hij.

'Het spijt me, meneer,' hield Louis vol, 'maar ik zal u moeten vragen uw zakken leeg te halen.'

'Je vraagt maar een end weg hoor,' zei Luc zuur. 'Ik weet niet wat je met al dit gedoe denkt te bereiken, maar als mijn advocaat dit allemaal hoort...'

'Ik doe het wel,' stelde Paul voor. 'Meneer kan met die handboeien toch niet in zijn zakken komen, denk ik.'

Hij kwam snel in beweging, ondanks zijn schijnbare onhandigheid; zijn stropershanden tastten Lucs kleding af en haalden er de inhoud uit: een aansteker, een paar opgerolde papiertjes, autosleutels, een portefeuille, een pakje sigaretten. Luc verzette zich vloekend, maar het had geen zin. Hij keek om zich heen, alsof hij verwachtte dat hij iemand zou zien die hij om hulp zou kunnen vragen, maar de straat was verlaten.

'Eén portefeuille.' Louis controleerde de inhoud. 'Eén sigarettenaansteker, zilver. Eén mobiele telefoon.' Hij maakte het pakje sigaretten open en schudde de inhoud op zijn hand. Ik zag iets op zijn hand liggen wat ik niet kende. Een klein onregelmatig blokje van iets zwartbruins, dat op een donkere toffee leek.

'Ik vraag me af wat dit is?' vroeg Louis minzaam.

'Krijg wat!' zei Luc bits. 'Dat is niet van mij. Dat heb jij erin gestopt, ouwe zak!' Dit was tot Paul gericht, die hem quasi-verbaasd aankeek. 'Het lukt je nooit dit–'

'Misschien niet,' zei Louis onverschillig. 'Maar we kunnen het in ieder geval proberen.'

## 6

Zoals we afgesproken hadden bleef Dessanges in de groentekelder achter. Louis kon hem een etmaal vasthouden, vertelde hij ons, maar daarna moest hij hem in staat van beschuldiging stellen. Met een eigenaardige blik naar ons tweeën en een stem die hij zorgvuldig neutraal hield, liet hij ons weten dat we die tijd tot onze beschikking hadden om onze zaken af te ronden. Een goeie vent, die Louis Ramondin, ondanks zijn traagheid. Maar hij leek toch een beetje te veel op zijn oudoom Guilherm, en dat had me aanvankelijk blind gemaakt voor het feit dat hij in wezen een goed mens was. Ik hoopte alleen maar dat hij er niet al te snel spijt van zou krijgen.

Eerst zat Dessanges in de groentekelder te razen en te tieren. Hij vroeg om zijn advocaat, zijn telefoon, zijn zus Laure en zijn sigaretten. Hij beweerde dat zijn neus pijn deed, dat hij gebroken was, dat er misschien wel beensplinters op weg naar zijn hersenen waren. Hij bonkte op de deur, smeekte, dreigde, vloekte. We schonken geen aandacht aan hem, en na verloop van tijd hielden de geluiden op. Om half een bracht ik hem wat koffie en een bord met brood en *charcuterie*, en hij pruilde nog wat na, maar nu was hij kalm en in zijn ogen lag weer die berekenende blik.

'Je stelt het moment alleen maar uit, Mamie,' zei hij tegen me toen ik het brood sneed. 'Een etmaal heb je, meer niet, want je weet, als ik eenmaal dat telefoontje heb gepleegd–'

'Wil je dit eten wel?' beet ik hem scherp toe. 'Want het

kan geen kwaad als je eens een poosje honger lijdt, en dan hoef ik niet meer naar die akelige praatjes van je te luisteren. Dus wat wordt het?'

Hij keek me vuil aan, maar zei niets meer over het onderwerp. 'Oké.'

# 7

Paul en ik deden de rest van de middag alsof we aan het werk waren. Het was zondag en het restaurant was gesloten, maar er was nog genoeg te doen in de boomgaard en de moestuin. Ik schoffelde en snoeide en wiedde totdat mijn nieren aanvoelden als heet glas en het zweet kringen maakte onder mijn oksels. Paul observeerde me vanuit het huis, en wist niet dat ik hem ook in de gaten hield.

Die vierentwintig uur: ze jeukten en vraten aan me als een ernstig geval van netelroos. Ik wist dat ik íéts moest doen, maar wat ik in vierentwintig uur kon uitrichten was me niet duidelijk. We hadden één Dessanges buiten gevecht gesteld – in ieder geval tijdelijk – maar de anderen waren nog even vrij en boosaardig als altijd. En er was weinig tijd. Een paar maal bracht ik het tot de telefooncel voor het postkantoor; ik verzon boodschappen zodat ik er in de buurt kon zijn, en eenmaal draaide ik zelfs het nummer, maar ik hing weer op voordat er opgenomen werd toen ik besefte dat ik absoluut geen idee had wat ik moest zeggen. Het leek wel alsof ik, waar ik ook keek, op dezelfde verschrikkelijke waarheid stuitte, op dezelfde verschrikkelijke alternatieven. Ouwe Moer, haar bek open en vol vishaken, haar ogen glazig van woede, aan me trekkend tegen die vreselijke druk in, en ik verzette me ertegen als een witvis aan een lijn. Alsof de snoek deel van mezelf uitmaakte, worstelde ik om me los te scheuren, een duister deel van mijn eigen hart kronkelde en ging tekeer aan de lijn, een verschrikkelijke, geheime vangst...

Het kwam erop neer dat ik twee keuzes had. In gedachten mocht ik dan met andere mogelijkheden spelen – dat Laure Dessanges me misschien met rust zou laten in ruil voor de vrijlating van haar broertje –, maar het diepgewortelde praktische deel van mijn geest wist dat die niet zouden werken. We hadden met onze actie tot nu toe nog maar één ding bereikt: uitstel. Ik voelde hoe de buit me met de seconde meer ontglipte, hoezeer ik mijn hersens ook pijnigde om een manier te vinden hoe we Luc konden gebruiken. Als dat niet zou lukken, zou de volgende dag Lucs voorspelling – 'Vanaf morgen zal dat nare geheimpje van je in alle tijdschriften en kranten in het land staan' – zwart op wit voor onze neus liggen, en zou ik alles kwijtraken: de boerderij, het restaurant, mijn plek in Les Laveuses... Het enige alternatief, zo wist ik, was de waarheid als wapen gebruiken. Maar hoewel ik daarmee mijn huis en mijn bedrijf zou terugkrijgen, kon ik niet weten wat de uitwerking zou zijn op Pistache, Noisette en Paul.

Ik knarsetandde van frustratie. Niemand moest zo'n keus hoeven maken, jammerde ik in mijzelf. Niemand.

Ik schoffelde blindelings in een rij sjalotten, met zoveel kracht dat de rijpende planten losgeschoffeld werden en de glanzende uitjes met het onkruid in het rond vlogen. Ik veegde het zweet uit mijn ogen en merkte dat ik stond te huilen.

Niemand zou moeten hoeven kiezen tussen een leven en een leugen. En toch had zij dat gemoeten, Mirabelle Dartigen, de vrouw op de foto met haar valse parels en haar verlegen lach, de vrouw met de scherpe jukbeenderen en het strakgetrokken haar. Ze had het allemaal opgegeven: de boerderij, de boomgaard, het plekje dat ze voor zichzelf veroverd had, haar verdriet, de waarheid. Ze had het begraven zonder nog eenmaal achterom te kijken, en was verder gegaan. Slechts één feit ontbreekt aan haar album, dat zo zorgvuldig geordend en van verwijzingen is voorzien, één ding dat ze gewoon niet opgeschreven had kúnnen hebben, om de doodeenvoudige reden dat ze het niet wist. Op één feit na is ons verhaal compleet.

Als mijn dochters of Paul er niet waren geweest, zo dacht ik, zou ik het allemaal vertellen. Al was het maar om Laure dwars te zitten, om haar haar triomf te ontnemen. Maar Paul was er nu eenmaal, rustig en eenvoudig, zo bescheiden en rustig dat hij mijn afweer omzeild had voordat ik het doorhad. Paul, die je nooit echt serieus nam met zijn gestotter en zijn morsige oude blauwe tuinbroek. Paul, met zijn stropershanden en zijn ontspannen glimlach. Wie zou er na al die jaren gedacht hebben dat het Paul zou worden? Wie zou na zoveel jaar gedacht hebben dat ik de weg terug naar huis zou vinden?

Een aantal malen stond ik op het punt te bellen. Ik had het nummer in een van mijn oude tijdschriften ontdekt. Mirabelle Dartigen was immers al lang dood. Het was niet nodig haar door het wonderlijke water van mijn hart te slepen zoals ik met Ouwe Moer aan haar lijn had gedaan. Een tweede leugen zou haar nu niet meer veranderen, hield ik mezelf voor. En als ik de waarheid onthulde zou ik ook niet meer de kans krijgen iets goed te maken. Maar Mirabelle Dartigen is een hardnekkige vrouw, zelfs als ze dood is. Ik kan haar nog steeds voelen, hóren, als het gejank van draden op een winderige dag, die schrille, verwarde, hoge stem. Het is het enige geluid wat me van haar is bijgebleven. Het doet er niet toe dat ik nooit heb geweten hoeveel ik eigenlijk van haar hield. Haar liefde, dat bezoedelde en onbewogen geheim, sleept me mee de modderige diepte in.

En toch. Het zou niet júíst zijn. Ik hoor Pauls stem in mijn binnenste, even onbarmhartig als de rivier. Het zou niet juist zijn om met een leugen verder te leven. Ik zou willen dat ik niet hoefde te kiezen.

# 8

Het was bijna zonsondergang toen hij me kwam zoeken. Ik had zo lang in de tuin gewerkt dat de pijnscheuten zich in mijn botten kerfden en ik er niet meer omheen kon. Mijn keel was droog en zat vol vishaken. Mijn hoofd tolde. Toch wendde ik me van hem af toen hij stil achter me stond, zonder iets te zeggen, zonder een woord te hóéven zeggen; hij wachtte alleen maar, wachtte tot het zover was.

'Wat wil je?' snauwde ik ten slotte. 'Jezus, sta me niet zo aan te kijken, Ga iets nuttigs doen.'

Paul zei niets.

Ik voelde mijn nek branden. Ten slotte keerde ik me om. Ik wierp de schoffel door de moestuin en schreeuwde hem met mijn moeders stem toe: 'Imbeciel! Kun je niet bij me uit de buurt blijven? Stomme ouwe gek!' Ik wilde hem pijn doen, denk ik. Het zou gemakkelijker geweest zijn als ik hem pijn had kunnen doen, zodat hij zich vol woede of pijn of walging van me af zou keren, maar hij bleef me maar aankijken – gek, ik had altijd gedacht dat niemand zo goed in dat spelletje was als ik – met dat onuitputtelijke geduld, zonder te bewegen, zonder te spreken. Hij wachtte gewoon totdat ik helemaal uitgeraasd was, zodat hij kon zeggen wat hij te zeggen had. Ik keerde me woedend van hem af, bang voor zijn woorden en zijn ongelooflijke geduld.

'Ik heb voor onze gast wat te eten gemaakt,' zei hij eindelijk. 'Misschien wil jij ook wat?'

Ik schudde mijn hoofd. 'Het enige wat ik wil is alleen gelaten worden,' zei ik.

Achter me hoorde ik Paul zuchten. 'Zij was net zo,' zei hij. 'Mirabelle Dartigen. Wilde van niemand hulp. Zelfs niet van zichzelf.' Zijn stem klonk rustig en bedachtzaam. 'Je lijkt erg op haar, weet je. Meer dan goed voor je is, of voor anderen.'

Ik slikte een scherp antwoord in en keek hem niet aan.

'Ze plaatste zich buiten alles met haar koppigheid,' vervolgde Paul. 'Ze wist nooit dat ze geholpen zou worden als ze wat zou zeggen. Maar ze zei nooit wat, hè. Ze vertelde nooit iets, aan niemand niet.'

'Ik denk dat ze dat niet kon,' zei ik als verdoofd. 'Sommige dingen kun je niet. Die kun je gewoon niet...'

'Kijk me eens aan,' zei Paul.

Zijn gezicht zag er in de laatste zonnestralen rozig uit, rozig en jong, ondanks de lijnen en de snor vol nicotine. De lucht achter hem was rauwrood met puntige wolken.

'Ooit zal iemand het moeten vertellen,' zei hij op redelijke toon. 'Ik heb niet voor niets de hele tijd in jouw moeders plakboek zitten lezen, en wat je ook mag denken, zo'n sukkel ben ik nou ook weer niet.'

'Het spijt me,' zei ik. 'Het was niet mijn bedoeling dat te zeggen.'

Paul schudde zijn hoofd. 'Ik weet het. Ik ben niet slim, zoals Cassis en jij, maar soms heb ik wel eens de indruk dat de slimsten het eerst de weg kwijtraken.' Hij glimlachte en tikte met een vinger tegen zijn slaap. 'Te druk daarboven,' zei hij vriendelijk. 'Veel te druk.'

Ik keek hem aan.

'Weet je, het is niet de wáárheid die pijn doet,' vervolgde hij. 'Als ze dat gezien had, zou het allemaal misschien nooit gebeurd zijn. Als ze hun gewoon om hulp had gevraagd in plaats van haar eigen gang te gaan, zoals ze altijd deed.'

'Nee.' Mijn stem klonk effen en beslist. 'Je begrijpt het niet. Ze heeft de waarheid nooit geweten. En als ze die wel geweten heeft, heeft ze hem verborgen gehouden, ook voor haarzelf. Omwille van ons. Omwille van mij.' Mijn keel zat nu dichtgesnoerd en er kwam een bekende smaak omhoog uit mijn brandende maag, die me verkrampte met zijn zuur. 'Het was niet haar taak de waarheid te vertellen. Dat was de onze. De mijne.' Ik slikte moeizaam. 'Ik was de enige die dat had gekund,' zei ik, met moeite sprekend. 'Alleen ik kende het hele verhaal. Alleen ik had het lef kunnen hebben...'

Ik zweeg en keek hem weer aan: zijn lieve en treurige lach, zijn afhangende schouders, als die van een muildier dat geduldig, kalm en langdurig zware lasten heeft gedragen. Wat benijdde ik hem. Wat wilde ik hem graag hebben.

'Je hebt het lef heus wel,' zei Paul ten slotte. 'Dat heb je altijd gehad.'

We keken elkaar aan. Stilte tussen ons.

'Goed,' zei ik ten slotte. 'Laat hem maar gaan.'

'Weet je het zeker? De drugs die in zijn zak zijn gevonden–'

Ik lachte even, een lach die wonderbaarlijk zorgeloos uit mijn droge mond kwam. 'Jij en ik weten allebei dat er geen drugs waren. Onschuldige namaak, die jij tussen zijn spullen stopte toen je zijn zakken doorzocht.' Ik lachte weer om zijn geschrokken blik. 'Stropersvingers, Paul, stropershanden. Dacht je dat jij de enige met een wantrouwende geest was?'

Paul knikte. 'Wat ga je doen?' vroeg hij. 'Zodra hij het aan Yannick en Laure vertelt–'

Ik schudde mijn hoofd. 'Laat hem maar,' zei ik. Ik voelde me licht van binnen, lichter dan ik me ooit gevoeld had, als een distelpluisje op het water. Ik voelde een lach in me opborrelen, de dwaze lach van iemand die alles wat hij bezit op gaat geven. Ik stopte mijn hand in mijn schortzak en haalde er het stukje papier met het telefoonnummer uit.

Toen bedacht ik me, en ik ging mijn adresboekje halen. Ik zocht even en vond toen de juiste bladzijde.

'Ik geloof dat ik nu weet wat ik moet doen,' zei ik.

## 9

Clafoutis van appel en gedroogde abrikozen. Klop de eieren en de bloem samen met de suiker en gesmolten boter totdat het geheel dik en romig is. Blijf kloppen en voeg beetje bij beetje de melk toe. Het moet uiteindelijk zo vloeibaar als dun beslag zijn. Vet een schaal ruim met boter in en voeg het kleingesneden fruit aan het beslag toe. Doe er kaneel en piment bij en zet het in een middelmatig hete oven. Wanneer de cake begint te rijzen, er bruine suiker op doen en hier en daar een klontje boter leggen. Bakken totdat de bovenkant knapperig is en stevig aanvoelt.

Het was een magere oogst geweest. De droogte, gevolgd door de rampzalige regens, had daarvoor gezorgd. En toch was het oogstfestival aan het eind van oktober iets waar we allemaal verwachtingsvol naar uitkeken, zelfs Reine, zelfs moeder, die haar speciale cakes maakte en schalen met fruit en groente op de vensterbank zette, en broden bakte die buitengewoon mooi en ingewikkeld waren – een tarweschoof, een vis, een mand appels – om op de markt van Angers te verkopen. De dorpsschool was het jaar daarvoor dichtgegaan toen de onderwijzer naar Parijs was verhuisd, maar op zondag werd er door de *curé* nog een soort school georganiseerd om de kinderen catechismusles te geven.

Die dag liepen alle leerlingen van de zondagsschool in een rij om de fontein heen, die heidens versierd was met bloemen, fruit, korenkransen, en allerlei soorten pompoenen, uitgehold en in lantaarnvorm gesneden. Ze hadden hun beste kleren aan, hielden kaarsen vast en zongen. In de kerk was de mis nog bezig; het altaar was in groen en goud gehuld en het gezang, dat over het plein schalde waar we stonden te luisteren, fascineerde ons met de verlokking van verboden zaken; de liederen gingen over het oogsten van de uitverkorenen en het verbranden van het kaf. We wachtten tot de mis voorbij was en deden mee aan de feestelijkheden, terwijl de pastoor in de kerk bleef om de biecht te horen en de oogstvuren rokerig-zoet op de hoeken van de kale velden brandden.

Toen begon het feestgedeelte. Er was een oogstmarkt, met worstelen en racen, en allerlei spelletjes – dansen, appel happen, pannenkoek eten, ganzenrennen –, waarna de winnaars en verliezers warm gemberbrood en cider kregen, en bij de fontein werden manden met zelfgemaakte producten verkocht terwijl de oogstkoningin glimlachend op haar goudgele troon zat en de voorbijgangers met bloemen bestrooide.

Dit jaar hadden we er nauwelijks aan gedacht. De meeste andere jaren zouden we het feest hebben afgewacht met een ongeduld dat groter was dan dat voor Kerstmis, want cadeautjes waren schaars in die tijd en december is een slechte tijd om feest te vieren. Oktober, vluchtig en sappig-zoet met zijn roodgouden licht en vroege, witte rijp en bladeren die prachtig kleuren, is iets heel anders; dat is een magische tijd, een laatste vreugdevolle uitbarsting in weerwil van de naderende kou. In andere jaren zouden we al weken van tevoren alles klaar hebben: een houtstapel en dode bladeren op een beschutte plek, de kettingen van wilde appels, en zakken met noten. Onze beste kleren zouden gestreken en onze schoenen gepoetst zijn voor het dansfeest. We zouden misschien een speciale viering bij de Uitkijkpost hebben gehouden, kransen om de Schatsteen hebben gehangen en rode bloemen in de trage bruine Loire hebben gegooid, schijven peer en appel in de oven hebben gedroogd, slingers van geel koren hebben gemaakt en die tot vlechten en poppen hebben verwerkt om overal in huis op te hangen om voorspoed af te smeken; we zouden streken hebben uitgehaald met nietsvermoedende mensen en onze maag zou hebben geknord van hongerige verwachting.

Maar dit jaar kwam daar weinig van. Die wrange nacht in La Mauvaise Réputation vormde het begin van onze neergang, met de brieven, de geruchten, de graffiti op de muren, het gefluister achter onze rug en de beleefde stiltes wanneer we keken. Men ging ervan uit dat er geen rook zonder vuur was. De beschuldigingen – 'MOFFENHOER' in rode letters op ons kippenhok, telkens opnieuw geschilderd, ondanks het feit dat wij ze iedere keer verwijderden – tezamen met moeders weigering de roddels te bevestigen of te ontkennen, plus de overdreven verhalen over haar bezoeken aan La Rép, die gretig werden doorverteld, versterkten de vermoedens alleen maar. De oogsttijd was dat jaar voor de familie Dartigen een zure aangelegenheid.

De anderen legden vreugdevuren aan en maakten tarweschoven. Kinderen liepen de rijen langs om ervoor te zorgen dat er geen graantje verloren ging. We verzamelden de laatste appels, dat wil zeggen: de appels die niet door de wespen waren verpest, en sloegen ze op in de kelder, waar ze los naast elkaar op rekken werden gelegd, zodat ze elkaar niet zouden aansteken. We sloegen onze groenten op in de groentekelder in vaten en onder een losse laag droge aarde. Moeder bakte zelfs een paar bijzondere broden, hoewel er voor haar bakproducten in Les Laveuses weinig klandizie was, en verkocht ze onbewogen in Angers. Ik weet nog dat we op een dag met een kar vol broden en cakes naar de markt gingen en dat de zon op de glanzende korsten scheen – eikels, egels, kleine grijnzende maskers – als op glanzend eikenhout. Een paar dorpskinderen weigerden met ons te spreken. Op een dag gooide iemand vanuit een groepje tamariskstruiken kluiten aarde naar Reinette en Cassis toen ze op weg waren naar school. Naarmate de dag dichterbij kwam, begonnen de meisjes elkaar taxerend op te nemen, hun haar met veel zorg te borstelen en hun gezicht met haver te wassen, want op de dag van het festival zou een van hen tot oogstkoningin gekozen worden. Zij zou worden gekroond met de gerstekroon en de kruik wijn dragen. Ik was hierin totaal niet geïnteresseerd. Met mijn korte steile haar en kikkergezicht zou ik nooit oogstkoningin worden. Trouwens, zonder Tomas was er weinig meer wat echt belangrijk was. Ik vroeg me af of ik hem ooit nog zou zien.

Ik zat bij de Loire met mijn vallen en vishengel en lette op. Op de een of andere manier bleef ik maar geloven dat Tomas terug zou komen als ik die snoek ving.

## 10

De ochtend van oogstdag was koud en zonnig, met het licht van gloeiende sintels dat bij oktober hoort. Moeder was de nacht ervoor opgebleven, eerder uit een soort koppigheid dan uit een hang naar traditie; ze had gemberbrood en boekweitpannenkoeken gebakken en bramenjam gemaakt. Ze stopte ze in manden en gaf ze ons om mee te nemen naar de markt. Ik was niet van plan te gaan. Ik molk de geit en maakte mijn paar zondagsklusjes af en ging daarna naar de rivier. Ik had pas een bijzonder ingenieuze val geplaatst, een reeks kratten en vaten vlak bij de oever, die met kippengaas aan elkaar verbonden waren. Als aas had ik visresten gebruikt en ik was heel benieuwd of hij werkte. De wind nam naast de geur van gemaaid gras ook die van de eerste herfstvuren mee, en de geur was prikkelend, eeuwenoud, en herinnerde aan gelukkiger tijden. Ik voelde me ook oud en sjokte door de maïsvelden naar de Loire. Ik had het gevoel dat ik al heel, heel lang leefde.

Paul zat bij de Menhirs op me te wachten. Hij leek niet verbaasd me te zien, richtte zijn ogen even op me, maar vestigde daarna zijn blik weer op de dobber in het water.

'Ga je niet naar de m-markt?' vroeg hij.

Ik schudde mijn hoofd. Ik realiseerde me dat ik hem sinds moeder hem het huis uit had gejaagd, helemaal niet meer gezien had, en ik voelde me plotseling schuldig omdat ik mijn oude vriend zo totaal vergeten was. Misschien ging ik daarom naast hem zitten. Het was in ieder geval niet uit behoefte aan gezelschap; mijn behoefte aan eenzaamheid was allesoverheersend.

'Ik ook n-niet.' Hij zag er die ochtend chagrijnig uit, zijn gezicht stond bijna zuur. Zijn ogen werden samengetrokken in een frons van concentratie die onrustbarend volwassen leek. 'Al die idioten die d-dronken worden en d-dansen. Wie heeft daar behoefte aan?'

'Ik niet.' De bruine draaikolken in de rivier aan mijn voeten werkten hypnotiserend. 'Ik ga al mijn vallen nakijken, en daarna wou ik de grote zandbank eens proberen. Cassis zegt dat daar soms snoeken zitten.'

Paul keek me cynisch aan. 'Je k-krijgt 'r nooit,' zei hij onomwonden.

'Waarom niet?'

Hij haalde zijn schouders op. 'G-gewoon. Het lukt je niet.'

We zaten een poosje zij aan zij te vissen; de zon verwarmde langzaam onze rug en de bladeren dwarrelden geel-rood-zwart een voor een in het zacht glanzende water. Over de velden kwam het verre, lieflijke geluid van de kerkklokken, die het eind van de mis aanduidden. De feestelijkheden zouden binnen tien minuten beginnen.

'Gaan de anderen wel?' Paul haalde een bloedworm uit het warme holletje in zijn linkerwang en prikte hem deskundig aan de haak.

Ik haalde mijn schouders op. 'Kan me niet schelen,' zei ik.

In de stilte die volgde hoorde ik Pauls ingewanden luid rommelen.

'Honger?'

'Neu.'

Toen hoorde ik het, zo duidelijk als ik me maar kan herinneren, op de weg naar Angers. Eerst bijna onhoorbaar, maar toen steeds luider, als het gezoem van een slaperige wesp. Luider dan het gonzen van bloed in de slapen na ademloos geren door de velden. Het geluid van één enkele motorfiets.

Een plotselinge aanval van paniek. Paul mocht hem niet zien. Als het Tomas was, móést ik alleen zijn, en mijn hart maakte een misselijkmakende sprong van vreugde, want het werd me met een heldere, hartstochtelijke zekerheid duidelijk dat het Tomas was.

Tomas.

'Misschien zouden we even kunnen gaan kijken,' zei ik met gespeelde onverschilligheid.

Paul maakte een neutraal geluid.

'Er is vast gemberbrood,' zei ik sluw. 'En gepofte aardappels, en in de resten van de vuren liggen geroosterde maïs, pasteien en saucijzen.'

Ik hoorde zijn maag nog harder knorren.

'We zouden er stiekem heen kunnen gaan en hier en daar wat pikken,' stelde ik voor.

Stilte.

'Cassis en Reine zijn er ook.'

Althans, dat hoopte ik. Ik rekende op hun aanwezigheid om me in staat te stellen snel weg te komen en terug naar Tomas te gaan. De gedachte aan zijn nabijheid, de ondraaglijke, warme vreugde die me vervulde bij de gedachte hem te zullen zien, gaf me het gevoel alsof ik op gloeiend hete stenen stond.

'Is z-zij er ook?' Zijn stem klonk zacht door een haat die me onder andere omstandigheden misschien zou hebben verbaasd. Ik had Paul nooit als het soort mens beschouwd dat wrok kon koesteren. 'Ik bed-doel je m-m-m–' Zijn gezicht vertrok in een grimas. 'Je m-m-m– Je m-m-m–'

Ik schudde mijn hoofd.

'Ik geloof van niet,' onderbrak ik hem scherper dan mijn bedoeling was geweest. 'Jezus, Paul, ik word er gek van als je dat doet.'

Paul haalde onverschillig zijn schouders op. Ik hoorde het geluid van de motor nu duidelijk, misschien een mijl of twee verder op de weg. Ik balde mijn vuisten zo hard dat mijn nagels zich in mijn handpalmen boorden.

'Weet je,' zei ik op vriendelijker toon. 'Weet je, het maakt eigenlijk niets uit. Ze begrijpt het gewoon niet, dat is alles.'

'Is z-ze er ook?' hield Paul vol.

Ik schudde mijn hoofd. 'Nee,' loog ik. 'Ze zei dat ze vanmorgen de geitenstal ging schoonmaken.'

Paul knikte. 'Goed dan,' zei hij mild.

## *11*

Tomas zou waarschijnlijk zo ongeveer een uur bij de Uitkijkpost wachten. Het was warm weer: hij zou zijn motor in de bosjes verbergen en een sigaret roken. Als er niemand in de buurt was, zou hij het er misschien op wagen en even in de rivier gaan zwemmen. Als er na die tijd niemand verschenen was, zou hij een briefje voor ons schrijven en dat bij de Uitkijkpost achterlaten, tussen de takken onder het platform, misschien samen met een pakje zorgvuldig in kranten verpakte tijdschriften of snoep. Ik wist dat; hij had het al eerder zo gedaan. In die tijd zou ik gemakkelijk met Paul naar het dorp kunnen gaan en dan omkeren zodra niemand keek. Ik zou niet tegen Reinette of Cassis zeggen dat hij er was. Bij die gedachte voelde ik een vlaag van begerige vreugde; ik zag een warme glimlach zijn gezicht al opvrolijken, een glimlach, alleen voor mij. Bij die gedachte sleurde ik Paul haast mee naar het dorp; mijn warme hand sloot zich stevig om zijn koele hand en mijn plakkerige haar hing in mijn ogen.

Het plein om de fontein was al half gevuld met mensen. Er kwamen ook nog mensen uit de kerk: kinderen met kaarsen in hun hand, meisjes met herfstbladerkransen op hun hoofd, een handjevol jongens dat net gebiecht had, waaronder Guilherm Ramondin. Hij lonkte naar de meisjes alvorens een nieuwe hoeveelheid zondige gedachten te vergaren. En zo mogelijk nog een stapje verder; het was tenslotte oogsttijd, en er was verder verdomd weinig om je op te verheugen. Ik zag Cassis en Reinette een eindje van de menigte af staan. Reine droeg een roodflanellen jurk en een ketting van bessen, en Cassis at een suikergebakje. Niemand leek met hen te praten, en ik kon het isolement waar ze middenin stonden, voelen. Reinette lachte: een hoog, iel geluid, dat klonk als het schreeuwen van een zeevogel. Een eindje verderop stond mijn moeder toe te kijken met een mand met taartjes en fruit in haar hand. Ze leek tussen de feestvierders heel grauw: haar zwarte jurk en sjaal vielen uit de toon bij de bloemen en gekleurde vlaggetjes. Ik voelde Paul naast me verstijven.

Een groep mensen naast de fontein begon een vrolijk lied te zingen. Raphaël was er, geloof ik, en Colette Gaudin, en Pauls oom Philippe Hourias, een gele das slordig om zijn nek geslagen, en Agnès Petit met haar zondagse jurk en lakschoenen aan en een bessenkroon op haar hoofd. Ik weet nog dat haar stem even boven die van de anderen uitkwam – hij was ongeschoold, maar heel lief en helder – en ik voelde mijn nekharen overeind gaan staan, alsof de geest die ze zou worden, prematuur over mijn graf had gelopen. Ik weet nog wat ze zong:

*A la claire fontaine j'allais me promener*
*J'ai trouvé l'eau si belle que je m'y suis baignée*
*Il y a longtemps que je t'aime*
*Jamais je ne t'oublierai.*

Tomas, als het Tomas was geweest, zou nu bij de Uitkijkpost zijn. Maar Paul naast me leek niet van plan zich onder de mensen te begeven. Hij keek maar naar mijn moeder aan de andere kant van de fontein en beet nerveus op zijn lip.

'Ik dacht dat je had gez-zegd dat ze er n-niet zou z-zijn,' zei hij.

'Ik wist het niet,' zei ik.

We stonden even te kijken terwijl de mensen de kerk verlieten en zich naar alle kanten verspreidden om iets te eten en te drinken. Er waren kruiken cider en wijn op de rand van de fontein gezet, en veel vrouwen hadden, net als mijn moeder, broden, brioches en fruit meegebracht om bij de kerkdeur uit te delen. Maar ik merkte dat mijn moeder op een afstandje bleef staan en er kwamen er maar weinig naar haar toe om het eten op te eisen dat ze met zoveel zorg bereid had. Haar gezicht was echter emotieloos, bijna onverschillig. Alleen haar handen verrieden haar; haar witte, nerveuze handen klemden zich heel stevig om het hengsel van de mand. Haar lippen stonden wit en strak in haar bleke gezicht.

Ik was nerveus. Paul leek niet van mijn zijde te willen wijken. Een vrouw – Francine Crespin, geloof ik, Raphaels zus – stak Paul een mand appels toe, maar toen ze mij zag, bevroor haar glimlach. Er waren niet veel mensen aan wie de teksten op het kippenhok ontgaan waren.

De priester kwam de kerk uit. De zwakke, milde ogen van père Froment schitterden vandaag in de wetenschap dat zijn kudde één geheel vormde; hij hield zijn vergulde crucifix op de houten stok als een trofee in de lucht. Achter hem droegen twee misdienaars de Heilige Maagd op haar goud-met-gele platform, versierd met bessen en herfstbladeren. De leerlingen van de zondagsschool keerden zich met hun kaarsen in de lucht naar de kleine processie en begonnen een oogstlied te zingen. Meisjes maakten zich mooi en oefenden hun glimlach. Ik zag dat Reinette zich ook naar de processie keerde. Toen kwam de gele troon van de oogstkoningin, die door twee jongemannen de kerk uit werd gedragen. Hij was maar van stro; de rug en armleuningen waren gemaakt van korenschoven en er lag een kussen van herfstbladeren op. Toen de zon erop scheen, leek hij even van goud gemaakt.

Er stond misschien maar een tiental meisjes van de juiste leeftijd te wachten bij de fontein. Ik herinner me hen nog goed: Jeannette Crespin, met haar te strakke communiejurk, de roodharige Francine Hourias met haar vele sproeten die ze met nog geen duizend zemelenwasbeurten weg kon krijgen, Michèle Petit met haar strakke vlechten en haar bril. Geen van hen haalde het bij Reinette. En dat wisten ze ook. Ik zag het aan de afgunstige en wantrouwende manier waarop ze naar haar keken, zoals ze daar stond met haar rode jurk en haar lange krullende haar met bessen erin. Ze bekeken haar ook met enige voldoening, want niemand zou Reine Dartigen dit jaar tot oogstkoningin kiezen. Niet dit jaar, nu de geruchten ons om de oren vlogen, als dode bladeren in de wind.

De priester nam het woord. Ik luisterde met stijgend ongeduld. Tomas zou op ons zitten wachten. Ik moest gauw weg, want anders zou ik hem mislopen. Paul staarde naar de fontein met die blik van een bijna onnozele intensiteit op zijn gezicht.

'Het is een jaar vol beproevingen geweest.' De stem van de *curé* had iets monotoons en kalmerends, als het verre blaten van schapen. 'Maar met jullie geloof en jullie energie zijn we er weer goed doorheen gekomen.' Ik voelde bij de mensen in de menigte een ongeduld gelijk aan het mijne. Ze hadden al naar een lange preek geluisterd. Nu was het tijd voor het kronen van de koningin, voor het dansen en feestvieren. Ik zag een kind een stukje cake uit haar moeders mand pakken en snel, ongemerkt, achter haar hand opeten, met steelse, gretige happen.

'Het is nu tijd om feest te vieren.' Dat leek er meer op. Ik hoorde een luid ssst-geroep in de menigte, een goedkeurend en ongeduldig gemompel. Père Froment voelde het ook.

'Het enige wat ik van jullie vraag is dat jullie je in alles matigen,' blaatte hij. 'Sta stil bij wat jullie aan het vieren zijn en bedenk dat jullie zonder Hem geen oogst en geen feest zouden hebben.'

'Opschieten, *père!* ' riep een ruwe, vrolijke stem die van

naast de kerk vandaan kwam. Père Froment leek beledigd en berustend tegelijk.

'Alles op zijn tijd, *mon fils*,' vermaande hij. 'Zoals ik al zei is nu het moment aangebroken om het feest van onze Heer te beginnen. Dat doen we door de oogstkoningin te benoemen, een meisje van tussen de dertien en de zeventien, die de feestelijkheden zal leiden en de gerstekroon zal dragen.'

Een tiental stemmen onderbrak hem door namen te roepen, waarvan sommige totaal niet in aanmerking kwamen. Raphaël riep uit: 'Agnès Petit!' en Agnès, die geen dag jonger was dan vijfendertig, bloosde van blijde verlegenheid, waardoor ze eventjes bijna knap leek.

'Murielle Dupré!''Colette Gaudin!' Vrouwen kusten hun man en lieten bij het compliment quasi-verontwaardigde kreten horen.

'Michèle Petit!' Dat was Michèles moeder, die haar dochter hardnekkig toegewijd was.

'Georgette Lemaître!' Dat was Henri. Hij droeg zijn grootmoeder voor, die negentig of ouder was en wild kakelend om de grap lachte.

Diverse jongemannen riepen om Jeannette Crespin en ze bloosde hevig achter haar handen.

Toen deed Paul, die stil naast me had gestaan, ineens een stap naar voren.

'Reine-Claude Dartigen!' riep hij luid, zonder te stotteren, en zijn stem was krachtig en bijna volwassen, een mannenstem, heel anders dan zijn eigen langzame, aarzelende spraak. 'Reine-Claude Dartigen!' riep hij weer, en de mensen keerden zich nieuwsgierig mompelend naar hem om. 'Reine-Claude Dartigen!' riep hij weer, en hij liep met een ketting van wilde appels in zijn hand over het plein naar de verblufte Reinette toe.

'Hier, die is voor jou,' zei hij zachter nu, maar nog steeds zonder een spoor van gestotter, en hij gooide de ketting over Reinettes hoofd. De kleine roodgele vruchten glansden in het roodachtige oktoberlicht.

'Reine-Claude Dartigen,' zei Paul nog een keer; hij pakte Reines hand en leidde haar de paar treden naar de strooien troon op. Père Froment zei niets; er lag een ongemakkelijke glimlach om zijn lippen, maar hij liet het toe dat Paul de gerstekroon op Reinettes hoofd plaatste.

'Heel goed,' zei de priester zacht. 'Heel goed.' Toen met luidere stem: 'Bij deze roep ik Reine-Claude Dartigen uit tot oogstkoningin van dit jaar!'

Het kwam misschien door zijn ongeduld bij de gedachte aan al die wijn en cider die hem stonden te wachten. Het kwam misschien door de verbazing toen hij die arme kleine Paul Hourias voor het eerst in zijn leven zonder gestotter hoorde spreken. Het kwam misschien door de aanblik van Reinette, die op haar troon zat met lippen als kersen en het zonlicht als een stralenkrans om haar haren. De meeste mensen klapten. Een paar juichten zelfs en riepen haar naam. Dat waren allemaal mannen, merkte ik; zelfs Raphaël en Julien Lanicen, die die avond in La Mauvaise Réputation waren geweest. Maar er waren ook vrouwen bij die niet klapten. Het waren er maar een paar, maar voldoende. Michèles moeder bijvoorbeeld, en boosaardige roddelaarsters als Marthe Gaudin en Isabelle Ramondin. Maar het waren er toch maar weinig, en hoewel sommigen slecht op hun gemak leken, voegden hun stemmen zich bij het koor. Sommigen klapten zelfs toen Reine bloemen en vruchten naar de kinderen gooide. Ik ving een glimp van mijn moeders gezicht op toen ik weg begon te sluipen, en werd getroffen door de uitdrukking op haar gezicht, de plotselinge zachte, warme blik, de blos op haar wangen en de schittering in haar ogen, bijna als die op de vergeten trouwfoto, haar sjaal die bijna van haar hoofd gleed toen ze haast naar Reinette toe rende om bij haar te gaan staan. Ik denk dat ik de enige was die het zag. Alle anderen keken naar mijn zuster. Zelfs Paul keek naar haar; hij stond naast de fontein en de onnozele uitdrukking lag weer op zijn gezicht alsof die nooit was weggeweest. Ik voelde van binnen iets samentrekken. Mijn ogen prikten heel even zo hevig dat ik dacht dat er een insect, een wesp misschien, op mijn ooglid was neergestreken.

Ik liet het pasteitje dat ik at, los en keerde me om, zonder dat iemand het merkte. Tomas wachtte op me. Plotseling was het erg belangrijk om te denken dat Tomas zat te wachten. Tomas, die van me hield. Tomas, de enige, voor altijd. Even keerde ik terug om het schouwspel in mijn geheugen te griffen. Mijn zus als oogstkoningin, de mooiste oogstkoningin die er ooit gekroond was, met de schoof in haar ene hand en een ronde, felgekleurde vrucht – een appel, of misschien een granaatappel – in de andere, haar in de hand gedrukt door père Froment. Hun blikken hadden elkaar gekruist en hij had op zijn lieve, schaapachtige manier geglimlacht. Mijn moeders glimlach bevroor echter plotseling op haar vrolijke gezicht; zij maakte een afwerend gebaar. Haar stem steeg iel uit boven het vrolijke geluid van de menigte. 'Wat is dat? Wat is dat in godsnaam? Wie heeft je die gegeven?'

Nu niemand op mij lette, rende ik weg. Ik lachte bijna. De onzichtbare wesp prikte nog steeds in mijn oogleden. Ik rende zo snel ik kon terug naar de rivier. Mijn gedachten waren wazig. Om de zoveel tijd moest ik stilstaan om de kramp in mijn buik tot bedaren te brengen, krampaanvallen die griezelig veel weg hadden van lachkrampen, maar die ook de tranen in mijn ogen deden springen. Die sinaasappel! Met zorg en liefde bewaard voor deze ene gelegenheid, in vloeipapier bewaard voor de oogstkoningin, die hem in haar hand moest houden, terwijl moeder... moeder... Het gelach was als bijtend zuur in mijn binnenste, maar de pijn was intens, wierp me op de grond, trok aan me als vishaken. De blik op mijn moeders gezicht bezorgde me een lachstuip telkens wanneer ik eraan dacht, die blik van trots die omsloeg in angst, nee doodsangst, bij het zien van één enkele, kleine sinaasappel. Tussen de krampen door rende ik zo hard ik kon. Ik berekende dat het tien minuten kon duren voordat ik bij de Uitkijkpost was en voegde daarbij de tijd die we bij de fontein hadden doorgebracht, zeker twintig minuten, en ik was doodsbenauwd dat Tomas misschien al weg was.

Deze keer zou ik het hem vragen, nam ik me voor. Deze keer zou ik hem vragen mij met hem mee te nemen, waar hij ook heen ging, terug naar Duitsland, of naar de bossen, voor altijd op de vlucht. Wat hij maar wilde, zolang hij en ik... hij en ik. Onder het rennen bad ik tot Ouwe Moer; de braamstengels bleven aan mijn blote benen hangen zonder dat ik erop lette. Alsjeblieft, Tomas, alsjeblieft. Jij bent de enige. Voor altijd. Tijdens mijn dolle ren door de velden kwam ik niemand tegen. Iedereen was naar het feest. Toen ik bij de Menhirs kwam, riep ik hardop zijn naam; mijn stem klonk zo schril als de roep van een kievit in de fluwelen stilte van de rivier.

Zou hij al weg zijn?

'Tomas! Tomas!' Ik was schor van het lachen, schor van angst. 'Tómas! Tómas!'

Ik zag hem haast niet, zo snel was hij. Hij gleed uit een groepje struiken en omvatte met zijn ene hand mijn pols, terwijl de andere voor mijn mond werd geslagen. Even herkende ik hem nauwelijks – zijn gezicht was donker – en ik verzette me hevig; ik probeerde in zijn hand te bijten en maakte zachte vogelgeluidjes tegen zijn handpalm.

'Sst, *Backfisch*, wat doe je in godsnaam?' Ik herkende zijn stem en gaf mijn verzet op.

'Tomas. Tomas.' Ik zei telkens zijn naam, terwijl de vertrouwde geur van tabak en zweet die aan zijn kleren hing, mijn neusgaten vulde. Ik hield zijn jas dicht tegen mijn gezicht gedrukt, iets wat ik twee maanden geleden nooit zou hebben gedurfd. In het heimelijke duister kuste ik met wanhopige hartstocht de voering. 'Ik wist dat je terug zou komen. Ik wist het.'

Hij keek me aan, maar zei niets. 'Ben je alleen?' Zijn ogen leken smaller dan anders, waakzamer.

Ik knikte.

'Mooi. Ik wil dat je naar me luistert.' Hij sprak heel langzaam, nadrukkelijk, ieder woord goed articulerend. Er hing geen sigaret in zijn mondhoek en zijn ogen glansden niet. Hij leek in de afgelopen paar weken magerder te zijn geworden; zijn gezicht was scherper, zijn mond minder grootmoedig. 'Ik wil dat je heel goed luistert.'

Ik knikte gehoorzaam. Wat je maar wilt, Tomas. Mijn ogen schitterden en voelden warm. Jij bent de enige, Tomas. De enige. Ik wilde hem over mijn moeder en Reine en de sinaasappel vertellen, maar voelde dat dit niet het juiste moment was. Ik luisterde.

'Er komen misschien mannen in het dorp,' zei hij. 'Zwarte uniformen. Je weet toch wat dat betekent?'

Ik knikte. 'Duitse politie,' zei ik, 'De SS.'

'Inderdaad.' Hij sprak afgemeten, precies, heel anders dan de zorgeloze toon waarop hij gewoonlijk sprak. 'Ze zullen misschien vragen stellen.'

Ik keek hem niet-begrijpend aan.

'Vragen over mij,' zei Tomas.

'Waarom?'

'Dat doet er niet toe.' Zijn hand lag nog steeds stevig om mijn pols, zodat het bijna pijn deed. 'Ze kunnen je vragen stellen. Over wat we gedaan hebben.'

'Bedoel je de tijdschriften en zo?'

'Precies. En over de oude man bij het café, Gustave. Die verdronken is.' Zijn gezicht stond strak en somber. Hij keerde mijn gezicht naar zich toe, zodat ik hem aankeek, en hij kwam heel dichtbij. Zijn kraag en adem roken naar sigaretten. 'Luister, *Backfisch*. Dit is belangrijk. Je mag hun niets vertellen. Je hebt me nooit gezien. Je was die bewuste avond niet bij La Rép. Je weet niet eens hoe ik heet. Begrepen?'

Ik knikte.

'Goed onthouden,' hield Tomas aan. 'Je weet niets. Je hebt nooit met me gesproken. Zeg het tegen de anderen.'

Ik knikte weer en hij leek zich een beetje te ontspannen.

'En dan nog iets.' Zijn stem had de harde klank verloren, werd bijna strelend.

Het gaf me een warm gevoel, alsof ik van binnen van warme caramel was. Ik keek hem verwachtingsvol aan.

'Ik kan hier niet meer komen,' zei hij vriendelijk. 'In ieder geval een poos niet. Het wordt te gevaarlijk. Ik heb me er de vorige keer ook maar net uit gered.'

Even zei ik niets.

'We zouden elkaar misschien bij de bioscoop kunnen ontmoeten,' stelde ik verlegen voor. 'Zoals eerst. Of in het bos.'

Tomas schudde ongeduldig zijn hoofd. 'Hoor je niet wat ik zeg?' beet hij me toe. 'We kunnen elkaar niet meer ontmoeten. Nergens.'

Koude prikkelingen raakten mijn huid, alsof er sneeuwvlokken op neerdaalden. Een zwarte wolk vulde mijn hoofd.

'Hoe lang niet?' fluisterde ik ten slotte.

'Lang.' Ik voelde zijn ongeduld. 'Misschien wel nooit meer.'

Ik kromp ineen en begon te trillen. Het tintelende gevoel was nu veranderd in hete prikkelingen, alsof ik in de brandnetels lag.

Hij nam mijn gezicht tussen zijn handen. 'Luister, Framboise,' zei hij langzaam. 'Het spijt me. Ik weet dat je–' Plotseling zweeg hij. 'Ik weet dat het moeilijk is.' Hij grijnsde, een felle maar enigszins treurige grijns, als een wild dier dat vriendelijk probeert te doen.

'Ik heb wat voor je meegebracht,' zei hij ten slotte. 'Tijdschriften, koffie.' Weer die geforceerde vrolijke grijns. 'Kauwgom, chocola, boeken.'

Ik keek hem zwijgend aan. Mijn hart voelde als een brok koude klei.

'Verstop ze goed, oké?' Zijn ogen stonden vrolijk, de ogen van een kind dat een heerlijk geheim deelt. 'En vertel niemand iets over ons. Echt niemand.'

Hij keerde zich naar de struiken waaruit hij te voorschijn was gesprongen en trok er een pakje uit met touw eromheen.

'Maak maar open,' drong hij aan.

Ik staarde hem dof aan.

'Toe dan.' Zijn stem klonk gespannen van gemaakte vrolijkheid. 'Het is helemaal voor jou.'

'Ik wil het niet.'

'O, *Backfisch*, toe nou.' Hij stak zijn arm uit om hem om me heen te leggen, maar ik duwde hem weg.

*'Ik zei dat ik het niet wou!'* Dat was weer mijn moeders stem, schril en scherp, en plotseling haatte ik hem omdat hij hem in me naar boven haalde. *'Ik wil het niet! Ik wil het niet!'*

Hij grijnsde hulpeloos naar me. 'Toe nou,' herhaalde hij. 'Doe niet zo. Ik wou alleen maar–'

'We zouden kunnen vluchten,' zei ik abrupt. 'Ik weet in de bossen een heleboel plekjes. We zouden kunnen vluchten en dan zou niemand ons ooit weten te vinden. We zouden konijnen kunnen eten, en... paddestoelen en bessen.' Mijn gezicht gloeide. Mijn keel deed pijn en was droog. 'We zouden veilig zijn,' hield ik aan. 'Niemand zou het weten.' Maar ik zag aan zijn gezicht dat het geen zin had.

'Dat gaat niet,' zei hij met een besliste klank in zijn stem.

Ik voelde de tranen opwellen.

'Kun je niet eens heel even b-blijven?' Ik klonk nu als Paul, nederig en stom, maar ik kon er niets aan doen. Een deel van me had hem graag met een ijzig trots stilzwijgen, zonder een woord te zeggen, laten gaan, maar de woorden tuimelden vanzelf mijn mond uit.

'Alsjeblieft? Je zou even een sigaret kunnen roken, of kunnen zwemmen, of we zouden k-kunnen v-vissen.'

Tomas schudde zijn hoofd.

Ik voelde dat er in mijn binnenste langzaam en onontkoombaar iets begon in te storten. In de verte hoorde ik een plotseling getik van metaal op metaal.

'Heel even maar? Alsjeblíéft?' Wat haatte ik op dat moment de klank van mijn eigen stem, dat stomme, gekwetste gesmeek. 'Ik laat je mijn nieuwe vallen zien. Ik zal je mijn snoekenval laten zien.'

Zijn stilte was vernietigend, geduldig als het graf.

Ik voelde onze tijd onverbiddelijk tussen mijn handen doorglippen. Weer hoorde ik een ver getik van metaal tegen metaal, het geluid van een hond met een blikje aan zijn staart, en plotseling herkende ik het geluid. Een golf van wanhopige vreugde overspoelde me.

'Toe! Het is belángrijk!' Mijn stem was nu hoog en kinderlijk; ik hoopte op redding. De hitte sloeg van mijn oogleden en verstikte mijn keel. 'Ik ga het vertellen als je niet blijft. Ik ga het vertellen. Ik ga het vertellen. Ik ga–'

Hij knikte even, ongeduldig. 'Vijf minuten. Geen minuut langer. Goed?'

Ik hield op met huilen. 'Goed.'

## 12

Vijf minuten. Ik wist wat me te doen stond. Het was onze laatste kans – mijn laatste kans – maar mijn hart, dat bonkte als een hamer, vulde mijn wanhopige geest met wilde muziek. Hij had me vijf minuten gegeven. Ik werd vervuld van een grote vreugde toen ik hem aan de hand meetrok naar de grote zandbank waar ik mijn laatste val had gelegd. Het gebed dat mijn gedachten had gevuld toen ik uit het dorp wegrende, was een jengelig, oorverdovend gedreun geworden – *jij bent de enige de enige o Tomas alsjeblieft o alsjeblieft alsjeblieft alsjeblieft* – en mijn hart sloeg zo wild dat mijn trommelvliezen dreigden te barsten.

'Waar gaan we heen?' Hij klonk kalm, geamuseerd, bijna onverschillig.

'Ik wil je iets laten zien,' zei ik, naar adem snakkend, en ik trok nog harder aan zijn hand. 'Iets belangrijks, kom mee!'

Ik hoorde de blikjes rammelen die ik aan het olievat gebonden had. Er zat iets in, bedacht ik met een plotselinge huivering van opwinding. Iets groots. De blikjes deinden wild op het water en sloegen tegen het vat. De twee kratten die met kippengaas aan elkaar vastgemaakt waren, dansten en draaiden onder het wateroppervlak.

Het moest waar zijn. Het móést gewoon.

Ik trok de houten stok die ik gebruikte om mijn zware vallen naar boven te manoeuvreren, uit zijn schuilplaats onder de oever. Mijn handen trilden zo erg dat ik bij de eerste poging de stok bijna in het water liet vallen. Met de haak die aan het eind van de stok zat, maakte ik de kratten van de drijver los en duwde ik het grote vat weg. De kratten bokten en steigerden.

'Het is te zwáár!' schreeuwde ik.

Tomas keek enigszins verward toe.

'Wat is dat in godsnaam?' vroeg hij.

'Hè, toe nou. Tóé nou.' Ik rukte aan de kratten in een poging ze de steile oever op te slepen. Tussen de latten van de zijkant door stroomde water naar buiten. Binnenin glibberde en sloeg iets groots en boosaardigs.

Naast me hoorde ik Tomas zachtjes lachen.

'O, *Backfisch* toch,' zei hij ademloos. 'Ik denk dat je hem eindelijk gevangen hebt. Die oude snoek. *Lieber Gott*, dat moet een joekel zijn!'

Ik luisterde nauwelijks. Mijn adem schraapte in mijn keel als schuurpapier. Ik voelde mijn blote hielen in de modder hulpeloos naar het water glijden. Datgene wat ik vasthield trok me er stukje bij beetje in.

'Ik laat haar niet gaan,' zei ik zwaar ademend. 'Ik doe 't niet! Ik doe 't niet!' Ik zette één stap op de oever en trok de doorweekte kratten achter me aan, en daarna nog een. Ik voelde dat de gladde gele modder onder mijn voeten mijn benen onder me vandaan dreigde te slaan. De stok groef zich pijnlijk in mijn schouder terwijl ik vocht om vat op hem te krijgen. Achter in mijn hoofd was de verrukkelijke wetenschap dat híj toekeek, dat als ik Ouwe Moer maar uit haar schuilplaats kon krijgen, mijn wens... mijn wens...

Een stap, en dan nog een. Ik zette mijn tenen in de klei en sleepte mezelf omhoog. Nog een stap, en mijn last werd lichter naarmate het water uit de kratten liep. Ik voelde het dier binnenin zich woedend tegen de zijkant van de kist werpen. Nog een stap.

Toen niets meer.

Ik trok, maar er kwam geen beweging in de kratten. Ik gaf een schreeuw van frustratie en wierp mezelf zo ver ik kon op de oever, maar het krat zat vast. Een wortel misschien, die uit de kale oever stak als het stompje van een rotte tand, of een stuk drijfhout dat in het kippengaas was blijven steken. 'Hij zit vást!' riep ik wanhopig. 'Die rótval zit aan iets vast!'

Tomas keek me vol humor aan.

'Het is maar een oude snoek,' zei hij ietwat ongeduldig.

'Toe nou, Tomas,' hijgde ik. 'Als ik loslaat ontkomt ze. Kijk jij wat het is en trek het los. Alsjeblieft.'

Tomas haalde zijn schouders op en trok zijn jasje en hemd uit, die hij netjes op een struik neerlegde.

'Ik wil geen modder op mijn uniform,' merkte hij luchthartig op.

Mijn armen trilden van de inspanning en ik hield de stok vast, terwijl Tomas keek wat er in de weg zat.

'Het is een kluit wortels,' riep hij naar me. 'Ik geloof dat een van de latten los heeft gelaten en in de wortels is blijven hangen. Het zit helemaal vast.'

'Kun je erbij?' gilde ik.

Hij haalde zijn schouders op. 'Ik zal het proberen.' Hij trok zijn broek uit, legde hem naast de rest van zijn uniform en liet zijn laarzen bij de oever staan. Ik zag hem rillen toen hij het water inliep – het water was er diep – en hoorde hem grappige vloeken uiten.

'Ik lijk wel gek,' zei Tomas. 'Het is hier steenkoud.' Hij stond bijna tot zijn schouders in het gladde bruine water. Ik weet nog dat de Loire zich op dat punt splitst en dat het water net hard genoeg stroomde om kleine, lichte schuimrandjes om zijn lichaam te maken.

'Kun je erbij?' gilde ik naar hem. Mijn armen waren nu net brandende draden, mijn hoofd bonsde vervaarlijk. Ik kon nog voelen hoe de snoek, half in het water, zich uit alle macht tegen de zijkanten van het krat gooide.

'Het is hier beneden,' hoorde ik hem zeggen. 'Net onder water. Ik denk' – een plons toen hij even onder dook en zo behendig als een otter weer bovenkwam – 'een beetje dieper.' Ik zette me met mijn hele gewicht schrap. Mijn slapen brandden en ik had zin om te schreeuwen van de pijn en de frustratie. Vijf seconden, tien seconden. Ik viel bijna flauw, ik zag roodzwarte bloemen achter mijn oogleden en ik bad: *alsjeblieft o alsjeblieft ik zal je laten gaan dat zweer ik je dat zweer ik je als ik maar alsjeblieft Tomas jij bent de enige Tomas jij bent de enige voor altijd.*

Toen schoot het krat zonder dat ik erop bedacht was, ineens los. Ik schoot de oever op, waarbij ik bijna mijn greep op de stok verloor, en het bevrijde krat stuiterde achter me aan. Met een wazige blik en de smaak van metaal in mijn keel sleepte ik het verder de oever op. Splinters van het kapotte krat boorden zich onder mijn nagels en in mijn reeds beblaarde handen. Ik trok aan het kippengaas, waarbij ik mijn handen ontvelde, ervan overtuigd dat de snoek ontsnapt was. Iets sloeg in de kist. Klap-klap-klap. Het felle, natte geluid van een natte lap tegen een wasbak. 'Moet je dat gezicht nou toch zien, Boise, het is niet om aan te zien! Kom hier, dan zal ik daar eens even iets aan doen.' Ik moest plotseling aan mijn moeder denken, aan hoe ze ons altijd schoonboende wanneer we ons niet wilden wassen, soms tot bloedens toe.

Klap-klap-klap. Het geluid werd nu zwakker, hoewel ik wist dat een vis minutenlang kon blijven leven en soms wel een halfuur nadat hij was gevangen, nog kronkelingen vertoonde. Tussen de kieren van de planken door, in het duister van het krat, zag ik een enorme gedaante met de kleur van donkere olie, en nu en dan ving ik de glans van een oog op, als een metalen kogeltje, dat in een streep zonlicht ronddraaide. Ik voelde een steek van vreugde die zo fel was dat het leek of ik doodging.

'Ouwe Moer,' fluisterde ik schor. 'Ouwe Moer, mijn wens is, mijn wens is... dat hij blijft. Zorg ervoor dat Tomas blijft.' Ik fluisterde het snel zodat Tomas niet kon horen wat ik zei, en toen hij niet meteen de oever opkwam, zei ik het weer, voor het geval de oude snoek het de eerste keer niet gehoord had: 'Zorg dat Tomas blijft. Zorg dat hij voor altijd blijft.'

In het krat sloeg en kronkelde de snoek. Ik kon de vorm van zijn bek nu onderscheiden, een zure, naar beneden gebogen vorm, vol stalen haken van vorige pogingen hem te vangen, en ik was vervuld van angst vanwege zijn afmetingen, van trots vanwege mijn overwinning en van een verwarrende, allesoverheersende opluchting. Het was voorbij. De nachtmerrie die was begonnen met Jeannette en de waterslang, de sinaasappels en moeders langzame aftakeling; dit alles was hier op de rivieroever geëindigd. Het meisje met haar bemodderde rok en blote voeten, haar korte, met modder besmeurde haar en haar glanzende gezicht, deze kist, deze vis, deze man die zonder uniform en met druipende haren bijna een jongen leek. Ik keek ongeduldig om me heen.

'Tomas! Kom eens kijken!'

Stilte. Alleen het zachte geluid waarmee de rivier tegen de modderige holte van de oever sloeg.

Ik stond op en keek over de rand. 'Tomas!'

Maar er was geen spoor van Tomas te bekennen. Waar hij naar beneden was gedoken, zag ik alleen het gladde roombruine oppervlak, als van een *café au lait*, met slechts hier en daar een paar belletjes.

'Tomas!'

Misschien had ik paniek moeten voelen. Als ik meteen op dat moment gereageerd zou hebben, had ik hem misschien op tijd te pakken gekregen, had ik het onvermijdelijke kunnen vermijden. Dat zeg ik nu. Maar toen, nog duizelig van mijn overwinning, met benen die trilden van de inspanning en de vermoeidheid, kon ik alleen maar denken aan de honderden keren dat Cassis en hij dit spel hadden gespeeld, diep onder water duiken en doen alsof je verdronken bent, in holten onder de zandbank schuilen en dan met rode ogen en lachend bovenkomen, terwijl Reinette schreeuwde dat het een aard had. In de kist sloeg Ouwe Moer gebiedend met haar lijf. Ik zette nog een paar stappen naar de rand.

'Tomas?'

Stilte. Ik bleef even staan, maar het leek wel een eeuwigheid. Ik fluisterde: 'Tomas?'

De Loire siste verleidelijk aan mijn voeten. Het geklap van Ouwe Moer in het krat was zwak geworden. Langs de verrotte oever strekten de lange, gele wortels zich als heksenvingers naar het water uit. Ik wist het.

Mijn wens was vervuld.

Toen Cassis en Reine me twee uur later vonden, lag ik met droge ogen aan de waterkant met mijn ene hand op Tomas' laarzen en mijn andere op een kapot krat waarin het dode lichaam van een grote vis zat, dat al begon te stinken.

## 13

We waren nog maar kinderen. We wisten niet wat we moesten doen. We waren bang. Cassis misschien nog meer dan wij, omdat hij ouder was en beter begreep wat er zou gebeuren als wij in verband werden gebracht met Tomas' dood. Het was Cassis die Tomas onder de oever vandaan trok en zijn enkel bevrijdde die achter een wortel was blijven steken. Het was ook Cassis die de rest van zijn kleding verwijderde, er een bundel van maakte en zijn riem eromheen bond. Hij huilde, maar er was in hem die dag iets hards, iets wat we nog nooit gezien hadden. Misschien heeft hij die dag zijn levensreserve aan moed opgebruikt, heb ik naderhand wel eens gedacht. Misschien vluchtte hij daarom later in de zachte vergetelheid van de drank. Reine was nutteloos. Ze zat de hele tijd op de oever te huilen, haar gezicht gevlekt en bijna lelijk. Pas toen Cassis haar door elkaar schudde en haar nadrukkelijk een belofte liet afleggen, toonde ze een reactie, knikte ze vaag door haar tranen heen terwijl ze snikte: 'Tomas, o, Tomas!' Misschien heb ik daarom ondanks alles toch nooit echt een hekel aan Cassis gekregen. Hij heeft me die dag tenslotte niet in de steek gelaten, en dat was al meer dan anderen ooit hebben gedaan. Dat wil zeggen, tot nu toe.

'Je moet dit goed begrijpen.' Zijn jongensstem, onvast door de angst, klonk nog steeds vreemd als een echo van die van Tomas. 'Als ze erachter komen, zullen ze denken dat *wíj* hem gedood hebben. Dan schieten ze ons dood.'

Reine keek hem met grote, doodsbange ogen aan. Ik keek over de rivier en voelde me vreemd onverschillig en onaangedaan. Niemand zou míj doodschieten. Ik had Ouwe Moer gevangen. Cassis gaf me een harde klap op mijn arm. Hij zag er ziek, maar vastbesloten uit.

'Boise, luister je?'

Ik knikte.

'We moeten het doen voorkomen alsof iemand anders het heeft gedaan,' zei Cassis. 'Het verzet of zo. Als ze denken dat hij verdronken is–' Hij wachtte even en keek bijgelovig naar de rivier. 'Als ze erachter komen dat hij met ons is gaan zwémmen, zouden ze met de anderen kunnen gaan praten, met Hauer en zo, en–' Cassis slikte krampachtig. Hij hoefde niet meer te zeggen. We keken elkaar aan.

'We moeten de indruk wekken' – hij keek me bijna smekend aan – 'van, nou ja, een executie.'

Ik knikte. 'Ik doe het wel,' zei ik.

Het duurde even voordat ik begreep hoe je het geweer moest afvuren. Er was een veiligheidspal. Die haalden we weg. Het geweer was zwaar en rook naar vet. Toen kwam de vraag waar we moesten schieten. Ik zei in het hart, Cassis zei in het hoofd. Eén enkel schot was voldoende, zei hij, gewoon bij de slaap, zodat het meer leek of het verzet het gedaan had. We bonden zijn handen vast met touw om het echter te laten lijken. We smoorden het geluid van het schot met zijn jasje, maar dan nog leek het geluid, dat vlak was maar toch sterk resoneerde, de hele wereld te vullen.

Mijn verdriet zat diep, te diep om iets anders te voelen dan een blijvende verdoofdheid. Mijn geest was als de rivier, glad en glanzend aan de oppervlakte, maar een en al kou daaronder. We sleepten Tomas naar de waterkant en lieten hem in het water vallen. We wisten dat hij zonder zijn kleding of identiteitsplaatjes vrijwel onidentificeerbaar zou zijn. Morgen, zo maakten we onszelf wijs, zou de stroming hem misschien al helemaal naar Angers meegenomen hebben.

'Wat doen we eigenlijk met zijn kleren?' Er zat een

blauw waas om Cassis' mond, maar zijn stem was nog krachtig. 'We kunnen ze niet gewoon in de rivier gooien. Dat is te riskant. Iemand zou ze kunnen vinden en dan weten ze het.'

'We zouden ze kunnen verbranden,' opperde ik.

Cassis schudde zijn hoofd. 'Te veel rook,' zei hij kortaf. 'Trouwens, je kunt het geweer niet verbranden, en de riem en de plaatjes ook niet.' Ik haalde ongeïnteresseerd mijn schouders op. In gedachten zag ik Tomas zachtjes het water in rollen, zoals een moe kind zijn bed in rolt, telkens weer.

Toen kreeg ik het idee.

'Het gat van de Morlocks', zei ik.

Cassis knikte. 'Goed,' zei hij.

# 14

De put ziet er nog vrijwel hetzelfde uit als toen, hoewel nu iemand een betonnen afdichting erop gemaakt heeft, zodat er geen kinderen in vallen. Natuurlijk hebben we tegenwoordig stromend water. In mijn moeders tijd was de put het enige drinkwater dat we hadden, afgezien van wat er uit de regenpijp viel, maar dat gebruikten we alleen om de planten water te geven. Het was een reusachtig rond bakstenen ding, zo'n anderhalve meter hoog, met een zwengel om het water omhoog te pompen. Een houten deksel met hangslot bovenop voorkwam dat er ongelukken gebeurden of verontreiniging plaatsvond. Soms, wanneer het heel droog weer was, was het putwater geel en brak, maar voor het overgrote deel van het jaar was het zoet. Toen we *De tijdmachine* gelezen hadden, hadden Cassis en ik een fase gehad waarin we om de put Morlocks en Eloi speelden, want de put deed me met zijn sombere stevigheid denken aan de donkere gaten waarin de wezens waren verdwenen.

We wachtten tot het bijna avond was en keerden toen naar huis terug. We hadden de bundel met Tomas' kleren bij ons en verstopten die tot het nacht werd in een dicht bosje lavendelbloemen aan het eind van de tuin. We brachten het ongeopende pakje met tijdschriften er ook heen, zelfs Cassis wilde het niet openmaken na wat er gebeurd was. Een van ons zou een smoes moeten verzinnen om naar buiten te gaan, zei Cassis, waarmee hij natuurlijk bedoelde dat ík het zou moeten doen, en snel de bundel moeten pakken en die in de put gooien. De sleutel van het hangslot hing achter de deur bij de andere sleutels van ons huis – er hing zelfs een label met 'put' aan, omdat moeder zo op netheid gesteld was – en hij kon gemakkelijk weggehaald en teruggehangen worden zonder dat moeder het merkte. Daarna, zo zei Cassis met die nieuwe hardheid in zijn stem, moesten we de rest zelf doen. We hadden nooit een Tomas Leibniz gekend, nooit van hem gehoord. We hadden nooit met Duitse soldaten gesproken. Hauer en de anderen zouden hun mond wel houden als ze een beetje verstandig waren. We hoefden ons alleen maar van de domme te houden en niets te zeggen.

## 15

Het was gemakkelijker dan we hadden verwacht. Moeder kreeg weer een aanval en had het zo druk met haar eigen leed dat ze niet merkte dat we bleek zagen en modderige ogen hadden. Ze joeg Reine meteen naar de badkamer, omdat haar huid volgens haar nog steeds naar sinaasappel rook, en boende haar handen met kamfer en puimsteen totdat Reinette schreeuwde en smeekte. Ze kwamen twintig minuten later weer tevoorschijn, Reine met haar haar in een handdoek en sterk naar kamfer ruikend, mijn moeder mat en met samengeknepen lippen van onderdrukte woede. Er was geen avondeten voor ons.

'Maak zelf maar iets als je dat wilt,' raadde moeder ons aan. 'Als zigeuners door het bos rennen! Je zo opvallend gedragen op het plein!' Ze kreunde bijna. Haar hand raakte met het oude veelzeggende gebaar haar slaap aan. Er viel een stilte, waarin ze ons aanstaarde alsof we vreemden waren, en daarna liep ze naar haar schommelstoel bij de haard, waar ze met haar breiwerk woest in haar handen wrong en al schommelend kwaad in de vlammen keek.

'Sinaasappels,' zei ze met haar zachte stem. 'Waarom nemen jullie toch steeds sinaasappels mee naar huis? Hebben jullie zo'n hekel aan me?' Maar tegen wie ze het had was niet duidelijk, en geen van ons durfde antwoord te geven. Ik weet trouwens toch niet wat we hadden moeten zeggen.

Om tien uur ging ze naar haar kamer. Het was voor ons al laat, maar moeder, die tijdens haar aanvallen vaak de tijd uit het oog verloor, zei niets. We bleven nog een poos in de keuken luisteren hoe ze zich klaarmaakte om naar bed te gaan. Cassis ging naar de kelder om iets te eten te halen, en kwam terug met een stuk in papier gewikkelde rillettes en een half brood. We aten, maar geen van ons had veel trek. Ik denk dat we probeerden te vermijden dat we met elkaar moesten praten.

De daad, de vreselijke daad die we gepleegd hadden, hing nog voor ons als een beangstigende vrucht. Zijn lichaam, zijn bleke noordelijke huid die bijna blauw was tussen de bladeren op het water, zijn afgewende gezicht, de slaperige, slappe manier van het water in rollen. De bladeren die we over de verbrijzelde massa aan de achterkant van zijn hoofd schopten – vreemd dat het gat waar de kogel zijn hoofd was binnengegaan zo klein was – en daarna de langzame, statige plons in het water. Donkere woede overstemde mijn verdriet. Je hebt me belazerd, dacht ik. Me belazerd. Je hebt me belazerd.

Cassis verbrak de stilte. 'Je moet het eigenlijk nu wel doen.'

Ik keek hem vol haat aan.

'Dat moet,' hield hij aan. 'Voor het te laat is.'

Reine keek ons beiden met haar smekende koeienogen aan.

'Goed,' zei ik toonloos. 'Ik zal het doen.'

Na afloop ging ik meteen terug naar de rivier. Ik weet niet wat ik er verwachtte te zien – de geest van Tomas Leibniz misschien, leunend tegen de Uitkijkpost met een sigaret in zijn hand –, maar het zag er vreemd normaal uit, zonder zelfs maar de spookachtige stilte die ik misschien na zoiets vreselijks verwacht had. De kikkers kwaakten en het water klotste zachtjes tegen de holle oever. Bij het koele grijze maanlicht staarde de dode snoek me met zijn kogelogen en afhangende bek vol scherpe tanden aan. Ik kon me niet losmaken van de gedachte dat hij niet dood was, dat hij ieder woord kon horen, dat hij luisterde.

'Ik haat je,' zei ik tegen Ouwe Moer.

Ze staarde me met glazige minachting aan. Rondom de bek vol gemene tanden zaten allemaal oude vishaken, sommige waren door de tijd al bijna verdwenen. Ze zagen eruit als rare tanden.

'Ik zou je hebben laten gaan,' zei ik. 'Dat wist je best.' Ik lag in het gras naast haar en onze gezichten raakten elkaar bijna. De stank van rottende vis vermengde zich met de vochtige geur van de grond. 'Je hebt me belazerd,' zei ik.

Bij het bleke licht had de blik van de oude snoek haast iets verstandigs, iets triomfantelijks.

Ik weet niet hoe lang ik die avond buiten bleef. Ik denk dat ik weggedoezeld ben, want toen ik wakker werd stond de maan verder stroomafwaarts, waar de maansikkel weerkaatst werd op het gladde, melkachtige oppervlak. Het was heel koud. Ik wreef de stijfheid uit mijn handen en voeten en ging rechtop zitten. Daarna pakte ik de dode snoek voorzichtig op. Hij was zwaar en slijmerig van de riviermodder en er zaten puntige resten van vishaken in de glanzende flanken, als stukjes schildpadschild. Stil droeg ik hem naar de Menhirs, waar ik die zomer de lijken van waterslangen had vastgenageld. Ik hing hem aan zijn onderkaak aan een van de spijkers. Het vlees was taai en elastisch; even was ik bang dat de huid stuk zou gaan, maar met enige inspanning lukte het me. Ouwe Moer hing met open bek boven de rivier tussen een rok van slangenhuid die trilde in de bries.

'Ik heb je in ieder geval te pakken gekregen,' zei ik zachtjes.

*Ik heb je in ieder geval te pakken gekregen.*

## 16

Het eerste telefoontje liep bijna mis.

De vrouw die opnam was nog laat aan het werk – het was al tien over vijf – en was vergeten het antwoordapparaat aan te zetten. Ze klonk heel jong en blasé en ik voelde de moed in mijn schoenen zakken toen ik haar stem hoorde. Met vreemd stijve lippen gooide ik eruit wat ik te zeggen had. Ik had graag een oudere vrouw willen hebben, een die zich de oorlog zou herinneren, een die zich misschien mijn moeders naam zou herinneren, en even was ik ervan overtuigd dat ze zou ophangen en tegen me zou zeggen dat die oude geschiedenis nu afgesloten was, dat niemand daar meer van wilde weten.

In gedachten hoorde ik het haar zelfs al zeggen. Ik strekte mijn hand uit om de verbinding te verbreken.

'Madame? Madame?' Haar stem klonk dringend. 'Bent u er nog?'

Met moeite bracht ik uit: 'Ja.'

'Zei u "Mirabelle Dartigen"?'

'Ja. Ik ben haar dochter. Framboise.'

'Wacht. Wilt u alstublieft even wachten?' Ik hoorde dat ze achter haar façade van beroepsbeleefdheid bijna ademloos was; ieder spoor van verveling was verdwenen. 'Blijft u alstublíéft aan de lijn.'

## 17

Ik had een artikel verwacht, hooguit een hoofdartikel, misschien met een of twee foto's erbij. In plaats daarvan hadden ze het met me over filmrechten en de buitenlandse rechten voor mijn verhaal, en een boek. Maar ik kan geen boek schrijven, vertelde ik hun, ontzet. Ik kan wel lézen, maar schríjven... En dat op mijn leeftijd? Het maakt niet uit, stellen ze me gerust. Het kan door een ghostwriter gedaan worden.

*Ghostwriter*. Het woord doet me huiveren.

Eerst dacht ik dat ik het deed om wraak te nemen op Laure en Yannick. Om hun hun kleine overwinning te ontnemen. Maar dat moment is alweer voorbij. Zoals Tomas ooit zei: er zijn meer manieren om je te verzetten. Bovendien vind ik hen nu zielig. Yannick heeft me een aantal malen geschreven, op steeds dringender toon. Hij zit momenteel in Parijs. Laure heeft echtscheiding aangevraagd. Ze heeft niet geprobeerd contact met me op te nemen, en ondanks alles heb ik medelijden met hen. Tenslotte hebben ze geen kinderen. Ze hebben geen idee hoeveel dat uitmaakt.

De tweede die ik belde was Pistache. Mijn dochter nam bijna meteen op, alsof ze me verwachtte. Ze klonk kalm en gereserveerd. Op de achtergrond hoorde ik een hond blaffen en Prune en Ricot luidruchtig spelen.

'Natuurlijk kom ik,' zei ze vriendelijk. 'Jean-Marc kan wel een paar dagen op de kinderen passen.' Mijn lieve Pistache, zo geduldig en zo weinig eisend. Hoe kan ze weten hoe het voelt om vanbinnen zo'n steen met je mee te dragen? Dat heeft zij nooit gehad. Ze houdt misschien van me, vergeeft me misschien zelfs, maar ze kan me nooit echt begrijpen. Misschien is dat ook maar beter voor haar.

Het laatste telefoontje was internationaal. Ik sprak een boodschap in. Ik worstelde met het vreemde accent, de onmogelijke woorden. Mijn stem klonk oud en onvast en ik moest de boodschap een paar maal herhalen om boven het lawaai van vaatwerk, gepraat en een jukebox in de verte uit te komen. Ik hoopte maar dat het voldoende zou zijn.

## 18

Wat er daarna gebeurde weet iedereen. Ze vonden Tomas vrijwel direct, nog geen etmaal later en helemaal niet in de buurt van Angers. Hij was niet ver meegevoerd door de stroming, maar aangespoeld op een zandbank nog geen kilometer van het dorp vandaan en hij werd gevonden door de groep Duitsers die ook zijn motorfiets vond, verborgen in de struiken onder aan de weg bij de Menhirs. We hoorden van Paul wat er in het dorp werd verteld: dat een verzetsgroep een Duitse wacht had neergeschoten die hen had betrapt na spertijd, dat een communistische sluipschutter hem had neergeschoten om zijn papieren te bemachtigen, dat hij door zijn eigen mensen geëxecuteerd was na de ontdekking dat hij op de zwarte markt Duitse legergoederen verhandelde. Het dorp was plotseling vol Duitsers in zwarte en grijze uniformen, die overal huiszoeking deden.

Hun aandacht voor ons huis was plichtmatig. Er was immers geen man aanwezig, alleen maar een stelletje blagen met hun zieke moeder. Ik deed de deur open toen ze aanklopten en ging hen voor naar achteren, maar ze leken meer geïnteresseerd in wat we over Raphaël Crespin wisten dan in andere zaken. Paul vertelde ons later dat Raphaël eerder die dag, of misschien in de loop van de nacht, was verdwenen. Verdwenen zonder een spoor na te laten en met medeneming van zijn geld en zijn papieren, terwijl de Duitsers in de kelder van La Mauvaise Réputation een voorraad wapens en explosieven hadden aangetroffen die groot genoeg was om heel Les Laveuses tweemaal op te blazen.

De Duitsers kwamen tweemaal naar ons huis en doorzochten het van de groentekelder tot de zolder en leken daarna hun belangstelling te verliezen. En passant ontdekte ik, zonder me daarover te verbazen, dat de SS-officier die de zoekploeg leidde, de joviale man met het rode gezicht was die eerder die zomer iets gezegd had over onze aardbeien. Hij had nog steeds een rood gezicht en was nog steeds joviaal, ondanks de aard van het onderzoek, en hij woelde gedachteloos door mijn haar toen hij langsliep en zorgde ervoor dat de soldaten alles netjes achterlieten. Aan de kerkdeur werd een bericht in het Frans en het Duits opgehangen, waarin iedereen die iets wist werd uitgenodigd informatie te geven. Moeder bleef in haar kamer met een van haar migraineaanvallen. Ze sliep de hele dag en 's nachts praatte ze in zichzelf.

We sliepen slecht en hadden last van nachtmerries.

Toen het ten slotte gebeurde, kwam het aan als een anticlimax. Het was gebeurd voordat we er zelfs maar iets van wisten, om zes uur die ochtend tegen de westmuur van de Saint-Bénédict, dicht bij de fontein waar Reinette nog maar twee dagen geleden met de gerstekroon op haar hoofd bloemen had zitten strooien.

Paul kwam het ons vertellen. Zijn gezicht was bleek en vlekkerig en een dikke ader lag op zijn voorhoofd toen hij het ons vertelde met een stem die één lang gestotter was. We luisterden ontzet, zwijgend, verdoofd, en vroegen ons af hoe het zover had kunnen komen, hoe een klein zaadje als het onze tot deze bloedige bloem had kunnen uitgroeien. Hun namen troffen mijn oren als stenen die in diep water vallen. Tien namen die ik nooit meer zal vergeten, nooit van mijn leven: Martin Dupré, Jean-Marie Dupré, Colette Gaudin, Philippe Hourias, Henri Lemaître, Julien Lanicen, Arthur Lecoz, Agnès Petit, François Ramondin en Auguste Truriand. Ze spelen door mijn hoofd als het refrein van een lied waarvan je weet dat het je nooit met rust zal laten; ze halen me uit mijn slaap, bonken door mijn dromen, contrasteren met meedogenloze precisie met de bewegingen en ritmes van mijn leven. Tien namen. Een voor elk van de tien die die avond in La Mauvaise Réputation waren geweest.

We begrepen later dat Raphaëls verdwijning de doorslag had gegeven. De wapenvondst in de kelder deed vermoeden dat de café-eigenaar banden met verzetsgroepen had. Niemand wist het echt. Misschien was het hele café een façade voor zorgvuldig georganiseerde verzetsactitiveiten, of misschien was Tomas' dood alleen maar wraak geweest voor de dood van de oude Gustave een paar weken daarvoor, maar wat het ook was, Les Laveuses betaalde een hoge prijs voor haar kleine opstand. Net als late zomerwespen voelden de Duitsers dat het einde nabij was en sloegen ze met instinctieve wreedheid terug.

Martin Dupré, Jean-Marie Dupré, Colette Gaudin, Philippe Hourias, Henri Lemaître, Julien Lanicen, Arthur Lecoz, Agnès Petit, François Ramondin, Auguste Truriand. Ik vroeg me af of ze stil gevallen waren, als droomfiguren, en of ze gehuild, gesmeekt hadden, geprobeerd weg te komen. Ik vroeg me af of na afloop de lichamen waren nagelopen; misschien trok er één nog met starende ogen, en werd die het eeuwig zwijgen opgelegd met de kolf van een pistool; misschien had een soldaat een bebloede rok opgetild, zodat er een glad stuk dijbeen zichtbaar werd. Paul vertelde me dat het zó voorbij was. Niemand mocht kijken; er stonden soldaten met geweren bij de met luiken gesloten ramen. Ik zie hen voor me: stil achter hun luiken, de ogen gretig tegen de kieren en gaten gedrukt, de mond halfopen, verstomd door de schrik. Dan het gefluister, hun gedempte stemmen, gesmoord, woorden zoekend in een poging het allemaal te begrijpen.

'Kijk, daar komen ze! De jongens van Dupré, en Colette, Colette Gaudin. Philippe Hourias, Henri Lemaître –

ach, die zou geen vlieg kwaad doen, hij is per dag nog geen tien minuten nuchter – en de oude Julien Lanicen. Arthur Lecoz, en Agnès, Agnès Petit. En François Ramondin. En Auguste Truriand.'

Uit de kerk waar al een vroege mis in gang is, komt het geluid van stemmen die zich verheffen. Een oogstlied. Voor de gesloten deuren staan twee soldaten op wacht met verveelde, zure gezichten. Père Froment dreunt de woorden op, terwijl het volk meemompelt. Vandaag slechts een paar dozijn mensen; hun gezichten staan hard en beschuldigend, want het gerucht gaat dat de priester met de Duitsers een deal heeft gesloten om zich van hun medewerking te verzekeren. Het orgel laat keihard het lied weergalmen, maar toch zijn de schoten buiten tegen de westmuur hoorbaar, het doffe ketsen van de kogels op de oude steen, iets wat iedereen die in de kerk is, in het vlees zal blijven steken als een oude vishaak, iets dat half zal genezen en nooit kan worden uitgetrokken. Achter in de kerk begint iemand de Marseillaise te zingen, maar de woorden klinken dronkemansachtig en te luid in de plotselinge stilte en de zanger valt verlegen stil.

Ik zie het in mijn dromen allemaal voor me, duidelijker dan een herinnering. Ik zie hun gezichten. Ik hoor hun stemmen. Ik zie de plotseling, schokkende overgang van leven naar dood. Maar mijn verdriet zit te diep om er nog bij te kunnen, en wanneer ik wakker word met tranen op mijn gezicht, heb ik een vreemd gevoel van verbazing, bijna van onverschilligheid. Tomas is er niet meer. Verder doet niets er toe.

Ik denk dat we in een shocktoestand verkeerden. We hadden het er niet over met elkaar, maar gingen alle drie onze eigen gang: Reinette ging naar haar kamer, waar ze urenlang op bed lag te kijken naar haar filmplaatjes; Cassis dook weg in zijn boeken en leek, als ik er nu op terugkijk, steeds meer een middelbare man, alsof iets in hem het had begeven, en ik ging naar de bossen en de rivier. We besteedden in die tijd weinig aandacht aan moeder, hoewel haar aanval bleef aanhouden, en langer duurde dan de zwaarste die ze die zomer gehad had. Maar we waren toen al vergeten bang voor haar te zijn. Zelfs Reinette deinsde niet meer voor haar woede terug. We hadden immers de dood in de ogen gekeken. Wat viel er verder nog te vrezen?

Mijn haat had nog geen doel, zoals mijn woede – Ouwe Moer was aan de steen genageld en kon dus niet schuldig zijn aan Tomas' dood –, maar ik voelde hem bewegen, toekijken, als het oog van een camera obscura, klikkend in het duister, alles registrerend. Toen moeder na nog een slapeloze nacht uit haar kamer tevoorschijn kwam, zag ze er wit en afgemat en wanhopig uit. Ik voelde hoe de haat zich samenbalde toen ik haar zag, hoe hij tot een schitterende zwartdiamanten punt van inzicht kromp.

*Jij was het jij was het jij.*

Ze keek me aan alsof ze het gehoord had. 'Boise?' Haar stem trilde, klonk kwetsbaar.

Ik keerde me om; de haat in mijn hart voelde als een klomp ijs.

Achter me hoorde ik haar van pijn haar adem inhouden.

## 19

Daarna kwam het water. Die week begon het putwater, dat meestal zoet en schoon was, bruinachtig te worden, als turf, en het smaakte raar, een beetje bitter en branderig, alsof er dode bladeren in de put terecht waren gekomen. We schonken er enkele dagen geen aandacht aan, maar het leek alleen maar erger te worden. Zelfs moeder, wier aanval eindelijk aan het overgaan was, merkte het.

'Misschien is er iets in het water terechtgekomen,' opperde ze.

We staarden haar met onze gebruikelijke effen gezichten aan.

'Ik ga wel kijken,' besloot ze.

We wachtten met een uiterlijk vertoon van stoïcisme tot alles uit zou komen.

'Ze kan niets bewijzen,' zei Cassis wanhopig. 'Ze kan het niet wéten.'

Reine jankte. 'Wel waar, wel waar,' jammerde ze. 'Ze vindt alles en dan weet ze het.'

Cassis beet verwoed op zijn vinger, alsof hij niet wilde gaan schreeuwen. 'Waarom heb je ons niet verteld dat er koffie in het pakje zat?' kreunde hij. 'Heb je dan niet nágedacht?'

Ik haalde mijn schouders op. Van ons drieën was ik de enige die sereen bleef.

Er gebeurde niets. Moeder kwam terug van de put met een emmer vol dode bladeren en beweerde dat het water helder was.

'Het is waarschijnlijk sediment van de gezwollen rivier,' zei ze, bijna opgewekt. 'Wanneer het water zakt, wordt het wel weer helder. Je zult het zien.'

Ze sloot het houten deksel van de put weer af en droeg de sleutel voortaan aan haar riem. We konden later niet meer gaan kijken.

Het pakje is zeker naar de bodem gezonken,' concludeerde Cassis ten slotte. 'Het was toch zwaar? Ze zal het pas kunnen zien wanneer de put droogvalt.' We wisten allemaal dat daar weinig kans op was. En wanneer het zomer werd, zou de inhoud van het pakje op de bodem van de put tot pulp vergaan zijn.

'Het gevaar is geweken,' zei Cassis.

# 20

Recept voor *Crème de Rramboise Liqueur*

Ik herkende het meteen. Even dacht ik dat het gewoon een pak bladeren was en ik trok het er met een stok uit om het water schoon te maken. Maak de frambozen schoon en veeg de haartjes eraf. Zet ze een halfuur in warm water. Toen zag ik dat het een pakje kleren was met een riem eromheen. Ik hoefde de zakken niet te doorzoeken, ik wist het meteen. Laat het fruit uitlekken en doe het in een grote pot totdat de bodem bedekt is. Strooi er een dikke laag suiker op. Herhaal dit tot de pot halfvol is. Eerst kon ik niet denken. Ik zei tegen de kinderen dat ik de put had schoongemaakt en toen ging ik in mijn kamer op bed liggen. Ik heb de put afgesloten. Ik kon niet voluit denken. Giet cognac op het fruit en de suiker, maar zorg ervoor dat de lagen intact blijven. Vul de pot helemaal met cognac. Laat minstens anderhalf jaar staan.

Het is netjes geschreven, dicht opeen, in de vreemde hiërogliefen die ze gebruikt wanneer ze wil dat wat ze schrijft, geheim blijft. Ik hoor haar bijna praten met haar enigszins nasale stem, hoor haar bijna nuchter de vreselijke conclusie trekken.

Ik moet het gedaan hebben. Ik heb zo vaak van geweld gedroomd, dat ik het deze keer echt gedaan moet hebben. Zijn kleren in de put, zijn naamplaatjes in zijn zak.

Hij moet weer langsgekomen zijn en ik heb het gedaan: ik heb hem doodgeschoten, uitgekleed en in de rivier gegooid. Ik kan het me nu bijna herinneren, maar niet helemaal. Het is net een droom. Zoveel dingen lijken tegenwoordig net een droom. Ik kan niet zeggen dat het me spijt. Na wat hij mij heeft aangedaan, na wat hij heeft gedaan, wat hij hen met Reine heeft laten doen, met mij, met de kinderen, met mij.

De woorden zijn hier onleesbaar, alsof doodsangst de pen heeft overgenomen en hem in een wanhopig gekrabbel over de bladzij heeft doen schieten, maar ze beheerst zich vrijwel meteen weer.

Ik moet om de kinderen denken. Ik kan me niet voorstellen dat het voor hen nog veilig is. Hij gebruikte hen de hele tijd. De hele tijd dacht ik dat het om mij ging, maar het waren de kinderen die hij gebruikte. Flikflooide alleen met mij om hen nog wat meer te kunnen gebruiken. Die brieven. Woorden van haat, maar ze hebben me wel de ogen geopend. Wat deden ze in La Rép? Wat was hij nog meer met hen van plan? Misschien is het maar goed dat dat met Reine gebeurd is. Het heeft het voor hem in ieder geval bedorven. De boel liep eindelijk uit de hand. Er viel een dode. Dat was niet de bedoeling geweest. Die andere Duitsers namen er nooit echt deel aan. Hij gebruikte hen ook. Om de schuld te dragen, als dat nodig was. En nu mijn kinderen.

En dan nog meer waanzinnig gekrabbel:

Ik wou dat ik het me herinnerde. Wat heeft hij me deze keer voor mijn stilzwijgen beloofd? Weer pillen? Dacht hij echt dat ik kon slapen als ik wist wat ik ervoor betaald had? Of lachte hij en raakte hij mijn ge-

> zicht aan op die speciale manier dat het leek alsof er tussen ons niets veranderd was? Heb ik het daarom gedaan?

De woorden zijn leesbaar, maar beverig, met pure wilskracht onder controle gehouden.

> Er is altijd een prijs, maar mijn kinderen, nee. Neem maar iemand anders. Wie dan ook. Neem het hele dorp als je wilt. Dat denk ik wanneer ik in mijn dromen hun gezicht zie, dat ik het voor mijn kinderen gedaan heb. Ik zou hen een poos naar Juliette moeten sturen. Hier alles afronden en hen ophalen wanneer de oorlog voorbij is. Daar zijn ze veilig. Ook voor mij. Hen wegsturen, mijn lieve Reine Cassis Boise. Vooral mijn kleine Boise. Maar wat kan ik anders doen? En wanneer komt er ooit een einde aan?

Hier houdt ze op. Een keurig recept, met rode inkt geschreven, voor gestoofd konijn scheidt dit van de laatste alinea, die met een andere kleur en in een andere stijl geschreven is, alsof ze er lang over heeft nagedacht.

> Het is allemaal geregeld. Ik stuur hen naar Juliette. Ze zullen daar veilig zijn. Ik verzin wel een verhaal om de roddelaars tevreden te stellen. Ik kan de boerderij niet zo achterlaten; de bomen moeten tijdens de winter verzorgd worden. Belle Yolande lijkt nog steeds schimmel te hebben. Ik zal dat uit moeten zoeken. Ze lopen trouwens minder gevaar zonder mij. Dat weet ik nu.

Ik kan me totaal niet voorstellen wat ze gevoeld moet hebben. Angst, berouw, wanhoop en de verschrikkelijke angst dat ze eindelijk gek aan het worden was, dat haar aanvallen een nachtmerrieachtige deur, de scheiding tussen haar dromen en de echte wereld, hadden geopend en dat alles wat haar dierbaar was, nu gevaar liep. Maar haar vasthoudendheid liep als een rode draad door alles heen. Die onverzettelijkheid heb ik van haar geërfd, dat instinct om niet op te geven wat van haar was, al was het haar dood.

Nee, ik heb me nooit gerealiseerd wat ze doormaakte. Ik had mijn eigen nachtmerries. Maar hoe dan ook, ik hoorde de geruchten die in het dorp de kop opstaken, geruchten die steeds luider en dreigender werden en die moeder, zoals altijd, niet ontkrachtte, noch opmerkte. De graffiti op het kippenhok waren het begin geweest van een straaltje kwaadwillendheid en achterdocht dat nu, na de executies bij de kerk, vrijelijker begon te stromen. Ieder rouwt op zijn manier, de een stil, de ander boos, weer een ander vol haat. Zelden haalt verdriet het beste in mensen omhoog, wat de plaatselijke geschiedschrijvers ook mogen vertellen, en Les Laveuses vormde daar geen uitzondering op. Chrétien en Murielle Dupré, die door de schok van de dood van hun twee jongens even tot zwijgen waren gebracht, keerden zich tegen elkaar – zij feeksachtig en boosaardig, hij boers – en ze wierpen elkaar vanuit de kerkbanken boze, bijna hatende blikken toe, zij met een nieuwe blauwe plek boven haar oog. De oude Gaudin werd zo gesloten als een schildpad die gaat overwinteren. Isabelle Ramondin, die altijd al een boze tong had, werd lastig en vals, en keek de mensen met haar grote, blauwzwarte ogen aan, terwijl haar onderkin huilerig bibberde. Ik vermoed dat zij ermee begonnen is. Of misschien was het Claude Petit, die nooit een goed woord voor zijn zuster over had toen ze nog leefde, maar die nu het toonbeeld van broederlijk verdriet was, of Martin Truriand, die het hele bedrijf van zijn vader zou erven nu zijn broer dood was. Het lijkt wel of de dood altijd overal de ratten te voorschijn brengt, en in Les Laveuses waren de ratten jaloezie en hypocrisie, valse vroomheid en hebzucht. Binnen drie dagen leek het wel of iedereen iedereen wantrouwend bekeek. De mensen stonden in groepjes van twee en drie te fluisteren, en zwegen wanneer je dichterbij kwam. Het ene moment begonnen ze zomaar te huilen en het andere sloegen ze hun vrienden de tanden uit de mond, en beetje bij beetje begon het zelfs tot mij door te dringen dat de gedempte gesprekken, de zijdelingse blikken, de gemompelde verwensingen zich het vaakst voordeden wanneer wij in de buurt waren, wanneer we naar het postkantoor gingen voor de post, of naar de boerderij van Hourias voor de melk of naar de ijzerwinkel voor een doos spijkers. Altijd dezelfde blikken, hetzelfde gefluister. Een keer werd er een steen naar mijn moeder gegooid vanuit een melkschuur, en een andere keer werden er na de avondklok kluiten aarde naar onze deur gegooid. Vrouwen wendden zich af zonder ons te groeten. Er kwam graffiti bij, nu op onze muren.

'MOFFENHOER,' luidde er een. Een andere, op de zijkant van de geitenstal, luidde: 'ONZE BROEDERS EN ZUSTERS ZIJN VOOR JOU GESTORVEN.'

Maar moeder reageerde erop met onverschillige minachting. Ze kocht haar melk bij Crécy toen de boerderij van Hourias opdroogde en postte haar brieven in Angers. Niemand sprak rechtstreeks met haar, maar op het moment dat Francine Crespin op een zondagochtend toen ze uit de kerk kwam, voor haar op de grond spuugde, spuugde moeder terug, midden in Francines gezicht, met een opmerkelijke snelheid en precisie.

Wat ons betreft: wij werden genegeerd. Paul sprak nog af en toe met ons, hoewel niet wanneer iemand anders het kon zien. Volwassenen leken ons niet op te merken, maar van tijd tot tijd gaf iemand als de gekke Denise Lelac ons een appel of een stuk cake om in onze zak te stoppen. Met haar oude gebroken stem mompelde ze: 'Neem maar. Neem maar, toe dan. Het is jammer dat jullie kinderen de dupe worden van zo'n zaak.' En daarna liep ze snel door, haar zwarte rokken door het bittere, gele stof slepend en haar benige vingers stevig om haar boodschappenmand geklemd.

Op maandag zei iedereen dat Mirabelle Dartigen de hoer van de Duitsers was geweest en dat zij en haar kinderen daarom niet door vergeldingsacties waren getroffen. Op dinsdag herinnerden sommige mensen zich dat onze vader ooit sympathie voor de Duitsers had getoond. Op woensdagavond kwam een groep dronken lieden – La Mauvaise Réputation was allang dicht, en de mensen werden bitter en zaten in hun eentje zwaar te drinken – voor onze gesloten luiken staan schelden en met stenen gooien. We bleven in onze slaapkamer met het licht uit en luisterden bevend naar de halfbekende stemmen, totdat moeder naar buiten ging om hen uit elkaar te drijven. Die avond gingen ze rustig weg. De volgende avond vertrokken ze lawaaierig. Toen werd het vrijdag.

Vlak na het avondeten hoorden we hen komen. Het was de hele dag grijs en klam geweest, alsof er een oude deken over de lucht gegooid was, en de mensen hadden het warm en waren prikkelbaar. De avond bracht weinig verlichting: er rolde een wittige mist over de velden, zodat onze boerderij een eiland leek. De mist kroop vochtig onder deuren door en om ramen heen. We hadden zwijgend gegeten zoals onze gewoonte was geworden, en met weinig eetlust, hoewel ik nog weet dat moeder had geprobeerd iets te maken wat we graag lustten. Versgebakken brood bestrooid met maanzaad, boter van Crécy, rillettes, plakken *andouillette* van het varken van vorig jaar, hete plakken *boudin* die sisten in hun vet, en donkere boekweitpannenkoeken die in de pan geroosterd waren, knapperig en geurig als herfstbladeren. Moeder deed erg haar best vrolijk te zijn en schonk zoete cider voor ons in uit aardewerken *bolées*, maar nam zelf niet. Ik weet nog dat ze tijdens de hele maaltijd voortdurend ingespannen glimlachte en soms uitbarstte in onecht gelach, hoewel geen van ons iets grappigs had gezegd.

'Ik heb eens nagedacht.' Haar stem was helder en metaalachtig. 'Ik dacht dat een beetje verandering van lucht ons misschien goed zou doen.' We keken haar onverschillig aan. De geur van vet en cider was overweldigend.

'Ik dacht erover tante Juliette in Pierre-Buffière eens op te zoeken,' vervolgde ze. 'Jullie zouden het daar best naar je zin hebben. Het ligt in de bergen, in Limousin. Er zijn geiten en marmotten en–'

'Er zijn hier ook geiten,' zei ik met vlakke stem.

Moeder liet weer zo'n broze, ongelukkige lach horen. 'Ik had kunnen weten dat je met een bezwaar zou komen,' zei ze.

Mijn ogen keek haar aan. 'Je wilt dat we vluchten,' zei ik.

Even deed ze alsof ze het niet begreep.

'Ik weet dat het heel ver weg lijkt,' zei ze met die geforceerde vrolijkheid. 'Maar het is niet echt ver, en tante Juliette zal heel blij zijn ons allemaal te zien.'

'Je wilt dat we vluchten om wat de mensen over ons zeggen,' zei ik. 'Dat je een moffenhoer bent.'

Moeder werd rood. 'Je moet niet naar roddel luisteren,' zei ze scherp. 'Daar komt nooit iets goeds van.'

'O, dus het is niet waar?' vroeg ik eenvoudig, om haar in verlegenheid te brengen. Ik wist dat het niet waar was en kon me ook niet vóórstellen dat het wel waar kon zijn. Ik had al eens eerder hoeren gezien. Hoeren waren roze en mollig, zacht en knap, en ze hadden grote, nietszeggende ogen en rood gemaakte lippen, net als Reinettes filmactrices. Hoeren lachten en gilden en droegen hoge hakken en hadden leren handtassen bij zich. Moeder was oud en lelijk en nors. Zelfs als ze lachte, klonk het lelijk.

'Natuurlijk niet.' Ze meed mijn blik.

'Waarom lopen we dan weg?' Ik hield aan.

Stilte. En in die plotselinge stilte hoorden we het, het eerste onaangename geroezemoes van stemmen buiten met daartussendoor het geluid van metaal en van stampende voeten, nog voordat de eerste steen de luiken raakte. De klank van Les Laveuses in al zijn bekrompen haat en wraakzuchtige woede, de klank van mensen die geen mensen meer waren, geen Gaudins of Lecozen of Truriands of Duprés of Ramondins, maar leden van een bende. We tuurden uit het raam en zagen hen voor ons hek samendrommen, zo'n twintig of dertig in getal, voornamelijk mannen, maar ook een paar vrouwen. Sommigen hadden lampen of fakkels bij zich, als een late oogstprocessie, anderen hadden zakken met stenen. Terwijl we toekeken bij het licht dat uit de keuken de tuin in scheen, keerde iemand zich naar het raam en gooide nog een steen, die het oude hout deed kraken en het glas de kamer in deed vliegen. Het was Guilherm Ramondin, de man met het houten been. Ik kon zijn gezicht bij het flakkerende roodachtige licht van de toortsen nauwelijks zien, maar ik kon het gewicht van zijn haat voelen, ook door het glas heen.

'Slet!' Zijn stem was nauwelijks herkenbaar, schor door iets meer dan drank alleen. 'Kom naar buiten, slet, voordat we besluiten naar binnen te gaan om je te komen halen!' Een soort gebrul begeleidde zijn woorden en ze werden kracht bijgezet door het gestamp van voeten, gejuich en een regen van steentjes en kluiten die tegen onze halfdichte luiken spatten.

Moeder deed het kapotte raam halfopen en riep naar buiten: 'Ga naar huis, Guilherm, sukkel, voordat je bezwijmt en iemand je weg moet dragen!' Gelach en gejoel van de menigte. Guilherm zwaaide met zijn kruk waarop hij had gesteund.

'Je durft wel voor een Duitse hoer!' gilde hij. Zijn stem

klonk ruw en beschonken, maar zijn woorden klonken tamelijk helder. 'Wie heeft hun over Raphaël verteld? Wie heeft hun over La Rép verteld? Was jij dat, Mirabelle? Heb jij de SS verteld dat ze je minnaar hadden vermoord?'

Moeder spuugde door het raam naar hen. 'Durf ik wel?' Haar stem klonk schril en hoog. 'Jij bent degene die durft, Guilherm Ramondin! Je durft dronken voor het huis van een eerzame vrouw te staan, en haar kinderen bang te maken! Je hebt zoveel moed dat je in de eerste week van de strijd naar huis werd gestuurd, terwijl mijn man sneuvelde!'

Toen hij dit hoorde, brulde Guilherm van woede. De menigte achter hem schreeuwde schor mee. Een nieuwe lading stenen en aarde sloeg tegen het raam. Brokken aarde bespatten de keukenvloer.

'Slet!' Ze waren nu het hek door; ze hadden het omhooggeduwd en met gemak uit de verrotte scharnieren gelicht. Onze oude hond blafte eenmaal, tweemaal, piepte plotseling en zweeg plotseling.

'Denk maar niet dat we het niet weten! Denk maar niet dat Raphaël het aan niemand verteld heeft!' Zijn triomfantelijke, haatdragende stem klonk boven de rest uit. In de rode duisternis onder het raam zag ik zijn ogen, die het licht van het vuur als een waanzinnige caleidoscoop van glas reflecteerden. 'We weten dat je met hen handelde, Mirabelle! We weten dat Leibniz je minnaar was!'

Door het raam gooide moeder een kan water op de dichtstbijzijnde leden van de groep. 'Daar koel je van af!' schreeuwde ze woedend. 'Dacht je dat dat het enige was waar mensen aan kunnen denken? Dacht je dat we allemaal jullie niveau hadden?'

Maar Guilherm was het hek al door en bonsde onverschrokken op de deur. 'Kom naar buiten, slet! We weten wat je gedaan hebt!' Ik zag de deur in de vergrendeling trillen door de kracht van zijn slagen.

Moeder keerde zich naar ons toe, haar gezicht laaiend van woede. 'Pak je spullen. Haal de kist met geld onder de gootsteen vandaan. Pak onze papieren.'

'Waarom? Maar–'

'Doe wat ik je zeg!'

We renden weg.

Eerst dacht ik dat de herrie – een verschrikkelijk geluid dat de verrotte vloerplanken deed schudden – afkomstig was van de deur die bezweek. Maar toen we weer in de keuken kwamen, zagen we dat moeder het buffet voor de deur had getrokken, waarbij veel van haar kostbare borden waren gebroken, en het gebruikte om de deur te barricaderen. Ook de tafel was naar de deur gesleept, zodat er nog steeds niemand naar binnen kon als het buffet het begaf. Ze hield mijn vaders geweer in haar hand.

'Cassis, kijk jij bij de achterdeur. Ik geloof niet dat ze daar al aan gedacht hebben, maar je weet maar nooit. Reine, jij blijft bij mij. Boise...' Ze keek me even met een vreemde blik aan, haar ogen zwart en helder en ondoorgrondelijk, maar ze kon haar zin niet afmaken, want op dat moment kwam er een enorm gewicht tegen de deur aan, waardoor de bovenste helft uit de deurpost werd gedrukt en er een stuk van de nachthemel zichtbaar werd. Gezichten die rood waren van woede en van de gloed van het vuur, verschenen in de opening, op de schouders van hun kameraden getild. Een van de gezichten was van Guilherm Ramondin. Hij lachte wild.

'Je kunt je niet in je huisje verschuilen,' zei hij, naar adem snakkend. 'We komen je halen, slet. We zullen het je betaald zetten voor wat je hebt... gedaan... met...'

Hoewel het huis om haar heen instortte, wist mijn moeder een zuur lachje op te brengen.

'Je vader?' zei ze met een hoge, smalende stem. 'Je vader, die martelaar? François? De held? Laat me niet lachen!' Ze hief het geweer op zodat hij het kon zien. 'Je vader was een zielige ouwe dronkelap die wanneer hij niet nuchter was meestal op zijn schoenen piste. Jouw vader–'

'Mijn vader was in het verzet!' Guilherms stem was schel van woede. 'Waarom zou hij anders naar Raphaël gaan? Waarom zouden de Duitsers hem anders opgepakt hebben?'

Moeder lachte weer. 'Zo, in het verzét,' zei ze. 'En de oude Lecoz ook? Die zat zeker ook in het verzet? En die arme Agnès? En Colette?' Voor het eerst die avond aarzelde Guilherm. Moeder zette een stap in de richting van de kapotte deur met het geweer in de aanslag.

'Ik zal je dit gratis en voor niets vertellen, Ramondin,' zei ze. 'Je vader was net zomin in het verzet als ik Jeanne d'Arc ben. Het was een trieste ouwe drinkebroer, meer niet, die graag te veel praatte en die hem nog niet omhoog had kunnen krijgen als ze er ijzerdraad in hadden gestoken. Hij was gewoon op het verkeerde moment op de verkeerde plaats, net als de rest van jullie idioten daarbuiten. En nu allemaal naar huis.' Ze schoot eenmaal in de lucht. 'Jullie allemáál!' gilde ze.

Maar Guilherm was koppig. Hij deinsde achteruit toen de houtsplinters zijn wang schampten, maar hij bleef waar hij was.

'Iémand heeft die mof vermoord,' zei hij, nuchterder nu. 'Iemand heeft hem geëxecuteerd. Dat kan toch alleen het verzet gedaan hebben? En toen heeft iemand de SS ingelicht. Iemand uit het dorp. Dat kan jíj toch alleen maar geweest zijn, Mirabelle? Wie anders?'

Mijn moeder begon te lachen. Bij het licht van de fakkels kon ik haar gezicht zien, rood aangelopen en bijna mooi in haar woede. Om haar heen lagen de resten van haar keuken. Haar lach was angstaanjagend.

'Wil je het weten, Guilherm?' Er was een nieuwe klank in haar stem, bijna vreugdevol. 'Ga ja echt pas naar huis als je het weet?' Ze vuurde een schot in het plafond af, waardoor de stukken pleister bij het licht van de toortsen als bloederige veren naar beneden kwamen. 'Wil je het dan godverdomme écht weten?'

Ik zag dat hij meer schrok van dat woord dan van het geweerschot. In die tijd mochten mannen wel vloeken, maar een vrouw, en dan nog wel een fatsoenlijke vrouw, dat was haast ondenkbaar. Ik begreep dat ze met die woorden zichzelf veroordeeld had, maar mijn moeder leek nog niet klaar te zijn.

'Zal ik je dan maar de waarheid vertellen, Ramondin?' zei ze. Haar stem brak door het gelach, de hysterie, denk ik, maar op dat moment was ik ervan overtuigd dat ze ervan genoot. 'Ik zal je eens even vertellen hoe het écht gebeurd is, goed?' Ze knikte vrolijk. 'Ik hóéfde niemand bij de Duitsers aan te geven, Ramondin. En weet je waarom? Omdat ík Tomas Leibniz heb vermoord! Ik heb hem vermoord! Geloof je me niet? *Ik heb hem vermoord.*' Ik hoorde haar het geweer afvuren, hoewel beide lopen nu leeg waren. Haar dansende schaduw op de keukenvloer was roodzwart en reusachtig groot. Haar stem sloeg om in geschreeuw. 'Voel je je nu beter, Ramondin? Ik heb hem gedood! Ik was zijn hoer en daar heb ik geen spijt van. Ik heb hem gedood, en dat zou ik weer doen als het moest. Ik zou hem duizendmaal doden. Wat dacht je daarvan? Wat dacht je daar godverdomme van?'

Ze schreeuwde nog steeds toen de eerste fakkel de keukenvloer raakte. Die ging uit, maar Reinette begon te huilen zodra ze de vlammen zag. De tweede kwam echter in de gordijnen terecht, en de derde op de gekraakte resten van het buffet. Guilherms gezicht boven in de deur was nu verdwenen, maar ik kon hem buiten bevelen horen roepen. Nog een fakkel en een bundel stro die leek op die waarvan ze de troon van de oogstkoningin gemaakt hadden, vlogen over het buffet heen en belandden smeulend midden in de keuken. Moeder stond nog steeds onbeheerst te schreeuwen: 'Ik heb hem gedood, lafaards! Ik heb hem gedood, en daar ben ik blij om, en ik zal jullie allemaal stuk voor stuk doden, als iemand probeert iets uit te halen met mij en mijn kinderen!' Cassis probeerde haar bij de arm te pakken, maar ze wierp hem van zich af, zodat hij tegen de muur terechtkwam.

'De achterdeur,' riep ik hem toe. 'We zullen via de achterkant weg moeten komen.'

'En als ze ons daar staan op te wachten?' jammerde Reinette.

'Als! Als!' gilde ik ongeduldig. Buiten hoorde ik rumoer en gejoel, als een kermis waar de boel uit de hand loopt. Ik pakte de ene arm van mijn moeder beet, Cassis de andere. Samen sleepten we haar, terwijl ze nog steeds raasde en lachte, naar de achterkant van het huis. Natuurlijk stonden ze te wachten. Hun gezichten waren rood van de vuurgloed. Guilherm versperde ons de weg, geflankeerd door Lecoz, de slager, en Jean-Marc Hourias, die enigszins verlegen leek, maar een brede grijns op zijn gezicht had. Te dronken misschien, of misschien nog steeds te behoedzaam, maakten ze zich op voor moord, als kinderen die aan een pokerspel meedoen. Ze hadden het kippenhok en de geitenstal al in brand gestoken en de stank van brandende veren vermengde zich met de klamme kilte van de mist.

'Jullie gaan nergens heen,' zei Guilherm nors. Het huis achter ons fluisterde en grinnikte toen het vlam vatte.

Moeder keerde het geweer om en gaf Guilherm met een gebaar dat bijna te snel was om te zien met de kolf een stoot in de borst. Hij viel neer. Even was er een opening waar hij gestaan had, en ik sprong erdoorheen, duwde me onder ellebogen door en wurmde me om benen, stokken en hooivorken heen. Iemand greep me bij mijn haar, maar ik was zo glad als een aal en werkte me door de verhitte menigte heen. Ineens werd ik tegengehouden, verstikt door opeendringende lijven. Ik klauwde me een weg naar lucht en ruimte en voelde nauwelijks de klappen die op me neerdaalden. Ik rende zo hard ik kon over het veld de duisternis in en zocht dekking achter een stel frambozenstruiken. Ergens ver achter me meende ik mijn moeder te horen – ze was niet bang meer, alleen maar woedend – schreeuwen. Ze klonk als een dier dat haar jongen verdedigt.

De stank van rook werd sterker. Aan de voorkant van het huis stortte iets met een versplinterende klap in en ik voelde een zachte muur van hitte over het veld op me af komen. Iemand, ik denk Reine, schreeuwde iel.

De mensenmassa was iets vormeloos, een en al haat, waarvan de schaduw reikte tot aan de frambozenstruiken, en verder nog. Voorbij de menigte zag ik nog net de andere gevel van het huis instorten in een zee van vuur. Een schoorsteen van superverhitte lucht steeg rood op in het duister, een razende fontein van knetterend vuur de grijze lucht in sturend.

Er maakte zich uit de vormeloosheid van de mensenmassa een figuurtje los dat over de velden wegrende. Ik herkende Cassis. Hij dook het maïsveld in en ik vermoedde dat hij naar de Uitkijkpost wilde. Een paar mensen zetten de achtervolging in, maar de brandende boerderij hield velen in de ban. Bovendien wilden ze mijn moeder. Boven het gebrul van de menigte en het vuur uit kon ik nu horen wat ze riep. Ze riep onze namen.

'Cassis! Reine-Claude! Boise!'

Ik kwam overeind achter de frambozen, klaar om weg te rennen als er iemand op me af kwam. Ik ging op mijn tenen staan en ving even een glimp van haar op. Ze leek op iets uit een vissersverhaal, aan alle kanten gevangen, maar wild om zich heen slaand, haar gezicht rood en zwart van het vuur en het bloed en de rook, een monster uit de diepte. Ik zag ook andere gezichten, dat van Francine

Crespin, haar dociel-schijnheilige gezicht verwrongen in een schreeuw van haat; de oude Guilherm Ramondin als een wezen uit het dodenrijk. Er was nu angst in hun haat, het soort bijgelovige angst dat alleen kan worden genezen door verwoesting en moord. Ze hadden er lang over gedaan om zover te komen, maar nu was de tijd rijp. Ik zag Reinette wegsluipen aan de zijkant van de menigte en tussen de maïs verdwijnen. Niemand probeerde haar tegen te houden. Tegen die tijd zouden de meesten trouwens, verblind als ze waren door hun bloeddorst, toch al moeite hebben haar te herkennen.

Moeder ging neer. Ik heb het me misschien verbeeld, maar ik dacht boven de vertrokken gezichten een hand te zien uitsteken. Het leek wel een scène uit een van Cassis' boeken, *De plaag van de zombies* of *De vallei der kannibalen*. Het enige wat ontbrak waren de tamtams. Maar het ergste van het hele drama was dat ik die gezichten herkende, die gelukkig slechts kort te zien waren in het uitzinnige duister. Daar was Pauls vader. Daar was Jeannette Crespin, die bijna oogstkoningin was geworden; ze was nog maar net zestien en had bloed op haar gezicht. Zelfs de schaapachtige père Froment was er, maar of hij nu probeerde de orde te handhaven of zelf aan de chaos bijdroeg, was niet te zeggen. Stokken en vuisten kwamen op mijn moeders hoofd en rug neer en ze weerde ze af als een gekromde vuist, als een vrouw met een kind in haar armen, en ze bleef maar uitdagend schreeuwen, hoewel het nu gesmoord klonk door het verhitte gewicht van vlees en haat.

Toen viel het schot.

We hoorden het allemaal, zelfs boven het lawaai uit. De blaf van een wapen van groot kaliber, misschien een dubbelloops geweer, of van zo'n antiek ding, zoals die in dorpen in heel Frankrijk nog op zolders van boerderijen of onder vloeren liggen. Het was een onbesuisd schot, maar Guilherm Ramondin voelde het zijn wang schroeien en liet prompt doodsbang zijn plas lopen, en hoofden werden meteen nieuwsgierig omgedraaid om te zien waar het vandaan kwam. Niemand wist het. Onder hun plotsklaps verstarde handen begon mijn moeder weg te kruipen. Ze bloedde nu op vele plaatsen en haar haar was losgetrokken zodat hier en daar gladde plekken op haar hoofd te zien waren. Een scherpe stok was dwars door de achterkant van haar hand gegaan, zodat de vingers hulpeloos wijduit stonden.

Het geluid van de brand – bijbels, apocalyptisch – was nu het enige dat nog te horen was. De mensen wachtten, herinnerden zich misschien de klank van het executiepeloton voor de Saint-Bénédict, natrillend van hun eigen bloederige intenties. Er kwam een stem – mogelijk vanuit het maïsveld, of het brandende huis, of misschien zelfs vanuit de lucht –, een bulderende, autoritaire mannenstem waarmee niet te spotten viel.

'Laat hen met rust!'

Mijn moeder kroop door. Angstig scheidde de menigte zich om haar door te laten, als tarwe voor de wind.

'Laat hen met rust! Ga naar huis!'

De stem had een beetje bekend geklonken, zeiden de mensen later. Er was een stembuiging die ze herkenden maar niet echt konden plaatsen. Iemand riep hysterisch: 'Het is Philippe Hourias!' Maar Philippe was dood. Er ging een huivering door de menigte. Mijn moeder bereikte het open veld en hees zich wankelend en uitdagend overeind. Iemand stak een arm uit om haar tegen te houden, maar bedacht zich vervolgens. Père Froment mekkerde iets, zwak en goedbedoeld. Een stel boze kreten bleef hangen en stierf weg in de bijgelovige stilte. Behoedzaam en brutaal begon ik, zonder mijn gezicht van hun blikken af te wenden, op mijn moeder af te lopen. Ik voelde mijn gezicht gloeien van de hitte en de vuurgloed weerkaatste in mijn ogen. Ik pakte haar bij haar goede hand.

De wijde, donkere ruimte van het maïsveld van Hourias lag voor ons. Zonder een woord te zeggen stortten we ons erin. Niemand volgde ons.

## 21

Ik ging met Reinette en Cassis naar tante Juliette. Moeder bleef een week en ging toen ergens anders heen, misschien uit schuldgevoel of angst, maar zogenaamd om gezondheidsredenen. We zagen haar daarna nog maar een paar keer. We begrepen dat ze haar naam veranderd had en haar meisjesnaam weer gebruikte, en dat ze weer in Bretagne was gaan wonen. Daarna ontbreken nadere gegevens. Ik hoorde dat ze redelijk verdiende met het bakken van haar oude specialiteiten in een bakkerij. Koken was altijd haar grote liefde geweest. We bleven bij tante Juliette en gingen er weg zodra dat met enig fatsoen kon. Reine ging het bij de film proberen waar ze zo lang naar gesnakt had, Cassis ontsnapte naar Parijs en ik vluchtte in een saai maar comfortabel huwelijk. We hoorden dat de boerderij in Les Laveuses slechts gedeeltelijk uitgebrand was, dat de bijgebouwen grotendeels onbeschadigd waren en dat van het hoofdgebouw alleen het voorste gedeelte volledig verwoest was. We hadden terug kunnen gaan, maar het nieuws over de massamoord in Les Laveuses had zich al verspreid. Moeders schuldbekentenis ten overstaan van zo'n dertig getuigen, haar woorden 'Ik was zijn hoer, ik heb hem gedood en daar heb ik geen spijt van', plus alle gevoelens die ze tegenover de dorpelingen had geuit, waren genoeg om haar te veroordelen. Er werd een monument opgericht voor de tien martelaren van de Grote Massamoord, en later, toen zulke dingen curiositeiten werden die je op je gemak bekeek, toen de pijn van het verlies en de angst wat minder waren geworden, werd het duidelijk dat de vijandelijke gevoelens jegens Mirabelle Dartigen en haar kinderen waarschijnlijk niet zouden afnemen. Ik moest dit feit onder ogen zien; ik zou nooit naar Les Laveuses terugkeren. En lange tijd besefte ik niet eens hoe graag ik dat wilde.

# 22

De koffie staat nog steeds te pruttelen op de kachel. Hij ruikt bitter nostalgisch, een donkere geur van verbrande bladeren, met een tikkeltje rook in de stoom. Ik drink hem heel zoet, als mensen die in shocktoestand verkeren. Ik denk dat ik een beetje ben gaan begrijpen hoe mijn moeder zich moet hebben gevoeld, dat wilde, die vrijheid om alles op te kunnen geven.

Iedereen is weg. Het meisje met haar kleine bandrecorders en haar berg bandjes, de fotograaf. Zelfs Pistache is op mijn aandringen naar huis gegaan, maar ik kan nog steeds haar armen om me heen voelen, en haar lippen op mijn wangen. Mijn goede dochter, zo lang verwaarloosd ten gunste van mijn slechte. Maar mensen veranderen. Eindelijk heb ik het gevoel dat ik nu met jullie kan praten, mijn wilde Noisette, mijn lieve Pistache. Ik kan jullie nu in mijn armen houden zonder het gevoel te hebben dat ik wegzak in drijfzand. Ouwe Moer is eindelijk dood; haar vloek werkt niet meer. Er zal geen ramp plaatsvinden als ik van jullie durf te houden.

Noisette beantwoordde gisterenavond laat mijn telefoontje. Haar stem klonk gespannen en behoedzaam, als de mijne; ik zag haar voor me, net als ik leunend tegen het betegelde oppervlak van de bar, haar smalle gezicht een en al achterdocht. Er ligt weinig warmte in haar woorden, omdat ze vele koude mijlen en verspilde jaren moeten overspannen, maar af en toe, wanneer ze over haar kind spreekt, meen ik iets in haar stem te horen. Iets wat op zachtheid lijkt. Dat maakt me blij.

Ik zal het haar vertellen wanneer het moment daar is, denk ik; beetje bij beetje zal ik haar naar me toe halen. Ik kan me veroorloven geduldig te zijn, het is een techniek die me immers vertrouwd is. In zekere zin heeft zij dit verhaal meer nodig dan wie dan ook, zeker meer dan het publiek dat zich vergaapt aan oude schandalen, zelfs meer dan Pistache. Pistache kent geen wrok. Ze neemt de mensen zoals ze zijn, zonder omhaal, vriendelijk. Maar Noisette heeft dit verhaal nodig, evenals haar dochter, Pêche, wil het spook van Ouwe Moer niet op een dag weer ten tonele verschijnen. Noisette heeft haar eigen demonen. Ik hoop alleen maar dat ik daar niet meer bij hoor.

Het huis voelt vreemd hol en onbewoond aan nu iedereen weg is. Een tochtvlaag jaagt een paar dode bladeren over de tegels. En toch voel ik me niet helemaal alleen. Het is absurd je te verbeelden dat er geesten in dit oude huis hangen. Ik woon hier al zo lang en heb nog nooit een huivering gevoeld, en toch voel ik vandaag... iemand achter de schaduwen, een rustige aanwezigheid, discreet en bijna nederig, die wacht...

Mijn stem klonk scherper dan mijn bedoeling was. 'Wie is daar? Ik vroeg wie daar is.' Het weerkaatste metaalachtig tegen de kale muren, de betegelde vloer. Hij stapte het licht in en plotseling kreeg ik door zijn aanwezigheid zin om te lachen, zin om te huilen.

'Die koffie ruikt lekker,' zei hij op zijn beminnelijke manier.

'Jezus, Paul. Hoe lukt het je toch om zo zachtjes te lopen?'

Hij grijnsde.

'Ik dacht dat je... Ik dacht–'

'Jij denkt te veel,' zei Paul simpel, terwijl hij naar de kachel liep. Zijn gezicht leek goudgeel in het zwakke lichtschijnsel, zijn hangsnor gaf hem een droevige uitdrukking, die werd tegengesproken door het snelle licht in zijn ogen. Ik probeerde te bedenken hoeveel hij van mijn verhaal gehoord zou hebben. Hij had zo in de schaduw gezeten dat ik helemaal was vergeten dat hij er was.

'Praat ook heel veel,' zei hij, niet onvriendelijk, terwijl hij een kop koffie voor zichzelf inschonk. 'Ik dacht dat je een week bleef praten, zo fanatiek was je.' Hij grijnsde even veelbetekenend naar me.

'Ik wilde dat ze het begrepen,' zei ik stijfjes. 'En Pistache–'

'De mensen begrijpen meer dan jij van hen verwacht.' Hij zette een stap in mijn richting en legde zijn hand tegen mijn gezicht. Hij rook naar koffie en oude tabak. 'Waarom heb je jezelf zo lang verborgen gehouden? Waar was dat nou goed voor?'

'Er waren... dingen die ik gewoon niet kon vertellen,' stamelde ik. 'Niet aan jou, aan niemand niet. Ik dacht dat dan mijn hele wereld in zou storten. Jij begrijpt dat niet, jij hebt zoiets nooit gedaan.'

Hij lachte. Het was een lieve, ongecompliceerde lach. 'O, Framboise, dacht je dat nou heus? Dat ik niet weet hoe het is met een geheim rond te lopen?' Hij nam mijn vuile hand tussen zijn handen. 'Dat ik zo dom ben dat ik niet eens een geheim héb?"

'Dat dacht ik niet–' begon ik. Maar dat dacht ik wel. God verhoede, maar dat dacht ik wel.

'Jij denkt dat je de last van de hele wereld op je schouders kan dragen,' zei Paul. 'Nou, dan moet je dit maar eens horen.'

Hij verviel weer in dialect, en in bepaalde woorden hoorde ik een trilling van het gestotter uit zijn kinderjaren. De combinatie deed hem heel jong klinken. 'Die anonieme brieven. Herinner je je de brieven, Boise? Die zo slecht gespeld waren? En die teksten op het kippenhok?'

Ik knikte.

'Weet je nog dat ze die brieven verstopte wanneer jij de

gang in kwam? Weet je nog dat je wist dat ze er weer een gehad had, omdat ze dan een bepaalde uitdrukking op haar gezicht had, en stampend rondliep, en bang leek, en boos, en vol haat omdát ze bang en boos was, en dat je op die dagen een grote hekel aan haar had, zo groot dat je haar wel had kunnen vermoorden?'

Ik knikte.

'Dat was ik,' zei Paul eenvoudig. 'Ik heb ze geschreven, ik heb ze allemaal zelf geschreven. Ik wed dat je niet eens wist dat ik kón schrijven, hm? En als je nagaat hoeveel moeite het me kostte, was het resultaat nogal pover. Ik wilde wraak nemen. Omdat ze me die dag een imbeciel genoemd had waar jij en Cassis en Reine-C-C-C' – zijn gezicht vertrok van plotselinge frustratie, en hij liep rood aan – 'en Reine-Claude bij waren,' maakte hij rustig af.

'O.'

Natuurlijk! Zoals met alle raadsels is het zo helder als glas wanneer je de oplossing weet. Ik herinnerde me de uitdrukking op zijn gezicht wanneer Reinette in de buurt was, hoe hij bloosde en stotterde, terwijl hij bijna normaal sprak als hij bij mij was. Ik herinnerde me de blik van scherpe, onverbloemde haat die hij die dag in zijn ogen had – 'Praat toch eens behoorlijk, imbeciel!' – en het spoor van spookachtig gejammer van verdriet en woede dat hij in de velden achterliet. Ik herinnerde me de manier waarop hij soms hevig geconcentreerd in de stripboeken van Cassis zat te kijken – Paul, die voorzover we wisten geen woord kon lezen. Ik herinnerde me zijn taxerende blik toen ik de stukken sinaasappel uitdeelde, en het vreemde gevoel bij de rivier dat ik soms werd gadegeslagen, ook die laatste keer, die laatste dag met Tomas. Ook toen, mijn god, ook toen.

'Ik had nooit zo ver willen gaan. Ik wilde het haar betaald zetten, maar ik had nooit gewild dat die andere dingen gebeurden. Maar het liep uit de hand. Dat gebeurt nu eenmaal. Als een vis die te groot is om binnen te halen, die je lijn meeneemt. Maar ik heb uiteindelijk geprobeerd het goed te maken. Ik heb het geprobeerd.'

Ik staarde hem aan.

'Grote genade, Paul.' Ik was te verbaasd om zelfs maar boos te zijn, gesteld dat ik nog plaats voor boosheid had. 'Jij was het natuurlijk! Jij was het met dat geweer, die nacht op de boerderij. Jij had je in dat veld verstopt!'

Paul knikte. Ik bleef hem maar aankijken. Het was misschien de eerste keer dat ik hem werkelijk zag.

'Jij wíst het? Je hebt de hele tijd alles geweten?'

Hij haalde zijn schouders op. 'Jullie dachten allemaal dat ik een slappe figuur was,' zei hij zonder bitterheid. 'Dachten allemaal dat ik niet zou merken wat zich vlak voor mijn neus afspeelde.' Hij lachte zijn trage, droevige lach. 'Nou, dan hebben we het nu wel gehad, neem ik aan. Jij en ik. Het zal nu wel voorbij zijn.'

Ik probeerde helder te denken, maar ik kreeg de feiten niet op een rijtje. Ik had zo lang gedacht dat Guilherm de aanstichter was geweest, Guilherm, die de nacht van de brand de leiding had. Of misschien Raphaël, of een van de getroffen gezinnen. En nu hoorde ik ineens dat het al die tijd Paul was geweest, mijn eigen lieve, trage Paul, nauwelijks twaalf jaar oud en zo open als de zomerlucht. Hij was ermee begonnen en hij had het beëindigd, met de harde, onontkoombare symmetrie van de wisseling der seizoenen. Toen ik eindelijk sprak, was het om iets heel anders te zeggen, iets wat ons beiden verraste.

'Hield je dan zoveel van haar?' Mijn zus Reinette, met haar hoge jukbeenderen en haar glanzende krullen. Mijn zus de oogstkoningin, met haar lippenstift en bessenkroon, met een korenschoof in haar hand en een mand appelen onder haar arm. Zo zal ik haar namelijk altijd voor me zien. Dat heldere, volmaakte beeld. Ik voelde een onverwachte steek van jaloezie dicht bij mijn hart.

'Op dezelfde manier als jij van hem hield, misschien,' zei Paul kalm. 'Zoals jij van Leibniz hield.'

Wat waren we als kind toch dwaas geweest. Dwazen vol pijn en hoop. Ik had mijn leven lang van Tomas gedroomd, tijdens mijn huwelijk in Bretagne, tijdens de jaren dat ik weduwe was, gedroomd van een man als Tomas, met zijn zorgeloze lach en zijn scherpe, rivierkleurige ogen, de Tomas van mijn wens: jij, Tomas. Jij de enige, voor altijd. De vloek van Ouwe Moer was op een verschrikkelijke manier werkelijkheid geworden.

'Het heeft even geduurd,' zei Paul, 'maar ik ben eroverheen gekomen. Ik heb het losgelaten. Het is als tegen de stroom in zwemmen. Het put je uit. Na een poos moet je loslaten – iedereen moet dat – en je door de rivier thuis laten brengen.'

'Thuis.' Mijn eigen stem klonk me vreemd in de oren. Zijn handen op de mijne voelden ruw en warm, als de vacht van een oude hond. Ik zag een wonderlijk plaatje van ons tweeën voor me: we stonden in het avondlicht, als Hans en Grietje, oud en grijs geworden in het huisje van de heks, en we trokken eindelijk de deur van het koekhuisje achter ons dicht.

Laat maar los, de rivier brengt je thuis. Het klonk zo gemakkelijk.

'We hebben lang gewacht, Boise.'

Ik wendde mijn gezicht af. 'Misschien te lang.'

'Ik denk van niet.'

Ik haalde diep adem. Dit was het moment. Nu moest ik uitleggen dat het allemaal voorbij was, dat de leugen tussen ons te oud was om uit te wissen, te groot om overheen te stappen, jezusmina, dat *wíj* te oud waren, dat het belachelijk was, dat het onmogelijk was, en trouwens, en trouwens...

Toen kuste hij me, op de lippen, geen verlegen oudemannenkus, maar iets heel anders, iets wat me op mijn benen deed trillen, me verontwaardigd en vreemd hoopvol maakte. Zijn ogen glansden toen hij langzaam iets uit zijn zak haalde, iets dat roodgeel in het lamplicht glansde... Een ketting van wilde appels.

Ik staarde hem aan terwijl hij de ketting zachtjes over mijn hoofd liet glijden. Hij lag op mijn boezem; het fruit glansde, rond en glimmend.

'Oogstkoningin,' fluisterde Paul. 'Framboise Dartigen. Jij bent de enige.'

Ik rook de lekkere, rinse geur van de vruchtjes tegen mijn warme huid.

'Ik ben te oud,' zei ik, van mijn stuk gebracht. 'Het is te laat.'

Hij kuste me weer, op mijn slaap, en toen bij mijn mondhoek. Daarna haalde hij, alweer uit zijn zak, een vlecht van geel stro, die hij als een kroon om mijn voorhoofd legde.

'Het is nooit te laat om thuis te komen,' zei hij, en hij trok me zachtjes, onweerstaanbaar naar zich toe. 'Het enige wat je hoeft te doen is je verzet opgeven.'

Verzet is als tegen de stroom in zwemmen, afmattend en zinloos. Ik keerde mijn gezicht naar de ronding van zijn schouder, alsof het een kussen was. De wilde appels om mijn nek geurden doordringend, sappig, als de oktobers uit mijn jeugd.

We vierden onze thuiskomst met zoete zwarte koffie en croissants en jam van groene tomaten die volgens mijn moeders recept was gemaakt.

*Lees ook van Joanne Harris:*

**Chocolat**

Wanneer Vianne Rocher met haar dochtertje Anouk in Lansquenet-sous-Tannes neerstrijkt, lijken er magische krachten tot leven te komen. Ze opent, pal tegenover de kerk, haar chocolaterie – tot woede en afkeuring van de starre dorpspastoor Francis Reynaud. Hij moet toezien hoe Vianne uitgerekend in de vastentijd zijn parochianen verleidt met haar onweerstaanbare chocoladecreaties en haar warme persoonlijkheid.
Wanneer Vianne aankondigt met Pasen een chocoladefestival te organiseren, raakt de pastoor buiten zichzelf en stevent de strijd tussen de tegengestelde krachten die het dorp in hun greep houden, op een dramatisch hoogtepunt af.

*Chocolat* is verfilmd met in de hoofdrollen Juliette Binoche en Johnny Depp.

Gebonden, 368 blz., ISBN 90 325 0850 4
Paperback met filmomslag, 352 blz., ISBN 90 325 0798 2

**Bramenwijn**

Vervuld van herinneringen aan zijn vriend Jackapple Joe koopt de Londense Jay Mackintosh een vervallen château in het Franse dorp Lansquenet-sous-Tannes. Zijn schrijverscarrière zit in het slop en hij vertrekt met zijn typemachine en enkele flessen zelfgemaakte wijn uit de nalatenschap van Joe naar Lansquenet.

Joe, een zonderlinge oude man met een grote voorliefde voor de magische eigenschappen van alles wat groeit en bloeit, was heel belangrijk voor Jay, maar op een dag was hij verdwenen.

Niets kan Joe terugbrengen, maar de magie van zijn vruchtenwijnen lijkt zijn uitwerking niet te missen. Jay verovert langzaam zijn plekje in de Franse gemeenschap en maakt kennis met de geheimzinnige Marise. De ongewone eigenschappen van het brouwsel lijken hem daarbij te helpen...

Gebonden, 400 blz., ISBN 90 325 0851 2
Paperback, 384 blz., ISBN 90 325 0933 0

**Stranddieven**

Op het kleine Bretonse eiland Le Devin staat het leven al bijna honderd jaar stil. Generaties lang strijden het rijke dorp La Houssinière en het in armoede vervallen Les Salants om de macht op het eiland.
Wanneer Mado na tien jaar terugkeert naar Les Salants, ontdekt ze dat het huis van haar vader ten prooi dreigt te vallen aan de zee en aan de manipulaties van de plaatselijke ondernemer Claude Brismand, wiens meedogenloze zelfzucht Les Salants in zijn voortbestaan bedreigt.
Mado laat zich niet zo snel uit het veld slaan. Omdat ze met argusogen door de dorpelingen wordt bekeken, voelt ze zich genoodzaakt de hulp in te roepen van Flynn, een aantrekkelijke jongeman, die haar helpt om de machtsbalans in het voordeel van Les Salants te herstellen. Maar tragedies uit het verleden herleven en Flynn, die geheel achter haar leek te staan, blijkt nog andere verborgen loyaliteiten te hebben.

Gebonden, 480 blz., ISBN 90 325 0868 7

**Gods dwazen**

Frankrijk, 17e eeuw. Tegen een achtergrond van godsdienstwaanzin en koningsmoorden speelt het verhaal van straatartieste Juliette, die gedwongen wordt onderdak te zoeken in de abdij van Sainte Marie-de-la-Mer.
Onder de hoede van de vriendelijke moeder-overste bouwt Juliette met haar dochtertje Fleur een nieuw bestaan op. Maar het rustige leven van Juliette wordt ruw verstoord na de dood van moeder-overste. Ze wordt opgevolgd door de elfjarige Isabelle, een telg uit een corrupte adellijke familie, die Guy LeMerle, een man die Juliette met alle reden vreest, de abdij binnenbrengt. Vermomd als geestelijke krijgt LeMerle de abdij in zijn greep. Onder zijn kwalijke invloed worden geheimen blootgelegd, passies ontketend en leidt wedijver tot moord. Juliette en LeMerle raken verstrikt in een machtsspel van vernuft en begeerte...

Gebonden, 420 blz., ISBN 90 325 0925 X

*Joanne Harris schreef samen met Fran Warde een kookboek:*

**De Franse keuken**

In haar romans laat Joanne Harris ons al watertanden door de verrukkelijke recepten van haar grootmoeder die erin zijn opgenomen. Generaties lang zijn deze recepten in haar familie doorgegeven, en in *De Franse keuken* maakt ze er al haar fans – en mensen die van traditionele Franse recepten houden – deelgenoot van. Haar coauteur Fran Warde is een gerenommeerde chef-kok die heeft gewerkt in het beroemde Londense Café Royal.
Dit boek, dat eenvoudige maar stijlvolle recepten bevat, gelardeerd met sfeervolle familieverhalen en voorzien van prachtige kleurenfoto's, weerspiegelt de samenwerking tussen een schrijfster die van eten houdt en een voormalig chef-kok die graag over eten schrijft.

Gebonden, 256 blz., ISBN 90 325 0923 3